T0126833

CLASSIQUES JAUNES

Littératures francophones

Contes

Réimpression de l'édition de Paris, 1991.

Charles Perrault

Contes

Édition critique par Gilbert Rouger

PARIS
CLASSIQUES GARNIER
2021

Gilbert Rouger a publié différents ouvrages consacrés à la poésie. Il est l'auteur de plusieurs publications sur la versification française ainsi que d'anthologies poétiques, dont *Mathurin Régnier, Théophile de Viau, Saint-Amant, poésies choisie*s. Nous lui devons également l'édition scientifique d'œuvres en prose de Rétif de la Bretonne et de Gérard de Nerval.

Couverture :
Contes des fées, par Charles Perrault, imprimés par Firmin Didot, ornés d'estampes gravées par Adrien Godefroy, d'après ses dessins et ceux de C. Chasselat Perrault, Charles (1628-1703). Auteur du texte

ISBN 978-2-8124-1540-1
ISSN 2417-6400

INTRODUCTION [1]

« Des éditions de Perrault, il en pleut », constatait jadis Paul Souday, un peu dédaigneusement. Le fait est qu'on ne les compte plus. Si le mérite des auteurs se mesurait à la place qu'ils tiennent dans les catalogues des bibliothèques publiques, Perrault viendrait en son temps parmi les premiers, juste après Molière, Racine, La Fontaine et Corneille. Rassembler toutes les réimpressions des Contes — ne parlons pas de l'introuvable originale de 1697 — semble une ambition propre à décourager le collectionneur le plus fanatique. Il y a les brochures en papier bleu sorties de la marmotte du colporteur, et les beaux livres illustrés par Doré, Rackham ou Daragnès; il y a les éditions qu'on a voulues sérieuses, avec préface et gloses, et les syllabaires faits pour les bambins. Ajoutons-y les adaptations de toutes sortes : contes en vers mis en prose, contes en prose mis en vers, contes « présentés » ou « rajeunis », mieux encore revus et corrigés, à l'usage des institutions de demoiselles.

Les Contes de Perrault : une mine où depuis trois siècles chacun a trouvé son bien. Les auteurs en mal de ballets-féeries, voire de vaudevilles, ne se sont pas fait faute d'y puiser des scénarios. Devançant la manière des bandes dessinées, les bois jadis gravés à Orléans, à Nancy, à Épinal[1],

---

1. Selon P.-L. Duchartre et R. Saulnier (*L'Imagerie populaire,* 1925), c'est de 1800 à 1814 que des sujets empruntés aux Contes sont entrés dans le domaine de l'imagerie : *La Barbe bleue* et *Cendrillon* ont été particulièrement en faveur. Voir : A. Martin, *L'Imagerie orléanaise,* 1928; E. Van Heurck et G.-J. Boekenoogen, *L'Imagerie populaire des Pays-Bas,* 1930; P.-L. Duchartre et R. Saulnier, *L'Imagerie parisienne,* 1944; René Faille, *L'Imagerie populaire cambrésienne,* 1964.

retracent l'histoire de la Barbe bleue en une succession de tableautins et de courtes légendes. Les personnages des *Contes* se retrouvent partout : leur silhouette enfumée décore les vieilles taques; ils ont défilé sur l'écran des théâtres d'ombres; la lanterne magique a projeté leur image vacillante sur les murs des chambres d'enfants, longtemps avant que Walt Disney, au prix de « trois milliards de francs » et de « six ans de travail », tirât de *La belle au bois dormant* un film en technicolor, fait de « 500 000 dessins ».

La publicité même les a mis à profit. Au siècle dernier, quand Balzac battait les rues de Paris pour trouver matière à son *Dictionnaire des enseignes*[1], merciers et marchands de nouveautés commandaient aux peintres d'emblèmes un Chaperon rouge ou une Cendrillon; des boutiques, aujourd'hui encore, se placent sous l'égide du Chat botté.

Les *Contes* n'en sont pas moins le plus mal connu des chefs-d'œuvre du siècle classique. Qu'on demande au premier clerc rencontré d'en énumérer les titres, il restera bientôt court, s'étonnera que *Peau d'Ane* ne soit pas en prose, citera même *La Belle et la Bête* ou *L'Oiseau bleu*[2]. Ces incertitudes ont des excuses. Le texte des *Contes* a été trop souvent altéré; pour enfler le nombre des pages — et le prix du volume — des éditeurs ont effrontément attribué à Perrault des histoires prises chez Mme d'Aulnoy ou chez Mme Leprince de Beaumont : ainsi tous les contes merveilleux sont devenus des « contes de Perrault ». M. Prudhomme enseigne à sa fille que la pantoufle de verre n'est qu'une vulgaire pantoufle de fourrure et lui permet de marquer des points dans les jeux radiophoniques. On a pris au sérieux, réimprimé, commenté de malicieux pas-

---

1. *Petit Dictionnaire critique et anecdotique des enseignes de Paris par un Batteur de pavé*, 1826. Balzac cite : *Au Chaperon rouge*, rue Saint-Honoré; *A la Barbe bleue*, rue du Four Saint-Germain; *Au Petit Poucet*, rue Montfaucon.
2. Cf. A. Blanchet, *Manuel de numismatique française*, 1930 : « La devise ... *Une seule me blesse* a été citée par Perrault dans son conte de *L'Oiseau bleu* » (III, p. 235).

tiches [1]. Fernand Vandérem [2] s'étonnait autrefois que
Nerval fût presque ignoré des historiens de la littérature;
aujourd'hui, Perrault n'est guère mieux partagé. Ceux-ci
dressent un catalogue détaillé des lances rompues au cours
de la trop fameuse querelle, mais n'inscrivent sur leurs
tablettes parmi les bons ouvrages ni *Le Maître Chat* ni *La
Barbe bleue*. D'autres rappellent, et s'en tiennent là, que le
champion des Modernes est, aussi, l'auteur des Contes.
Quelques-uns esquissent en passant, à l'adresse du
conteur, un salut aimable, mais pressé. Que dire du sort
fait à Perrault par les dictionnaires des citations? Comme
s'il n'avait écrit que des poèmes burlesques ou des épîtres
académiques, l'usage s'est établi de monter en épingle
deux vers — toujours les mêmes — des *Murs de Troie*, et
quelques alexandrins éculés du *Siècle de Louis le Grand*.
Déjà, en 1697, Mme d'Aulnoy regrette que les contes — ou,
comme elle dit, les « romances » — ne plaisent pas « également à tout le monde » en raison de « leur caractère si
naïf et si enfantin »; elle constate que « beaucoup de bons
esprits » les regardent « comme des ouvrages qui conviennent mieux à des nourrices ou à des gouvernantes qu'à
des gens délicats » [3]. Ce préjugé n'a pas désarmé : s'il en
faut croire tel conférencier, « les Contes de Perrault ne
sont pas, à proprement parler, de la littérature ».

L'œuvre est mal connue. De l'homme, que sait-on?
Où est le vrai Perrault — dans le poncif vingt fois calqué
sur l'image complaisante empruntée aux *Mémoires de
ma vie* [4] ou dans le portrait poussé au bitume par Albert
Laprade? [5] « Modèle d'un honnête homme, vrai en toutes
choses, d'une candeur admirable dans ses mœurs, désin-
téressé jusqu'à éviter même les gains les plus innocents »,
comme le veut son panégyriste l'abbé Tallemant? Arri-

---

1. Marcel Boulenger, *Charles Perrault : Les Œufs*, 1912. Cf. E. Storer,
op. cit., p. 84.
2. F. Vandérem, *Nos Manuels d'histoire littéraire*, 1922.
3. *Les Contes des fées*, III (*Ponce de Léon*).
4. Nous renvoyons à l'édition publiée en 1909 par Paul Bonnefon.
5. A. Laprade, *François d'Orbay, architecte de Louis XIV*, 1962.

viste, intrigant, tricheur à l'occasion? Sans doute, comme
les héros de Racine, ne fut-il ni « tout à fait bon, ni tout à
fait méchant ».

« Ils étaient cinq frères... » Ainsi commencent — c'est
une tradition — les biographies de Perrault. On conviendra
qu'il est difficile d'isoler Charles de sa tribu. Les Perrault
formaient équipe : unis par une étroite affection, de même
humeur et de mêmes goûts, Pierre, Claude, Nicolas et
Charles [1] ont un air de famille qui se reconnaît jusqu'aux
analogies d'écriture. Boileau leur vouait une égale antipathie et leur reprochait d'être bizarres. Mettons qu'ils
étaient originaux : hommes à idées neuves, parfois à
idées fausses, jovialement irrespectueux des opinions
reçues et des routines, ennemis déclarés des « erreurs
populaires » [2], — au reste honnêtes gens, sans rien de
rogue ni de pédantesque, et bons chrétiens frottés de
jansénisme. Dans cette ingénieuse maison, chacun se
mêlait d'écrire. Théologie et hydrologie, poésie burlesque
et mathématiques, beaux-arts et arts mécaniques, tout
était aliment à leur curiosité; ils étaient, dit Sainte-Beuve,
« entendus à tout ». Paul Bonnefon constate qu'ils finirent
« autrement qu'ils avaient commencé » et trouvèrent leur
« originalité propre dans une voie différente de celle où
ils s'étaient engagés dans le début ». Même rupture aussi
dans leur ligne de chance : le théologien Nicolas fut un

---

1. On sait peu de chose de l'aîné des frères Perrault, Jean, avocat,
qui mourut en 1669.
2. Cf. le « morceau inédit transcrit sur l'original même de Perrault »
cité par Paul Bonnefon dans *Les dernières années de Charles Perrault* :
« *Des superstitions et erreurs populaires.* Qui pourrait les recueillir toutes
ferait le plus gros livre qui fût jamais : que c'est un mauvais présage
d'être treize à table...; que de manger des cerneaux avant la Saint-
Laurent, cela fait avoir mal aux dents à ceux qui en mangent; qu'il
y a moins de moelle dans les os des animaux lorsque la lune est en
décours que quand elle est pleine;... que le septième garçon né sans
aucune fille entre eux guérit des écrouelles et que la septième fille
née sans aucun garçon entre elles guérit de la teigne; qu'il y a toujours
quelque moment au jour du samedi où l'on voit luire le soleil... »
Mlle Lhéritier partageait cette aversion des Perrault pour les erreurs
populaires (voir p. 257).

jour exclu de la Sorbonne; Pierre, le receveur des finances, se vit contraint d'abandonner sa charge; Charles lui-même, arrivé dans l'administration au sommet d'une brillante carrière, connut à son tour la disgrâce.

Au temps où Maurois faisait école avec son *Ariel,* il ne vint à personne l'idée d'écrire une vie romancée de Charles Perrault : vie pacifique, bourgeoisement casanière, bornée par les frondaisons du Palais-Royal, les fossés du faubourg Saint-Jacques et les coteaux de Viry-sur-Orge. Deux de ses frères, Claude et Jean, entreprirent un jour un voyage, dans « un carrosse attelé de six chevaux gris » et poussèrent jusqu'à Bordeaux [1]. Jean paya de sa vie cette audace. Moins téméraire, Charles n'alla jamais plus loin qu'Orléans — il vint à vingt-trois ans y prendre ses licences —, que Rosières, près de Troyes [2], où son beau-frère Guichon l'invitait à la saison de la chasse. Il a usé prosaïquement ses jours à s'acquitter avec exactitude de ses devoirs d'académicien, de haut fonctionnaire et de père de famille, faisant des belles-lettres son délassement.

Quand Perrault parle de son « application continuelle » au cours des vingt années qu'il passa chez Colbert, il n'a pas recours à l'hyperbole. Doublure du grand ministre et vivant dans son ombre, logé « dans son hôtel auprès de sa personne », il fut longtemps l'un des hommes les plus importants, et les plus occupés, du royaume. Tenir la plume au « petit conseil », composer des devises pour les médailles et des inscriptions pour les monuments, jouer le truchement du ministre auprès des artistes et des savants, donner même des instructions aux voyageurs chargés de mission en lointain pays : là n'était qu'une

---

1. *Relation du voyage fait en 1669 par MM. Du Laurent, Gomont, Abraham et Perrault* (publiée par Paul Bonnefon à la suite des *Mémoires de ma vie*).

2. Deux poèmes de Perrault sont datés de Rosières : l'*Ode à l'Académie Française* (1690), qui compte plusieurs strophes charmantes, et *La Chasse* (1692), où se reconnaît la bonhomie de l'auteur des Contes, sa malice à l'occasion égrillarde, sa connaissance familière de la vie rustique.

partie de sa tâche. Le premier commis des Bâtiments, qui
bientôt assumera la charge de contrôleur, doit avoir l'œil
à tout : il revoit les plans des architectes, traite avec les
entrepreneurs, discute les devis, vérifie les rôles de paie
— les « parties » — des ouvriers, piétine dans la boue des
chantiers, car il a « le soin de la visite de tous les ouvrages
ordonnés » par le roi et doit « tenir la main à ce que tous
les ordres donnés soient ponctuellement exécutés et avec
toute la diligence requise [1] ». Colbert souvent se règle sur
ses avis : Lulli doit à Perrault d'obtenir la salle du Palais-
Royal; c'est Perrault qui conserve aux Parisiens l'accès
du jardin des Tuileries et fait échouer le coûteux projet
de l'ingénieur Riquet qui voulait « amener à Versailles
une portion de la rivière de Loire [2]. »

L'académicien n'a rien à envier, pour le zèle, au contrôleur des Bâtiments. Dès son entrée dans la compagnie,
Perrault s'active et fait figure de protagoniste. Entre deux
harangues — il fut chancelier en 1672 et 1673, directeur
en 1681 — d'ingénieuses nouveautés lui viennent à l'esprit,
marquées du sens pratique qu'il apporte en toutes choses.
L'horaire des séances est par ses soins minutieusement
réglé; il exige que des jetons de présence récompensent
l'assiduité des membres de la compagnie; il fait adopter
un nouveau mode d'élection au scrutin secret et va jusqu'à
mettre en service une machine à voter de son invention
— « une machine propre à jouer les gobelets », insinue
méchamment Furetière; grâce à lui, le public est admis
aux séances solennelles de réception. Le dictionnaire som-
meille : Perrault stimule ses confrères, apporte sa contribution à la préface. Qu'il brandisse avec Fontenelle le
drapeau des Modernes, qu'il s'arme pour la querelle des
femmes, le gros des académiciens le suit, malgré la réserve
de Racine ou de La Bruyère et l'hostilité déclarée de Boileau.

Rien de romanesque dans les circonstances de son

---

1. J. Guiffrey, *Comptes des Bâtiments du Roi sous le règne de Louis XIV*,
1881 [année 1670].

2. *Mémoires de ma vie*, pp. 103, 125-130.

mariage. Devenu un homme arrivé, il s'est établi, non, de son propre aveu, par « amitié[1] », mais par devoir, dans le dessein de « se rendre immortel au gré de son désir[2] ». Il avait quarante-quatre ans; Marie Guichon en avait dix-neuf. Avant les accordailles, il ne l'avait rencontrée qu'une fois; mais dans cette grande différence d'âge, comme dans l'éducation reçue par la jeune fille dans le couvent où elle vivait depuis ses premières années, l'auteur de *Griselidis* voyait l'assurance de rester « le mari qui commande et qui prime ». « L'amitié » vint après le mariage; Perrault s'aperçut

> Que souvent de l'hymen les agréables nœuds
> Pour être différés n'en sont pas moins heureux,
> Et qu'on ne perd rien pour attendre[3].

Ne se flattant pas, comme son ami Fontenelle, de « reléguer ses sentiments dans l'églogue », il s'éprit aussitôt de cette « brune assez bien faite » qui ne déplaisait pas à Huygens[4]. Le fonctionnaire irréprochable recélait un grand fonds de tendresse et sans doute n'aurait-il jamais écrit les Contes s'il n'avait tant aimé ses enfants. Devenu veuf à cinquante ans, il se refusa à les mettre « pensionnaires dans un collège » et « se retrancha à prendre soin de leur éducation », assumant même la tâche « de leur faire assez souvent leurs

---

1. Sur le mariage de Perrault, voir *Mémoires de ma vie*, p. 124.
2. *L'Apologie des femmes.*
3. *La belle au bois dormant.*
4. Est-ce l'image de sa femme disparue que Perrault a voulu évoquer dans ces vers de *L'Apologie* ?

> Des biens, le plus solide et le plus précieux
> Est de voir pour jamais unir sa destinée
> Avec une moitié sage, douce et bien née,
> Qui couronne sa dot d'une chaste pudeur,
> D'une vertu sincère et d'une tendre ardeur.
> A ces dons précieux, si le ciel favorable...
> D'une beauté parfaite a joint tous les attraits,
> Le vif éclat du teint, la finesse des traits;
> Si ses beaux yeux, ornés d'une brune paupière,
> Jettent, sans y penser, de longs traits de lumière...
> Faudra-t-il déplorer le sort de son époux ?

leçons [1] ». Sollicitude dont il fut mal récompensé : seul, en 1703, restait son fils Charles pour lui fermer les yeux [2].

Certains biographes de Perrault, moins indulgents à son endroit qu'André Hallays, lui font grief d'avoir dispensé les libéralités de Colbert — gratifications ou brevets — en considérant ses sympathies personnelles plutôt que le mérite véritable. Le commis du surintendant n'ignorait pas que les bons offices ont leur réciprocité; disons cependant pour son excuse qu'il ne mettait rien au-dessus de la fidélité aux amis, vertu dont l'éloge se rencontre maintes fois dans ses *Hommes illustres*. On lui reproche aussi d'avoir poussé trop loin l'esprit de famille et fait une part trop belle aux travaux d'architecture de son frère Claude — accrédité par ses soins auprès de Colbert. Selon Albert Laprade, dont les arguments semblent près de forcer la conviction, la « colonnade de Perrault » serait au vrai la colonnade de François d'Orbay. « Réhabilitation de d'Orbay, condamnation du médecin architecte, le jugement est-il sans appel? [3] » Comment vider le procès, puisque les recueils des dessins de Claude Perrault ont disparu en 1871 dans l'incendie de la Bibliothèque du Louvre?

Les amis de Charles Perrault s'accordent à louer son désintéressement; lui-même, dans ses *Mémoires*, se donne les gants de n'avoir jamais eu aucun profit en dehors de ses « appointements », entendons ses « gages d'officier des Bâtiments », sans parler du revenu de sa charge de contrôleur — charge que le roi, selon Huygens, lui avait « donnée gratis » — ni de la pension qui lui était versée « en considération de son mérite et de son amour pour les belles-lettres » : au total 7 625 livres à partir de 1672,

---

1. *Mémoires de ma vie,* p. 134.
2. « Il n'a laissé qu'un fils. Ce fils est le seul fruit qui lui restait de son mariage avec Marie Guichon... M. Perrault perdit trop tôt une femme qu'il avait sujet d'aimer et qu'il a regrettée toute sa vie » (*Mercure galant,* mai 1703).
3. Albert Mousset, *A propos du ravalement du Louvre. La colonnade est-elle de Perrault?* (*Le Monde,* 5 septembre 1962).

8 925 livres dès 1675 [1]. Perrault, dont le patrimoine semble
avoir été modeste, trouva-t-il vraiment dans ces seuls
« appointements » de quoi satisfaire ses goûts de grand
bourgeois cultivé, ami du luxe et collectionneur d'œuvres
d'art ? L'inventaire qu'il a lui-même dressé de ses meubles
à la veille de son mariage nous fait pénétrer dans la maison
de la rue Neuve-des-Bons-Enfants dont il avait jouissance
— « la plus jolie maison de Paris [2] », ouvrant ses fenêtres
sur le jardin du Palais-Royal « vis-à-vis du grand rond
d'eau » [3]. On croirait visiter le logis de la Barbe bleue :
des tapisseries de verdure et des tentures de cuir doré,
des cabinets d'ébène « ornés de bas-reliefs », des guéridons
« à figures dorées », un « grand miroir avec bordure de
cuivre doré », une « table d'ébène garnie de cuivre doré »,
un « bureau de bois d'olivier à filets d'ébène, avec son
écritoire de bois verni façon de la Chine et le poudroir
de filigrane d'argent ». Le cabinet de l'écrivain est orné
d'une quarantaine de tableaux ou dessins : voici « une
Madeleine de la main du sieur Michel Ange », des Carrache,
des Coypel, des Boulogne, enfin deux portraits de Charles
Perrault « par M. Le Brun » — un pastel « de deux pieds
de haut avec sa glace de cristal » et une toile « de la hauteur
de cinq pieds, avec bordure taillée et dorée ». Mention
est faite d'une importante collection de « figures », statues
et médaillons de terre cuite ou de bronze : il est piquant
de constater que l'adversaire des Anciens exposait en bonne

---

1. Sa pension, de 1 500 livres en 1663, est portée à 2 000 livres en
1668; elle cesse de lui être payée après 1681. C'est en 1668 qu'il reçoit
pour la première fois 1 500 livres en qualité de commis des Bâtiments : traitement porté à 2 000 livres en 1675 et qu'il ne touche plus
après 1680. La somme de 4 125 livres que lui vaut, à partir de 1672,
sa charge de contrôleur, lui est versée pour la dernière fois en 1683
(J. Guiffrey, *Comptes des Bâtiments du Roi*). Le 30 décembre 1674,
les « officiers de la grande chancellerie et secrétaires du Roi » lui
constituent une rente de 800 livres (*Minutier central*, XCVI, 13).
2. Selon le marquis de Sourches (A. Laprade, *op. cit.*, p. 48).
3. Cf. lettres de Huygens citées par J. Barchilon *(Les frères Perrault)*.

place, à côté d'un Laocoon, « un médaillon de bronze représentant Homère[1] ».

Dans les 70 000 livres qui constituaient la dot de Marie Guichon — une dot jugée modeste par Colbert — entraient pour 18 000 livres « la propriété d'une maison sise rue de Cléry », et pour 21 500 livres « la propriété d'une maison sise rue Saint-François ». Perrault possédait d'autres maisons : rue des Vieux-Augustins, rue de Thorigny, rue des Petits-Champs[2]; c'est en 1685 qu'il fait bâtir, rue des Postes, sur les anciens fossés de la ville, deux corps de logis « entre cour et jardin », ayant chacun leur « entrée cochère sur la grande place de l'Estrapade[3] », l'un à son usage, l'autre à celui de son frère Claude[4]. Il semble n'avoir

---

1. *Inventaire des meubles appartenant à moi Charles Perrault conseiller du Roi, contrôleur général des Bâtiments de Sa Majesté*, 16 pp.; document joint au contrat de mariage signé le 26 avril 1672 (Archives Nat. *Minutier central*, LXXXVIII, 224; cf. M. Jurgens, *op. cit.*, p. 305). L'inventaire fait état de deux « chevaux de carrosse », d'une calèche et d'une chaise à porteurs; on y trouve une allusion à un cocher et à un laquais. Le document donne aussi l'énumération des meubles que Perrault possédait dans son « cabinet au logis de Mgr Colbert » : tenture de tapisserie de brocatelle, lit à hauts piliers, armoires avec filets d'ébène ou de laiton, miroir à bordure dorée, « portrait de Mgr Colbert »; sa « chambre à Versailles » était meublée assez sommairement. — En avril 1700, l'écrivain, comme tous les particuliers, dut déclarer ceux de ses meubles dans lesquels entrait de l'or ou de l'argent : sa déclaration mentionne, outre les cabinets et les guéridons déjà signalés dans l'inventaire de 1672, un « cabinet d'orgue avec des ornements de bronze doré, un clavecin orné de filets d'or, quatre pendules avec des ornements de bronze doré dont une sur une console de bois doré » (*Notes sur la vie privée et les mœurs des artistes au XVIIe et au XVIIIe siècle; Bulletin de la Société de l'Histoire de l'art français*, juil. 1876).
2. Selon P. Bonnefon, c'est dans cette maison de la rue des Petits-Champs que Perrault avait chargé divers artistes (Boulogne, Audran, Corneille, Jouvenet, Coypel) de décorer le plafond de son cabinet : onze tableaux, qu'on trouve reproduits et commentés dans *Le Cabinet des Beaux Arts* (1690).
3. La place de l'Estrapade était « dite ancienne place de Fourcy » (*Minutier central*, XLIII, 233); de là une confusion avec la place de Fourcy, aujourd'hui simple carrefour à la jonction de la rue Thouin et de la rue Blainville.
4. Mentionnons aussi un acte du 8 juin 1692 : *Cautionnement de Charles Perrault envers François Forcadel établi à l'administration des*

pas été indifférent à ce que nous appelons la spéculation immobilière. A Viry-sur-Orge, où la propriété familiale tombée aux mains des créanciers de son frère Pierre lui échappe en 1684 par le jeu d'une surenchère, il achète et il vend. En 1677, il s'était associé avec un certain Vincent Hotman pour acquérir moyennant 180 000 livres — somme considérable à l'époque — un hôtel qui avait été adjugé « à Turenne comme premier créancier hypothécaire » de Foucquet, et dont avait hérité le cardinal de Bouillon. Pourra-t-on jamais tirer au clair l'histoire des « finances » de Charles Perrault? Bornons-nous à constater que l'argent a tenu, dans la vie du conteur, une place qui n'est pas négligeable.

Comme beaucoup d'autres en son temps, mais mieux que d'autres peut-être fléchissant le genou, Perrault a encensé le prince. Une bonne partie de son œuvre n'est qu'une poussière d'opuscules de circonstance, en prose, très joliment tournés, en vers, d'un style plus laborieux, tous empruntant leur sujet à la grandeur royale : il a célébré les beautés des palais du roi, et les victoires du roi, et les carrousels donnés par le roi, et les naissances des enfants du roi, et les conversions imposées par le roi. Il confond dans une même admiration le monarque et son siècle : pour l'auteur du *Parallèle*, dont il est plaisant de faire un précurseur de Condorcet, les lettres, les arts, les sciences, les commodités de la vie ont trouvé leur accomplissement sous le règne de Louis le Grand. « De même, dit-il, que nos jours semblent ne croître plus lorsqu'ils approchent du solstice, j'ai la joie de penser que vraisemblablement nous n'aurons pas grand chose à envier à ceux qui viendront après nous [1]. » Tout l'émerveille : le luxe des appartements, le nombre croissant des carrosses et même les embarras des rues; qu'importe si les bains publics sont au nombre de ce qu'il nomme les antiquités perdues :

---

terres de Fontenailles, Quartinière, Loytault et de maisons sises à Tours (*Minutier central*, XII, 217).

1. *Parallèle*, I, p. 99.

« la propreté de notre linge et l'abondance que nous en avons qui nous dispensent de la servitude insupportable de se baigner à tous moments valent mieux que tous les bains du monde[1] ». Le progrès des techniques dans les beaux-arts, une meilleure connaissance des conventions et des règles en littérature lui semblent aller de pair avec le progrès des talents : de là une étrange confusion des valeurs, une incapacité à distinguer le savoir-faire — le « brillant de l'industrie », comme dit Sainte-Beuve — et le génie naturel. S'il loue Molière, sans aller jusqu'à l'hyperbole, s'il rend justice à La Fontaine, en qui il voit un modèle à imiter et dont le sel et la naïveté sont à ses yeux « d'une espèce toute nouvelle », il met sur le même pied *L'Astrée* et l'*Iliade*, Antoine Le Maître et Démosthène, Le Brun et Raphaël. Les « galanteries », entendons des ouvrages « d'un ton ingénieux et fin », dans le goût de Voiture ou de Sarrazin, les poèmes burlesques, les « opéras de M. Quinault », les « vers admirables que M. de Benserade fait pour les ballets du roi », les devises, « petits poèmes très agréables qui disent quelquefois en un seul mot plus de choses que des volumes entiers », enfin « les chansons, les vaudevilles et les épigrammes[2] », voilà, selon lui — compte non tenu des tragédies de Racine — les genres littéraires dont peut tirer fierté le siècle de Louis XIV. Ni les quatre volumes de son *Parallèle*, en dépit du tour agréable des dialogues, ni les flasques alexandrins de ses poèmes chrétiens, ni les portraits d'*Hommes illustres* en tête desquels il a naïvement placé sa propre image n'auraient suffi à sauver de l'oubli ce moderne aux goûts attardés. Avec d'autres victimes de Boileau, il serait aujourd'hui obscurément relégué dans la galerie des bustes si, par l'effet d'une grâce imprévue, d'un hasard quasi miraculeux, il n'était aussi l'auteur des Contes.

---

1. *Parallèle*, I, p. 81.
2. *Parallèle*, III, pp. 286-312.

*
* *

Miracle ou escroquerie à l'immortalité? Les Contes
— les Contes en prose — sont-ils du vieil académicien
à perruque, comme l'admet la tradition? Sont-ils de son
fils Pierre Perrault, dit Perrault Darmancour, sous le nom
duquel ils ont été publiés pour la première fois? Auraient-
ils pour auteur « Charles Perrault avec la collaboration
de son fils », ou plutôt — il y a une nuance — « Pierre
Darmancour avec la collaboration de son père »? Le
manuscrit autographe des Contes ne nous étant pas parvenu,
peut-on trancher net ce procès de paternité littéraire engagé
depuis plus d'un siècle, procès non moins irritant que
l'affaire de la colonnade du Louvre, à tout prendre aussi
vain que les querelles de plume dont Shakespeare est l'objet?
Paul Bonnefon et André Hallays se sont faits les avocats
du père et n'entendent pas frustrer Charles Perrault des
« Contes de Perrault », son unique chef-d'œuvre; sans
nier que le père ait mis la main à l'ouvrage, Marty-Laveaux,
puis, avec un rien de parti pris, Émile Henriot et Paul
Delarue, ont tour à tour défendu la cause du petit Poucet
de génie [1].

Si le titre de la première édition publiée chez Barbin
ne porte aucune mention d'auteur, c'est bien Darmancour
qui fait la révérence à Mademoiselle et signe la dédicace.
Le privilège est à son nom; des contrefaçons hollandaises
— mais non celle de Moetjens, comme le veut Émile
Henriot — attribuent le livre au « fils de Monsieur Perreault
de l'Académie François ». On invoque surtout le témoignage de Mlle Lhéritier, parente des Perrault et familière

---

[1]. La question avait déjà été posée en 1826 par Walckenaer, par
Paul Lacroix dans la préface de l'édition Jouaust (1876); par Jules
le Petit dans la *Bibliographie des éditions originales d'écrivains français
du XVᵉ au XVIIIᵉ siècle* (1888); enfin par d'Eylac dans son excellente
étude sur l'édition originale des Contes *(La Bibliophilie en 1891-1892)*.
— Voir ouvrages et articles mentionnés pp. LXXIII-LXXX.

de leur maison. En 1695 [1], elle publie des contes dans
un recueil d'*Œuvres mêlées* — le premier, *Marmoisan*, dédié
à « Mademoiselle Perrault », sœur de Darmancour. S'étant
trouvée, dit-elle, « dans une compagnie de personnes d'un
mérite distingué où la conversation tomba sur les poèmes,
les contes et les nouvelles, on s'arrêta beaucoup à raisonner
sur cette dernière sorte d'ouvrage : on en examina de divers
caractères, en vers et en prose, et l'on y donna une infinité
d'éloges à la charmante nouvelle de *Griselidis* »; le « merveilleux » de *Peau d'Ane* et le « naïf enjouement » des
Souhaits ridicules eurent aussi « grand nombre de partisans »
et chacun rendit hommage aux « vives lumières », au
mérite et à la science de leur « illustre auteur ». On en vint
à parler, poursuit Mlle Lhéritier, « de la belle éducation
qu'il donne à ses enfants; on dit qu'ils marquent tous
beaucoup d'esprit, et enfin on tomba sur les contes naïfs
qu'un de ses jeunes élèves a mis depuis peu sur le papier
avec tant d'agrément. On en raconta quelques-uns et cela
engagea insensiblement à en raconter d'autres. Il fallut
en dire un à mon tour. Je contai celui de *Marmoisan* [2],
avec quelque broderie qui me vint sur-le-champ dans
l'esprit. Il fut nouveau pour la compagnie, qui le trouva
si fort de son goût et le jugea si peu connu qu'elle me dit
qu'il fallait le communiquer à ce jeune conteur qui occupe
si spirituellement les amusements de son enfance. Je me
fis un plaisir de suivre ce conseil; et comme je sais,
Mademoiselle, le goût et l'attention que vous avez pour
toutes les choses où il entre quelque esprit de morale, je
vais vous dire ce conte tel à peu près que je le racontai.
J'espère que vous en ferez part à votre aimable frère; et

---

1. Le privilège et l'achevé d'imprimer portent la date de 1695,
le titre celle de 1696 : particularité signalée par E. Storer, J. Roche-
Mazon, enfin par P. Delarue. La date de 1695 figure d'ailleurs au titre
d'un exemplaire de la Bibliothèque de l'Arsenal. *Les Œuvres mêlées*
ont été réimprimées en Hollande (1696) sous un nouveau titre :
Bigarrures ingénieuses.

2. *Marmoisan ou l'innocente tromperie, nouvelle héroïque et satirique*
(*Œuvres mêlées*, pp. 2-115).

vous jugerez ensemble si cette fable est digne d'être placée
dans son agréable recueil de contes. » On ne saurait être
plus explicite : « voilà qui est net », conclut Émile Henriot.

Un autre témoignage nous vient d'une nouvelle anonyme, l'*Histoire de la Marquise-Marquis de Banneville* — où
l'on voit une fille déguisée en garçon et un garçon déguisé
en fille qui finissent par s'épouser — nouvelle deux fois
publiée dans le *Mercure*, en février 1695 d'abord, puis,
avec quelques additions, en septembre 1696. On sait
que cet opuscule pose une énigme : quand le rédacteur
du *Mercure* présente *La belle au bois dormant* en février 1696,
il prétend que le conte est de la même encre que l' « Histoire de la petite Marquise » publiée l'année précédente
et « si applaudie ». Paul Bonnefon suppose que l'*Histoire
de la Marquise-Marquis* est de Mlle Lhéritier; Mme Roche-
Mazon croit y reconnaître une collaboration de Charles
Perrault et de l'abbé de Choisy; Paul Delarue s'efforce de
prouver que l'abbé de Choisy et Mlle Lhéritier ont mis
ensemble la main à l'ouvrage. Quoi qu'il en soit, la
deuxième version du récit contient quelques lignes dont
le sens paraît clair. On demande à la marquise si elle a lu
La belle au bois dormant : « Je n'ai, répond-elle, encore rien
vu de mieux narré, un tour fin et délicat, des expressions
toutes neuves, mais je ne m'en suis point étonnée quand
on m'a dit le nom de l'auteur. Il est fils de maître et s'il
n'avait pas bien de l'esprit, il faudrait qu'on l'eût changé
en nourrice. » Force est de constater qu'en 1696 le *Mercure*
laisse attribuer à Darmancour *La belle au bois dormant* —
le *Mercure* où Charles Perrault était *persona grata,* où Donneau
de Visé n'ignorait rien des activités littéraires d'un écrivain
avec qui il entretenait les meilleures relations.

Ainsi, de séduisantes hypothèses aidant, sans parler
des raisons du cœur (tel prend le parti du fils parce qu'il
lui plaît qu'un enfant ait tenu la plume[1]), rien ne paraît

---

1. « Pour moi, je veux continuer de croire que le conteur de ma
mère Loye fut un jeune garçon doué d'un esprit charmant, et non un
académicien ». (*Contes de ma mère Loye*, éd. Aveline; *préface de l'édi-*

plus simple que la genèse des « Contes de Pierre
Darmancour ». Selon Marty-Laveaux, Perrault aurait fondé
par jeu une sorte d'académie domestique, une « petite
Académie des contes de fées » dont il avait, bien entendu
la présidence, mais où son fils Pierre assumait la charge
de « rédacteur principal », de « véritable secrétaire perpé-
tuel ». Quant à Mlle Lhéritier, le bas-bleu du logis,
Mme Roche-Mazon et Paul Delarue supposent qu'elle
avait aussi son emploi dans la compagnie : animatrice et
pourvoyeuse, elle apportait des matériaux, aidait la mémoire
du jeune conteur ou lui soufflait à l'oreille des sujets et
des motifs empruntés au fonds d'une vieille nourrice en
sabots. Elle proposait un canevas, Darmancour se mettait
en besogne et, la rédaction terminée, le président se réser-
vait le droit d'accommoder le texte à son goût et d'y ajouter
des broderies de son cru : n'avait-il pas, des années durant,
assumé ce rôle de correcteur en amendant les ouvrages
composés à la louange du roi? Dans la trame des Contes
se noueraient donc trois éléments bien distincts : le simple
argument cueilli sur les lèvres des mies, la prose naïve et nue
de l'enfant, enfin les ornements, les traits d'esprit dont
Charles Perrault crut bon d'enrubanner l'histoire en y
mettant la dernière main. Paul Delarue n'hésite pas à
reconnaître la participation du père dans « les moralités
en vers, les mots précieux, les remarques spirituelles, les
allusions aux modes, aux toilettes, au mobilier, aux mœurs
et aux usages du Grand Siècle. » Quel dommage que le
barbon soit venu tout gâter! « Si ces écrits continuent à
toucher les adultes et à émouvoir tous les enfants du monde,
c'est, non à cause des parures que leur a ajoutées le vieil
académicien, mais grâce à la simplicité, à l'authenticité,

---

teur). Faisant allusion aux dons éclatants des garçons de « treize ans »,
Henry de Montherlant cite l'exemple de Darmancour : « On dit que
Perrault écrivit ses Contes en collaboration avec son petit garçon
Darmancour, sous le nom duquel ils parurent d'abord. Tous ceux
qui pensent devraient se ménager un pareil collaborateur à leur vie.
Il leur dira trente paroles insignifiantes, puis une qui dans un homme
prouverait le génie » (*La Relève du matin*, p. 39).

à l'accent populaire qu'a su leur conserver un jeune garçon à la mémoire toute fraîche et qui, par son intermédiaire, sont passés dans les textes que nous connaissons. » Fait unique dans la littérature, note de son côté Marty-Laveaux, c'est un enfant qui s'adresse aux enfants et parle leur langage : « petite voix grêle » qui « traversera les siècles pour redire, sans y rien changer, aux générations successives de bambins attentifs, les vieux contes de sa nourrice ».

Un dernier argument, relevant cette fois de la critique interne : entre les Contes en vers, signés de Charles Perrault, et les *Histoires du temps passé,* entre *Les Souhaits ridicules* et *Cendrillon* — ici tant d'aisance et là tant de maladresse ! — la différence apparaît si grande qu'on est fondé à croire que les ouvrages ne sont pas de la même main.

Tel est le dossier des avocats de Pierre Darmancour.

La petite voix grêle d'un enfant... En 1697, quand le livre parut chez Barbin, la voix de Darmancour avait déjà, à n'en pas douter, le timbre grave qui sied à celle d'un soldat. Âgé de dix-neuf ans, et non de dix, comme le veut une légende pieusement recueillie par maintes notices biographiques[1], il était à la veille d'obtenir un brevet de lieutenant dans le régiment Dauphin. Sa carrière y fut brève : il mourut en mars 1700[2]. Comment ne pas trouver

---

1. Pierre Grimal, *Dictionnaire des biographies,* 1958 : « *Les contes de ma mère l'Oye* qu'il publia d'abord sous le nom de son fils, un enfant de dix ans »; on lit dans la même notice que « plus tard on ajouta aux huit contes en prose... trois contes en vers ».

2. L'année même de la publication des Contes, en novembre 1697, cet « enfant » attira à Charles Perrault une très fâcheuse affaire. Il se rendit coupable d'un homicide sans doute involontaire : rixe, accident, on ne sait, les registres du Châtelet ayant à cette date des lacunes. Une pièce du *Minutier central* (XLIII, 233) mentionne les « offres faites par Charles Perrault » le 18 novembre, « à Marie Fourré, veuve de Martin Caulle, maître menuisier, de lui payer la somme de 2 000 livres à laquelle elle pouvait prétendre contre Pierre Perrault, fils mineur dudit Charles Perrault, pour les frais de maladie, médicaments et enterrement de Guillaume Caulle son fils ». Un acte du 30 avril 1698 (CII, 177) fait état de la quittance donnée « par Marie Fourré à Charles Perrault, comme tuteur de Pierre Perrault son fils, pour une somme de 2 079 livres à laquelle il avait été condamné par sentence du Châtelet du 15 avril 1698 (M. Jurgens, *op. cit.,* p. 311).

étrange que, trois ans après la publication d'un livre dont le succès fut incontestable, le *Mercure* enregistre son décès sans faire la moindre allusion aux Contes? On se borne à rappeler qu'il « était le fils de M. Perrault, ancien contrôleur des Bâtiments du Roi, l'un des quarante de l'Académie Française, dont nous avons quantité d'ouvrages de galanterie et d'érudition très estimés ». Comment ne pas s'étonner que le rédacteur du même *Mercure,* après avoir annoncé, dans la livraison de janvier 1697, la mise en vente des *Hommes illustres* et du quatrième volume du *Parallèle,* passe sans transition, et sans donner de nom d'auteur, aux *Histoires du temps passé* ? « Je me souviens, dit-il, de vous avoir envoyé l'année dernière le conte de *La belle au bois dormant,* que vous me témoignâtes avoir lu avec beaucoup de satisfaction. Ainsi je ne doute point que vous n'appreniez avec plaisir que celui qui en est l'auteur vient de donner un recueil de contes qui en contient sept autres avec celui-là... Je suis fort sûr qu'ils vous divertiront beaucoup, et que vous y trouverez tout le mérite que de semblables bagatelles peuvent avoir. » Ainsi présentée, l'annonce du volume a, de l'avis même d'Émile Henriot « quelque chose d'assez troublant », comme apparaît « bien déconcertante la volonté évidente de ne pas imprimer le nom de *celui qui en est l'auteur.* » Il y a mieux : en mai 1703, à la mort de Charles Perrault, le *Mercure* consacre à l'écrivain un article de plus de vingt pages; et, cette fois, on laisse entendre sans ambages qu'il est à la fois l'auteur de *Griselidis* et de *La belle au bois dormant.* Après avoir payé tribut au *Dialogue de l'Amour et de l'Amitié,* à la « Vie de saint Paulin en vers français », au *Siècle de Louis le Grand,* le rédacteur en arrive aux Contes : « M. Perrault a fait beaucoup d'ouvrages qu'il n'a regardés que comme des amusements et qui ne laissent pas d'avoir leur mérite; comme il savait bien peindre et qu'il tirait d'une matière tout ce qu'elle pouvait lui fournir, on ne doit pas s'étonner si tous ces ouvrages ont été bien reçus du public, et si le succès de *Griselidis* a été si grand. Je ne parle point d'un assez grand nombre d'autres ouvrages que l'on trouvera dans le recueil de ses œuvres. Son génie était universel et brillait dans les moindres bagatelles : on peut dire qu'il changeait en or tout ce qu'il touchait. L'heureuse fiction où l'Aurore et le petit Jour sont si ingénieusement introduits, et qui parut il y a neuf à dix années, a fait naître tous les contes des fées qui ont paru depuis ce temps-là, plusieurs personnes d'esprit n'ayant pas cru ces sortes d'ouvrages indignes de leur réputation. »

Une remarque s'impose : c'est seulement avant la publication des Contes que des allusions sont faites à Darmancour, et ces allusions viennent d'amis de Perrault qu'il est permis de croire complices d'une supercherie ; l'ouvrage ayant vu le jour, et son succès étant assuré, on ne trouvera plus, semble-t-il, personne dans l'entourage de Perrault — en dépit de la dédicace à Mademoiselle — pour prendre au sérieux l'attribution à un « enfant ». Au reste, il est un passage des *Œuvres mêlées,* qu'on ne cite guère, et qu'il paraît difficile d'interpréter en faveur de Darmancour : « Avertissez vos amis, dit Mlle Lhéritier à propos de la vogue des contes, qu'ils n'aillent pas juger de cette mode par les seuls ouvrages qu'elle m'a fait produire; ils lui feraient tort. Ils en verront bientôt d'une autre délicatesse. »

Un témoignage difficile à récuser est celui de l'abbé Dubos : lorsqu'il écrivait à Bayle des lettres familières qu'il ne songeait pas à publier, pour quels motifs aurait-il attribué les Contes en prose au père s'ils avaient été l'œuvre du fils? Voici une lettre du 23 septembre 1696 : « Ce même libraire [Barbin] imprime aussi les Contes de ma mère l'Oye par monsieur Perrault [1]. Ce sont bagatelles auxquelles il s'est amusé autrefois pour réjouir ses enfants. Il m'a chargé de vous faire ses compliments. » Une autre, du 1er mars 1697 : « Madame Daunoy ajoute un second volume aux Contes de ma mère l'Oye de monsieur Perrault. Notre siècle est devenu bien enfant sur les livres, il lui faut des contes, des fables, des romans et des histoires... Ce sont

---

1. Citation curieusement tronquée par P. Delarue, qui s'en tient à cette première phrase (*Les Contes merveilleux de Perrault,* p. 266).

ceux-là qui enrichissent les libraires et qu'on réimprime
en Hollande. » Et celle-ci, du 19 août 1697 : « Monsieur
Perrault vous salue, mais il ne vous croit point. Il dit que
vous n'avez point raison, parce qu'il aura été assez
bonhomme pour écrire des contes, de penser qu'il puisse
croire votre compliment[1]. » Voilà qui est net...

Une pièce encore à produire au procès : la page des
Entretiens sur les contes de fées — dialogues entre un « Parisien » et un « provincial » — où l'abbé de Villiers, en 1699,
laisse entendre qu'il sait à quoi s'en tenir sur le véritable
auteur des *Histoires du temps passé*. « Vous m'avouerez
— dit le provincial — que les meilleurs contes que nous
ayons sont ceux qui imitent le plus le style et la simplicité
des nourrices et c'est pour cette seule raison que je vous ai
vu assez content de ceux que l'on attribue au fils d'un
célèbre académicien. Cependant vous ne direz pas que les
nourrices ne soient point ignorantes. — Elles le sont, il
est vrai — répond le Parisien —; mais il faut être habile
pour bien imiter la simplicité de leur ignorance : cela n'est
pas donné à tout le monde; et quelque estime que j'aie
pour le fils de l'académicien dont vous parlez, j'ai peine
à croire que le père n'ait pas mis la main à son ouvrage[2]. »

On observera enfin que si le libraire hollandais Desbordes
impute l'ouvrage au « fils de Monsieur Perreault[3] »,
Moetjens, plus prudent ou sans doute mieux averti, reproduit les Contes en prose sans donner de nom d'auteur; que
la veuve Barbin qui, elle, avait évidemment la clef de
l'énigme, réimprimant en 1707 les *Histoires du temps passé*,
avec la pagination et les gravures de l'édition originale, fait
paraître le recueil sous le titre suivant — repris en 1724
par Gosselin — : *Contes de Monsieur Perrault*.

---

1. *Choix de la correspondance inédite de Pierre Bayle publiée par Émile
Gigas*, 1890.

2. *Entretiens sur les contes de fées et sur quelques autres ouvrages du temps*
(*second entretien*, pp. 108-109).

3. En revanche, une « nouvelle édition » publiée par Desbordes en
1716 porte le titre suivant : *Histoires ou Contes du temps passé... par
Mr Perrault*.

Tels sont les textes, les faits qui plaident en faveur du père. Peut-on, en toute bonne foi, prétendre que « les partisans de Charles Perrault, avec leurs mains à peu près vides de raisons », n'ont « pour eux que leurs conjectures » ?

Reste le problème du style. Se refuser à voir la même encre dans *Griselidis* et dans *Le Chat botté,* autant enlever à Gobineau les *Nouvelles asiatiques* parce qu'il a commis l'illisible *Amadis.* Perrault, dit joliment André Hallays, « ouvrait-il la bouche pour parler le langage des dieux, il n'en sortait que des crapauds; se résignait-il à l'humble prose, ce n'étaient que fleurs » : une prose dont le tour et l'accent se reconnaissent dans *Cendrillon* comme dans les *Mémoires de ma vie,* dans *Riquet à la houppe* comme dans le conte allégorique de la *Lettre à l'abbé d'Aubignac.*

Admettons qu'au temps où Darmancour était écolier, son père lui ait donné à développer des sujets empruntés à la tradition populaire; qu'on se soit plu à glaner dans ces exercices quelques naïvetés de bon aloi; qu'ayant pris la peine à son tour de mettre ces histoires « sur le papier », Perrault ait chargé ses enfants du rôle attribué par la légende à la servante de Molière : faudrait-il pour autant parler d'une collaboration? En somme, les contes de Perrault seraient de Darmancour « comme les fables de La Fontaine sont l'œuvre d'Ésope[1] » Disons mieux : peut-être sont-ils de Darmancour comme *Le Tartuffe* est de Corneille.

Vers 1683, quand le commis de Colbert se vit contraint de faire la retraite, les contes de fées n'étaient pas encore pâture de libraire. Ils couraient depuis longtemps dans les salons où, portés par le vent de la mode, ils évinçaient peu à peu les madrigaux, les portraits et les maximes. Déjà, en 1656[2], Mme de Sévigné divertit la Grande Mademoiselle avec l'histoire de la « cane de Montfort », une cane qui,

---

1. D'Eylac, *La Bibliophilie en 1891-1892.*
2. Lettre du 30 octobre.

sans être la mère l'Oye en personne, du moins « lui ressemble fort ». Un jour d'août 1677[1], Mme de Coulanges vient faire part à sa cousine des « contes avec quoi l'on amuse les dames de Versailles » : leur donner cette distraction, c'est, dit-elle, les « mitonner »; pendant une « bonne heure », la marquise se laisse aussi mitonner; elle entend l'histoire d'une princesse qui a grandi sous la tutelle des fées avant d'être enlevée par son amant dans une boule de cristal. S'il en faut croire Sandras de Courtilz[2], Colbert aurait eu « des gens tout exprès pour l'entretenir des contes qui ressemblaient assez à ceux de Peau d'Ane » : il est piquant d'imaginer le contrôleur des Bâtiments — tels ces personnages mi-partis des comédies-ballets —abandonnant un instant ses dossiers pour dire à son maître l'histoire de Cendrillon. « Si Peau d'Ane m'était conté... » avoue La Fontaine en 1678[3]. Louis XIV cédait à la même faiblesse : quand on l'eut, à sept ans, « tiré des mains des femmes », son chagrin fut grand de n'avoir plus pour s'endormir des contes de Peau d'Ane », si bien que son valet de chambre La Porte se vit obligé de lui lire le soir, « d'un ton de conte », l'histoire de Mézeray — « et le roi y prenait plaisir »[4]. Un demi-siècle plus tard, il y prenait plaisir encore; Versailles avait sa mère l'Oye : la femme d'un conseiller d'État, Mme Le Camus de Melsons, une amie de Mlle Lhéritier[5]. On disait des contes chez Mme de Lambert, chez Mlle de La Force, chez la duchesse d'Épernon; les mêmes canevas passaient de main en main. Ainsi, « ce qui n'avait été inventé que pour divertir les enfants » devint « l'amusement des personnes les plus

---

1. Lettre du 6 août.
2. *Annales de la Cour de Paris pour les années 1697 et 1698*, II, p. 167.
3. *Fables*, VIII, 4.
4. *Mémoires de M. de La Porte, premier valet de chambre de Louis XIV*, 1755, p. 248.
5. Mlle Lhéritier, *Œuvres mêlées*, p. 122 :
  Vous dont l'expression naïve
  A su divertir tant de fois
  De ses contes charmants le plus puissant des rois...
  Inimitable Le Camus...

sérieuses » et la vogue des contes fit « tomber dans le décri » les romans interminables dont la cour et la ville avaient fini par se lasser[1].

Toujours à l'affût de l'actualité, sensible à l'attrait de la mode, Perrault devait accueillir avec faveur le dernier venu des divertissements littéraires. Il y voyait un ingénieux moyen d'amuser et d'instruire des « jeunes élèves »; au reste, le conte de bonne femme lui semblait s'apparenter avec les genres littéraires dans lesquels La Fontaine — son modèle — s'était exercé. Précepteur du duc de Bourgogne quand Perrault l'était de ses propres enfants, Fénelon ne mettait guère non plus de différence entre l'apologue et le conte merveilleux : toutes les histoires qu'il imagine à l'intention de son élève — *L'Abeille et la mouche* comme le *Voyage dans l'île des Plaisirs*, *Le lièvre qui fait le brave* comme l'*Histoire de la reine Gisèle et de la fée Corysante* — sont des fables, au sens large du mot, faites pour revêtir d'images sensibles des vérités morales[2]. Perrault se sentait une vocation de fabuliste. Son recueil de 1675 contient un curieux petit ouvrage, *Le Labyrinthe de Versailles,* commentaire « galant » des motifs sculptés, empruntés aux fables d'Ésope, qui décoraient dans le parc un ensemble de fontaines. C'est une suite d'apologues comprenant chacun un bref récit en prose d'une sécheresse tout ésopique, auquel se coud une moralité préfigurant curieusement les moralités versifiées des *Histoires du temps passé.* Celle-ci, par exemple :

> Tout homme avisé qui s'engage
> Dans le Labyrinthe d'Amour
> Et qui veut en faire le tour,
> Doit être doux dans son langage,

---

1. Abbé de Bellegarde, *Lettres curieuses de littérature et de morale,* 1702, pp. 80, 212.

2. Les *Fables* de Fénelon, dont plusieurs sont de véritables contes merveilleux, ont été écrites à partir de 1690. Le texte de toutes les *Fables* a paru pour la première fois en 1823 (*Œuvres de Fénelon,* édit. Lebel, tome XIX).

> Galant, propre en son équipage,
> Surtout nullement loup-garou.
> Autrement toutes les femelles,
> Jeunes, vieilles, laides ou belles,
> Blondes, brunes, douces, cruelles,
> Se jetteraient sur lui comme sur un hibou [1].

Une autre encore, dont les rimes se retrouvent à la fois dans un couplet de Quinault et à la fin du *Petit chaperon rouge* :

> De ces jeunes plumets plus braves qu'Alexandre
>   Il est aisé de se défendre;
> Mais gardez-vous des doucereux,
> Ils sont cent fois plus dangereux [2].

Le dernier ouvrage publié par Perrault est sa *Traduction des Fables de Faërne,* « mise en vers à l'intention des jeunes gentilshommes réunis par les frères Dangeau, au faubourg de Charonne, pour y être élevés à leurs frais ». Le livre s'ouvre par une estampe allégorique dont l'analogie est frappante avec le frontispice des *Histoires du temps passé :* même thème de la conteuse amusant de ses propos un cercle de jeunes auditeurs. On a voulu marquer pourtant que la mère l'Oye et la Fable n'étaient pas de même condi-

---

1. Le ton est le même dans les commentaires versifiés qui, dans *Le Cabinet des Beaux-Arts* (1690), accompagnent le « recueil d'estampes gravées d'après les tableaux d'un plafond »; ainsi, ces quelques vers, à propos d'une image de Mercure :
> Pour obtenir ce qu'on désire
> Par les finesses du bien dire,
> Et par l'appât caché d'un tour ingénieux,
> Il faut avoir de la souplesse,
> Et de cette subtile adresse
> Dont je fais réussir les affaires des dieux.
2. *Le Triomphe de l'Amour, ballet,* 1681 :
> Évitez bien ces gens qui font les doucereux;
> Beaux ou laids, tous sont dangereux.
Cf. aussi Mlle Lhéritier, *Œuvres mêlées (L'Adroite princesse)* :
> Craignez les blondins doucereux
> Qui fatiguent les ruelles.

tion : la Fable apparaît sous les traits d'une élégante jeune femme, non d'une vieille fileuse à bonnet paysan.

C'est en 1690 que Mme d'Aulnoy, fine mouche toujours prête à prendre le vent, se hasarde à mettre au jour un conte merveilleux en prose, qu'elle glisse avec prudence dans la trame d'un roman — l'*Histoire d'Hypolite, comte de Duglas*. On peut supposer que le succès de l'ouvrage encouragea Perrault à exploiter la même veine. Tentatives encore bien timides. Ni *Griselidis,* dont il fait donner lecture à l'Académie en 1691, ni *Les Souhaits ridicules,* dont les abonnés du *Mercure galant* eurent la primeur en 1693, ne trahissent le souci de s'écarter du sillage de La Fontaine. Perrault s'en tient à la forme versifiée; gaillardises mises à part, *Griselidis* vient de Boccace comme *Les Oies du frère Philippe* ou *La Gageure des trois commères :* une simple « nouvelle », entendons un « récit de choses qui peuvent être arrivées sans rien qui blesse la vraisemblance »; quant à l'histoire « de la femme au nez de boudin », comme dit Boileau, ce n'est, moitié fable, moitié fabliau, qu'une maladroite mise en œuvre d'un thème déjà traité par La Fontaine.

Il en va autrement de *Peau d'Ane :* un conte en vers encore, mais cette fois conte merveilleux où entrent en jeu une marraine fée, une cassette enchantée, un âne qui laisse tomber sur la litière des écus au soleil. Mettre en vente chez Coignard, une « histoire à dormir debout », en 1694, au plus fort de la querelle académique, quand Boileau allait publier ses neuf premières *Réflexions sur Longin* et lancer au visage de son adversaire l'outrageant portrait du pédant, quelle provocation et quelle audace!

Perrault est convaincu que le conte de bonne femme peut se ranger au nombre des genres littéraires nouveaux qui, tel l'opéra, font honneur aux Modernes : « les fées ne sont pas moins en droit de faire des prodiges que les dieux de la fable[1]. » L'emploi du merveilleux — un merveilleux emprunté aux *Amadis* ou au *Roland furieux* —

---

1. Mlle Lhéritier, *Les Enchantements de l'Éloquence* (conclusion).

entrait pour une bonne part dans le succès des tragédies
lyriques de Quinault. En 1672, à la représentation des
Fêtes de l'Amour et de Bacchus, on avait applaudi aux évo-
lutions de sept démons volants, d'un lutin et d'une sorcière; dans *Amadis,* ce ne sont qu'enchanteurs : Alquif,
Urgande, Arcalaus, Arcabonne; *Roland* est un opéra-féerie
où le roi Démogorgon commande à une troupe de génies,
la reine Logistille à une troupe de fées; *Armide :* une magi-
cienne, un magicien, un palais enchanté que détruit un
escadron de démons volants[1]. Un passage du *Parallèle*[2]
rapproche habilement les « contes de vieille » et l'opéra :
« Dans un opéra, dit l'abbé, porte-parole de l'auteur, tout
doit être extraordinaire et au-dessus de la nature. Rien
ne peut être trop fabuleux dans ce genre de poésie; les
contes de vieille comme celui de Psyché en fournissent
les plus beaux sujets et donnent plus de plaisir que les
intrigues les mieux conduites et les plus régulières... Ces
sortes de fables... ont le don de plaire à toutes sortes
d'esprits, aux grands génies de même qu'au menu peuple,
aux vieillards comme aux enfants; ces chimères bien maniées
amusent et endorment la raison, quoique contraires à cette
même raison, et la charment davantage que toute la vraisemblance imaginable. »
    Substituer des magiciens et des fées aux divinités décré-
pites n'était pas moins audacieux que « poétiser à la chrétienne » à la façon de Chapelain ou de Desmarets de Saint-
Sorlin. Perrault va plus loin : il pense que le conte merveilleux ne doit pas nécessairement revêtir une forme versifiée.
La Serre, l'abbé d'Aubignac ne s'étaient-ils pas risqués à
écrire des tragédies en prose? « Comme les comédies qui
sont en prose ne sont pas moins des poèmes dramatiques
que les comédies qui sont en vers, pourquoi les histoires
fabuleuses que l'on raconte en prose ne seraient-elles pas
des poèmes aussi bien que celles que l'on raconte en vers?...

---

1. *Amadis* (1684); *Roland* (1685); *Armide* (1686).
2. *Parallèle,* III, p. 283.

Les vers ne sont qu'un ornement de la poésie, très grand
à la vérité, mais ils ne sont point de son essence [1]. »

Rien ne paraissait moins sûr encore que le succès d'un
genre qui n'avait de nom dans aucun traité de littérature
— genre mineur au surplus, comme la fable dont faisaient
bon marché les régents du Parnasse; la prudence va conseiller à Perrault de tâter le public; avant d'engager sa
réputation de poète et d'académicien, il chargera même
des éclaireurs, des « batteurs d'estrade », d'éprouver les
réactions de la critique et des lecteurs.

En 1695 paraît une nouvelle édition des Contes en vers.
Elle est augmentée d'une préface — moitié plaidoyer,
moitié manifeste — où se devine une façon adroite de
préparer la publication des *Histoires du temps passé*. Fraî-
chement réconcilié avec Boileau après une retentissante
querelle, encore meurtri des blessures que lui avaient
values *Peau d'Ane* et *Les Souhaits ridicules*[2], Perrault répond
à ceux qui l'ont censuré et veut se laver d'un double
reproche. Aux « personnes graves » qui tiennent les contes
pour pures bagatelles, il objecte que ces bagatelles, enve-

---

1. *Parallèle*, III, p. 148. — Même idée dans *Le Cabinet des Beaux-Arts*,
1690, p. 17. « Il n'a pas été possible d'exprimer tous les sujets dont la
poésie se mêle, sa juridiction n'étant pas moins étendue que la vaste
imagination des hommes. Car il ne faut pas croire qu'elle se renferme
à faire des ouvrages en vers. Il y en a une infinité en prose dont on lui
est plus redevable qu'à l'éloquence, comme les romans, les historiettes
et les nouvelles dont l'invention est la partie la plus considérable. »

2. Cf. l'épigramme de Boileau :

Si du parfait ennuyeux
Tu veux trouver le modèle,
Ne cherche point dans les cieux
D'astre au soleil préférable;
Ni dans la foule innombrable
De tant d'écrivains divers,
Chez Coignard rongés des vers,
Un poète comparable
A l'auteur inimitable
De *Peau d'Ane* mis en vers.

Dans une lettre à Arnauld (juin 1694), Boileau mentionne avec une
ironie dédaigneuse « le conte de Peau d'Ane et l'histoire de la femme
au nez de boudin, mis en vers par M. Perrault de l'Académie française ».

loppant d'un « récit enjoué » une « morale utile » ont pour
objet d'instruire et de divertir tout ensemble; à ceux qui
lui font grief de ne pas suivre les anciens, il cite l'exemple
des fables milésiennes et rétorque que l'histoire de
la « Matrone d'Éphèse » est la même que celle de *Griselidis,*
que l'histoire de Psyché est un « conte de vieille comme
celui de *Peau d'Ane* », que *Les Souhaits ridicules* offrent le
même enseignement que « la fable du laboureur qui obtint
de Jupiter le pouvoir de faire comme il lui plaisait la pluie
et le beau temps »; il fait observer enfin, en bon partisan
des Modernes, que les contes « inventés par nos aïeux
pour divertir leurs enfants » méritent mieux d'être retenus
que la plupart des contes de l'antiquité : on n'y trouve
point d'énigmes impénétrables comme dans la fable de
Psyché, ni rien qui puisse « blesser ou la pudeur ou la
bienséance ». Un conte dans le goût de *Peau d'Ane,* conclut
Perrault en citant Mlle Lhéritier :

> Divertit et fait rire
> Sans que mère, époux, confesseur,
> Y puissent trouver à redire.

Charles Perrault et Mlle Lhéritier : deux têtes sous un
même bonnet. Vers la fin de l'année 1695, la poétesse
acceptait de jouer la colombe de l'arche et servait son
compère en publiant le recueil d'*Œuvres mêlées.* Elle
avait pouvoir de donner le change au public : il fallait
faire connaître que l'académicien tenait tout prêt un cahier
de contes en portefeuille, mais laisser entendre aussi que
l'ouvrage était de l'un de « ses écoliers ». Supercherie à
laquelle, dès les premières pages de son livre, elle se prête
habilement, non sans brûler à l'occasion quelques grains
d'encens en l'honneur du père, ni sans glisser, on l'a vu,
une allusion à l'extrême délicatesse des contes qui viendront
après les siens. Elle en met quatre dans son recueil : *L'Avare
puni* et *Marmoisan* ne sont que des nouvelles, l'une en vers,
l'autre en prose, où « tout se passe dans l'ordre naturel »
sans que « les fées y prennent leur part »; dans *Les Enchantements de l'Éloquence* et dans *L'Adroite Princesse* inter-
viennent en revanche des ressorts merveilleux. *Les Enchan-*

tements de l'Éloquence nouent dans une même intrigue le thème des *Fées* et celui de *Cendrillon;* à la manière de Perrault, la conteuse situe l'aventure « au temps passé », au temps « où il y avait en France des fées, des ogres, des esprits follets », et fait à chaque page de piquantes allusions à l'actualité; certaines façons de dire semblent empruntées à un bien de famille demeuré indivis : Mlle Lhéritier reproduit à la lettre trois vers de *Peau d'Ane,* une phrase de la préface des Contes en vers; comme Cendrillon, Blanche, l'héroïne, excelle à « godronner des fraises » et à « dresser des collets montés », et, comme l'ogre du *Petit Poucet,* c'est en leur jetant « de l'eau dix ou douze fois sur le visage » que le prince ranime les dames évanouies. Sans doute reconnaît-on, aux pédanteries, aux enjolivements filan-dreux, la plume pesante du bas-bleu; *L'Adroite Princesse* est d'un tour plus allègre : c'est à se demander si, cette fois, Perrault n'a pas çà et là apporté sa contribution; tel était le sentiment des éditeurs du XVIIIe siècle qui firent de la princesse Finette une sœur de Cendrillon.

En publiant des contes merveilleux en prose, Mlle Lhéritier se flatte de « marcher des premiers dans des routes nouvelles »; elle sait qu'elle va « mettre les autres en train ». On lui a soufflé d'autres ambitions : elle va raisonner sur le nouveau genre littéraire, entrant exacte-ment dans les idées de son oncle. Elle n'ajoute qu'« un peu de broderie » aux récits hérités de la « sagesse de nos pères »; le moment venu de prendre la plume, elle se sent « de l'humeur du Bourgeois gentilhomme », ne voudrait « ni vers ni prose », ennemie à la fois des « grands mots », des « brillants » et des « rimes »; enfin, les contes ne sont à son goût qu'une façon de « prouver agréablement la solidité des proverbes ». Nos ancêtres, dit-elle, « qui étaient ingénieux dans leur simplicité, s'apercevant que les maximes les plus sages s'impriment mal dans l'esprit si on les lui présente toutes nues, les habillèrent, pour parler ainsi, et les firent paraître sous des ornements. Ils les exposèrent dans de petites histoires qu'ils inventèrent, ou dans le récit de quelque événement qu'ils embellirent. Et comme ces récits n'avaient pour but que l'instruction des jeunes gens et qu'il n'y a que le merveilleux qui frappe bien vivement l'imagination, ils n'en furent pas avares; les prodiges sont fréquents dans les fables [1]. »

En février 1696, Catherine Bernard [2] obtient un privilège pour *Inès de Cordoue,* roman grossi de deux contes en prose, dont *Riquet à la houppe,* qu'on retrouvera, sous une autre forme, dans les *Histoires du temps passé.* Peut-être, comme Mlle Lhéritier, assumait-elle la charge de reconnaître les dispositions des lecteurs : Fontenelle la patronnait, faisait d'elle souvent son prête-nom — et Fontenelle était étroitement lié avec Perrault, dont il ne pouvait ignorer les desseins. C'est aussi en février 1696 que Perrault donne au *Mercure* une première version, anonyme, de *La belle au bois dormant.* Pour ne pas éveiller les soupçons et se mettre à l'abri des brocards de ses adversaires, il va juger bon de brouiller les pistes. Donneau de Visé attribuera le conte à l'auteur de « l'Histoire de la Petite Marquise » publiée dans sa revue l'année précédente, et dans une seconde mouture de cette même histoire, laissera entendre que *La belle au bois dormant* est l'œuvre d'un « fils de maître ». Pourquoi tant de mystères, si la seule réputation de Pierre Darmancour avait été en cause?

Peu après, Perrault prend enfin parti. Un privilège du roi, daté du 28 octobre, permet « au sieur Darmancour de faire imprimer un livre qui a pour titre *Histoires ou Contes du temps passé* » — privilège que « ledit sieur Darmancour » cède à Claude Barbin : en janvier 1697, le livre est en vente « sur le second perron de la Sainte-Chapelle ». Amateur de typographies soignées et de belles estampes

---

1. *Œuvres mêlées,* pp. 229, 300.
2. Ou plutôt son éditeur, ni le privilège ni la page de titre ne mentionnant son nom. On observera que, si Perrault s'est dissimulé sous le nom de son fils, tous les auteurs de contes gardent l'anonymat : Mme d'Aulnoy, c'est « Madame ** »; Mme d'Auneuil, « la Comtesse D. L. »; Mme Durand, « Madame *** »; Mlle de La Force, « Mademoiselle de *** »; Mme de Murat, « la Comtesse de **** »; Mlle Lhéritier, « Mlle L'H *** »; le chevalier de Mailly, « le sieur De *** ».

— qu'on ouvre un exemplaire du *Saint Paulin* — Perrault se contente cette fois de vignettes grossières, pareilles aux images naïves d'un almanach de chez Oudot : pouvait-il charger Sébastien Le Clerc d'illustrer un livre signé par un « enfant »? Ainsi toutes les précautions se trouvaient prises pour que le véritable auteur fût à même de désavouer, au besoin, son ouvrage. Il entrait probablement dans cette prudence une part de calcul et de sollicitude paternelle. Mise au compte d'un jeune homme qui attendait d'être pourvu, la dédicace à Mademoiselle apparaît-elle tout à fait désintéressée? On aime à croire que Darmancour, comme Cendrillon, tenait « du ciel en partage » esprit, courage, bon sens et « autres semblables talents »; mais on peut supposer qu'il avait besoin, « pour son avancement », lui aussi, d'une « marraine ».

Dénier à Perrault la paternité des Contes ne suffisait pas. On lui a cherché une autre querelle : des esprits ingénieux ont « découvert » qu'il n'était, en fait, qu'un « transcripteur [1] », tout au plus un « compilateur de talent », puisqu'il ne tirait pas les sujets de son propre fonds. Transcripteurs, à ce compte, et La Fontaine, et Racine, et Molière! Comme ses contemporains, Perrault prend son bien où il le trouve, convaincu que :

> ...c'est la manière
> Dont quelque chose est inventé
> Qui beaucoup plus que la matière
> De tout récit fait la beauté [2].

Il est permis de voir un symbole dans le frontispice de l'édition Barbin qui montre la mère l'Oye contant près des tisons. Est-ce une nourrice venue de Touraine qui fit frémir Charles Perrault enfant au récit de la Barbe bleue? A-t-il emprunté, sur le tard, à l'érudition de Mlle Lhéritier

---

1. M. Loeffler-Delachaux, *Le Symbolisme des contes de fées,* 1949, p. 7.
2. *Les Souhaits ridicules.*

ou au répertoire d'une vieille Champenoise rencontrée à Rosières chez les Guichon? Peu importe. L'article publié dans le *Mercure* en janvier 1697 — certainement avec le *nihil obstat* de l'intéressé — laisse entendre que l'auteur des Contes ne s'est pas fait faute de puiser à la tradition orale. « Ceux qui font ces sortes d'ouvrages, dit-on, sont ordinairement bien aises de croire qu'ils sont de leur invention. Pour lui, il veut bien qu'on sache qu'il n'a fait autre chose que les rapporter naïvement en la manière qu'il les a ouï conter dans son enfance » : contes « originaux et de vieille roche », que « depuis peut-être plus de mille ans » se sont transmis, « en enchérissant toujours les uns sur les autres, un nombre infini de pères, de mères, de grand-mères, de gouvernantes et de grandes amies. »

Un secrétaire, un truchement de la mère l'Oye, qui laisse venir à lui les histoires et, comme dit Sainte-Beuve, boit tout bonnement « à la source dans le creux de sa main » : l'image est à la fois séduisante et simpliste. En fait, les *Histoires du temps passé,* œuvre d'un homme de cabinet, doivent autant peut-être aux livres qu'à la mémoire des nourrices. *Riquet à la houppe* est un récit de souche lettrée, qui n'a rien à voir avec le vieux fonds populaire. La docte Mlle Lhéritier, fille, il est vrai, d'un historiographe, ne rédigea pas les nouvelles de *La Tour ténébreuse* « sans avoir lu avec un soin extrême » tout ce qu'ont dit « d'Argentré, Catel, du Tillet, Sainte-Marthe, Mariana, Belleforest, Duchesne, Mézeray et plusieurs autres »; ainsi, avant de se mettre à *Griselidis,* soucieux d'établir si l'aventure de la bergère devenue marquise avait un fondement historique, Perrault s'était consciencieusement documenté, compulsant tour à tour les *Contes* de Boccace et les livrets « en papier bleu ». Tout porte à croire qu'il a confronté les « fables » recueillies au coin du feu avec les adaptations littéraires qui en avaient déjà été faites. L'un des « vieux romans »[1] prônés par son ami Chapelain, *Perceforest,* con-

---

1. Jean Chapelain, *De la lecture des vieux romans* (publié pour la première fois en 1870).

tient l'histoire d'une belle endormie dont s'éprend un roi. Comme son frère Pierre traducteur de *La Secchia rapita* [1], comme beaucoup d'honnêtes gens de son temps, il entendait familièrement l'italien. Les citations, les allusions qu'on rencontre dans ses ouvrages laissent supposer que sur les tablettes de son cabinet — « tablettes de huit pieds de haut dont deux garnies de drap gris à galons et frange de soie » — trouvaient place et l'*Aminta* et l'*Orlando furioso*. Sans aller jusqu'à les démarquer, à la façon de Mme d'Aulnoy ou du chevalier de Mailly, il a fait de larges emprunts aux *Piacevoli notti* du nouvelliste vénitien Straparola [2] : entre *Le Chat botté*, par exemple, et le conte que les traducteurs ont intitulé *La Chatte blanche*, les ressemblances sont trop flagrantes pour qu'il soit permis d'en douter. Autre ouvrage italien que Perrault ne pouvait ignorer : *Lo Cunto de li cunti* ou *Pentamerone*, de Giambattista Basile : écrites en patois napolitain, sorte de sabir qui n'a rien d'hermétique, et terminées chacune par une courte moralité versifiée, les cinquante nouvelles de Basile forment un « trésor » d'histoires, de proverbes, de calembours et de coq-à-l'âne. C'est un abus de prétendre que toute la matière des Contes de Perrault vient du *Pentamerone :* on ne saurait nier pourtant ce que *Les Fées* doivent aux *Doie pizzelle*, *La belle au bois dormant* à la nouvelle intitulée *Sole, Luna e Talia*.

---

1. *Le Seau enlevé;* épopée burlesque d'Alexandre Tassoni (1565-1635).
2. Publié en 1550 et 1553, le recueil de Giovan Francesco Straparola a été traduit en français *(Les Facétieuses Nuits)* par Louveau (1560: première partie) et par Larivey (1572 : seconde partie). — L'ouvrage de Basile, *Lo Cunto de li cunti, overo lo Trattenemiento de' peccerille (Le Conte des contes, ou le divertissement des enfants)* a paru en cinq « journées » de 1634 à 1636, sous le pseudonyme de Gian Alesio Abbattutis; c'est à partir de 1674 qu'il a reçu le titre de *Pentamerone*. Une édition critique en a été publiée en 1891, avec une importante introduction et des notes de Benedetto Croce. Il a été traduit en allemand (1846) et en anglais (1932). Quelques contes seulement du *Pentamerone* ont été adaptés en français par Charles Deulin *(Les Contes de ma mère l'Oye avant Perrault)*.

*
* *

Les thèmes exploités par Perrault n'ont donc rien de typiquement français. On ne les retrouve pas seulement dans le folklore italien; depuis des siècles, des millénaires, ils volent de bouche en bouche, également familiers aux Chinois, aux Égyptiens, aux Berbères et aux Samoyèdes. Comme les nursery tales ou les Märchen des vieilles Bavaroises, les contes de Perrault sont « les contes de tout le monde[1] ».

D'où vient ce fonds de récits merveilleux? Quel est l'itinéraire de leurs migrations? A travers l'intrigue enfantine de l'histoire, peut-on découvrir, en filigrane, un sens caché? Questions que des érudits amateurs ou des savants patentés se sont évertués à résoudre. On a échafaudé des systèmes, l'un bousculant l'autre; on a émis des hypothèses, et souvent énoncé des postulats, à grand renfort de formules péremptoires : « De toute évidence... En toute certitude... On ne saurait douter que... »

L'école de Max Müller, d'Angelo de Gubernatis, de Michel Bréal[2], dont les théories s'apparentent à celles de Jacob Grimm, voit dans les contes un « patois de la mythologie[3] », un résidu de vieux mythes solaires, stellaires, crépusculaires — legs venu des Aryens avec les langues indo-européennes. Ogres et fées représenteraient les derniers avatars de héros ayant jadis incarné des phénomènes naturels; Peau d'Ane, Cendrillon, La Barbe bleue : autant de petits drames cosmiques dont les véritables acteurs sont le soleil et l'aurore, le nuage et la nuit, l'hiver et l'ouragan. Tout n'est pas billevesées dans cette interprétation allégorique, pourtant tombée dans le discrédit par l'excès même

---

1. Sainte-Beuve, *Nouveaux Lundis*, I.

2. Max Müller, *Essais sur la mythologie comparée,* trad. de l'anglais, 1873; Angelo de Gubernatis, *Mythologie zoologique ou les légendes animales,* trad. de l'anglais, 1874; Michel Bréal, *Mélanges de mythologie et de linguistique,* 1878.

3. Joseph Bédier, *Les Fabliaux*, p. 54.

des interprétations qu'on en a faites [1]. « Disons tout de suite, affirme Hyacinthe Husson, que la grande préoccupation de nos ancêtres de l'Asie centrale s'appliquait aux phénomènes atmosphériques, aux luttes de la lumière et de l'obscurité. » La fillette coiffée d'un chaperon rouge? Une aurore qui, « s'acheminant vers sa mère-grand, c'est-à-dire vers les aurores qui l'ont précédée, est interceptée par le soleil dévorateur sous la forme d'un loup ». Le « marquis » sortant de l'eau? « Un emblème du soleil levant. » Le sens mythique du *Petit Poucet* saute aux yeux : « Les bottes de sept lieues sont un symbole de la vélocité de la lumière; la forêt, c'est le nuage qui passe; la lumière aperçue du haut de l'arbre, c'est l'aurore prochaine; les cailloux et les miettes de pain éparpillés sur la route, ce sont les étoiles et la Voie lactée. » Si la reine ogresse de *La belle au bois dormant* a tous les traits « d'une Rakchasi, l'épouvante nocturne, la puissance de destruction », de « Nirriti, dont le Çivaïsme a fait Maha-Kali, déesse à la grande bouche et aux grandes dents », on ne saurait nier que la petite chienne Pouffe ne soit à la fois parente « du chien Sirius ou Seirios des mythes grecs, de ce chien gardien des étoiles dont les monnaies de Céos et quelques gemmes antiques donnent une représentation » — et « de Saramâ, la chienne en quête de l'Aurore dans le Rig-Véda. » Divertissantes débauches d'érudition, qui rappellent de près ce qu'on rencontre dans le vieux traité de Dupuis sur l'*Origine de tous les cultes* [2].

C'est de l'Inde que sont venus tous les contes merveilleux avant de faire le tour du monde, pensent les orientalistes disciples de Théodore Benfey; mais la source des histoires ne se perd pas dans la nuit des temps; les contes

---

1. Hyacinthe Husson, *La Chaîne traditionnelle*, 1874; André Lefèvre, *La Mythologie dans les Contes de Perrault* (pp. L-LXXX de l'édition des Contes), 1875; Frédéric Dillaye, édition des Contes, avec « une étude sur leurs origines et leur sens mythique », 1880.

2. Sur l'allégorisme mythologique au XVIIIe siècle, voir Jean Deshayes, *De l'abbé Pluche au citoyen Dupuis : à la recherche de la clef des fables* (*Studies on Voltaire and the 18th Century*, Genève, 1963).

ne doivent rien aux anciens mythes; la plupart ont eu pour auteurs les premiers apôtres du Bouddha, dont l'enseignement moral s'agrémentait d'apologues. Au cours du Moyen Age, à la faveur de traductions arabes, hébraïques ou syriaques, ces fables émigrèrent vers l'Occident et chacun se fit un jeu de les travestir à la mode de son pays. Telles étaient déjà, au temps de Perrault, les idées de l'évêque d'Avranches, Daniel Huet : les récits de fictions, dit-il, ont eu les Orientaux pour inventeurs[1]. Se refusant à admettre que les versions venues des bords du Gange « représentent la souche du conte » parce qu'elles sont en général les plus anciennes que nous possédions, Joseph Bédier a vigoureusement battu en brèche le système india-niste, qui ne paraît pas s'être « relevé du coup qu'il lui a porté[2] ».

Andrew Lang[3] fait appel à l'ethnologie pour expliquer les éléments surnaturels des contes — restes, selon lui, d'une formation primitive. Ces histoires d'ogres et de fées, d'animaux qui parlent, d'êtres ou d'objets qui par magie changent de forme reflètent des croyances et des coutumes antérieures à toutes les distinctions de races, abolies chez nous depuis bien longtemps, mais vivantes encore chez certaines peuplades arriérées. Analyse-t-on les contes en les ramenant aux conceptions élémentaires sur lesquelles ils reposent, on s'aperçoit, constate Andrew Lang, que beaucoup de ces conceptions appartiennent à la sauvagerie. Il semble que la théorie ethnologique, « acceptable comme interprétation du merveilleux des contes dans son ensemble », puisse assez mal s'appliquer à l'affabulation

---

1. *Lettre de Monsieur Huet à Monsieur de Segrais de l'origine des romans,* 1678, p. 10. Telles étaient aussi, sans doute, les idées de Mme d'Aulnoy. Dans *Ponce de Léon (Les Contes des fées)* Juana prétend tenir ses contes « d'une vieille esclave arabe ». — En revanche, selon Mlle Lhéritier *(Les Enchantements de l'Éloquence),* les contes de fées sont des « fables gauloises qui viennent apparemment en droite ligne des conteurs ou troubadours de Provence ».

2. Gédéon Huet, *Les Contes populaires,* p. 34.

3. Andrew Lang, *Perrault's popular tales, from the original edition, with introduction,* 1888.

d'une histoire dans le goût du *Chat botté* — ne parlons pas de *Riquet à la houppe !* — qui « répond à des conditions sociales trop compliquées [1] » pour être l'œuvre de primitifs.

C'est dans le prolongement du système d'Andrew Lang que Saintyves prétend situer son étude sur *Les Contes de Perrault et les récits parallèles* [2]. Les thèmes des contes populaires seraient une survivance de vieux rites tombés en désuétude. Ici, rites initiatiques : *Le petit Poucet* montre comment on fait un homme d'un enfant; *La Barbe bleue* forme les femmes à leur rôle d'épouses; *Riquet à la houppe* enseigne au mari comme à la femme les lois du mariage; enfin *Le Chat botté* apprend au futur chef les exigences de son nouvel état. Ailleurs, rites saisonniers : voici, dans *Les Fées,* un « récit du premier janvier », qui s'explique « tout entier par l'obligation où l'on était jadis de traiter les fées avec égard et de leur offrir breuvage et nourriture au nouvel an »; « l'interdiction de filer durant la jeunesse de la belle au bois dormant, c'est-à-dire dans le temps de la nouvelle année, se rattache précisément à une coutume qui, selon les pays, oscille entre Noël et les Rois »; l'histoire de Cendrillon, « la reine des Cendres », celle de Peau d'Ane, « la reine des travestis ou du Carnaval », celle du petit chaperon rouge, « la petite reine de Mai », auraient jadis commenté les coutumes saisonnières qui précèdent ou célèbrent le renouveau. Certains prennent encore au sérieux les théories de Saintyves — à qui Paul Delarue reproche non sans raison des assimilations hasardeuses, une critique insuffisante des documents, sans parler des coups de pouce donnés à des relevés de faits.

De tant de dissertations savantes, que reste-t-il ? Plus de conjectures que de certitudes. Évidemment nos fées, « *fatae* en bas-latin, *fadas* provençales, *fades* de Gascogne, *fadettas, fadettes, fayettes* d'un peu partout, avec pour conjoints parfois *fadets* et *farfadets* [3] » sont les héritières

---

1. Gédéon Huet, *op. cit.* p. 59.
2. Cf. p. LXXVI.
3. Henri Dontenville, *La Mythologie française*, 1948, p. 186.

des Parques et tiennent leur nom de *Fata,* les Destins.
Peut-être l'Ogre s'apparente-t-il à la fois aux cannibales
des anciens âges et à l'Orcus infernal[1]. Que *La belle au
bois dormant,* où se devine la « représentation d'un cycle »
— succession du jour et de la nuit, sinon révolution de

---

[1]. « Li Ogre : anciens habitants du royaume de Logres (*Lanc.*
641). Ce nom a été rattaché à tort à celui des Hongrois. Il est plus
vraisemblable qu'il représente celui de la divinité infernale *Orcus;*
cf. A. Eckhardt, *L'Ogre,* dans *Revue des études hongroises,* 1927, pp. 368-
69, et *De Sicambria à Sans Souci,* Paris, 1943, pp. 53-71. *Ogre* vient
de *Orcanus,* dérivé de *Orcus* » (L.-F. Flutre, *Table des noms propres
figurant dans les romans du Moyen Âge,* 1962). Notons que l'Ogre apparaît
sous la forme *Orque* dans l'*Ovide bouffon* de Richer (1662) :

> Sachant par cœur de mot à mot
> L'Orque, le petit Pucelot,
> La Souris, Peau d'Ane et la Fée.

Aucune explication satisfaisante n'a encore été donnée de l'expression : *contes de ma mère l'Oye.* On lit dans la préface de l'édition Lamy
(1781, p. XI) que cette expression est prise « d'un ancien fabliau, dans
lequel on représente une mère l'oie instruisant de petits oisons et leur
contant des histoires qu'ils écoutent avec une si grande attention qu'ils
semblent bridés par l'intérêt qu'elle leur inspire »; nous ignorons
à quel fabliau l'auteur de la préface peut faire allusion. — André
Lefèvre (*op. cit.,* pp. LVI-LVIII) affirme que « des recherches savantes
ont permis d'assimiler en toute certitude notre fileuse à une reine
au pied d'oie, Pédauque, fort populaire dans la vieille France, souvent
représentée sur le portail des églises »; suit une apparence de démonstration où sont mentionnées tour à tour la reine de Saba, Berthe au
grand pied, la Freya nordique, Junon et sainte Lucie « à laquelle
est consacré le canard »; il ajoute que « le pied écarté des palmipèdes
a pu être l'emblème de la lumière matinale qui, de l'horizon, rayonne
dans toutes les directions ». Paul Delarue (*Le Conte populaire français,*
p. 19) constate que ces affirmations relèvent de l'imagination pure;
il suppose que l'expression assimile « les histoires de vieilles femmes
et de nourrices au bruyant caquetage des oiseaux. » Contes « de
gardeuses d'oie », suggère Jacques Barchilon : comment expliquer
alors qu'on disait aussi dès le XVIᵉ siècle (Rabelais, *Pantagruel,* XXIX)
un « conte de la cigogne »? Toutes sortes d'expressions pouvaient
s'appliquer aux contes de bonne femme : « Le vulgaire appelle *conte
au vieux loup, conte de vieille, conte de ma mère l'oye, conte de la cigogne,
conte de Peau d'Ane, conte à dormir debout, conte jaune, bleu, violet, conte
borgne,* des fables ridicules telles que sont celles dont les vieilles gens
entretiennent et amusent les enfants » (*Dictionnaire de l'Académie,* 1694).
Paul Delarue signale qu'en Allemagne on appelait jadis ces histoires
contes de l'oie bleue, de la cane bleue ou *de la cane noire.*

l'année — soit « susceptible d'interprétation mythologique[1] »; que les sept enfants du bûcheron ou les sept
femmes de la Barbe bleue rappellent de vieilles croyances
à la vertu des nombres; que *Les Souhaits ridicules* aient
jadis figuré dans un trésor d'histoires amassé par un ingénieux bouddhiste, on l'admet volontiers : les contes
semblent « chargés d'un long passé humain[2] »; mais personne n'a découvert encore la clef fée bonne à tous les
récits merveilleux. Sans aller jusqu'à l' « agnosticisme » de
Bédier pour qui « le problème de l'origine et de la propagation des contes est l'un de ces problèmes mal posés où
s'épuisent en pure perte les forces vives des chercheurs[3] »,
disons, avec Gédéon Huet, que le « savoir a des limites[4] ».

Pouvait-on croire qu'un jour Perrault trouverait place
dans une *Anthologie littéraire de l'occultisme*[5], aux côtés de
Claude de Saint-Martin, de William Blake et de Péladan?
Les épisodes successifs de *La belle au bois dormant* sont aux
yeux des adeptes « une peinture très précise des opérations
du grand œuvre ». *Peau d'Ane*, dit-on, présente « des analogies si précises avec l'enseignement alchimique classique »
qu'il apparaît difficile de n'y pas voir une intention de
Perrault : l'or pleut sur la litière de l'âne et « les descriptions de la princesse *couverte d'une vilaine crasse,* tiraillée
par les *valets* (à savoir par les *serviteurs* ou *aidants* alchi-
miques) répondent aux descriptions hermétiques classiques
de la *matière au noir*[6] ». Même symbole dans le personnage
de la Barbe bleue : le « *noir azur* rimbaldien » de sa « fourrure faciale » nous fait comprendre que ses travaux « en
sont restés au stade de la *Pierre au noir* ou de *l'aile de Corbeau,*
en attendant l'avènement de la *blanche Colombe* qui ne s'est

---

1. Jeanne Lods, *Le Roman de Perceforest*, p. 89.
2. Paul Hazard, *Les livres, les enfants et les hommes*, p. 207.
3. Joseph Bédier, *op. cit.* p. 285.
4. Gédéon Huet, *op. cit.* p. 67.
5. Robert Amadou et Robert Kanters, *Anthologie littéraire de l'occultisme*, 1950.
6. René Alleau, *Les voiles féeriques de la Voie* (*Cahiers du Sud*, août 1954).

pas encore manifestée. C'est pourquoi il poursuit les dames désespérément *volatiles* sans parvenir à les *fixer* autrement que dans le sinistre placard[1]. » Tout cela tombe sous le sens. Tel autre nous révèle que la fille du roi épousant le prince charmant « représente une parcelle de l'Inconscient s'associant en vue d'une action féconde et déterminée avec la parcelle correspondante du Conscient », qu'à s'en tenir au « degré initiatique », les six frères du petit Poucet symbolisent : le premier, les corps solides ; le deuxième, les liquides ; le troisième, les gaz ; le quatrième, le premier éther ; le cinquième, le deuxième éther ; le sixième, le troisième éther — le petit Poucet représentant de son côté « le quatrième éther ou corps astral, principe animique impérissable ».

Le même exégète mentionne le « voyage d'investigation » que les psychanalystes ont entrepris à travers les contes de fées ; il s'émerveille que, « renouvelant les exploits de Thésée », ils aient découvert « ô miracle ! la fleur du Mythe étoilant de ses pétales le mystérieux lac des Songes[2]. » Sans nier, a priori, l'intérêt que peuvent offrir ces recherches — appliquées moins aux Contes de Perrault qu'aux données traditionnelles qui s'y trouvent mises en œuvre — on se demandera s'il n'entre pas quelque intempérance dans beaucoup d'interprétations. Bottes magiques du petit Poucet, « bobinette » et « chevillette », chaperon rouge, gueule du loup, autant de symboles sexuels, paraît-il. Bouvard et Pécuchet voyaient les mêmes mystères dans le bric-à-brac de leur musée secret et Salvador Dali a recours aux mêmes méthodes pour expliquer *l'Angélus* de Millet[3].

---

1. Aimé Patri, *Doctrine secrète des ogres (ibid.)*. — Dans son *Parallèle* (I, p. 15). Perrault s'égaie aux dépens de ceux qui interprètent ainsi les ouvrages des anciens : « C'est un plaisir de voir à quelles allégories ces interprètes ont recours quand ils perdent la tramontane : cela va parfois jusqu'à dire que le secret de la pierre philosophale est caché sous les ténèbres savantes et mystérieuses de leurs allégories. »

2. M. Loeffler-Delachaux, *op. cit.* p. 16. L'auteur attribue à Perrault les contes de Mme d'Aulnoy *(La Biche au Bois; Gracieuse et Percinet; Serpentin vert)*.

3. Salvador Dali, *Le Mythe tragique de l'Angélus de Millet*, 1964.

Perrault se fût ébaubi de tout ce savoir. Un dialogue
de Fontenelle montre Ésope conversant avec Homère
dans l'autre monde; au fabuliste qui lui demande s'il est
vrai, comme le prétendent les doctes, qu'il a caché dans ses
poèmes « les secrets de la théologie, de la physique, de la
morale, des mathématiques mêmes », qu'il a « tout su et
tout dit à qui le comprenait bien », Homère répond bonnement : « Hélas! point du tout. Je ne m'en suis jamais
avisé. [1] »

« Il était une fois... » Cette entrée en propos, dont Apulée
déjà faisait usage, — « Erant in quadam civitate rex et
regina [2]... » — renvoie à un passé vague et poétique, à
« l'heureux temps, dit Mme d'Aulnoy, où les fées vivaient. »
Héritée de la tradition orale, elle témoigne que les contes
ont été longtemps confiés à la mémoire des simples avant
qu'un « Homère bourgeois » fît de ces naïves épopées la
matière d'un livre. La broderie de Perrault court sur un
canevas dont la texture rustique demeure apparente. A la
simplification des personnages, à leur outrance, se reconnaît
la marque de la poétique populaire : le prince de *Peau
d'Ane* est « le plus grand » qui soit « sur la terre » et le petit
chaperon rouge « la plus jolie » fillette de village « qu'on
eût su voir »; de sa mère, « la meilleure personne du
monde », Cendrillon tient « une douceur et une bonté sans
exemple », mais sa marâtre est « la plus hautaine et la plus
fière qu'on eût jamais vue »; voici Barbe bleue, « si laid,
si terrible », et Riquet à la houppe, « si laid et si mal fait »
avant de devenir « l'homme du monde le plus beau et le
plus aimable ». Çà et là, de vieux mots cueillis sur les lèvres
des mies donnent au récit une grâce mystérieuse et désuète :
la robe de Peau d'Ane est couleur du « temps »; l'ogre
qui sent la chair fraîche « fleure » partout dans sa cuisine;

---

1. Fontenelle, *Dialogues des Morts*, V.
2. Apulée, *Métamorphoses*, IV (Histoire de Psyché).

sœur Anne, sur sa tour, voit le soleil qui « poudroie » et l'herbe qui « verdoie[1] ». Viennent aussi de la tradition orale les répétitions qui rythment l'histoire à la manière d'un refrain, « réminiscence et sorte d'écho lointain des formes poétiques autrefois traversées » par les contes : Peau d'Ane s'en va « bien loin, encor plus loin »; le maître Chat emploie la même formule pour intimider les « faucheux » et les moissonneurs; trois fois, la femme de la Barbe bleue adresse à sœur Anne le même appel angoissé; les questions du petit chaperon rouge et les réponses du loup alternent comme les versets dialogués du *Roi Loys* ou de la complainte de *Jean Renaud*.

Perrault aimait la parodie. Il travestit plaisamment à la mode du jour les fabuleuses histoires venues du fond des âges; il en use avec Peau d'Ane et la Barbe bleue comme il en avait usé, dans *Les Murs de Troie,* avec Pâris et la belle Hélène. Ainsi, à la faveur du procédé burlesque de l'anachronisme, les Contes offrent en raccourci une « peinture achevée » de la France au temps de la Maintenon : y figurent et la cour, et la ville, et le menu peuple des champs.

Une place, comme il se devait, a été faite au grand roi. On le reconnaît dans *Peau d'Ane,* « seul enfin comparable à soi », ou dans *Griselidis,* « comblé de tous les dons et du corps et de l'âme », entendu à la fois aux beaux-arts et au « métier de Mars ». Perrault sait avec quel faste se célèbre un mariage princier : arcs de triomphe, feux d'artifice, ballets, opéras et carrousels rehaussent l'éclat des noces du marquis de Salusses. Avec sa cour pavée de marbre, son salon de miroirs, ses chambres toutes dorées, ses lits en broderie d'argent, le palais de la belle au bois dormant semble une réplique de Versailles. Ses hautes tours entourées de bois? Peut-être celles du château que les Colbert possédaient à Seignelay, aux confins de la Bourgogne et de la

---

1. On a rangé parmi les archaïsmes des termes que les dictionnaires du XVIIe siècle ne donnent pas comme vieux : ainsi *habiller* (en parlant de la viande); *mortifier*; *cuire* (au sens de : cuire le pain). En revanche, *verdoyer*, aujourd'hui en usage, est considéré comme démodé par La Bruyère (*Caractères,* XIV, 73) et par le *Dictionnaire de l'Académie*.

Champagne. Habit de velours rouge, manteau à fleurs d'or, mouches de la bonne faiseuse, cornettes à deux rangs, telle est la parure des bourgeoises qui, comme les sœurs de Cendrillon, veulent singer les duchesses. Le Chat botté? Un Mascarille ou un Scapin. Le maître du Chat, le petit Poucet? Deux parvenus dont l'un doit sa fortune à sa bonne mine et l'autre à son ingéniosité. La Barbe bleue a tout l'air d'un traitant bien pourvu, à en juger par les meubles qu'on admire dans sa maison des champs : tapisseries, cabinets, guéridons, sofas, miroirs à bordure de vermeil doré. Voici, « crayons » légers comme le décor d'une fable de La Fontaine, des paysages de l'Ile-de-France : la forêt où les bûcherons travaillent et le chemin bordé de noisetiers qui conduit au moulin, la plaine verdoyante que sœur Anne découvre du haut de la tour, la vaste métairie et ses cours grouillantes de volaille. Tout Parisien qu'il est, Perrault se flatte de bien savoir ce qui se passe « de plus particulier » dans les « huttes » et les « cabanes ». Blaise et Fanchon « las de leur pénible vie », les parents du petit Poucet se lamentent devant la huche vide sont frères des paysans qu'ont connus La Bruyère et Vauban. Parfois Perrault nous reporte aux jours du premier sommeil de la belle au bois dormant : les reines bréhaignes allaient alors aux eaux de Forges, les fillettes de village portaient encore chaperon et des collets montés engonçaient les mentons des femmes; allusions à un passé récent dont s'égayaient les contemporains de Perrault — comme aujourd'hui nous nous amusons à évoquer les modes de la « belle époque ».

Perrault a mis beaucoup de lui-même dans ses Contes. Les *Histoires du temps passé* reflètent les goûts d'un bourgeois raisonnable et cartésien, pourtant sensible « au charme robuste et profond des choses domestiques [1] » : la tendresse y côtoie la malice; une sagesse désabusée s'y fait jour, celle d'un vieil homme qui ne s'en laisse plus conter sur le train du monde. On a constaté souvent qu'il n'use de la féerie

---

1. Anatole France, *Le Livre de mon ami*, p. 291.

qu'avec discrétion, qu'il ne met rien d'extravagant, de surréaliste, dans son monde enchanté : ni forêts peuplées de magiciens ou de nains barbus, ni pays de Cocagne, ni palais d'escarboucles flottant sur des lacs de vif-argent. Perrault ignore les fantaisies gratuites, les extravagances dans l'invention verbale, les amplifications monstrueuses ou cocasses : il laisse à Mme d'Aulnoy la pomme qui chante, la fève qui parle, le petit oiseau vert qui dit tout. Démons et merveilles ne sont pas son fait. La clef fée représente le seul élément magique de *La Barbe bleue;* tout le surnaturel du *Petit Poucet* se réduit aux bottes de sept lieues; sans cesse un détail réaliste, un trait spirituel, une réflexion narquoise ramènent sur la terre — une terre de Champagne ou de Beauce — l'aventure merveilleuse : la fée de *La belle au bois dormant* arrive dans un char « tout de feu traîné par des dragons », à la façon des magiciennes de Quinault, et le roi, « à la descente du chariot », lui va « présenter la main »; la femme de la Barbe bleue frotte la clef ensorcelée « avec du sablon et du grès »; quand l'ogre soudain devient lion, le maître Chat gagne aussitôt les gouttières, non « sans péril, à cause de ses bottes, qui ne valaient rien pour marcher sur les tuiles ». On a dit aussi — remarque devenue lieu commun — que Perrault avait humanisé les héritières des antiques Destinées. Nixes ou péris, les fées des mythologies étrangères ne sont pas de la race des hommes; les fées de Perrault font simplement figure de bienveillantes marraines ou de vieilles dames un peu susceptibles : elles viennent s'asseoir à notre table, elles se chauffent à notre foyer. Les métamorphoses qu'elles opèrent sont marquées par « la logique de l'impossible » et « le bon sens de l'absurde [1] » : la marraine de Cendrillon fait naître d'une citrouille jaune un carrosse doré, un cocher d'un rat moustachu et transforme des lézards en laquais chamarrés.

Le conteur est le premier à sourire de ses histoires. Il laisse deviner que sa féerie n'est qu'un artifice et qu'à

---

1. E. Krantz, *Essai sur l'esthétique de Descartes,* 1882, p. 112.

regarder de près, « la source de la magie est dans l'âme humaine[1] ». A quoi bon faire intervenir la baguette de la fée pour expliquer la métamorphose du gnome Riquet? Il suffit d'invoquer la facilité du cœur à embellir ce qu'il aime. Le pathétique de *La Barbe bleue,* la progression dramatique du récit tiennent uniquement à des ressorts humains. Perrault connaît la tendresse des mères, et leurs préférences secrètes[2]; il sait comment tarissent les larmes des veufs, comment l'or change la couleur d'une barbe, comment l'esprit vient aux filles et l'éloquence aux amants. De M. de Nemours au prince Riquet à la houppe, il n'y a pas si loin; mais que le conteur, dans *Le Chat botté,* esquisse la silhouette du monarque débonnaire ami de la bouteille et prompt à expédier une affaire, qu'il raille dans *Peau d'Ane* la tristesse du curé déjeunant tard et privé d'offrande, ou l'habileté du casuiste à légitimer l'amour incestueux du roi, c'est à *Candide,* cette fois, que nous songeons.

Voltaire ne s'est pas reconnu d'affinités avec Perrault, qu'il montre assiégeant vainement, en compagnie de La Motte et de Chapelain, les portes du « Temple du Goût ». Qui ne pressent déjà, pourtant, l'art de Voltaire dans cette façon leste et désinvolte de dire, dans cette netteté dépouillée d'un style que contiennent « les bornes d'une médiocrité raisonnable », loin des « expressions emphatiques » et des « figures surprenantes[3] »? Ni Perrault ni Voltaire ne

---

1. Émile Montégut, *Des fées et de leur littérature en France.*

2. La bûcheronne du *Petit Poucet* aimait Pierre plus que tous ses autres fils « parce qu'il était un peu rousseau et qu'elle était un peu rousse »; cf. *Parallèle,* II, p. 16 : « Ils ressemblent à ces mères qui aiment plus tendrement ceux de leurs enfants qui leur ont donné le plus de peine à élever, quoique mal sains et mal tournés — ou à ces chasseurs qui trouvent plus de goût à une grive sèche et maigre qu'ils ont rapportée de leur chasse qu'à tout l'excellent gibier que le rôtisseur aura fourni dans un repas magnifique. »

3. *Lettre à Monsieur Conrart* (*Recueil de divers ouvrages,* 1675) : « Je ne prétends pas qu'on me loue d'avoir atteint à cette médiocrité si souhaitable et si recherchée; il faut plus de force que je n'en ai pour y arriver et surtout pour s'y maintenir; mais je prétends qu'on ne doit pas me blâmer si je me la suis proposée, et si quelquefois j'ai refusé de m'élever pour ne me pas écarter de cette route moyenne que

mettent, comme dit Gœthe, « beaucoup d'eau dans leur encre ».

L'ami de Bossuet, le poète du *Saint Paulin,* le traducteur des hymnes de l'Église était convaincu de faire œuvre pie en écrivant les *Histoires du temps passé.* Dans la préface des *Fables,* La Fontaine avertit son lecteur que ses « badineries ne sont telles qu'en apparence », que « dans le fond elles portent un sens très solide », que « par les raisonnements et les conséquences » qu'on en peut tirer « on se forme le jugement et les mœurs ». A son tour Perrault prétend que les « bagatelles » qu'il propose ne sont pas « de pures bagatelles », qu'elles renferment « une morale utile » et qu'elles sont propres à déposer dans l'âme des enfants « des semences dont il ne manque guère d'éclore de bonne inclinations ». Telles ne sont pas « les idées de Liette », petite fille chargée par Jules Lemaître[1] de faire à Perrault son procès; au goût de Liette, il y a « bien du choix » dans les Contes : le Chat botté arrive à ses fins en mentant effrontément et ne se gêne pas pour croquer l'ogre qui vient de le recevoir civilement dans son château; le « grand benêt de marquis de Carabas » devient riche sans avoir rien fait de ses dix doigts; Fanchon, dans *Les Fées,* est punie plus qu'elle ne l'a mérité; la femme de l'ogre est bien mal récompensée par le petit Poucet. On pourrait ajouter, avec Émile Montégut, que le sujet de *Peau d'Ane* est aussi scabreux « que les plus hardies et les plus aventureuses des données de Shakespeare »; que le spirituel petit Poucet « loin d'être un héros à proposer comme exemple de vertu », a la mine « d'un Gil Blas ou d'un Figaro en herbe »; que l'ingénieux Chat botté « frise le chevalier d'industrie et le coureur d'aventures ». Comment qualifier cette mère qui soupçonnant son fils de se livrer à des écarts

---

j'ai choisie. » Cf.: « Il faut composer en peintre et finir en sculpteur, c'est-à-dire jeter beaucoup de choses sur le papier d'abord et achever en retranchant toujours » (*Pensées et fragments inédits* publiés par P. Bonnefon).

1. Jules Lemaitre, *En marge des vieux livres,* 1906.

de conduite, lui dit « qu'il faut bien se contenter dans la
vie » ? C'est un usage d'admettre que les Contes de Perrault
sont « charmants ». Charmants, si l'on veut, mais parfois
cruels jusqu'à la férocité : ici un mari tyrannique, ailleurs
un père dénaturé, et des marâtres impitoyables, des escrocs,
un Landru. La cruauté, à vrai dire, est une loi du genre :
les enfants et les hommes sont tous frères de « celui qui
s'en alla par le monde pour apprendre à frissonner [1] ».
On a affirmé aussi, avec beaucoup de sérieux, que les Contes
se placent « aux antipodes de la gauloiserie et des sous-enten-
dus égrillards [2] » : c'est les avoir lus bien à l'étourdie.
Quoiqu'il se défende d'avoir mêlé à ses histoires « certaines choses un peu libres dont on a accoutumé de les
égayer », Perrault ne se fait pas faute de lâcher, avec un
clin d'œil, par-dessus la tête des enfants, une gaillardise
ou un mot à double entente : la belle et le prince charmant
« dorment peu » pendant leur nuit de noces ; le petit Poucet
devenu messager des dames tient pour « peu de chose »
le gain que lui valent les lettres adressées aux maris.

La morale « louable et instructive » que Perrault prétend
mettre dans ses Contes est en réalité la simple morale de
l'intérêt — ce que Deschanel appelle « le rez-de-chaussée
de la morale ». Elle tient en quelques formules : le vice
est toujours puni, la vertu toujours récompensée ; on trouve
son avantage à « être honnête, patient, avisé, laborieux,
obéissant » ; une fillette a grand tort de prêter l'oreille
aux propos doucereux d'un loup ; l'entregent vaut mieux
que « les biens acquis » ; le doux parler a plus de prix que
les pistoles ; choses vaines, sans protecteurs, que tous les
talents reçus du ciel en partage. Constatations fondées
sur l'expérience quotidienne, simples conseils de prudence
qui doivent garder l'enfant de faire des pas de clerc dans
la vie. Il faut reconnaître qu'en dépit des bonnes intentions
de l'auteur, l'idéal que proposent les Contes est à la médiocre

---

1. *Contes* des frères Grimm.
2. Michel Carrouges, *L'Initiation féerique* (*Cahiers du Sud,* août 1954).

mesure humaine; il s'adresse à ceux qui n'ont d'autre ambition que de « cultiver leur jardin ».

*
* *

Le succès des *Histoires du temps passé,* dont témoignent deux tirages successifs chez Barbin — sans parler des contrefaçons —, ne manqua pas de donner le branle aux auteurs prompts à exploiter la mode. L'ingénieuse Mme d'Aulnoy avait sans doute en portefeuille des cahiers d'histoires merveilleuses : trois mois après la publication du recueil de Perrault paraissent chez le même Barbin, illustrés de vignettes du même goût naïf, les premiers volumes de ses *Contes des fées.* Bientôt, on se rue dans la carrière, dames et demoiselles venant en tête. En 1698, la vogue des contes est à son apogée : chaque mois met au jour un recueil nouveau [1]. Voici les *Contes des contes* de Mlle de La Force, et les quatre volumes des *Fées à la mode* — encore de Mme d'Aulnoy, et *Les Illustres Fées* du chevalier de Mailly, sans parler de la *Melusine* de Nodot ni des *Contes moins contes que les autres* du fécond nouvelliste Préchac. La mode des histoires merveilleuses passera vite : on les parodie au théâtre [2], on les critique sans ménagements [3]. En 1702, l'année même où Mme d'Auneuil publie un recueil portant un titre symbolique — *La Tyrannie des fées détruite* — l'abbé de Bellegarde constate que le public s'est lassé de « l'extravagance de ces sortes de livres... où il n'y a ni sens ni raison »; il est persuadé que « les contes des fées ont été bannis pour jamais [4]. »

Perrault meurt en 1703; les fées du terroir disparaissent

---

1. Voir E. Storer, *op. cit., bibliographie,* pp. 261-274 *(Les auteurs de contes de fées).*
2. Dufresny, *Les Fées ou Les Contes de ma mère l'Oye,* 1697; Dancourt, *Les Fées,* 1699.
3. Abbé de Villiers, *Entretiens sur les contes de fées,* 1699; Abbé Faydit, *La Télémacomanie,* 1700.
4. Abbé de Bellegarde, *Lettres curieuses de littérature et de morale,* p. 212.

avec lui[1]. Leurs prestiges vont faire place aux sortilèges venus de l'Orient. C'est en 1704 que la veuve Barbin met en vente le premier volume des *Mille et une Nuits, contes arabes* traduits par Galland [2], et qu'aux songes des lecteurs français s'ouvre un monde nouveau. Bientôt, pour alimenter la curiosité d'un public mis en goût par la bouche d'or de Schéhérazade, sortent « de chez Barbin, plus arabes que l'Arabie [3] », des adaptations romancées — tels *Les Mille et un Jours* [4] où la fantaisie de Lesage s'exerce sur les canevas orientaux fournis par Pétis de La Croix. Viennent aussi d'effrontés pastiches, portant une étiquette tartare, ou mongole, ou chinoise, dans le goût des recueils publiés par l'infatigable Thomas-Simon Gueullette : *Les Mille et un Quarts d'heure, Les Sultanes de Guzarate, Les Aventures merveilleuses du mandarin Fum-Hoam.* Un reflet d'Orient désormais va colorer tous les contes, qu'ils soient philosophiques, érotiques ou moralisants. Seul Rétif de la

---

1. Déjà, en 1699, dans la *Dédicace aux Fées modernes* qui précède ses *Histoires sublimes et allégoriques,* Mme de Murat laisse entendre que les fées rustiques sont tombées dans le discrédit : « Leurs occupations étaient basses et puériles, ne s'amusant qu'aux servantes et aux nourrices. Tout leur soin consistait à bien balayer la maison, mettre le pot au feu, faire la lessive, remuer et endormir les enfants, traire les vaches, battre le beurre, et mille autre pauvretés de cette nature ; et les effets les plus considérables de leur art se terminaient à faire pleurer des perles et des diamants, moucher des émeraudes et cracher des rubis. Leur divertissement était de danser au clair de la lune, de se transformer en vieilles, en chats, en singes et en moines bourrus, pour faire peur aux enfants et aux esprits faibles. C'est pourquoi tout ce qui nous reste aujourd'hui de leurs faits et gestes ne sont que des contes de ma mère l'Oye. Elles étaient presque toutes vieilles, laides, mal vêtues et mal logées ; et hors Melusine et quelques demi-douzaines de ses semblables, tout le reste n'étaient que des gueuses. Mais pour vous, Mesdames, vous avez bien pris une autre route... Vous êtes toutes belles, jeunes, bien faites, galamment et richement vêtues et logées, et vous n'habitez que dans la cour des rois, ou dans des palais enchantés. »

2. Sur la vogue du conte oriental, voir Nikita Élisséeff, *Thèmes et motifs des Mille et une Nuits,* 1949 ; Paul Delarue, *Le Conte populaire français,* pp. 23-27 ; Jacques Barchilon, *Uses of the fairy tale in the eighteenth century* (*Studies on Voltaire and the 18th Century,* 1963).

3. Hamilton, *Les Quatre Facardins.*

4. Publiés en 1710, 1711, 1712.

Bretonne aura commerce encore avec les fées françaises :
dans *Le Nouvel Abeilard* et dans *Les Contemporaines* sont
insérés des contes hérités d'une mère l'Oye bourgui-
gnonne[1]; à telle façon d'entrer en propos, on sent que Rétif
a bu aux mêmes sources que l'auteur du *Petit Poucet* :
« Il y avait une fois une famille qui habitait une jolie maison
au milieu des bois, appelée Charmelieu ou la Maison rouge.
Il fallait que ce fût bien loin d'ici, car il y avait dans ce
pays-là des gens qui mangeaient le monde. Le père se
nommait Brancabanda et la mère Houssihoussa, et ils
avaient quatre fils et quatre filles. Les garçons étaient grands
et bien faits; et les filles si belles, si belles, qu'on n'en a
jamais vu et qu'on n'en verra jamais qui les égalent : elles
savaient filer, coudre, broder et elles chantaient comme des
sirènes. » On prisait peu, au siècle des lumières, l'ingénuité
rustique de Rétif ou de Perrault. En 1773, l'abbé Sabatier
de Castres[2] reconnaît que Perrault « a fait quelques contes,
dont les enfants s'amusent, et qu'on peut lire encore dans
un âge avancé, pour affaiblir un moment d'ennui »; mais,
dit-il, « un homme qui fait tomber une aune de boudin
par la cheminée, qui occupe le grand Jupiter à attacher
ce boudin au nez d'une héroïne n'a pas prétendu travailler
pour les gens de goût »; sa prose est « diffuse, traînante,
monotone, incorrecte, dépourvue de tours et de pensée »;
ce qu'il a fait, de mieux, c'est « une épitaphe du maréchal
de Turenne ». André Chénier, à son tour, écrit en juin 1786 :
« Le hasard m'a fait lire, un de ces jours, les Contes de
Perrault, qu'on fait lire, m'a-t-on dit, à tous les enfants et
qu'on ne m'avait jamais fait lire. Il y en a en vers; il y en a
en prose. Il est bon d'avoir vu une fois en sa vie ces ouvrages
et ceux de semblable démence pour reconnaître jusqu'où

---

1. Dans *Le Nouvel Abeilard* (1778) : *Les quatre belles et les quatre
bêtes; Le demi-poulet.* Dans *Les Contemporaines,* tome 36 (1784) : *La
meunière à double mouture; La marraine damnée; La bête excommuniée;
La veuve et le voleur; Le voleur âne par pénitence.*
2. A. Sabatier de Castres, *Les trois siècles de la littérature française
ou tableau de l'esprit de nos écrivains depuis François Ier jusqu'en 1773,
par ordre alphabétique,* III.

l'esprit humain peut aller quand il marche à quatre pattes [1]. »

Venu l'âge du romantisme, celui des collecteurs de contes et de chansons populaires, Perrault franchit enfin les portes du purgatoire. Nodier qui hantait les lutins et les sylphes trouve en lui une âme fraternelle : il range les *Histoires du temps passé* — « chef-d'œuvre trop dédaigné du siècle des chefs-d'œuvre classiques [2] » — parmi « ces délicieuses compositions qui saisissent l'âme par des sympathies si vives, et qui la pénètrent d'enseignements si utiles et si doux [3] ». Dans le palais que Trésor-des-fèves a fait surgir en semant l'un de ses pois merveilleux, une bibliothèque rassemble « pour le plaisir et l'instruction d'une longue vie ce qu'il y a de plus exquis dans la littérature [4] » : *Robinson* y côtoie *Gulliver*, et *Don Quichotte La Barbe bleue*. « Théophile Gautier écrivait sans rire que *Peau d'Ane* était le chef-d'œuvre de l'esprit humain, quelque chose d'aussi grand dans son genre que l'*Iliade* et l'*Odyssée* [5]. » Nerval, en revanche, tout savant qu'il était en vieilles chansons et en légendes, semble avoir ignoré les contes de ma mère l'Oye : c'est à croire que le petit chaperon rouge n'alla jamais cueillir la noisette dans les bois de Mortefontaine.

Les deux *Lundis* que Sainte-Beuve consacra à Perrault ont été suivis d'une floraison d'articles presque ininterrompue [6]. Celui d'Émile Montégut : « De tous les contes écrits en France, les seuls qui portent la marque authentique de la poésie sont les Contes de Charles Perrault... Ils ne disent pas seulement une chose, ils en disent plusieurs, et leurs applications sont aussi nombreuses que les divers caractères et les diverses dispositions d'esprit des lecteurs; c'est qu'ils sont de la matière souple, malléable dont est faite

---

1. *Œuvres inédites* (édit. A. Lefranc, 1914).
2. *Histoire d'Hélène Gillet (Contes de la veillée)*.
3. *Paul ou la ressemblance (Contes de la veillée)*.
4. *Trésor des fèves et fleur des pois* (publié dans *Le Livre des Conteurs*, 1833, II, pp. 291-351).
5. Arvède Barine, *Les Contes de Perrault*.
6. Voir *Bibliographie*, p. LXXIV.

la vie humaine et que, comme la nature, ils sont de figure incessamment changeante sous leur apparence arrêtée et précise. » Selon Paul de Saint-Victor, « la couleur du xviie siècle, empreinte sur des légendes immémoriales, n'est plus aujourd'hui un anachronisme, mais une harmonie... La trompe des chasses de Marly et de Rambouillet sonne d'aussi loin à nos oreilles que le cor d'Artus dans la forêt de Brocéliande... Les rondes des fées et les menuets des duchesses se dessinent dans le même lointain brumeux et bleuâtre. Ainsi les histoires de la chevalerie étaient déjà bien vieilles lorsque les tisseurs de la Flandre les déroulaient sur leurs tapisseries de haute lice. Aujourd'hui l'étoffe séculaire semble contemporaine du roman brodé sur sa trame : sa vieillesse mêlée à son antiquité ne fait plus qu'un avec elle. » Jean-Jacques Weiss admire l'étonnante brièveté du récit : « Le plus long de ces Contes, *Le Petit Poucet,* ne remplirait pas trois colonnes du *Journal des Débats* et quand on a fini de le lire, il semble tant il est rempli sans surcharge, qu'on soit passé par plus d'aventures qu'en lisant *Les Trois Mousquetaires* et *Monte-Cristo.* » C'est le « réalisme de Perrault » que met en relief l'article souvent cité d'Arvède Barine; les contes sont autant de « documents historiques »; Perrault « a pris autour de lui ses modèles »; l'aventure merveilleuse s'encadre « dans un petit tableau de mœurs, familier et sincère, qui le ramène sur la terre et le fixe dans le temps ». Ainsi conclut Paul Bonnefon, au terme des trois solides études qu'il consacre à la vie et à l'œuvre de Charles Perrault : « Sous sa plume, des personnages légendaires deviennent des personnages de chair et d'os, se mouvant dans un cadre dont la réalité est si évidente qu'elle donne le change sur l'invraisemblance des aventures. A des êtres que la tradition avait faits imprécis et incertains, il donne, avec la vie, une patrie et une époque. » André Hallays voit dans les Contes un ouvrage « précieux et parfait » où il se refuse à reconnaître la main d'un écolier : « Si dans les Contes de Perrault je goûte la grâce et le naturel du style, je ne suis pas frappé de sa juvénilité. Marty-Laveaux entendait la petite voix grêle d'un enfant. Je prête l'oreille :

j'entends la voix tendre et malicieuse d'un vieillard. »
Ce jugement de Paul Hazard, enfin : « Nous louerons sa
grâce, et sa simplicité, et son aisance, et la sobre richesse
de son coloris... Après quoi nous remarquerons qu'ayant
publié ses premiers contes à soixante-quatre ans, il a eu le
temps de connaître le train du monde; qu'ayant été versa-
tile, paradoxal, ingénieux, querelleur, il n'a pas mal pratiqué
la gamme des passions... Il sait tout ce qui se passe dans les
cœurs, et ne le dit pas, mais le laisse entendre : que la fuite
du temps rend nos plaisirs plus précieux parce qu'ils sont
précaires, et que nous ressemblons tous à Cendrillon qui
doit quitter le bal avant minuit; que notre bouche laisse
échapper quelquefois des roses, quelquefois aussi des
vipères et des crapauds. Il a hérité de la sagesse des anciens
âges; et bien qu'il la débite légèrement, il n'y a pas trop
de tous les mythes de l'Orient pour donner aux récits
de ma mère l'Oye la forte substance qui les rend dignes
de vivre[1]. »

La grâce de vivre sans jamais vieillir : tel est le don que
les *Histoires du temps passé* reçurent d'une marraine fée
quand Barbin les mit au jour. Aux quatre coins de la France,
aux quatre coins du monde, on a glané, à grand effort,
des milliers et des milliers de contes; on en a fait d'énormes
recueils; on les a classés, catalogués, mis sur fiches[2]. Hormis
les folkloristes de profession, qui s'avise de les lire? Beaucoup ne sont qu'échantillons de laboratoire, ou plantes
d'herbier desséchées. Après trois siècles écoulés, rien ne
s'est flétri, rien n'a fané dans le livre léger dicté par la mère
l'Oye : il garde une éclatante, une miraculeuse jeunesse.

G. ROUGER

---

1. Paul Hazard, *Comment lisent les enfants* (*Revue des Deux Mondes*,
15 décembre 1927).
2. Stith Thompson, *Motif-index of Folk-literature. A classification of
narrative elements in folk-tales, ballads, myths*, Bloomington, 1932-36;
6 vol.

SOMMAIRE BIOGRAPHIQUE

1628. 12 janvier. — Naissance à Paris de Charles Perrault,
septième enfant de Pierre Perrault [1] — avocat au Parle-
ment de Paris, originaire de Tours — et de Pâquette
Leclerc; baptême le lendemain en l'église de Saint-
Étienne-du-Mont.

1637. Charles Perrault est mis au collège de Beauvais (rue

---

1. Compte tenu de sa sœur Marie, morte à treize ans, et de son
jumeau François, « qui vint au monde quelques heures avant » lui
et ne vécut que six mois. — L'aîné des enfants Perrault, Jean, se fit
avocat comme son père; il mourut à Bordeaux en 1669, au cours
d'un voyage entrepris avec son frère Claude. Pierre (1611-1680),
receveur général des finances, se rendit coupable, aux yeux de Colbert,
d'imprudences dans sa gestion : il dut vendre sa charge et consacra
ses loisirs forcés aux sciences *(De l'origine des fontaines)* et aux lettres
(traduction de *La Secchia rapita* de Tassoni; *Critique des deux tragédies
d'Iphigénie d'Euripide et de M. Racine; Critique du livre de Dom Quichotte
de la Manche).* Claude (1613-1688), docteur en médecine, membre
de l'Académie des Sciences et du Conseil des Bâtiments, a publié
des *Mémoires pour servir à l'histoire naturelle des animaux,* une *Traduction
de Vitruve,* un traité des *Cinq espèces de colonnes selon la méthode des
anciens,* des *Essais de physique;* il mourut d'une maladie infectieuse
après avoir disséqué un chameau au Jardin des Plantes. Nicolas
(1624-1662), passionné de mathématiques, docteur en théologie,
fut exclu de la Sorbonne pour avoir défendu les doctrines jansénistes
d'Antoine Arnauld. — Se fondant sur un passage de la *Relation du voyage*
à Bordeaux de Claude Perrault *(J'écrivais cette matinée ... à ma sœur
à Viry),* André Hallays *(Les Perrault,* p. 3) croit devoir ajouter à
cette liste « une autre fille »; on peut se demander si cette « sœur »
n'était pas une belle-sœur : Catherine Lormier, qui avait épousé
Pierre Perrault en 1656; cf. Molière, *Tartuffe,* v. 223 : « Ah! mon frère
bonjour. »

Jean-de-Beauvais, près de la Sorbonne); il sera toujours « des premiers [1] » dans ses classes.

1643. Querelle avec le régent de philosophie : il lui « fait la révérence ». Études librement poursuivies, pendant quelques années, avec un ami. Lectures assidues : « la Bible et presque tout Tertullien, l'*Histoire de France* de La Serre; Virgile, Horace, Corneille Tacite [Cornelius Tacitus] et la plupart des autres auteurs classiques. » — Traduction en vers burlesques du sixième livre de l'*Énéide*.

1651. 27 juillet. — Charles Perrault, qui a « pris ses licences » à l'Université d'Orléans, est reçu avocat.

1652. Mort de Pierre Perrault, père de l'écrivain : il est inhumé dans l'église Saint-Étienne-du-Mont.

1653. Publication d'un poème composé par Charles Perrault et son frère Claude : *Les Murs de Troie ou l'origine du burlesque*.

1654. Abandonnant le barreau, Charles Perrault devient commis de son frère Pierre, receveur général des finances de Paris : sinécure qui lui permet de mettre à profit la bibliothèque achetée par Pierre aux héritiers d'un académicien, Germain Habert, abbé de Cerisy, « auteur de la *Métamorphose des yeux de Philis en astres* ». Premiers vers galants.

1657. Mort de la mère de Perrault. La maison de campagne des Perrault — à Viry-sur-Orge [2] — échoit à Pierre,

---

1. Les citations placées entre guillemets sont empruntées aux *Mémoires de ma vie*.

2. Se fondant sur une « déclaration rendue au seigneur de Savigny par Pierre Perrault (père) le 4 novembre 1641 (Archives départementales de Versailles; Savigny, n° 103), le R. P. Tanguy pense que la maison des Perrault à Viry a aujourd'hui disparu et ne saurait être identifiée avec le « manoir Piedefer ». L'acte de vente de « la terre de Viry », (30 juin 1684) fait état d'une « grande maison sise en l'un des carrefours »

qui l'embellit et y fait élever un nouveau corps de bâtiment. Charles prend une certaine part aux plans arrêtés pour ces travaux. La maison est fréquentée par des hommes de lettres et des artistes (Charpentier, Colletet, La Mesnardière, Pinchesne, Quinault, le dessinateur Robert Nanteuil). Charles Perrault est introduit par son frère chez Nicolas Foucquet.

1659. Publication, dans le recueil de *Divers portraits* rassemblés par Huet pour la Grande Mademoiselle, du *Portrait d'Iris* et du *Portrait de la voix d'Iris.*

1660. Deux poèmes de circonstance : *Ode sur le mariage du roi; Ode sur la paix,* que Mazarin « trouve bonne ». — Un opuscule dans le goût précieux : *Dialogue de l'Amour et de l'Amitié.*

1661. *Ode au roi sur la naissance de Mgr le Dauphin.* — Autre opuscule galant : *Le Miroir ou la Métamorphose d'Oronte.*

1663. Débuts de la carrière officielle de Perrault. A la veille d'être nommé surintendant des Bâtiments du roi, Colbert s'adjoint un « petit conseil », ou « petite Académie » — la future Académie des Inscriptions et Belles-Lettres : son choix se porte sur Chapelain, l'abbé de Bourzeis, Charpentier, l'abbé Cassagnes. Sur la proposition de Chapelain, Perrault est agréé comme secrétaire des séances [1]; pour donner un échantillon de sa prose, il écrit sur commande un *Discours sur l'acquisition de Dunkerque par le roi.* Il deviendra bientôt l'homme de confiance de Colbert.

---

de Viry « consistant en un corps de logis, pavillon, salle basse, cuisine, chambres, antichambre... A droite maison du jardinier... remise à carrosse. Derrière un jardin consistant en parterre, potager planté de bons arbres fruitiers, un bassin d'eau jaillissante » (*Minutier central,* LII, 107).

1. Perrault ne cessa jamais de prendre une part active aux délibérations; mais c'est seulement en 1679 que, succédant à l'abbé Cassagnes, il devint membre effectif de la Petite Académie.

1665. 17 octobre. — Pose de la première pierre de la la façade du Louvre, pour laquelle ont été adoptés les plans de l'architecte italien Giovanni - Lorenzo Bernini (le cavalier Bernin). Cabale montée contre l'Italien, qui regagnera son pays dès le printemps de 1666 : travaux interrompus.

1666. Perrault est chargé par Colbert de recueillir les vers les plus remarquables faits à la louange de Mazarin (*Éloges du cardinal Mazarini*).

1667. Nouveaux plans adoptés pour le Louvre : Perrault les attribue à son frère Claude, ainsi que les « desseins » de l'Observatoire de Paris, dont on commence la construction.

1668. Perrault touche pour la première fois une rémunération en qualité de « premier commis des Bâtiments ». — *La Peinture, poème* : éloge des artistes, en particulier de Le Brun, qui célèbrent la grandeur royale. — *Le Parnasse poussé à bout* : écrit à l'occasion de la conquête de la Franche-Comté.

1670. *Courses de têtes et de bagues faites par le roi et par les princes et seigneurs* : relation du fameux carrousel de 1662, suivie d'un poème latin de Fléchier — luxueux volume sorti des presses de l'Imprimerie Royale, avec gravures de Chauveau et d'Israël Silvestre. — Perrault apporte sa contribution à un livre d'emblèmes, illustré d'eaux-fortes de Sébastien Le Clerc : *Tapisseries du roi où sont représentés les quatre éléments et les quatre saisons.*

1671. 23 novembre. — Perrault entre à l'Académie Française.

1672. Perrault chancelier de l'Académie; fait exceptionnel, ses fonctions seront renouvelées l'année suivante. Il est établi dans la charge de « contrôleur des Bâtiments de Sa Majesté ».

1er mai. — Agé de quarante-quatre ans, il épouse, en l'église Saint-Gervais, une jeune fille de dix-neuf ans, Marie

Guichon, fille de Samuel Guichon, payeur des rentes et seigneur de Rosières, près de Troyes.

1674. *Critique de l'Opéra :* défense de Quinault. — *Deux poèmes à la louange du roi :* poème de Quinault suivi d'une réponse de Perrault.

1675. 25 mai. — Baptême, en l'église Saint-Eustache, du premier fils de Perrault : Charles-Samuel. — *Recueil de divers ouvrages en prose et en vers :* réunit une trentaine de pièces dont beaucoup avaient déjà paru séparément.

1676. 20 octobre. — Baptême (Saint-Eustache) du deuxième fils de Perrault : Charles.

1678. 21 mars. — Baptême (Saint-Eustache) du troisième fils de Perrault : Pierre, à qui seront attribués les Contes. Octobre. — Mort de Marie Guichon. Perrault est veuf à cinquante ans, avec quatre jeunes enfants[1].

1681. *Poème à la louange de M. Le Brun.* — Perrault est nommé directeur de l'Académie.

1682. *Le Banquet des dieux pour la naissance de Mgr le Duc de Bourgogne :* ouvrage allégorique mêlé de prose et de vers. — Brouillé avec Colbert, Perrault se dispose à abandonner « sans éclat et sans bruit » l'administration des Bâtiments.

1683. Mort de Colbert. On rembourse à Perrault sa charge « qui valait bien vingt-cinq mille écus pour la somme de vingt-deux mille livres »; son nom est rayé de la liste des gens de lettres recevant une pension; il est exclu par Louvois de la « petite Académie » où il est remplacé par Félibien. — Se voyant « libre et en repos », il

---

1. Perrault eut aussi une fille dont on ignore le prénom, cette « mademoiselle Perrault » à qui Mlle Lhéritier a dédié *Marmoisan ou l'innocente tromperie.*

décide de donner tous ses soins à l'éducation de ses
enfants et va se fixer au faubourg Saint-Jacques, près du
quartier des collèges.

1686. *Saint Paulin évêque de Nole, avec une épître chrétienne
sur la pénitence et une ode aux nouveaux convertis :* poème
en six chants, dédié à Bossuet.

1687. 27 janvier. — Lecture devant l'Académie d'un poème
de Perrault, *Le Siècle de Louis le Grand :* indignation de
Boileau; point de départ de la querelle des Anciens et
des Modernes.

1688. *Le Génie, épître à M. de Fontenelle.* — *Parallèle des
Anciens et des Modernes en ce qui regarde les arts et les sciences,
dialogues.* — *A Mgr le Dauphin sur la prise de Philisbourg,
ode.*

1690. *Le Cabinet des Beaux-Arts, ou Recueil d'estampes
gravées d'après les tableaux d'un plafond où les Beaux-Arts
sont représentés :* gravures commentées. — *Parallèle
des Anciens et des Modernes en ce qui regarde l'éloquence.* —
A M. de la Quintinie, idylle. — *A l'Académie Française,
ode.* — Perrault compose vers cette date deux petites
comédies restées longtemps inédites : *Les Fontanges* et
L'Oublieux (le marchand d'oublies).

1691. *La Marquise de Salusses ou la Patience de Griselidis.* —
A M. le président Rose, épître. — *Au roi sur la prise de
Mons.*

1692. *Parallèle des Anciens et des Modernes en ce qui regarde
la poésie.* — *La Chasse, poème.* — *La Création du monde,
poème* (premier chant d'*Adam*).

1693. *Dialogue d'Hector et d'Andromaque tiré du sixième livre
de l'Iliade.* — *Le Faux bel air, satire, avec le Roseau du
nouveau monde.* — *Ode au roi.* — *Les Souhaits ridicules*
(dans le *Mercure Galant*).

1694. Boileau s'en prend à Perrault dans ses *Réflexions critiques sur quelques passages du rhéteur Longin.* — *Apologie des femmes* : poème qui répond à la *Satire X* de Boileau. — *Peau d'Ane.* — *Le Triomphe de sainte Geneviève,* poème. 4 août : Boileau et Perrault se réconcilient publiquement.

1696. *Les Hommes illustres qui ont paru en France pendant ce siècle, avec leurs portraits au naturel,* tome I : portraits gravés et notices; le tome II paraîtra en 1700. — *La belle au bois dormant* (dans le *Mercure Galant*).

1697. *Histoires ou Contes du temps passé.* — *Adam, ou la Création de l'homme, sa chute et sa réparation, poème chrétien.* — *Parallèle des Anciens et des Modernes, où il est traité de l'astronomie, de la géographie, de la navigation, de la guerre, de la philosophie, de la musique, de la médecine.*

1698. *A M. de Callières sur la négociation de la paix, ode.* — *Portrait de Messire Bénigne Bossuet,* poème.

1699. *Traduction des Fables de Faërne* « mise en vers ». — Perrault traduit en vers les hymnes de l'Église et travaille à la rédaction des *Mémoires de ma vie.*

1700. 2 mars. — Mort de Perrault Darmancour (Pierre Perrault), lieutenant dans le régiment Dauphin, âgé de vingt-deux ans.

1701. *Au roi Philippe V allant en Espagne, ode.*

1702. *Pour le roi de Suède, ode.*

1703. Dans la nuit du 15 au 16 mai, mort de Charles Perrault « en sa maison sur les fossés de l'Estrapade ». Il est inhumé dans la nef de l'église Saint-Benoît, sa paroisse, le jeudi 17 mai, à onze heures du matin, « en présence de Charles Perrault [son fils], écuyer de Madame la Duchesse de Bourgogne et de Samuel-René Guichon, prêtre et chanoine de Verdun, son beau-frère[1] ».

---

1. A. Jal, *Dictionnaire critique de biographie et d'histoire* (2ᵉ édit.), 1872.

BIBLIOGRAPHIE

I

LA PUBLICATION DES CONTES

1691

[RECUEIL DE PLUSIEURS PIECES D'ELOQUENCE ET DE POËSIE *PRÉSENTÉES* A L'ACADEMIE FRANÇOISE pour les prix de l'année 1691. *AVEC PLUSIEURS DISCOURS qui y ont esté prononcez et plusieurs Pièces de Poësie qui y ont esté leuës en différentes occasions. A Paris...* J. B. Coignard... M.DC.LXXXXI.] *Contient* : La Marquise de Salusses ou la Patience de Griselidis. Nouvelle *(pp. 143-194)*; A Monsieur ** en luy envoyant la Marquise de Salusses *(pp. 195-202)*. — *Dans le même volume* : Epistre à Monsieur le Président Rose, par Monsieur Perrault *(pp. 255-258)*, — *Certains exemplaires de ce recueil ont une page de titre renouvelée portant la date de 1698* [1].

---

1. Procédé déjà courant en librairie; cf. *Carpentariana ou Remarques de M. Charpentier, de l'Académie Française*, Paris, 1724 *(Le Libraire du Palais, dialogue)* : « *Le libraire*. — C'est pourtant un fort bon livre; il s'en est fait plusieurs éditions en très peu de temps. *M. de Frede-ville*. — Pensez-vous m'en faire accroire? Sans réimprimer un livre une seconde fois, vous en pouvez faire six éditions consécutives : il n'y a qu'à changer le premier feuillet. *Le libraire*. — Ah! ah! Monsieur, vous savez tous nos secrets. »

LA MARQUISE | DE SALUSSES, | *OU* | LA PATIENCE | DE GRISELIDIS. | *NOUVELLE.* | [Fleuron] | A PARIS, | De l'Imprimerie de Jean Baptiste Coignard, | Imprimeur du Roy, et de l'Académie Françoise, | ruë S. Jacques, à la Bible d'or | M. DC. LXXXXI. | *AVEC PRIVILEGE DE SA MAJESTÉ.*

Bibliothèque Nationale, Rés. p. Ye. 1478. — In-12; un feuillet non chiffré (titre) et 58 pages; sans nom d'auteur. Le texte est celui des pp. 143-202 du Recueil de plusieurs pièces d'Éloquence.

1693

[MERCURE GALANT; novembre 1693.]

Contient : Les Souhaits ridicules, conte *(pp. 39-50).* — Les Souhaits ridicules *trouvant place après le « journal du mouvement que les ennemis ont fait en rade du Fort-Louis de Plaisance en Terre-Neuve », le rédacteur du* Mercure *use de la transition suivante : « S'il était permis de se servir d'un proverbe, je dirais que toute cette grande entreprise que les Anglais avaient formée sur la Martinique et sur d'autres lieux s'en est allée en* eau de boudin. *Cette expression viendra pourtant assez à propos, ayant à vous faire part d'une historiette dont un morceau de boudin a fourni la matière à un excellent ouvrier. Vous avez lu quantité d'ouvrages de M. Perrault de l'Académie Française, qui vous ont fait voir la beauté de son génie dans les sujets sérieux. En voici un, dont la lecture vous fera connaître qu'il sait badiner agréablement quand il lui plaît. »*

1694

GRISELIDIS | NOUVELLE. | *AVEC* | LE CONTE DE PEAU D'ASNE, | ET CELUY | DES SOUHAITS RIDICULES. | *SECONDE EDITION.* | [Fleuron] | A PARIS, | Chez la Veuve de Jean Baptiste Coignard, | Imprimeur du Roy, | Et | Jean Baptiste Coignard Fils,

Imprimeur | du Roy, ruë S. Jacques, à la Bible d'or.
| M. DC. LXXXXIV. | *AVEC PRIVILEGE*

*Bibliothèque Nationale, Rés. p. Ye. 1479. — In-12, sans nom
d'auteur : un feuillet non chiffré (titre) ; 69 pages* (Griselidis ;
adresse et date de publication mentionnées à la fin) ; 36 pages
(Peau d'Asne) ; *12 pages* (Les Souhaits ridicules). — *Le
conte de* Peau d'Asne, *qui est précédé d'un titre complet,
avait sans doute été publié séparément dès les derniers mois de
1693. — Le texte de* Griselidis *et celui des* Souhaits ridicules *ont été légèrement remaniés dès cette seconde édition.*

[RECUEIL DE PIECES CURIEUSES ET NOUVELLES,
tant en prose qu'en vers. Tome I... A La Haye. Chez
Adrian Moetjens, Marchand Libraire, près la Cour,
à la Librairie Françoise. M. DC. XCIV.]

*Bibliothèque de l'Arsenal, 8° B. L. 15883 (voir Frédéric
Lachèvre,* Bibliographie des recueils collectifs publiés
de 1597 à 1700, III). — *Parmi les 120 pièces composant
ce premier tome, on trouve :* Peau d'Asne, conte. Par
Mr Perrault, de l'Académie françoise *(pp. 50-79) ;* Les
Souhaits ridicules, conte. Par Mr Perrault... *(pp. 93-
101) ;* Griselidis, nouvelle. Par Mr Perrault... *(pp. 235-
283) ;* A Monsieur *** en lui envoyant Griselidis
*(pp. 284-289). — D'autres ouvrages de Perrault figurent dans
le volume :* Poème de la Création du monde ; La Chasse ;
Dialogue d'Hector et d'Andromaque ; L'Apologie des
femmes. — *Le tome II contient les* Lettres de Monsieur
de ** à Mademoiselle *** sur les pièces de Griselidis
et Peau d'Asne, *et trois poèmes de Perrault :* Le Triomphe
de sainte Geneviève ; Idylle à Mr de la Quintinie ; Le
Génie.

1695

GRISELIDIS | NOUVELLE | *AVEC* | LE CONTE
DE PEAU D'ASNE, | ET CELUY | DES SOUHAITS
RIDICULES. | *QUATRIEME EDITION.* | [Fleuron]
| A PARIS, | Chez Jean-Baptiste Coignard, Imprimeur |
ordinaire du Roy, ruë S. Jacques, près S. Severin, | au
Livre d'Or. | M. DC. XCV. | *AVEC PRIVILEGE*

*Bibliothèque Victor Cousin, 9606. — In-12, sans nom d'auteur :
5 feuillets non chiffrés, puis même pagination — et pour*
Peau d'Asne, *même titre complet — que dans l'édition de
1694. La* Préface *figure ici pour la première fois. — La
troisième édition des Contes en vers est introuvable. Ayant
vraisemblablement publié ces Contes, en 1694, à la fois en
livrets séparés et en recueil, le libraire Coignard s'est peut-être
cru autorisé à voir là deux éditions différentes et à considérer
comme quatrième l'édition de 1695.*

CONTES | DE MA MERE LOYE | MDCXCV.
*Pierpont Morgan Library (New York). — Manuscrit (tra-
vail de calligraphe) de 118 pages in-8º non chiffrées; reliure
aux armes de Mademoiselle, nièce de Louis XIV, à qui sont
dédiés les Contes en prose. — Une parfaite reproduction de
ce manuscrit a été publiée en fac-similé par les soins de Jacques
Barchilon, professeur à l'Université du Colorado (U. S. A.) :*
Perrault's Tales of Mother Goose. The dedication
manuscript of 1695 reproduced in collotype facsimile
with introduction and critical text by Jacques Barchilon.
The Pierpont Morgan Library, New York, 1956, 2 vol.

Ce recueil comprend : l'Épître à Mademoiselle *(signée P. P.);*
La belle au bois dormant; Le petit chaperon rouge; La
Barbe bleue; Le maître Chat ou le Chat botté; Les Fées.
*— Frontispice et six vignettes (dessins coloriés) : mêmes
sujets que ceux des illustrations de l'édition originale de 1697.
Certains problèmes semblent, à notre avis, se poser au sujet de ce*

document acheté à Nice, en 1952, « several million francs » [1].
*La provenance en est inconnue : on sait seulement qu'il avait
appartenu « to an old lady who had fallen into poverty in her
final years and been forced to sell this heirloom ». L'une des
pages de garde porte l'ex-libris manuscrit d'un certain
J. B. Bouvier — daté de 1721 : Mademoiselle est morte en
1744. Le texte de* La belle au bois dormant *est déjà, à peu
de chose près, celui de 1697. Les variantes* [2] *n'ont guère d'intérêt. Le dessin des vignettes offre aux gravures de l'édition
Barbin une réplique tantôt un peu différente, tantôt identique,
tantôt inversée; quelques détails du frontispice (coiffures)
paraissent un peu étranges.*

1696

[MERCURE GALANT, février 1696.]
Contient : La belle au bois dormant. Conte *(pp. 75-117).*
— *Le texte sera sensiblement remanié dans l'édition de 1697.*

[RECUEIL DE PIECES CURIEUSES ET NOU-
VELLES, tant en prose qu'en vers. Tome V. Pre-
mière partie... A La Haye. Chez Adrian Moetjens...
M. DC. XCVI.]
Contient : La belle au bois dormant. Conte *(pp. 130-149).*
Reproduit exactement le texte publié dans le Mercure Galant.

1697

HISTOIRES | OU | CONTES | DU TEMPS PASSÉ.
| *Avec des Moralitez.* | [Fleuron] | A PARIS, | Chez
Claude Barbin, sur le | second Peron de la Sain- | te-Cha-

---

1. *Fifth annual report to the fellows of the Pierpont Morgan Library.*
New York, November 1954.

2. Le document nous semblant suspect, nous n'avons pas cru
devoir donner ici ces variantes, qui ont été relevées par Paul Delarue
(Les Contes merveilleux de Perrault) et par Jacques Barchilon *(op. cit.).*
Le frontispice et les six vignettes du manuscrit Morgan ont été reproduits dans *Les Contes de Perrault,* Club des Libraires de France, 1964.

pelle, au Palais. | *Avec Privilège de Sa Majesté.* | M. DC. XCVII.

Édition originale dont quelques exemplaires seulement ont été conservés; l'exemplaire de la Bibliothèque Nationale (Rés. p. Y² 263), en assez médiocre état, est incomplet des pages 105-106. — In-12 de 5 feuillets non chiffrés (frontispice, titre, épître dédicatoire) et 232¹ pages, dont 3 non chiffrées (table et privilège); un dernier feuillet pour les « fautes à corriger ». Le frontispice, signé Clouzier — illustrateur aussi des Contes des fées *de Mme d'Aulnoy publiés chez Barbin en avril 1697 — représente une paysanne filant au coin du feu et contant des histoires à une jeune demoiselle et à deux garçons; une pancarte fixée à la porte de la chambre où se déroule la scène offre cette inscription :* CONTES DE MA MÈRE LOYE; *frontispice gravé sur cuivre, ainsi que les vignettes (une en tête de l'épître dédicatoire, une en tête de chaque conte). — Privilège du roi accordé le 28 octobre 1696 « au sieur P. Darmancour », cédé à Claude Barbin, « registré sur le Livre de la Communauté des Imprimeurs et Libraires de Paris le 11 janvier 1697 ».*

Dans le courant de l'année 1697, Barbin fit imprimer une nouvelle édition des Contes du temps passé *(même pagination, même caractères, mêmes illustrations). Les « fautes à corriger » ont disparu; d'insignifiantes retouches ont çà et là été apportées au texte; en revanche, s'y sont glissées quelques coquilles qui ne figuraient pas dans le premier tirage (ex.* du bon du bon *dans* La belle au bois dormant; Riquet à la Aouppe, *titre courant de la p. 155). Édition également très rare dont la Bibliothèque Victor Cousin possède un bel exemplaire.*

Notons que l'édition qui parut en 1707 chez la Veuve Barbin est en tous points semblable à l'originale; le titre seul diffère : Contes de Monsieur Perrault. Avec des Moralitez; *cf.* Tchemerzine, Bibliographie d'éditions originales et rares ².

1. Et non 273 pages (catalogue de la Bibliothèque Nationale).
2. Collection particulière. Édition rarissime que ne possède pas la Bibliothèque Nationale. On lit dans le « privilège » que la Veuve Barbin « désirerait faire réimprimer un livre intitulé *Contes de M. Perrault* » qu'elle a « cy-devant donné au public ».

[RECUEIL DE PIECES CURIEUSES ET NOU-
VELLES, tant en prose qu'en vers. Tome V. Qua-
trième partie... A La Haye. Chez Adrian Moetjens...
M. DC. XCVII.]

Le volume contient : Petit chaperon rouge *(sic).* Conte
(pp. 363-367); La Barbe bleue *(pp. 376-385);* Le maître
Chat ou le Chat botté. Conte *(pp. 390-398);* Les Fées.
Conte *(pp. 405-409);* Cendrillon ou la petite pentoufle
(sic) de verre. Conte *(pp. 417-429);* Riquet à la houppe.
Conte *(pp. 437-450);* Le petit Poucet. Conte *(pp. 451-
468). — Le texte, publié sans nom d'auteur, est celui du
premier tirage de l'édition Barbin. — On a longtemps cru
que le recueil Moetjens, en fait simple recueil de contrefaçons
et qu'on* « *traite avec beaucoup trop d'honneur en le considérant
comme une des sources principales de l'histoire littéraire du
temps* » *(P. Bonnefon), offrait la véritable originale des
Contes de Perrault. Jean Tannery* (La priorité de la publication des Contes de Perrault; Bulletin du bibliophile,
*janvier 1936) a été le dernier à soutenir cette thèse. Émile
Henriot* (La véritable originale des Contes de Perrault;
Le Temps, *février 1936) a montré que les arguments de Jean
Tannery se fondaient sur l'examen d'un exemplaire incomplet.*

HISTOIRES | ou | CONTES | DU TEMPS PASSÉ. |
Avec des Moralitez. | Par le Fils de Monsieur Perreault
(sic) | de l'Academie François (sic). | [Fleuron : sphère
armillaire] | *Suivant la Copie,* | à Paris. | M.DC. XCVII.

*Petit in-12 : 4 feuillets non chiffrés et 176 pages; frontispice et
vignettes gravées sur cuivre qui reproduisent, en les inversant,
les illustrations de l'édition Barbin. Un exemplaire (Rés.
p. Y² 2364) a figuré à l'*Exposition des acquisitions
nouvelles de la Bibliothèque Nationale, *avril-mai 1960.
— Il existe deux éditions différentes de cette contrefaçon
hollandaise, l'une avec le titre en 10 lignes, l'autre avec le titre
en 11 lignes. Plusieurs réimpressions ont suivi : 1698 (exemplaire au British Museum); 1700; 1708 (cette dernière
édition portant la mention : Amsterdam, Jaques (sic)
Desbordes); 1716 (cf. p.* LXX*).*

HISTOIRES | *ou* | CONTES | DU TEMS PASSÉ. |
Avec des Moralitez. | [Fleuron : sphère armillaire] | A
TREVOUX, | De l'Imprimerie de S. A. Seren. | Mons.
Prince Souverain | de Dombe. | M. DC. XCVII.

*La New York Public Library possède un exemplaire de cette
édition rarissime. — In-12, sans nom d'auteur : 4 feuillets
non chiffrés, 180 pages et un feuillet de table. Le volume n'a
pas de frontispice; les vignettes, en tête de chaque conte, sont
vraisemblablement des bois d'almanach (travaux des saisons
et signes du zodiaque) ; vignettes qu'on retrouve dans une
édition de 1711 (Amsterdam, Étienne Roger).*

II

LES ÉDITIONS DES CONTES
DEPUIS 1707[1]

*D'innombrables éditions des Contes sont mentionnées dans le
catalogue de la Bibliothèque Nationale — catalogue complété
par celui du Musée des arts et traditions populaires (impressions de colportage) et par les ouvrages suivants :* Les Livres
de l'enfance du xve au xixe siècle, *Gumuchian, 1931
(I, pp. 316-322); Tchemerzine,* Bibliographie d'éditions
originales et rares d'auteurs français, *1933 (IX, pp. 161-
187); Herbert Cahoon,* Children's Literature. Books
and Manuscripts. An Exhibition : November 1954
through February 1955. New York, The Pierpont
Morgan Library, *1954 (n° 87-116 : The Perraults).*
*Seuls, les Contes en prose ont été réimprimés dans la première
moitié du XVIIIe siècle. Si les* Contes de Monsieur Perrault
*publiés à Paris en 1724 chez Nicolas Gosselin reproduisent
le texte des éditions Barbin, le libraire Desbordes (1716; 1721;
1729) attribue à Perrault* L'Adroite Princesse *de
Mlle Lhéritier. L'édition Coustelier (1742) est illustrée
de vignettes gravées par Fokke, d'après De Sève :* L'Adroite

---

1. Date de la dernière édition publiée chez Barbin.

princesse *y figure, le texte est en maints endroits altéré* et *l'ordre primitif des Contes se trouve interverti.*

On songe enfin à tirer de l'oubli les Contes en vers : Les Souhaits ridicules *trouvent place dans* Les Amusements de la campagne et de la ville *(Amsterdam, 1747; tome XII)* et Peau d'Ane *dans la* Bibliothèque universelle des romans *(janvier 1776). En 1777, un éditeur liégeois, Bassompierre, non content de reprendre* L'Adroite Princesse, *ajoute aux* Histoires du temps passé *un récit emprunté à Mme Leprince de Beaumont,* La Veuve et ses deux filles. *La première édition collective, groupant Contes en vers et Contes en prose, a été publiée en 1781 par le libraire Lamy sous le titre :* Contes des fées; *le volume est illustré de 13 vignettes dont 9 (ainsi que le frontispice) sont tirées sur les cuivres de l'édition de 1742; le texte des* Histoires du temps passé *suit celui de Cousteller; c'est là que paraît pour la première fois la version apocryphe en prose de Peau d'Ane. Quelques années plus tard (1785) les Contes de Perrault viendront en tête des quarante et un volumes du* Cabinet des fées.

*Au cours du XIX*e *siècle, les éditions des Contes se sont multipliées. Dans tous les centres d'impressions populaires (Troyes, Metz, Lille, Épinal),* Cendrillon, Le Chat botté *ou* La Barbe bleue *forment la matière de livrets dont la typographie et les figures gravées sur bois ont souvent une naïve saveur. On peut mentionner, pour la préface ou l'annotation, les éditions données par Collin de Plancy (1825); Charles Giraud (1864); André Lefèvre (1875); Frédéric Dillaye (1880); — pour l'illustration, les éditions Curmer (1843); Lecou (1851); Hetzel (1862; avec les dessins de Gustave Doré).*

En 1923, paraît l'édition des Contes grossie des commentaires de P. Saintyves. Une autre encore en 1928, avec une préface d'Émile Henriot. La réimpression en fac-similé des recueils de 1695 et 1697 (Firmin-Didot, 1929) est, en dépit de l'introduction, un précieux instrument de travail.

III

PREMIÈRES ÉDITIONS
EN LANGUES ÉTRANGÈRES

C'est en 1729 que les Contes de Perrault ont été publiés en Angleterre pour la première fois : Histories, or Tales of past Times : ... With Morals. By M. Perrault... London : Printed for J. Pote. *Ont suivi beaucoup d'autres éditions, en traduction anglaise ou bilingues (1745; 1750; 1764; 1769; 1780; 1785). La première édition allemande a paru sans doute à Celle en 1745. En 1747, une édition bilingue franco-hollandaise :* Contes de ma mère L'Oye. Vertellingen van Molder de Gans. A La Haye, chez Jean Neaulme. *Une traduction russe, par Lev Voïnov, a été publiée à Moscou en 1768, suivie en 1795 d'une édition bilingue. Une édition américaine a vu le jour en 1794 :* Fairy Tales, or Histories of past Times. With Morals... Haverhill : Peter Edes, *suivie aussi en 1795 d'une édition bilingue :* Tales of passed Times by Mother Goose. With Morals. Written in French by M. Perrault, and Englished by R. S. Gent. New-York : J. Rivington. *La première traduction en langue espagnole pourrait être la suivante :* Cuentos de las hadas. Paris, en la imprenta de J. Smith, 1824.

* *En 1752 a paru une traduction italienne, premier volume* du Gabinetto delle Fate : Racconti delle Fate, Venezia, Andrea Mercurio. *A cette traduction est consacrée une partie du mémoire de M. Guglielmo Rodella :* I « Contes » di Perrault e le prime traduzioni italiane (1971; Università degli studi di Genova) [1].

---

1. Nous indiquons par un astérisque les addenda du 2ᵉ tirage.

IV
ÉTUDES

Nous indiquons ici, dans l'ordre chronologique, les principales études sur Perrault et les contes de fées, à l'exclusion de celles qui relèvent uniquement de la mythographie ou de la psychanalyse.

[ANONYME]. *Lettres de Monsieur de ** à Mademoiselle *** sur les pièces de Griselidis et Peau d'Asne de Mr Perrault.* Publiées dans le tome II (pp. 17-104) du *Recueil Moetjens,* 1694.
   Critiques qui portent sur le style et sur l'usage du merveilleux.

VILLIERS (Abbé de). *Entretiens sur les contes de fées et sur quelques autres ouvrages du temps. Pour servir de préservatif contre le mauvais goût.* Paris, Collombat, 1699.
   La vogue, la valeur littéraire des contes de fées (pp. 69-108); les Contes de Perrault (pp. 109-110).

TALLEMANT (Abbé). *Éloge funèbre de M. Perrault prononcé dans l'Académie française le 31 janvier 1704 à la réception de Monsieur le Coadjuteur de Strasbourg.* Paris, Coignard, 1704.
   Éloge de l'homme plutôt que de l'écrivain.

D'ALEMBERT. *Éloge de Charles Perrault.* Dans : *Histoire des membres de l'Académie française morts depuis 1700 jusqu'en 1771, pour servir de suite aux Éloges imprimés et lus dans les séances publiques de cette Compagnie.* Paris, Moutard, 1787, tome II.
   Se borne à citer, parmi les ouvrages de Perrault, Le Siècle de Louis le Grand, *le* Parallèle, Les Hommes illustres (pp. 165-220).

[WALCKENAER (Baron Charles)]. *Lettres sur les Contes de fées attribués à Perrault.* Paris, Baudoin, 1826.
   Perrault et la tradition orale; la Bretagne berceau de la féerie.

SAINTE-BEUVE. *Charles Perrault.* Article du 29 décembre 1851 (*Lundis,* V).
Perrault « homme entendu à tout ».

GÉNIN (François). *Les Contes de Perrault.* Article paru dans *L'Illustration, journal universel,* 1er mars 1856.
Les Contes de Perrault seraient un simple démarquage du Pentamerone *de Basile.*

SAINTE-BEUVE. *Les Contes de Perrault.* Article du 23 décembre 1861 (*Nouveaux Lundis,* I).
Les illustrations de Gustave Doré. Perrault, une « tête à idées ». « L'ingénuité » des Contes.

MONTÉGUT (Émile). *Des fées et de leur littérature en France.* Article paru dans la *Revue des Deux Mondes,* 1er avril 1862.
La poésie des Contes de Perrault. Le « caractère tout humain du merveilleux français ».

SAINT-VICTOR (Paul de). *Hommes et dieux. Études d'histoire et de littérature.* Paris, Michel-Lévy, 1867.
Chap. XXV : Les Contes de fées.

LOUANDRE (Charles). *Les Conteurs français au XVIIe siècle.* Article paru dans la *Revue des Deux Mondes,* mars 1874.

DEULIN (Charles). *Les Contes de ma Mère L'Oye avant Perrault.* Paris, Dentu, 1878.
Les thèmes traités par Perrault et leurs différentes versions littéraires. Texte, en traduction française, des récits parallèles de Straparole et de Basile.

WEISS (Jean-Jacques). *La Semaine dramatique. Théâtre du Châtelet : Peau d'Ane, féerie à grand spectacle.* Article paru dans le *Journal des Débats,* 30 juillet 1883.
Deux lignes sur la « Peau d'Ane du Châtelet ». Les Contes de Perrault : impressions de lecture.

FRANCE (Anatole). *Le Livre de mon ami,* Paris, Calmann-Lévy, 1885.
Dialogue sur les contes de fées (pp. 267-316) : spirituelle critique des exégèses savantes échafaudées par les mythographes.

DESCHANEL (Émile). *Le Romantisme des classiques : Boileau;*

Charles Perrault; quatrième série. Paris, Calmann-Lévy, 1888.
Intéressante étude sur les Contes (pp. 261-330).

LANG (Andrew). *Perrault's popular tales, from the original edition, with introduction,* Oxford 1888.
Importante introduction.

BARINE (Arvède). *Les Contes de Perrault.* Article publié dans la *Revue des Deux Mondes,* 1er décembre 1890.
Le réalisme et la vie chez Perrault.

DELAPORTE (Père Victor). *Du merveilleux dans la littérature française sous le règne de Louis XIV.* Paris, Rataux-Bray, 1891.
La vogue des contes de fées (pp. 32-117).

D'ESTRÉE (Paul). *Une Académie bachique au XVIIe siècle.* Article publié dans la *Revue d'Histoire littéraire de la France,* 15 octobre 1895.
Pinchesne animateur d'une société gastronomique; réunions à Viry, chez les Perrault.

BÉDIER (Joseph). *Les Fabliaux.* Paris, Bouillon 1895.
L'origine et la propagation des contes populaires (pp. 45-287).

MARTY-LAVEAUX (Charles). *Quelle est la véritable part de Charles Perrault dans les Contes qui portent son nom.* Article paru dans la *Revue d'Histoire littéraire de la France,* avril 1900.
Étude solide, mais un peu systématique.

DE LA VILLE DE MIRMONT (Henri). *La jeunesse de Charles Perrault.* Articles parus dans *Minerva,* 1er et 15 mai 1903.
Résumé des premières pages des Mémoires de ma vie.

PLETSCHER (Theodor). *Die Märchen Charles Perrault's.* Zürich, 1905.
Étude sérieusement documentée.

BONNEFON (Paul). *Charles Perrault, essai sur sa vie et ses ouvrages. — Charles Perrault littérateur et académicien. — Les dernières années de Charles Perrault.* Articles parus dans la *Revue d'Histoire littéraire de la France,* juillet-septembre

1904; octobre-décembre 1905; octobre-décembre 1906.
Études d'un très grand intérêt.

LEMAITRE (Jules). *En marge des vieux livres, contes,* 1906.
« *Les idées de Liette* » *(pp. 133-146) : les Contes de Perrault
et la morale.*

BONNEFON (Paul). *Charles Perrault commis de Colbert et
l'administration des arts sous Louis XIV d'après des documents inédits.* Articles parus dans la *Gazette des Beaux-Arts,*
1908, deuxième semestre.
Bonnefon étudie « *l'influence propre* » *que Perrault* « *put avoir
sur les arts de son temps et les relations particulières qu'il
noua avec les artistes* ».

BONNEFON (Paul). Introduction (pp. 1-17) et notes aux
Mémoires de ma vie. Paris, Laurens, 1909.

BONNEFON (Paul). *Remarques graphiques sur Claude et Charles
Perrault.* Article paru dans *L'Amateur d'autographes,* 1909.
Les manuscrits des frères Perrault. Lettres et documents inédits.

TESDORPF (Paul). *Beiträge zur Würdigung Charles Perrault's
und seiner Märchen.* Stuttgart, 1910.

FÉLIX-FAURE GOYAU (Lucie). *La Vie et la mort des fées. Essai
d'histoire littéraire.* Paris, Perrin, 1910.
Les « *fées de la France classique* » *(pp. 236-291).*

GILLOT (Hubert). *La Querelle des anciens et des modernes en
France.* Paris, Champion, 1914.

HUET (Gédéon). *Les Contes populaires.* Paris, Flammarion,
1923.
Bon ouvrage de synthèse.

SAINTYVES (P.), [pseudonyme d'Émile Nourry]. *Les Contes
de Perrault et les récits parallèles. Leurs origines : coutumes
primitives et liturgies populaires.* Paris, Nourry, 1923.
Ouvrage documenté. La théorie « *liturgique* » *semble bien
discutable.*

MERCEY (Suzanne). *Le Chevalier Pied-de-Fer ou le logis de
Charles Perrault.* Société moderne d'édition 1925.
*Petit roman qui n'apporte aucune précision intéressante sur la
maison des Perrault à Viry.*

HALLAYS (André). *Les Perrault*. Paris, Perrin, 1926.
*Agréable étude d'ensemble. La « vieillesse de Charles Perrault »
et les Contes (pp. 197-239).*

DOUTREPONT (Georges). *Les Types populaires de la littérature
française*. Bruxelles, Lamertin, 1926.
*La fortune de Cendrillon et de Barbe bleue au théâtre (pp. 408-
423). L'ouvrage se réduit trop souvent à un catalogue.*

STORER (Mary Elizabeth). *Un épisode littéraire de la fin du
XVIIe siècle. La mode des contes de fées (1685-1700)*. Paris,
Champion, 1928.
*Importante étude ; une mine de documents, dont la mise en œuvre
appelle parfois quelques réserves.*

HENRIOT (Émile). *De qui sont les Contes de Perrault*. Article
paru dans la *Revue des Deux Mondes*, 15 janvier 1928.
Repris dans l'introduction aux Contes de Perrault (*Horizons
de France*, 1928).

HALLAYS (André). *Les Contes de Perrault sont de Charles
Perrault*. Articles parus dans le *Journal des Débats* (22 jan-
vier et 5 février 1928).
Réponse à l'article d'Émile Henriot.

ROCHE-MAZON (Jeanne). *Une collaboration inattendue au
XVIIe siècle : l'abbé de Choisy et Charles Perrault*. Article
paru dans le *Mercure de France*, 1er février 1928.
A qui attribuer l' Histoire de la Marquise-Marquis de
Banneville? *D'ingénieuses hypothèses, qui n'entraînent pas
absolument la conviction.*

ROUSTAN (Mario). *Le centenaire de Charles Perrault. — Charles
Perrault défenseur des femmes*. Articles parus dans *La
Renaissance politique, littéraire, artistique*, 3 et 17 mars 1928.

RHEINWALD (Albert). *En marge des Contes de Perrault*.
Article paru dans la *Bibliothèque universelle et Revue de
Genève*, juin 1928.
La « tendresse » de Perrault.

ROCHE-MAZON (Jeanne). *De qui est Riquet à la houppe ?*
Article paru dans la *Revue des Deux Mondes*, 15 juillet 1928.
Le Riquet *de Catherine Bernard et le conte de Perrault.*

BARDON (Maurice). *Pierre Perrault, sa vie et ses ouvrages*

(étude publiée en tête d'une édition de la *Critique du livre de Dom Quichotte de la Manche* par Pierre Perrault; Paris, Les Presses modernes, 1930).
La « dette de Charles envers Pierre » (pp. 63-69).

ROCHE-MAZON (Jeanne). *Les fées de Perrault et la véritable Mère l'Oye.* Article paru dans la *Revue hebdomadaire*, décembre 1932.
Ce que Perrault doit à Mlle Lhéritier.

GRUAU (Georges). *Les styles de Charles Perrault.* Article paru dans *Le Français moderne*, octobre 1936.

HAZARD (Paul). *Les livres, les enfants et les hommes.* Paris, Boivin, 1949.
Jolies pages sur Perrault (pp. 19-22; 63-65; 160-163).

DELARUE (Paul). *Les Contes merveilleux de Perrault. Faits et rapprochements nouveaux.* Articles parus dans *Arts et traditions populaires,* janvier-mars; juillet-septembre 1954. *Examen du manuscrit de la Pierpont Morgan Library. Paul Delarue insiste sur le rôle de Mlle Lhéritier et croit à une « rédaction première du jeune Perrault Darmancour ».*

CRISTINI (Giovanni). *Charles Perrault.* Brescia, La Scuola, 1955.

BARCHILON (Jacques). *Perrault's tales of Mother Goose.* New York, The Pierpont Morgan Library, 1956. Tome I *(Preface ; the authorship of the tales; the sources of the tales; Perrault's textual improvements; Perrault's literary achievement; biographical sketch of Charles Perrault; bibliography),* pp. 13-108.
Excellente étude, la première publiée en Amérique sur Charles Perrault.

DELARUE (Paul). *Les caractères propres du conte populaire français.* Article paru dans *La Pensée,* mars-avril 1957.
Le goût du rationnel chez les conteurs français.

DELARUE (Paul). *Le Conte populaire français,* I. Paris, édit. Érasme, 1957.
Substantielle introduction (pp. 1-47). « Catalogue raisonné des versions de France et des pays de langue française d'outre-mer. »

TENÈZE (Marie-Louise). « *Si Peau d'Ane m'était conté.* » *A*

propos de trois illustrations des Contes de Perrault. Article
paru dans *Arts et traditions populaires*, 1957.
Le thème de la conteuse interprété par différents illustrateurs.

SORIANO (Marc). *Guide de la littérature enfantine*. Paris,
Flammarion, 1959.
Charles Perrault (pp. 66-73). Jugement assez nuancé.

BARCHILON (Jacques). *Beauty and the Beast. From myth to
fairy tale*. Article paru dans *Psychoanalysis and the Psycho-
analytic Review*, XLVI, 1960.
La parenté entre le mythe de Psyché, Riquet à la houppe *et*
La Belle et la Bête.

BARCHILON (Jacques) et PETTIT (Henry). *The authentic
Mother Goose. Fairy tales and nursery rhymes*. Denver,
Alan Swallow, 1960.
*Publication en fac-similé de la première édition en langue anglaise
des Contes de Perrault. Importante introduction.*

CHINI-VELAN (Luisa). *Carlo Perrault*. Firenze, Le Monnier,
1960.
« *La vita del Perrault. Le Fiabe del Perrault nella novel-
listica popolare francese. Le Fiabe del Perrault come opera
d'arte. Le Fiabe del Perrault nella letteratura giovanile.* »

JURGENS (Madeleine) et FLEURY (Marie-Antoinette). *Documents du Minutier central concernant l'histoire littéraire*. Paris,
Presses universitaires de France, 1960.
*Analyse d'une cinquantaine de documents (contrats, baux,
inventaires) concernant Charles Perrault (pp. 304-311).*

BARCHILON (Jacques). *Les frères Perrault à travers la correspondance et les œuvres de Christian Huygens*. Article publié
dans *XVIIe siècle* (numéro 56), 1962.
Intéressante contribution à la biographie des Perrault.

LAPRADE (Albert). *François d'Orbay, architecte de Louis XIV*.
Paris, Vincent, 1962.
*La « légende de Claude Perrault architecte de génie ». Nombreux
documents inédits concernant les Perrault. Certains jugements
d'une excessive sévérité.*

[Catalogue] *L'Académie des Inscriptions et Belles-Lettres*,

1663-1963. Exposition organisée à l'occasion de son tricentenaire. Archives de France, Hôtel de Rohan, avril-juin 1963. Nº 4. Carrousel de 1662. *Manuscrit enluminé par Jacques Bailly (texte de Perrault); — nº 7. Charles Perrault,* Mémoires de ma vie. *Manuscrit autographe de 86 ff.; — nº 13.* Charles Perrault. *Portrait peint par Philippe Lallemant (1672).*

BARCHILON (Jacques). *Charles Perrault à travers les documents du minutier central des Archives Nationales. L'inventaire de ses meubles en 1672.* Article paru dans *XVIIᵉ siècle* (nº 65), 1964.

DELARUE (Paul) et Tenèze (Marie-Louise). *Le Conte populaire français,* II. Paris, Maisonneuve et Larose, 1965.

———

*1 SORIANO (Marc). Les Contes de Perrault. Culture savante et culture populaire. *Paris, Gallimard, 1968.*
Ouvrage ingénieux et touffu qui fait appel aux disciplines les plus diverses, mais qui se fonde souvent sur des données discutables : la première édition des « Contes de Monsieur Perrault » est bien de 1707, non de 1724; « extraordinaire » (p. 385) et « naïveté » (p. 450), deux mots clés de l'argumentation de M. Soriano, n'avaient pas au XVIIᵉ siècle le sens qu'on leur donne aujourd'hui; il y a autant de jumeaux chez Mme d'Aulnoy que chez Perrault; le manuscrit suspect de la Pierpont Morgan Library n'a jamais été « vendu aux enchères ». Il semble difficile de récuser le témoignage formel de l'abbé Dubos; l'allusion de Mlle Lhéritier aux « contes d'une autre délicatesse » qui suivront les siens (cf. p. XIX de notre introduction) va bien dans le sens de la « supercherie » (p. 51); on ne saurait admettre sans les plus expresses réserves beaucoup d'hypothèses hasardeuses ou d'interprétations psychanalytiques (en particulier pp. 445-449).

* DI SCANNO (Teresa). La Mode des contes de fées de 1690 à 1705. *Genova, Università di Genova, 1968.*

———

1. Cf. note de la p. LXXII.

* BELLEMIN-NOEL (Jean). Contes et mécomptes. *Article paru dans* Critique, *mars 1969.*
  Au-delà des Contes de Perrault et du livre de Soriano, l'article pose le problème de la concurrence des méthodes : « investigation historique et analyse structurale ».

* SORIANO (Marc). Les Fontaines de Charles Perrault par l'auteur des Contes : des fables « bêtes et méchantes » qui semblent écrites exprès pour nous. *Article paru dans* Le Nouvel Observateur, *20 décembre 1971.*
  Par « l'auteur des Contes » ? — Sur Le Labyrinthe de Versailles, *sur Perrault fabuliste, sur La Fontaine modèle de Perrault, voir notre introduction, pp. XII, XXIII.*

LE TEXTE

Notre texte est, pour les Contes en vers, celui de l'édition publiée en 1695 ; pour les Contes en prose, celui du deuxième tirage de l'édition Barbin (1697).

Pour donner une image exacte d'un texte tant de fois altéré, nous avons respecté la disposition originale des alinéas — si peu logique qu'elle soit — et les particularités, voire les bizarreries, de la composition typographique (emploi du romain et de l'italique, des majuscules); nous avons même reproduit les titres courants.

L'orthographe a été modernisée (ex. *roi* pour *roy; avait* pour *avoit*) — sauf l'orthographe d'accord (ex. *ronflants*). Des retouches insignifiantes ont été apportées à la ponctuation; nous avons cru, au besoin, devoir introduire des guillemets et des tirets pour faciliter la lecture.

L'astérisque placé devant un mot renvoie au glossaire (pp. 313-323).

Nous exprimons notre reconnaissance à tous ceux qui ont bien voulu nous aider dans notre travail de documentation, en particulier à M. Jacques Barchilon.

CONTES

EN

VERS

PRÉFACE

La manière dont le Public a reçu les Pièces de ce Recueil, à mesure qu'elles lui ont été données séparément, est une espèce d'assurance qu'elles ne lui déplairont pas en paraissant toutes ensemble. Il est vrai que quelques personnes qui affectent de paraître graves, et qui ont assez d'esprit pour voir que ce sont des Contes faits à plaisir, et que la matière n'en est pas fort importante, les ont regardées avec mépris; mais on a eu la satisfaction de voir que les gens de bon goût n'en ont pas jugé de la sorte.

Ils ont été bien aises de remarquer que ces bagatelles n'étaient pas de pures bagatelles, qu'elles renfermaient une morale utile, et que le récit enjoué dont elles étaient enveloppées n'avait été choisi que pour les faire entrer plus agréablement dans l'esprit et d'une manière qui instruisît et divertît tout ensemble. Cela devrait me suffire pour ne pas craindre le reproche de m'être amusé à des choses frivoles. Mais comme j'ai affaire à bien des gens qui ne se payent pas de raisons et qui ne peuvent être touchés que par l'autorité et par l'exemple des Anciens, je vais les satisfaire là-dessus. Les Fables Milésiennes [1] si célèbres parmi les Grecs, et qui ont fait les délices d'Athènes et de Rome, n'étaient pas d'une autre espèce que les Fables de ce Recueil. L'Histoire de la Matrone d'Éphèse [2] est de la même nature que celle de Griselidis : ce sont l'une et l'autre des Nouvelles, c'est-à-dire des Récits de choses qui peuvent être arrivées, et qui n'ont rien qui blesse absolument la vraisemblance. La Fable de Psyché [3] écrite par Lucien et par Apulée est une fiction toute pure et un conte de Vieille comme celui de Peau d'Ane. Aussi voyons-nous qu'Apulée le fait raconter par une vieille femme à une jeune fille que des voleurs avaient enlevée, de même que celui de Peau d'Ane est conté tous les jours à des Enfants par leurs Gouvernantes, et par leurs Grand-mères. La Fable du Laboureur [4] qui obtint de Jupiter le pouvoir de faire comme il lui plairait la pluie et le beau temps, et qui en usa de telle sorte, qu'il ne recueillit que de la paille sans aucuns grains, parce qu'il n'avait jamais demandé ni vent, ni froid, ni neige, ni aucun temps semblable ; chose nécessaire cependant pour faire fructifier les plantes : cette Fable, dis-je, est de même genre que le Conte des Souhaits Ridicules, si ce n'est que l'un est sérieux et l'autre comique; mais tous les deux vont à dire que les hommes ne connaissent pas ce qu'il leur convient, et sont plus heureux d'être conduits par la Providence, que si toutes choses leur *succédaient selon qu'ils le désirent. Je ne crois pas qu'ayant devant moi de si beaux modèles dans la plus sage et la plus docte Antiquité, on soit en droit de me faire aucun reproche. Je prétends même que mes Fables méritent mieux d'être racontées que la plupart des Contes anciens, et particulièrement celui de la Matrone d'Éphèse et celui de Psyché, si l'on les regarde du côté de la Morale, chose principale dans toute sorte de Fables, et pour laquelle elles doivent avoir été faites. Toute la moralité qu'on peut tirer de la Matrone d'Éphèse est que souvent les femmes qui semblent les plus vertueuses le sont le moins, et qu'ainsi il n'y en a presque point qui le soient véritablement.

Qui ne voit que cette Morale est très mauvaise, et qu'elle ne va qu'à corrompre les femmes par le mauvais exemple, et à leur faire croire qu'en manquant à leur devoir elles ne font que suivre la voie commune. Il n'en est pas de même de la Morale de Griselidis, qui tend à porter les femmes à souffrir de leurs maris, et à faire voir qu'il n'y en a point de si *brutal ni de si bizarre, dont la patience d'une honnête femme ne puisse venir à bout. A l'égard de la Morale cachée dans la Fable de Psyché, Fable en elle-même très agréable et très ingénieuse, je la comparerai avec celle de Peau d'Ane quand je la saurai, mais jusqu'ici je n'ai pu la deviner. Je sais bien que Psyché signifie l'Ame; mais je ne comprends point ce qu'il faut entendre par l'Amour qui est amoureux de Psyché, c'est-à-dire de l'Ame, et encore moins ce qu'on ajoute, que Psyché devait être heureuse, tant qu'elle ne connaîtrait point celui dont elle était aimée, qui était l'Amour, mais qu'elle serait très malheureuse dès le moment qu'elle viendrait à le connaître : voilà pour moi une énigme impénétrable. Tout ce qu'on peut dire, c'est que cette Fable de même que la plupart de celles qui nous restent des Anciens n'ont été faites que pour plaire sans égard aux bonnes mœurs qu'ils négligeaient beaucoup. Il n'en est pas de même des contes que nos aïeux ont inventés pour leurs Enfants. Ils ne les ont pas contés avec l'élégance et les agréments dont les Grecs et les Romains ont orné leurs Fables; mais ils ont toujours eu un très grand soin que leurs contes renfermassent une moralité louable et instructive. Partout la vertu y est récompensée, et partout le vice y est puni. Ils tendent tous à faire voir l'avantage qu'il y a d'être honnête, patient, avisé, laborieux, obéissant, et le mal qui arrive à ceux qui ne le sont pas. Tantôt ce sont des Fées [5] qui donnent pour don à une jeune

fille qui leur aura répondu avec *civilité, qu'à chaque
parole qu'elle dira, il lui sortira de la bouche un diamant
ou une perle; et à une autre fille qui leur aura répondu
brutalement, qu'à chaque parole il lui sortira de la
bouche une grenouille ou un crapaud. Tantôt ce sont
des enfants qui pour avoir bien obéi à leur père ou à
leur mère deviennent grands Seigneurs, ou d'autres,
qui ayant été vicieux et désobéissants, sont tombés
dans des malheurs épouvantables ⁶. Quelque frivoles
et bizarres que soient toutes ces Fables dans leurs
aventures, il est certain qu'elles excitent dans les
Enfants le désir de ressembler à ceux qu'ils voient
devenir heureux, et en même temps la crainte des
malheurs où les méchants sont tombés par leur méchanceté. N'est-il pas louable à des Pères et à des Mères,
lorsque leurs Enfants ne sont pas encore capables
de goûter les vérités solides et dénuées de tous agréments, de les leur faire aimer, et si cela se peut dire,
les leur faire avaler, en les enveloppant dans des
récits agréables et proportionnés à la faiblesse de leur
âge. Il n'est pas croyable avec quelle avidité ces âmes
innocentes, et dont rien n'a encore corrompu la
droiture naturelle, reçoivent ces instructions cachées;
on les voit dans la tristesse et dans l'abattement, tant
que le Héros ou l'Héroïne de Conte sont dans le
malheur, et s'écrier de joie quand le temps de leur
bonheur arrive; de même qu'après avoir souffert
impatiemment la prospérité du méchant ou de la
méchante, ils sont ravis de les voir enfin punis comme
ils le méritent. Ce sont des semences qu'on jette qui
ne produisent d'abord que des mouvements de joie
et de tristesse, mais dont il ne manque guère d'éclore
de bonnes inclinations.

J'aurais pu rendre mes Contes plus agréables en y
mêlant certaines choses un peu libres dont on a accou-

tumé de les égayer; mais le désir de plaire ne m'a jamais assez tenté pour violer une loi que je me suis imposée de ne rien écrire qui pût blesser ou la pudeur ou la bienséance. Voici un Madrigal qu'une jeune Demoiselle [7] de beaucoup d'esprit a composé sur ce sujet, et qu'elle a écrit au-dessous du Conte de Peau d'Ane que je lui avais envoyé.

Le Conte de Peau d'Ane est ici raconté
Avec tant de naïveté,
Qu'il ne m'a pas moins divertie,
Que quand auprès du feu ma Nourrice ou ma* Mie
Tenaient en le faisant mon esprit enchanté.
On y voit par endroits quelques traits de Satire,
Mais qui sans fiel et sans malignité,
A tous également font du plaisir à lire :
Ce qui me plaît encor dans sa simple douceur,
C'est qu'il divertit et fait rire,
Sans que Mère, Époux, Confesseur,
Y puissent trouver à redire.

GRISELIDIS [a]

NOUVELLE

NOTICE

« Le samedi 25 août [1691], fête de saint Louis, l'Académie Française s'étant assemblée au Louvre pour la distribution des prix d'éloquence et de poésie, les deux pièces qui les ont mérités y furent lues; et Monsieur le Marquis de Dangeau, directeur, distribua les prix. » Le prix d'éloquence alla à M. de Clerville, pour son discours *Sur le zèle de la religion;* quant au prix de poésie, il fut attribué à une pièce de Mlle Bernard[1] développant le sujet donné par « Messieurs de l'Académie » : *Que le Roi seul en toute l'Europe défend et protège le droit des rois.* Le directeur, ensuite, « invita, suivant la coutume, ceux de l'Académie qui auraient quelque ouvrage nouveau de prose ou de poésie d'en faire la lecture »[2]; Perrault présenta une nouvelle en vers, *La Marquise de Salusses ou la Patience de Griselidis,* qui fut lue par l'abbé de Lavau. Selon le *Mercure galant* (septembre 1691), « les vives descriptions dont ce poème est plein lui attirèrent beaucoup d'applaudissements et tout le monde sortit extrêmement satisfait de cette assemblée. »

L'histoire de la « marquise de Salusses » a fourni matière à toute une littérature. Sans remonter, avec Angelo de Gubernatis *(Mythologie zoologique)* jusqu'à l'épopée indienne du *Mahâbhârata,* on peut deviner une ébauche de *Griselidis* dans un lai de Marie de France, *Fresne,* qui montre une femme préparant de ses mains, sans se plaindre, le lit où

---

1. Sur Mlle Bernard, dont le *Riquet à la houppe* a précédé celui de Perrault, voir p. 269.

2. *Recueil de plusieurs pièces d'éloquence et de poésie présentées à l'Académie Française pour les prix de l'année 1691.*

une autre doit la remplacer. C'est Boccace qui, le premier,
a conté l'aventure — à laquelle il semble vain de chercher
un fondement historique — de la petite paysanne devenue
reine et serve à la fois : il nomme son héroïne « Griselda »
(*Décaméron*, X, 10). Quelque vingt ans après, en 1374,
Pétrarque *(Lettre à Boccace)* traduit le conte en latin et
« Griselda » devient « Griseldis »[1]. Du texte de Pétrarque
dérivent, outre un conte de Geoffroy Chaucer *(conte du
clerc)*, plusieurs versions françaises : traduction de Philippe
de Mézières (1389); adaptation en vers faite pour le théâtre,
vers 1395, par un auteur anonyme *(L'Istoire de la marquise
de Saluce miz par personnages et rigmé)* [2]; autre « translation »
en prose rédigée au XVe siècle. L'« exemple » de Griselidis
trouve place dans les ouvrages didactiques ou moralisants :
Le Livre de la Cité des Dames (1405) de Christine de Pisan;
Le Champion des Dames (1442) de Martin le Franc, prévôt
de Lausanne; *Le Triumphe des Dames* (composé vers 1493)
d'Olivier de la Marche, l'un des grands rhétoriqueurs de la
cour de Bourgogne. En 1484, puis en 1491, on imprime
une version en prose de « la pacience de Griselidis » :
maintes éditions en reproduiront le texte au cours du
XVIe siècle.

Bientôt « l'histoire de Griselidis, abandonnée par les
lettrés, descend jusqu'à la petite bourgeoisie et même
jusqu'au peuple... Charles Sorel atteste dans ses *Remarques
sur le Berger extravagant* que les gens de village la lisent et
que les vieilles gens la racontent aux enfants, sans savoir que
le sujet provient de Boccace. Un personnage du *Berger
extravagant,* Adrian, cite « l'histoire de Griseldis » avec les
Ordonnances royaux et les *Quatrains* de Pibrac parmi les livres
qu'on peut lire « pour se réjouir aux jours gras ». [3] On

---

1. Sur les transformations du nom de l'héroïne, voir Mario Roques,
Note sur l' « *Estoire de Griseldis* » (Mélanges Cohen, 1950, pp. 119-123).
2. Bibliothèque Nationale, ms. fr. 2203; publié par Marie-Anne
Glomeau (*Le Mystère de Griselidis,* 1923).
3. E. Golenistcheff-Koutouzoff, *L'Histoire de Griseldis en France
au XIVe et au XVe siècle,* 1933, chap. IV.

trouve *Griselidis* dans le sac de tous les colporteurs : c'est l'un des best-sellers de la Bibliothèque bleue.

Selon l'abbé Dubos, Perrault s'était documenté avec soin sur l'histoire de Griselidis : « Il a cherché vainement dans tous les historiens convenables quel marquis de Saluces avait épousé Griselidis ; il ne connaît d'autre livre où il soit fait mention de cet événement que le *Décaméron* de Boccace, dont le papier bleu est une traduction abrégée. M. Perrault a embelli la narration de Boccace et il donne un amant à la princesse afin que, après avoir été mise en mouvement de noces, elles ne rentre pas dans la solitude du couvent. C'est à peu près comme Térence en a usé dans son *Andrienne*[1] ».

Perrault avait d'abord donné à son héroïne le nom de « Griselde », selon lui facile à employer en poésie et préférable à celui de « Griselidis » qui s'était « un peu sali dans les mains du peuple » ; dès la seconde édition, il a partout substitué « Griselidis » à « Griselde », sans s'expliquer sur ce changement.

Griselidis s'inscrit dans le débat qui opposait alors adversaires et défenseurs des femmes. Celles-ci, en dépit des bonnes intentions de Perrault, trouvèrent-elles à leur goût la conception que leur avocat se faisait du mariage ? Il est permis s'en douter. Adaptant, un siècle après Perrault, la nouvelle de Boccace, Barthélemy Imbert conclut sans proposer l'héroïne en exemple :

> Vous qui voulez lire au cœur de vos femmes,
> N'employez pas ce dangereux moyen,
> Sages époux ; je ne dis rien aux dames,
> Leur instinct seul les conseillera bien.
> Griselidis ne pourra les séduire
> Par son exemple, étrange au dernier point ;

---

1. *Choix de la correspondance inédite de Pierre Bayle publiée par Émile Gigas,* 1890 (lettre du 19 novembre 1696).

Elles auront le courage de dire :
Admirons-la, mais ne l'imitons point[1].

Sur les adaptations de *Griselidis* au théâtre, toutes également médiocres — de *La Griselde,* tragi-comédie en cinq actes et en prose (1717) de Luigi Riccoboni, à *Griselidis,* mystère en trois actes (1891) d'Armand Silvestre et Eugène Morand, en passant par *Griselde ou la fille du peuple,* drame en trois actes, en vers (1849) de Christian Ostrowski — on consultera l'étude de Richard Schuster : *Griselidis in der französischen Literatur,* Tübingen, 1909.

G. R.

---

1. *Griselidis, poème en trois chants* (*Fabliaux choisis,* 1785). Conclusion qui s'inspire de celle du conte de Chaucer : « Grisilde est morte, sa patience avec elle, et toutes deux sont enterrées en Italie. Je dis donc bien haut devant ceux qui m'écoutent : qu'aucun mari n'ait l'audace de mettre à l'épreuve la patience de sa femme, dans l'espoir de trouver celle de Grisilde, car à coup sûr il échouerait. »

A MADEMOISELLE **

En vous offrant, jeune et sage Beauté [1],
  Ce modèle de Patience,
  Je ne me suis jamais flatté
Que par vous de tout point il serait imité,
  C'en serait trop en conscience.

    Mais Paris où l'homme est *poli,
    Où le beau sexe né pour plaire [a]
    Trouve son bonheur accompli,
    De tous côtés est si rempli
    D'exemples du vice contraire,
    Qu'on ne peut en toute saison,
    Pour s'en garder ou s'en défaire,
    Avoir trop de contrepoison.

    Une Dame aussi patiente
  Que celle dont ici je *relève le prix,
    Serait partout une chose étonnante,
    Mais ce serait un prodige à Paris.

    Les femmes y sont souveraines,
    Tout s'y règle selon leurs vœux,
    Enfin c'est un climat heureux
    Qui n'est habité que de Reines.

Ainsi je vois que de toutes façons,
  Griselidis y sera a *peu prisée,*
Et qu'elle y donnera matière de risée,
  Par ses trop antiques leçons.

  Ce n'est pas que la Patience
Ne soit une vertu des Dames de Paris,
Mais par un long usage elles ont la science
De la faire exercer par leurs propres maris.

GRISELIDIS

NOUVELLE

Au pied des célèbres montagnes
    Où le Pô s'échappant de dessous ses roseaux,
  Va dans le sein des prochaines campagnes
      Promener ses naissantes eaux,
      Vivait un jeune et vaillant Prince,
      Les délices de sa Province :
Le Ciel, en le formant, sur lui tout à la fois
      Versa ce qu'il a de plus rare,
Ce qu'entre ses amis d'ordinaire il *sépare,
      Et qu'il ne donne qu'aux grands Rois.

Comblé de tous les dons et du corps et de l'âme,
Il fut robuste, adroit, propre au métier de Mars,
Et par l'instinct secret d'une divine flamme,
      Avec ardeur il aima les beaux Arts.
Il aima les combats, il aima la victoire,
      Les grands projets, les actes valeureux,
Et tout ce qui fait vivre un beau nom dans l'histoire;
      Mais son cœur tendre et généreux
Fut encor plus sensible à la solide gloire
      De rendre ses Peuples heureux.

      Ce tempérament héroïque
    Fut obscurci d'une sombre *vapeur

Qui, chagrine et *mélancolique,
Lui faisait voir dans le fond de son cœur
Tout le beau sexe infidèle et trompeur :
Dans la femme où brillait le plus rare mérite,
Il voyait une âme hypocrite,
Un esprit d'orgueil enivré,
Un cruel ennemi qui sans cesse n'aspire
Qu'à prendre un souverain empire
Sur l'homme malheureux qui lui sera livré.

Le fréquent usage du monde,
Où l'on ne voit qu'Époux subjugués ou trahis,
Joint à l'air jaloux du Pays,
Accrut encor cette haine profonde.
Il jura donc plus d'une fois
Que quand même le Ciel pour lui plein de tendresse
Formerait une autre Lucrèce,
Jamais de l'hyménée il ne suivrait les lois.

Ainsi, quand le matin, qu'il donnait aux affaires,
Il avait réglé sagement
Toutes les choses nécessaires
Au bonheur du gouvernement,
Que du faible orphelin, de la veuve oppressée,
Il avait conservé les droits,
Ou banni quelque impôt ᵃ qu'une guerre forcée
Avait introduit autrefois,
L'autre moitié de la journée
A la chasse était destinée,
Où les Sangliers et les Ours,
Malgré leur fureur et leurs armes
Lui donnaient encor moins d'alarmes
Que le sexe charmant qu'il évitait toujours.

Cependant ses sujets que leur intérêt presse
De s'assurer d'un successeur

Qui les gouverne un jour avec même douceur,
A leur donner un fils le conviaient sans cesse.

Un jour dans le Palais ils vinrent tous en corps
    Pour faire leurs derniers efforts;
   Un Orateur d'une grave apparence,
    Et le meilleur qui fût alors,
Dit tout ce qu'on peut dire en pareille occurrence.
   Il marqua leur désir pressant
De voir sortir du Prince une heureuse lignée
Qui rendît à jamais leur État florissant;
   Il lui dit même en finissant
   Qu'il voyait un Astre naissant
   Issu de son chaste hyménée
   Qui faisait pâlir le *Croissant.

D'un ton plus simple et d'une voix moins forte,
Le Prince à ses sujets répondit de la sorte :

   « Le zèle ardent, dont je vois qu'en ce jour
   Vous me portez aux nœuds du mariage,
   Me fait plaisir, et m'est de votre amour
    Un agréable témoignage;
    J'en suis sensiblement touché,
Et voudrais dès demain pouvoir vous satisfaire :
   Mais à mon sens l'hymen est une affaire
Où plus l'homme est prudent, plus il est *empêché.

   Observez bien toutes les jeunes filles;
   Tant qu'elles sont au sein de leurs familles,
    Ce n'est que vertu, que bonté,
    Que pudeur, que sincérité [a],
    Mais sitôt que le mariage
    Au déguisement a mis fin,
    Et qu'ayant fixé leur destin

Il n'importe plus d'être sage,
Elles quittent leur *personnage,
Non sans avoir beaucoup pâti,
Et chacune dans son ménage
Selon son gré prend son parti.

L'une d'humeur chagrine, et que rien ne récrée,
        Devient une Dévote outrée,
        Qui crie et gronde à tous moments;
        L'autre se façonne en Coquette,
        Qui sans cesse écoute ou caquette,
        Et n'a jamais assez d'Amants;
Celle-ci des beaux Arts follement *curieuse,
        De tout décide avec hauteur,
    Et critiquant le plus habile Auteur,
        Prend la forme de Précieuse;
        Cette autre s'érige en Joueuse,
Perd tout, argent, bijoux, bagues, meubles de prix,
        Et même jusqu'à ses habits.

Dans la diversité des routes qu'elles tiennent,
        Il n'est qu'une chose où je voi
        Qu'enfin toutes elles conviennent,
        C'est de vouloir donner la loi.
Or je suis convaincu que dans le mariage
        On ne peut jamais vivre heureux,
        Quand on y commande tous deux;
Si donc vous souhaitez qu'à l'hymen je m'engage,
        Cherchez une jeune Beauté
        Sans orgueil et sans vanité,
        D'une obéissance achevée,
        D'une patience éprouvée,
        Et qui n'ait point de volonté,
    Je la prendrai quand vous l'aurez trouvée. »

Le Prince ayant mis fin à ce discours moral,
  Monte brusquement à cheval,
  Et court joindre à perte d'haleine
Sa meute qui l'attend au milieu de la plaine [a].

Après avoir passé des prés et des guérets,
Il trouve ses Chasseurs couchés sur l'herbe verte;
  Tous se lèvent et tous *alerte,
Font trembler de leurs cors les hôtes des forêts.
  Des chiens courants l'aboyante famille,
  Deçà, delà, parmi le chaume brille,
  Et les Limiers à l'œil ardent
Qui du *fort de la Bête à leur poste reviennent,
  Entraînent en les regardant [b]
  Les forts valets qui les retiennent.

  S'étant instruit par un des siens
  Si tout est prêt, si l'on est sur la trace,
Il ordonne aussitôt qu'on commence la chasse,
  Et fait donner le Cerf aux chiens.
  Le son des cors qui retentissent,
  Le bruit des chevaux qui hennissent
Et des chiens animés les pénétrants abois,
Remplissent la forêt de tumulte et de trouble,
Et pendant que l'écho sans cesse les redouble,
S'enfoncent avec eux dans les plus creux du bois [c] [2].

Le Prince, par hasard ou par sa destinée,
  Prit une route détournée
  Où nul des Chasseurs ne le suit;
  Plus il court, plus il s'en sépare :
  Enfin à tel point il s'égare
Que des chiens et des cors il n'entend plus le bruit.

L'endroit où le mena sa bizarre aventure,

Clair de ruisseaux et sombre de verdure,
Saisissait les esprits d'une secrète horreur;
    La simple et *naïve Nature
S'y faisait voir et si belle et si pure,
Que mille fois il bénit son erreur.

    Rempli des douces rêveries
Qu'inspirent les grands bois, les eaux et les prairies,
Il sent soudain frapper et son cœur et ses yeux
    Par l'*objet le plus agréable,
    Le plus doux et le plus aimable
    Qu'il eût jamais vu sous les Cieux.

    C'était une jeune Bergère
    Qui filait aux bords d'un ruisseau,
    Et qui conduisant son troupeau,
    D'une main sage et *ménagère
    Tournait son agile fuseau.

Elle aurait pu dompter les cœurs les plus sauvages;
    Des lys, son teint a la blancheur,
    Et sa naturelle fraîcheur
S'était toujours *sauvée à l'ombre des bocages :
Sa bouche, de l'enfance avait tout l'agrément,
Et ses yeux qu'adoucit une brune paupière,
    Plus bleus que n'est le firmament,
    Avaient aussi plus de lumière.

Le Prince, avec transport, dans le bois se glissant,
Contemple les beautés dont son âme est émue,
    Mais le bruit qu'il fait en passant
De la Belle sur lui fit détourner la vue;
    Dès qu'elle se vit aperçue,
D'un brillant incarnat la prompte et vive ardeur
    De son beau teint redoubla la splendeur,

Et sur son visage épandue,
Y fit triompher la pudeur.

Sous le voile innocent de cette honte aimable,
Le Prince découvrit une simplicité,
        Une douceur, une sincérité,
        Dont il croyait le beau sexe incapable [a],
        Et qu'il voit là dans toute leur beauté.

Saisi d'une frayeur pour lui toute nouvelle,
Il s'approche interdit, et plus timide qu'elle,
        Lui dit d'une tremblante voix,
Que de tous ses Veneurs il a perdu la trace,
        Et lui demande si la chasse
        N'a point passé quelque part dans le bois.

« Rien n'a paru, Seigneur, dans cette solitude,
Dit-elle, et nul ici que vous seul n'est venu;
        Mais n'ayez point d'inquiétude,
Je remettrai vos pas sur un chemin connu.

        — De mon heureuse destinée
Je ne puis, lui dit-il, trop rendre grâce aux Dieux;
        Depuis longtemps je fréquente ces lieux,
Mais j'avais ignoré jusqu'à cette journée
        Ce qu'ils ont de plus précieux. »

Dans ce temps elle voit que le Prince se baisse
        Sur le moite bord du ruisseau,
        Pour étancher dans le cours de son eau
        La soif ardente qui le presse.
        « Seigneur, attendez un moment »,
        Dit-elle, et courant promptement
Vers sa cabane, elle y prend une tasse
        Qu'avec joie et de bonne grâce,

Elle présente à ce nouvel Amant.

Les vases précieux de cristal et d'agate
          Où l'or en mille endroits éclate,
Et qu'un Art *curieux avec soin façonna,
N'eurent jamais pour lui, dans leur pompe inutile,
          Tant de beauté que le vase d'argile
          Que la Bergère lui donna.

Cependant pour trouver une route facile
          Qui mène le Prince à la Ville,
Ils traversent des bois, des rochers escarpés
          Et de torrents entrecoupés;
Le Prince n'entre point dans de route nouvelle
Sans en bien observer tous les lieux d'alentour [a],
          Et son ingénieux Amour
          Qui songeait au retour,
          En fit une carte fidèle.

          Dans un bocage sombre et frais
          Enfin la Bergère le mène,
Où de dessous ses branchages épais
Il voit au loin dans le sein de la plaine
Les toits dorés de son riche Palais.

          S'étant séparé de la Belle,
          Touché d'une vive douleur,
          A pas lents il s'éloigne d'Elle,
Chargé du trait qui lui perce le cœur;
Le souvenir de sa tendre aventure
Avec plaisir le conduisit chez lui.
Mais dès le lendemain il sentit sa blessure,
Et se vit accablé de tristesse et d' *ennui [b].

          Dès qu'il le peut il retourne à la chasse,

Où de sa suite adroitement
Il s'échappe et se débarrasse
Pour s'égarer heureusement.
Des arbres et des monts les cimes élevées,
    Qu'avec grand soin il avait observées,
Et les avis secrets de son fidèle amour,
Le guidèrent si bien que malgré les *traverses
    De cent routes diverses,
De sa jeune Bergère il trouva le séjour.

Il sut qu'elle n'a plus que son Père avec elle,
    Que Griselidis on l'appelle [a],
Qu'ils vivent doucement du lait de leurs brebis,
Et que de leur toison qu'elle seule elle file,
    Sans avoir recours à la Ville,
    Ils font eux-mêmes leurs habits.

    Plus il la voit, plus il s'enflamme
    Des vives beautés de son âme;
Il *connaît en voyant tant de dons précieux,
    Que si la Bergère est si belle,
    C'est qu'une légère étincelle
De l'esprit qui l'anime a passé dans ses yeux.

    Il ressent une joie extrême
D'avoir si bien placé ses premières amours;
Ainsi sans plus tarder, il fit dès le jour même
Assembler son Conseil et lui tint ce discours :

    « Enfin aux Lois de l'Hyménée
    Suivant vos vœux je me vais engager;
Je ne prends point ma femme en Pays étranger,
Je la prends parmi vous, belle, sage, bien née,
Ainsi que mes aïeux ont fait plus d'une fois,
    Mais j'attendrai cette grande journée

A vous informer de mon choix. »
Dès que la nouvelle fut sue,
Partout elle fut répandue.
On ne peut dire avec combien d'ardeur
L'allégresse publique
De tous côtés s' *explique;
Le plus content fut l'Orateur,
Qui par son discours pathétique
Croyait d'un si grand bien être l'unique Auteur.
Qu'il se trouvait homme de *conséquence!
« Rien ne peut résister à la grande éloquence »,
Disait-il sans cesse en son cœur.

Le plaisir fut de voir le travail inutile
Des Belles de toute la Ville
Pour s'attirer et mériter le choix
Du Prince leur Seigneur, qu'un air chaste et modeste
Charmait uniquement et plus que tout le reste,
Ainsi qu'il l'avait dit cent fois.

D'habit et de maintien toutes elles changèrent,
D'un ton dévot elles toussèrent,
Elles radoucirent leurs voix,
De demi-pied les coiffures [3] baissèrent,
La gorge se couvrit, les manches s'allongèrent,
A peine on leur voyait le petit bout des doigts.

Dans la Ville avec diligence,
Pour l'Hymen dont le jour s'avance,
On voit travailler tous les Arts :
Ici se font de magnifiques chars
D'une forme toute nouvelle,
Si beaux et si bien inventés,
Que l'or qui partout étincelle
En fait la moindre des beautés.

Là, pour voir aisément et sans aucun obstacle
    Toute la pompe du spectacle,
    On dresse de longs *échafauds,
    Ici de grands Arcs triomphaux [4]
Où du Prince guerrier se célèbre la gloire,
Et de l'Amour sur lui l'éclatante victoire.

    Là, sont forgés d'un art industrieux,
Ces feux qui par les coups d'un innocent tonnerre,
      En effrayant la Terre,
De mille astres nouveaux embellissent les Cieux.
    Là d'un ballet ingénieux
Se concerte avec soin l'agréable folie,
Et là d'un Opéra [5] peuplé de mille Dieux,
Le plus beau que jamais ait produit l'Italie,
On entend répéter les airs mélodieux.

    Enfin, du fameux Hyménée,
    Arriva la grande journée.

    Sur le fond d'un Ciel vif et pur,
    A peine l'Aurore vermeille
    Confondait l'or avec l'azur,
Que partout en sursaut le beau sexe s'éveille;
Le Peuple curieux s'épand de tous côtés,
En différents endroits des Gardes sont postés
    Pour contenir la Populace,
    Et la contraindre à faire place.
    Tout le Palais retentit de clairons,
De flûtes, de hautbois, de rustiques musettes,
    Et l'on n'entend aux environs
    Que des tambours et des trompettes.

    Enfin le Prince sort entouré de sa Cour,
    Il s'élève un long cri de joie,

Mais on est bien surpris quand au premier détour,
De la Forêt prochaine on voit qu'il prend la voie,
    Ainsi qu'il faisait chaque jour.
  « Voilà, dit-on, son penchant qui l'emporte,
Et de ses passions, en dépit de l'Amour,
    La Chasse est toujours la plus forte. »

    Il traverse rapidement
Les guérets de la plaine et gagnant la montagne,
Il entre dans le bois au grand étonnement
    De la Troupe qui l'accompagne.

Après avoir passé par différents détours,
Que son cœur amoureux se plaît à reconnaître,
    Il trouve enfin la cabane champêtre,
    Où logent ses tendres amours.

    Griselidis de l'Hymen informée [a],
    Par la voix de la Renommée,
  En avait pris son bel habillement;
Et pour en aller voir la pompe magnifique,
    De dessous sa case rustique
    Sortait en ce même moment.

  « Où courez-vous si prompte et si légère?
    Lui dit le Prince en l'abordant
    Et tendrement la regardant;
Cessez de vous hâter, trop aimable Bergère :
La noce où vous allez, et dont je suis l'Époux,
    Ne saurait se faire sans vous.

    Oui, je vous aime, et je vous ai choisie
    Entre mille jeunes beautés,
Pour passer avec vous le reste de ma vie,
Si toutefois mes vœux ne sont pas rejetés.

— Ah ! dit-elle, Seigneur, je n'ai garde de croire
Que je sois destinée à ce comble de gloire,
     Vous cherchez à vous divertir.
     — Non, non, dit-il, je suis sincère,
     J'ai déjà pour moi votre Père,
(Le Prince avait eu soin de l'en faire avertir).
     Daignez, Bergère, y consentir,
     C'est là tout ce qui reste à faire.
Mais afin qu'entre nous une solide paix
     Éternellement se maintienne,
Il faudrait me jurer que vous n'aurez jamais
     D'autre volonté que la mienne.

— Je le jure, dit-elle, et je vous le promets ;
Si j'avais épousé le moindre du Village,
     J'obéirais, son joug me serait doux ;
     Hélas ! combien donc davantage,
     Si je viens à trouver en vous
     Et mon Seigneur et mon Époux. »

     Ainsi le Prince se déclare,
Et pendant que la Cour applaudit à son choix,
Il porte la Bergère à souffrir qu'on la pare
Des ornements qu'on donne aux Épouses des Rois.
Celles qu'à cet emploi leur devoir intéresse
Entrent dans la cabane, et là diligemment
Mettent tout leur savoir et toute leur adresse
A donner de la grâce à chaque ajustement.

     Dans cette Hutte où l'on se presse
     Les Dames admirent sans cesse
     Avec quel art la Pauvreté
     S'y cache sous la *Propreté ;
     Et cette rustique Cabane,
Que couvre et rafraîchit un spacieux Platane,

Leur semble un séjour enchanté.

Enfin, de ce Réduit sort pompeuse et brillante
  La Bergère charmante;
  Ce ne sont qu'applaudissements
 Sur sa beauté, sur ses habillements;
  Mais sous cette pompe étrangère
Déjà plus d'une fois le Prince a regretté
  Des ornements de la Bergère
  L'innocente simplicité.

  Sur un grand char d'or et d'ivoire,
La Bergère s'assied pleine de majesté;
  Le Prince y monte avec fierté,
  Et ne trouve pas moins de gloire
A se voir comme Amant assis à son côté
Qu'à marcher en triomphe après une victoire;
  La Cour les suit et tous gardent le rang
Que leur donne leur charge ou l'éclat de leur sang.

La Ville dans les champs presque toute sortie
  Couvrait les plaines d'alentour,
  Et du choix du Prince avertie,
Avec impatience attendait son retour.
Il paraît, on le joint. Parmi l'épaisse foule
Du Peuple qui se fend le char à peine roule;
Par les longs cris de joie à tout coup redoublés
  Les chevaux émus et troublés
  Se cabrent, trépignent, s'élancent,
  Et reculent plus qu'ils n'avancent.

  Dans le Temple on arrive enfin,
  Et là par la chaîne éternelle
  D'une promesse solennelle,
 Les deux Époux unissent leur destin;
  Ensuite au Palais ils se rendent,

Où mille plaisirs les attendent,
Où la Danse, les Jeux, les Courses, les Tournois,
Répandent l'allégresse en différents endroits ;
    Sur le soir le blond Hyménée
De ses chastes douceurs couronna la journée.

    Le lendemain, les différents États
        De toute la Province
Accourent haranguer la Princesse et le Prince
        Par la voix de leurs Magistrats.

        De ses Dames environnée,
    Griselidis, sans paraître étonnée [a],
        En Princesse les entendit,
        En Princesse leur répondit.
Elle fit toute chose avec tant de *prudence,
Qu'il sembla que le Ciel eût versé ses trésors
        Avec encor plus d'abondance
        Sur son âme que sur son corps.
    Par son esprit, par ses vives lumières,
Du grand monde aussitôt elle prit les manières,
        Et même dès le premier jour
Des talents, de l'*humeur des Dames de sa Cour,
        Elle se fit si bien instruire,
    Que son bon sens jamais embarrassé
        Eut moins de peine à les conduire
        Que ses brebis du temps passé.

Avant la fin de l'an, des fruits de l'Hyménée
    Le Ciel bénit leur couche fortunée ;
Ce ne fut pas un Prince, on l'eût bien souhaité ;
Mais la jeune Princesse avait tant de beauté
Que l'on ne songea plus qu'à conserver sa vie ;
Le Père qui lui trouve un air doux et charmant
    La venait voir de moment en moment,

Et la Mère encor plus ravie
La regardait incessamment.

Elle voulut la nourrir elle-même :
« Ah ! dit-elle, comment m'exempter de l'emploi
        Que ses cris demandent de moi
        Sans une ingratitude extrême ?
Par un motif de Nature ennemi
Pourrais-je bien vouloir de mon Enfant que j'aime
        N'être la Mère qu'à demi ? »

Soit que le Prince eût l'âme un peu moins enflammée
        Qu'aux premiers jours de son ardeur,
        Soit que de sa *maligne *humeur
        La *masse se fût rallumée,
        Et de son épaisse fumée
Eût obscurci ses sens et corrompu son cœur,
        Dans tout ce que fait la Princesse,
Il s'imagine voir peu de sincérité.
        Sa trop grande vertu le blesse,
C'est un piège qu'on tend à sa crédulité ;
Son esprit inquiet et de trouble agité
        Croit tous les soupçons qu'il écoute,
        Et prend plaisir à révoquer en doute
        L'excès de sa félicité.

Pour guérir les chagrins dont son âme est atteinte,
Il la suit, il l'observe, il aime à la troubler
        Par les ennuis de la contrainte,
        Par les alarmes de la crainte,
        Par tout ce qui peut démêler
        La vérité d'avec la feinte.
« C'est trop, dit-il, me laisser endormir ;
        Si ses vertus sont véritables,
        Les traitements les plus insupportables

Ne feront que les affermir. »

Dans son Palais il la tient resserrée,
Loin de tous les plaisirs qui naissent à la Cour,
Et dans sa chambre, où seule elle vit retirée,
    A peine il laisse entrer le jour.
    Persuadé que la Parure
    Et le superbe Ajustement
Du sexe que pour plaire a formé la Nature
    Est le plus doux enchantement
    Il lui demande avec rudesse
Les perles, les rubis, les bagues, les bijoux
    Qu'il lui donna pour marque de tendresse,
Lorsque de son Amant il devint son Époux.

    Elle dont la vie est sans tache,
    Et qui n'a jamais eu d'*attache
    Qu'à s'acquitter de son devoir,
    Les lui donne sans s'émouvoir,
Et même, le voyant se plaire à les reprendre,
    N'a pas moins de joie à les rendre
    Qu'elle en eut à les recevoir.

« Pour m'éprouver mon Époux me tourmente,
Dit-elle, et je vois bien qu'il ne me fait souffrir
Qu'afin de réveiller ma vertu languissante,
Qu'un doux et long repos pourrait faire périr.
S'il n'a pas ce dessein, du moins suis-je assurée
Que telle est du Seigneur la conduite sur moi
Et que de tant de maux l'ennuyeuse durée
N'est que pour exercer ma constance et ma foi.

    Pendant que tant de malheureuses
    Errent au gré de leurs désirs
    Par mille routes dangereuses,

Après de faux et vains plaisirs;
Pendant que le Seigneur dans sa lente justice
Les laisse aller aux bords du précipice
Sans prendre part à leur danger,
Par un pur mouvement de sa bonté suprême,
Il me choisit comme un enfant qu'il aime,
Et s'applique à me corriger.

Aimons donc sa rigueur utilement cruelle,
On n'est heureux qu'autant qu'on a souffert,
Aimons sa bonté paternelle
Et la main dont elle se sert. »

Le Prince a beau la voir obéir sans contrainte
A tous ses ordres absolus :
« Je vois le fondement de cette vertu feinte,
Dit-il, et ce qui rend tous mes coups superflus,
C'est qu'ils n'ont porté leur atteinte
Qu'à des endroits où son amour n'est plus.

Dans son Enfant, dans la jeune Princesse,
Elle a mis toute sa tendresse;
A l'éprouver si je veux réussir,
C'est là qu'il faut que je m'adresse,
C'est là que je puis m'éclaircir. »

Elle venait de donner la mamelle
Au tendre objet de son amour ardent,
Qui couché sur son sein se jouait avec elle,
Et riait en la regardant :
« Je vois que vous l'aimez, lui dit-il, cependant
Il faut que je vous l'ôte en cet âge encor tendre,
Pour lui former les mœurs et pour la préserver
De certains mauvais airs qu'avec vous l'on peut prendre;
Mon heureux sort m'a fait trouver

Une Dame d'esprit qui saura l'élever
Dans toutes les vertus et dans la *politesse
    Que doit avoir une Princesse.
    Disposez-vous à la quitter,
    On va venir pour l'emporter. »

Il la laisse à ces mots, n'ayant pas le courage,
    Ni les yeux assez inhumains,
    Pour voir arracher de ses mains
    De leur amour l'unique gage;
Elle de mille pleurs se baigne le visage,
    Et dans un morne accablement
Attend de son malheur le funeste moment.

Dès que d'une action si triste et si cruelle
Le *ministre odieux à ses yeux se montra,
    « Il faut obéir », lui dit-elle;
Puis prenant son Enfant qu'elle considéra,
    Qu'elle baisa d'une ardeur maternelle,
Qui de ses petits bras tendrement la serra,
    Toute en pleurs elle le livra.
    Ah! que sa douleur fut amère!
    Arracher l'enfant ou le cœur
    Du sein d'une si tendre Mère,
    C'est la même douleur.

    Près de la Ville était un Monastère,
    Fameux par son antiquité,
Où des Vierges vivaient dans une règle austère,
Sous les yeux d'une Abbesse illustre en piété.
    Ce fut là que dans le silence,
    Et sans déclarer sa naissance,
On déposa l'Enfant, et des bagues de prix,
    Sous l'espoir d'une récompense
    Digne des soins que l'on en aurait pris.

Le Prince qui tâchait d'éloigner par la chasse
        Le vif remords qui l'embarrasse
        Sur l'excès de sa cruauté,
        Craignait de revoir la Princesse,
Comme on craint de revoir une fière Tigresse
        A qui son faon vient d'être ôté;
        Cependant il en fut traité
        Avec douceur, avec *caresse,
        Et même avec cette tendresse
Qu'elle eut aux plus beaux jours de sa prospérité.

Par cette complaisance et si grande et si prompte,
        Il fut touché de regret et de honte;
        Mais son chagrin demeura le plus fort :
Ainsi, deux jours après, avec des larmes feintes,
Pour lui porter encor de plus vives atteintes,
        Il lui vint dire que la Mort
De leur aimable Enfant avait fini le sort.

Ce coup inopiné mortellement la blesse,
        Cependant malgré sa tristesse,
Ayant vu son Époux qui changeait de couleur,
        Elle parut oublier son malheur,
        Et n'avoir même de tendresse
Que pour le consoler de sa fausse douleur.

        Cette bonté, cette ardeur sans égale
        D'amitié conjugale,
Du Prince tout à coup désarmant la rigueur,
Le touche, le pénètre et lui change le cœur,
        Jusques-là qu'il lui prend envie
        De déclarer que leur Enfant
        Jouit encore de la vie;
Mais sa *bile s'élève et fière lui défend

De rien découvrir du mystère
Qu'il peut être utile de taire.

Dès ce bienheureux jour telle des deux Époux
  Fut la mutuelle tendresse,
Qu'elle n'est point plus vive aux moments les plus
  Entre l'Amant et la Maîtresse.   [doux

Quinze fois le Soleil, pour former les saisons,
Habita tour à tour dans ses douze *maisons,
  Sans rien voir qui les désunisse;
  Que si quelquefois par caprice
  Il prend plaisir à la fâcher,
  C'est seulement pour empêcher
  Que l'amour ne se ralentisse,
Tel que le Forgeron qui pressant son labeur,
  Répand un peu d'eau sur la braise
  De sa languissante fournaise
  Pour en redoubler la chaleur.

  Cependant la jeune Princesse
  Croissait en esprit, en sagesse;
  A la douceur, à la *naïveté
  Qu'elle tenait de son aimable Mère,
  Elle joignit de son illustre Père
  L'agréable et noble fierté;
L'amas de ce qui plaît dans chaque caractère
  Fit une parfaite beauté.

  Partout comme un Astre elle brille;
  Et par hasard un Seigneur de la Cour,
  Jeune, bien fait et plus beau que le jour,
  L'ayant vu paraître à la *grille,
  Conçut [a] pour elle un violent amour.
Par l'instinct qu'au beau sexe a donné la Nature

Et que toutes les Beautés ont
De voir l'invisible blessure
Que font leur yeux, au moment qu'ils la font,
La Princesse fut informée
Qu'elle était tendrement aimée.

Après avoir quelque temps résisté
Comme on le doit avant que de se rendre,
D'un amour également tendre
Elle l'aima de son côté.

Dans cet Amant, rien n'était à reprendre,
Il était beau, vaillant, né d'illustres aïeux
Et dès longtemps pour en faire son Gendre
Sur lui le Prince avait jeté les yeux.
Ainsi donc avec joie il apprit la nouvelle
De l'ardeur tendre et mutuelle
Dont brûlaient ces jeunes Amants;
Mais il lui prit une bizarre envie
De leur faire acheter par de cruels tourments
Le plus grand bonheur de leur vie.

« Je me plairai, dit-il, à les rendre contents;
Mais il faut que l'Inquiétude,
Par tout ce qu'elle a de plus rude,
Rende encor leurs feux plus constants;
De mon Épouse en même temps
J'exercerai la patience,
Non point, comme jusqu'à ce jour,
Pour assurer ma folle défiance,
Je ne dois plus douter de son amour;
Mais pour faire éclater aux yeux de tout le Monde
Sa Bonté, sa Douceur, sa Sagesse profonde,
Afin que de ces dons si grands, si précieux,
La Terre se voyant parée,

En soit de respect pénétrée,
Et par reconnaissance en rende grâce aux Cieux. »

Il déclare en public que manquant de lignée,
En qui l'État un jour retrouve son Seigneur,
Que la fille ᵃ qu'il eut de son fol hyménée
    Étant morte aussitôt que née,
  Il doit ailleurs chercher plus de bonheur;
Que l'Épouse qu'il prend est d'illustre naissance,
    Qu'en un *Convent ᵇ on l'a jusqu'à ce jour
    Fait élever dans l'innocence,
Et qu'il va par l'hymen couronner son amour.

  On peut juger à quel point fut cruelle
Aux deux jeunes Amants cette affreuse nouvelle;
Ensuite, sans marquer ni chagrin, ni douleur,
    Il avertit son Épouse fidèle
    Qu'il faut qu'il se sépare d'elle
    Pour éviter un extrême malheur;
Que le Peuple indigné de sa basse naissance
Le force à prendre ailleurs une digne alliance.

    « Il faut, dit-il, vous retirer
    Sous votre toit de chaume et de fougère ᶜ
Après avoir repris vos habits de Bergère
    Que je vous ai fait préparer. »

Avec une tranquille et muette constance,
La Princesse entendit prononcer sa sentence;
    Sous les dehors d'un visage serein
    Elle dévorait son chagrin,
Et sans que la douleur diminuât ses charmes,
    De ses beaux yeux tombaient de grosses larmes,
Ainsi que quelquefois au retour du Printemps,
    Il fait Soleil et pleut en même temps.

« Vous êtes mon Époux, mon Seigneur, et mon Maître,
(Dit-elle en soupirant, prête à s'évanouir),
Et quelque affreux que soit ce que je viens d'ouïr,
    Je saurai vous faire *connaître
Que rien ne m'est si cher que de vous obéir. »

Dans sa chambre aussitôt seule elle se retire,
Et là se dépouillant de ses riches habits,
    Elle reprend paisible et sans rien dire,
      Pendant que son cœur en soupire,
    Ceux qu'elle avait en gardant ses brebis.

    En cet humble et simple *équipage,
Elle aborde le Prince et lui tient ce langage :

    « Je ne puis m'éloigner de vous
    Sans le pardon d'avoir su vous déplaire;
    Je puis souffrir le poids de ma misère,
Mais je ne puis, Seigneur, souffrir votre courroux;
Accordez cette grâce à mon regret sincère,
Et je vivrai contente en mon triste séjour,
    Sans que jamais le Temps altère
Ni mon humble respect, ni mon fidèle amour. »

Tant de soumission et tant de grandeur d'âme
    Sous un si vil habillement,
Qui dans le cœur du Prince en ce même moment
Réveilla tous les traits de sa première flamme,
Allaient casser l'arrêt de son bannissement.
    Ému par de si puissants charmes,
    Et prêt à répandre des larmes,
    Il commençait à s'avancer
      Pour l'embrasser,
    Quand tout à coup l'impérieuse gloire
    D'être ferme en son sentiment

Sur son amour remporta la victoire,
Et le fit en ces mots répondre durement :

« De tout le temps passé j'ai perdu la mémoire,
    Je suis content de votre repentir,
        Allez, il est temps de partir. »

Elle part aussitôt, et regardant son Père
Qu'on avait revêtu de son rustique habit,
Et qui, le cœur percé d'une douleur amère,
Pleurait un changement si prompt et si subit :
« Retournons, lui dit-elle, en nos sombres bocages,
Retournons habiter nos demeures sauvages,
Et quittons sans regret la pompe des Palais ;
Nos cabanes n'ont pas tant de magnificence,
    Mais on y trouve avec plus d'innocence,
Un plus ferme repos, une plus douce paix. »

        Dans son *désert à grand-peine arrivée,
        Elle reprend et quenouille et fuseaux,
        Et va filer au bord des mêmes eaux
            Où le Prince l'avait trouvée.
            Là son cœur tranquille et sans fiel
            Cent fois le jour demande au Ciel
Qu'il comble son Époux de gloire, de richesses,
Et qu'à tous ses désirs il ne refuse rien ;
            Un Amour nourri de caresses
            N'est pas plus ardent que le sien.

        Ce cher Époux qu'elle regrette
        Voulant encore l'éprouver,
        Lui fait dire dans sa retraite
        Qu'elle ait à le venir trouver.

    « Griselidis, dit-il [a], dès qu'elle se présente,
Il faut que la Princesse à qui je dois demain

Dans le Temple donner la main,
De vous et de moi soit contente [a].
Je vous demande ici tous vos soins, et je veux
Que vous m'aidiez à plaire à l'objet de mes vœux;
Vous savez de quel air il faut que l'on me serve,
    Point d'épargne, point de réserve;
Que tout sente le Prince, et le Prince amoureux.

    Employez toute votre adresse
    A parer son appartement,
    Que l'abondance, la richesse,
    La *propreté, la *politesse
    S'y fasse voir également;
    Enfin songez incessamment
    Que c'est une jeune Princesse
        Que j'aime tendrement.

    Pour vous faire entrer davantage
    Dans les soins de votre devoir,
    Je veux ici vous faire voir
Celle qu'à bien servir mon ordre vous engage. »

    Telle qu'aux Portes du Levant
    Se montre la naissante Aurore,
    Telle parut en arrivant
    La Princesse plus belle encore.
    Griselidis à son abord
Dans le fond de son cœur sentit un doux transport
    De la tendresse maternelle;
    Du temps passé, de ses jours bienheureux,
    Le souvenir en son cœur se rappelle [b] :
    « Hélas! ma fille, en soi-même dit-elle,
Si le Ciel favorable eût écouté mes vœux,
Serait presque aussi grande, et peut-être aussi belle. »

Pour la jeune Princesse en ce même moment

Elle prit un amour si vif, si véhément,
    Qu'aussitôt qu'elle fut absente,
   En cette sorte au Prince elle parla,
Suivant, sans le savoir, l'instinct qui s'en mêla :

   « Souffrez, Seigneur, que je vous représente
    Que cette Princesse charmante,
    Dont vous allez être l'Époux,
Dans l'aise, dans l'éclat, dans la pourpre nourrie,
Ne pourra supporter, sans en perdre la vie,
Les mêmes traitements que j'ai reçus de vous.

   Le besoin, ma naissance obscure,
    M'avaient endurcie aux travaux.
Et je pouvais souffrir toutes sortes de maux
   Sans peine et même sans murmure;
Mais elle qui jamais n'a connu la douleur,
   Elle mourra dès la moindre rigueur,
Dès la moindre parole un peu sèche, un peu dure.
   Hélas ! Seigneur, je vous conjure
   De la traiter avec douceur.

— Songez, lui dit le Prince avec un ton sévère,
   A me servir [a] selon votre pouvoir,
  Il ne faut pas qu'une simple Bergère
    Fasse des leçons, et s'ingère
    De m'avertir de mon devoir. »
  Griselidis [b], à ces mots, sans rien dire,
   Baisse les yeux et se retire.

Cependant pour l'Hymen les Seigneurs invités,
   Arrivèrent de tous côtés;
   Dans une magnifique salle
   Où le Prince les assembla
Avant que d'allumer la torche nuptiale,
   En cette sorte il leur parla :

« Rien au monde, après l'Espérance,
N'est plus trompeur que l'Apparence;
Ici l'on en peut voir un exemple éclatant.
Qui ne croirait que ma jeune Maîtresse,
Que l'Hymen va rendre Princesse,
Ne soit heureuse et n'ait le cœur content?
Il n'en est rien pourtant.

Qui pourrait s'empêcher de croire
Que ce jeune Guerrier amoureux de la gloire
N'aime à voir cet Hymen, lui qui dans les Tournois
Va sur tous ses Rivaux remporter la victoire?
Cela n'est pas vrai toutefois.

Qui ne croirait encor qu'en sa juste colère,
Griselidis ne pleure et ne se désespère [a]?
Elle ne se plaint point, elle consent à tout,
Et rien n'a pu pousser sa patience à bout.

Qui ne croirait enfin que de ma destinée,
Rien ne peut égaler la course fortunée,
En voyant les appas de l'objet de mes vœux?
Cependant si l'Hymen me liait de ses nœuds,
J'en concevrais une douleur profonde,
Et de tous les Princes du Monde
Je serais le plus malheureux.

L'Énigme vous paraît difficile à comprendre;
Deux mots vont vous la faire *entendre,
Et ces deux mots feront évanouir
Tous les malheurs que vous venez d'ouïr.

Sachez, poursuivit-il, que l'aimable Personne
Que vous croyez m'avoir blessé le cœur,
Est ma Fille, et que je la donne
Pour Femme à ce jeune Seigneur [b]

Qui l'aime d'un amour extrême,
Et dont il est aimé de même.

Sachez encor, que touché vivement
　　De la patience et du zèle
　　De l'Épouse sage et fidèle
　　Que j'ai chassée indignement,
Je la reprends, afin que je répare,
Par tout ce que l'amour peut avoir de plus doux,
　　Le traitement dur et barbare
Qu'elle a reçu de mon esprit jaloux.

　　Plus grande sera mon *étude
　　A prévenir tous ses désirs,
　　Qu'elle ne fut dans mon *inquiétude
　　A l'accabler de *déplaisirs;
Et si dans tous les temps doit vivre la mémoire
Des *ennuis dont son cœur ne fut point abattu,
Je veux que plus encore on parle de la gloire
Dont j'aurai couronné sa suprême vertu. »

　　Comme quand un épais nuage
　　A le jour obscurci,
　　Et que le Ciel de toutes parts noirci,
　　Menace d'un affreux orage;
Si de ce voile obscur par les vents écarté
　　Un brillant rayon de clarté
　　Se répand sur le paysage,
　　Tout rit et reprend sa beauté;
Telle, dans tous les yeux où régnait la tristesse,
Éclate tout à coup une vive allégresse.

　　Par ce prompt éclaircissement,
　　La jeune Princesse ravie
D'apprendre que du Prince elle a reçu la vie

Se jette à ses genoux qu'elle *embrasse ardemment.
Son père qu'attendrit une fille si chère,
La relève, la baise, et la mène à sa mère,
A qui trop de plaisir en un même moment
      Otait presque tout sentiment.
      Son cœur, qui tant de fois en proie
      Aux plus cuisants traits du malheur,
      Supporta si bien la douleur,
      Succombe au doux poids de la joie;
A peine de ses bras pouvait-elle serrer
   L'aimable Enfant que le Ciel lui renvoie,
      Elle ne pouvait que pleurer.

« Assez dans d'autres temps vous pourrez satisfaire,
    Lui dit le Prince, aux tendresses du sang;
Reprenez les habits qu'exige votre rang,
    Nous avons des noces à faire. »

Au Temple on conduisit les deux jeunes Amants,
      Où la mutuelle promesse
      De se chérir avec tendresse
Affermit pour jamais leurs doux engagements.
Ce ne sont que Plaisirs, que Tournois magnifiques,
      Que Jeux, que Danses, que Musiques,
      Et que Festins délicieux,
Où sur Griselidis se tournent tous les yeux [a],
      Où sa patience éprouvée
      Jusques au Ciel est élevée
      Par mille éloges glorieux :
Des Peuples réjouis la complaisance est telle
      Pour leur Prince capricieux,
Qu'ils vont jusqu'à louer son épreuve cruelle,
      A qui d'une vertu si belle,
Si séante au beau sexe, et si rare en tous lieux,
      On doit un si parfait modèle.

A MONSIEUR ***[1]

EN LUI ENVOYANT

GRISELIDIS [a]

Si *je m'étais rendu à tous les différents avis qui m'ont été donnés sur l'Ouvrage que je vous envoie, il n'y serait rien demeuré que le Conte tout sec et tout *uni, et en ce cas j'aurais mieux fait de n'y pas toucher et de le laisser dans son papier bleu[2] où il est depuis tant d'années. Je le lus d'abord à deux de mes Amis. « Pourquoi, dit l'un, s'étendre si fort sur le caractère de votre Héros [b] ? Qu'a-t-on à faire de savoir ce qu'il faisait le matin dans son Conseil, et moins encore à quoi il se divertissait l'après-dînée ? Tout cela est bon à retrancher. — Otez-moi, je vous prie, dit l'autre, la réponse enjouée qu'il fait aux Députés de son Peuple qui le pressent de se marier ; elle ne convient point à un Prince grave et sérieux. Vous voulez bien encore, poursuivit-il, que je vous conseille de supprimer la longue description de votre chasse ? Qu'importe tout cela au fond de votre histoire ? Croyez-moi, ce sont de vains et ambitieux ornements, qui appauvrissent votre Poème au lieu de l'enrichir. Il en est de même, ajouta-t-il, des préparatifs qu'on fait pour le mariage du Prince, tout cela est oiseux et inutile. Pour vos Dames qui rabaissent leurs coiffures, qui couvrent leurs gorges, et qui allongent leurs manches, froide plaisanterie aussi bien que celle de l'Orateur qui s'applaudit de son éloquence. — Je demande encore, reprit* *celui qui avait parlé le premier, que vous ôtiez les réflexions Chrétiennes de Griselidis [a], qui dit que c'est Dieu qui veut l'éprouver; c'est un sermon hors de sa place. Je ne saurais encore souffrir les inhumanités de votre Prince, elles me mettent en colère, je les supprimerais. Il est vrai qu'elles sont de l'Histoire, mais il n'importe. J'ôterais encore l'Épisode du jeune Seigneur qui n'est là que pour épouser la jeune Princesse, cela allonge trop votre conte. — Mais, lui dis-je, le conte finirait mal sans cela. — Je ne saurais que vous dire, répondit-il, je ne laisserais pas que de l'ôter. » A quelques jours de là, je fis la même lecture à deux autres de mes Amis, qui ne me dirent pas un seul mot sur les endroits dont je viens de parler, mais qui en reprirent quantité d'autres. « Bien loin de me plaindre de la rigueur de votre critique, leur dis-je, je me plains de ce qu'elle n'est pas assez sévère : vous m'avez passé une infinité d'endroits que l'on trouve [b] très dignes de censure. — Comme quoi ? dirent-ils. — On trouve, leur dis-je, que le caractère du Prince est trop étendu, et qu'on n'a que faire de savoir ce qu'il faisait le matin et encore moins l'après-dînée. — On se moque de vous, dirent-ils tous deux ensemble, quand on vous fait de semblables critiques. — On blâme, poursuivis-je, la réponse que fait le Prince à ceux qui le pressent de se marier, comme trop enjouée et indigne d'un Prince grave et sérieux. — Bon, reprit l'un d'eux; et où est l'inconvénient qu'un jeune Prince d'Italie, pays où l'on est accoutumé à voir les hommes les plus graves et les plus élevés en dignité dire des plaisanteries, et qui d'ailleurs fait profession de mal parler et des femmes et du mariage, matières si sujettes à la raillerie, se soit un peu réjoui sur cet article ? Quoi qu'il en soit, je vous demande grâce pour cet endroit comme pour celui de l'Orateur qui croyait avoir converti le Prince, et pour le rabaissement des coiffures; car ceux qui n'ont pas aimé la réponse enjouée du Prince, ont bien la mine d'avoir fait main basse sur ces deux endroits-là. — Vous l'avez deviné, lui dis-je. Mais d'un* *autre côté, ceux qui n'aiment que les choses plaisantes n'ont pu souffrir les réflexions Chrétiennes de la Princesse, qui dit que c'est Dieu qui la veut éprouver. Ils prétendent que c'est un sermon hors de propos. — Hors de propos ? reprit l'autre; non seulement ces réflexions conviennent au sujet, mais elles y sont absolument nécessaires. Vous aviez besoin de rendre croyable la Patience de votre Héroïne; et quel autre moyen aviez-vous que de lui faire regarder les mauvais traitements de son Époux comme venants de la main de Dieu ? Sans cela, on la prendrait pour la plus stupide de toutes les femmes, ce qui ne ferait pas assurément un bon effet. — On blâme encore, leur dis-je, l'Épisode du jeune Seigneur* qui épouse la jeune Princesse. — On a tort, reprit-il; comme votre Ouvrage est un véritable Poème, quoique vous lui donniez le titre de Nouvelle, il faut qu'il n'y ait rien à désirer quand il finit. Cependant si la jeune Princesse s'en retournait dans son *Convent sans être mariée après s'y être attendue, elle ne serait point contente ni ceux qui liraient la Nouvelle. » *Ensuite de cette conférence, j'ai pris le parti de laisser mon Ouvrage tel à peu près qu'il a été lu dans l'Académie. En un mot, j'ai eu soin de corriger les choses qu'on m'a fait voir être mauvaises en elles-mêmes; mais à l'égard de celles que j'ai trouvées n'avoir point d'autre défaut que de n'être pas au goût de quelques personnes peut-être un peu trop délicates, j'ai cru n'y devoir pas toucher.*

Est-ce une raison décisive
D'ôter un bon mets d'un repas,
Parce qu'il s'y trouve un Convive
Qui par malheur ne l'aime pas?
Il faut que tout le monde vive,
Et que les mets, pour plaire à tous,
Soient différents comme les goûts.

Quoi qu'il en soit, j'ai cru devoir m'en remettre au Public qui juge toujours bien. J'apprendrai de lui ce que j'en dois croire, et je suivrai exactement tous ses avis, s'il m'arrive jamais de faire une seconde édition de cet Ouvrage [a].

PEAU D'ANE

CONTE

NOTICE

Depuis longtemps populaire, l'histoire de Peau d'Ane était devenue le conte par excellence, le maître conte, au point qu'on disait un « conte de Peau d'Ane » (Perrault entend ainsi l'expression dans le *Parallèle des anciens et des modernes*, III, p. 120) pour désigner un conte de fées. Déjà, le bonhomme Robin de Noël du Fail (*Propos rustiques ; 1547*) amuse sa famille, après souper, avec des histoires « du temps que les bestes parloyent... de Melusine, du Loup garou, de Cuir d'Asnette ». C'est avec des « contes de Peau d'Ane » que les gouvernantes, selon les *Mémoires* de La Porte, endormaient Louis XIV enfant. Scarron montre la vieille reine Hécube qui, pour divertir le petit Astyanax (*Le Virgile travesti*, II ; 1648) :

> Faisait avec lui la badine,
> L'entretenait de Melusine,
> De Peau d'Ane et de Fier-à-bras,
> Et de cent autres vieux fatras.

Chez Scarron encore *(Roman comique,* chap. VIII ; 1651), on voit l'ennuyeux Ragotin menacer la compagnie d'une « histoire que l'on croyait devoir être une imitation de la Peau d'Ane ». Invitée par son père à dire tout ce qu'elle sait, la petite Louison du *Malade imaginaire* (II, 8 ; 1673) lui répond, avec une naïveté réelle ou feinte : « Mon papa, je vous dirai, si vous voulez, le conte de Peau d'Ane qu'on m'a appris depuis peu. »

> Si Peau d'Ane m'était conté
> J'y prendrais un plaisir extrême,

avoue La Fontaine (*Fables,* VIII, 4; 1678). Enfin, dans *Les Fontanges,* comédie de Perrault écrite vers 1690 (publiée seulement en 1884), la jeune Lisette s'exclame, à propos d'un « écolier en droit » un peu niais : « Quoi ! cette grande robe du Palais, qui vient si souvent chez mon oncle, qui ne parle que de procès, qui m'appelle sa petite reine et qui croit bien nous divertir, ma cousine et moi, en nous faisant le conte de Peau d'Ane. »

Du Moyen Age au XVIIIe siècle, on trouve dans la tradition littéraire, isolés ou réunis, les principaux thèmes qui forment la trame du conte de Perrault : l'amour incestueux du roi, le déguisement emprunté à une peau de bête, la fuite de la princesse, enfin l'épreuve de la bague qui apparente de près *Peau d'Ane* à *Cendrillon.*

Une chanson de geste sans fondement historique, *La Belle Helaine de Constantinople,* est l'histoire d'un roi qui, devenu veuf, se met en tête d'épouser sa propre fille, seule égale en beauté à la défunte; la princesse doit s'enfuir pour échapper au déshonneur. Le texte original de *La Belle Helaine* reste aujourd'hui encore inédit; mais Perrault connaissait sans doute *Le roman de la Belle Helaine* publié en 1641 par le libraire Nicolas Oudot, abrégé en prose maintes fois réimprimé depuis dans la Bibliothèque bleue.

Deux épisodes du roman de *Perceforest* (XIVe siècle) — l'un de ces « vieux romans » dont Chapelain faisait grand cas — s'apparentent aux thèmes de *Peau d'Ane :* ici, la princesse Neronès se barbouille le visage, se dissimule sous une peau de mouton et s'enfuit dans la campagne; ailleurs le thème de l'épreuve apparaît sous une double forme : « le chevalier (Norgal) doit trouver la jeune fille qui lui est destinée, la princesse (Gorloes) cherche l'homme qu'il lui sera permis d'aimer. Norgal possède une aumônière que personne ne peut ouvrir, la princesse un anneau qui ne s'adapte au doigt d'aucun chevalier [1]. »

À n'en pas douter, Perrault avait lu, dans les *Piacevoli notti*

---

1. Jeanne Lods, *Le roman de Perceforest,* I, chap. IV.

de Straparole (I, 4), l'histoire de Doralice : Doralice que son père veuf prétend épouser parce qu'elle est la seule qui puisse passer à son doigt la bague de sa mère.

La version de *Peau d'Âne* que donne Bonaventure des Périers (*Nouvelles récréations et joyeux devis*, CXXIX) n'a de commun avec le conte de Perrault que le thème du déguisement : Perrette veut se marier contre le gré de son père qui la condamne à « ne vêtir autre habit qu'une peau d'âne, pensant par ce moyen la mettre en désespoir et en dégoûter son ami ». En revanche, c'est pour ne pas épouser son père que la Pretiosa de Basile (*Pentamerone*, II, 6 : *L'Orza*) en est réduite à se métamorphoser en ourse.

L'auteur du *Saint Paulin,* qui s'intéressait à l'hagiographie, a pu lire enfin, dans *Les Fleurs des vies des saints (Libro de las vidas de los santos)* du père Ribadeneira (ouvrage espagnol publié en 1624 et six fois réimprimé dans une traduction française entre 1645 et 1678) la légende de sainte Dympne de Gheel : fille d'un roi païen d'Irlande, Dympne, secrètement baptisée, s'enfuit en Flandre pour échapper aux désirs incestueux de son père, qui finit par la retrouver et lui fait trancher la tête.

Allerleirauh (Peau-de-toutes-bêtes) est la « Peau d'Âne » des frères Grimm. C'est dans l'édition des Contes de Perrault publiée en 1781 par le libraire Lamy qu'apparaît pour la première fois la version en prose apocryphe de *Peau d'Âne* — précédée d'une épître à Mlle Éléonore de Lubert, femme de lettres du temps (1710-1779) —, médiocre paraphrase qui, depuis, a trop souvent pris la place du texte original. Il est piquant de constater que les préférences de Flaubert, lorsqu'il découvrit les Contes de Perrault, sont allées à cette *Peau d'Âne* en prose : « J'ai lu ces jours-ci les Contes de fées de Perrault, c'est charmant, charmant. Que dis-tu de cette phrase : La chambre était si petite que la queue de cette belle robe ne pouvait s'étendre? Est-ce énorme d'effet, hein? Et celle-ci : Il vint des rois de tous les pays, les uns en chaises à porteurs, d'autres en cabriolets, et les plus éloignés montés sur des éléphants, sur des tigres, sur des aigles. Et dire que tant que les Français vivront, Boileau passera pour être un

plus grand poète que cet homme-là ! » (*Correspondance*, 1852;
édit. Conard, III, pp. 67-68).

Dans *Le Trésor des Contes* de Henri Pourrat (1951; III,
pp. 102-117) figure *Le conte de Marion Peau d'Anon*.

G. R.

PEAU D'ANE

CONTE

A MADAME LA MARQUISE DE L***[1]

Il est des gens de qui l'esprit guindé,
    Sous un front jamais déridé,
    Ne souffre, n'approuve et n'estime
    Que le pompeux et le sublime;
    Pour moi, j'ose poser en fait
Qu'en de certains moments l'esprit le plus parfait
Peut aimer sans rougir jusqu'aux Marionnettes [2];
    Et qu'il est des temps et des lieux
    Où le grave et le sérieux
    Ne valent pas d'agréables sornettes.
    Pourquoi faut-il s'émerveiller
    Que la Raison la mieux sensée,
    Lasse souvent de trop veiller,
    Par des contes d'Ogre [3] et de Fée
    Ingénieusement bercée,
    Prenne plaisir à sommeiller?

    Sans craindre donc qu'on me condamne
    De mal employer mon loisir,
Je vais, pour contenter votre juste désir,
Vous conter tout au long l'histoire de Peau d'Ane.

Il était une fois un Roi,
        Le plus grand qui fût sur la Terre,
        Aimable en Paix, terrible en Guerre,
        Seul enfin comparable à soi :
Ses voisins le craignaient, ses États étaient calmes,
        Et l'on voyait de toutes parts
        Fleurir, à l'ombre de ses palmes,
        Et les Vertus et les beaux Arts.
Son aimable Moitié, sa Compagne fidèle,
        Était si charmante et si belle,
Avait l'esprit si *commode et si doux
        Qu'il était encor avec elle
        Moins heureux Roi qu'heureux époux.
        De leur tendre et chaste Hyménée
        Plein de douceur et d'agrément,
Avec tant de vertus une fille était née
        Qu'ils se consolaient aisément
        De n'avoir pas de plus ample lignée.

        Dans son vaste et riche Palais
        Ce n'était que magnificence ;
Partout y fourmillait une vive abondance
        De Courtisans et de Valets ;
        Il avait dans son Écurie
Grands et petits chevaux de toutes les façons ;
        Couverts de beaux caparaçons,
        Roides d'or et de broderie ;
Mais ce qui surprenait tout le monde en entrant,
        C'est qu'au lieu le plus apparent,
Un maître Ane étalait ses deux grandes oreilles.
        Cette injustice vous surprend,
Mais lorsque vous saurez ses vertus nonpareilles,
Vous ne trouverez pas que l'honneur fût trop grand.
        Tel et si *net le forma la Nature

Qu'il ne faisait jamais d'ordure,
Mais bien beaux Écus au soleil [4]
Et Louis de toute manière,
Qu'on allait recueillir sur la blonde litière
Tous les matins à son réveil.

Or le Ciel qui parfois se lasse
De rendre les hommes contents,
Qui toujours à ses biens mêle quelque disgrâce,
Ainsi que la pluie au beau temps,
Permit qu'une âpre maladie
Tout à coup de la Reine attaquât les beaux jours.
Partout on cherche du secours ;
Mais ni la Faculté qui le Grec [5] étudie,
Ni les Charlatans [6] ayant cours,
Ne purent tous ensemble arrêter l'incendie
Que la fièvre allumait en s'augmentant toujours.

Arrivée à sa dernière heure
Elle dit au Roi son Époux :
« Trouvez bon qu'avant que je meure
J'exige une chose de vous ;
C'est que s'il vous prenait envie
De vous remarier quand je n'y serai plus...
— Ah ! dit le Roi, ces soins sont superflus,
Je n'y songerai de ma vie,
Soyez en repos là-dessus.
— Je le crois bien, reprit la Reine,
Si j'en prends à témoin votre amour véhément ;
Mais pour m'en rendre plus certaine,
Je veux avoir votre serment,
Adouci toutefois par ce *tempérament
Que si vous rencontrez une femme plus belle,
Mieux faite et plus sage que moi,
Vous pourrez *franchement lui donner votre foi

Et vous marier avec elle. »
Sa confiance en ses attraits
Lui faisait regarder une telle promesse
    Comme un serment, surpris avec adresse,
    De ne se marier jamais.
Le Prince jura donc, les yeux baignés de larmes,
    Tout ce que la Reine voulut;
    La Reine entre ses bras mourut,
Et jamais un Mari ne fit tant de vacarmes.
A l'ouïr sangloter et les nuits et les jours,
On jugea que son deuil ne lui durerait guère,
    Et qu'il pleurait ses défuntes Amours
Comme un homme pressé qui veut sortir d'affaire.

On ne se trompa point. Au bout de quelques mois
Il voulut procéder à faire un nouveau choix;
    Mais ce n'était pas chose aisée,
    Il fallait garder son serment
    Et que la nouvelle Épousée
    Eût plus d'attraits et d'agrément
Que celle qu'on venait de mettre au *monument.

    Ni la Cour en beautés fertile,
    Ni la Campagne, ni la Ville,
    Ni les Royaumes d'alentour
    Dont on alla faire le tour,
    N'en purent fournir une telle;
    L'Infante seule était plus belle
  Et possédait certains tendres appas
    Que la défunte n'avait pas.
    Le Roi le remarqua lui-même
    Et brûlant d'un amour extrême,
    Alla follement s'aviser
Que par cette raison il devait l'épouser.
    Il trouva même un Casuiste

Qui jugea que le cas se pouvait proposer.
　　　Mais la jeune Princesse triste
　　　D'ouïr parler d'un tel amour,
　　Se lamentait et pleurait nuit et jour.

　　　De mille chagrins l'âme pleine,
　　　Elle alla trouver sa Marraine,
　　　Loin, dans une grotte à l'écart
De Nacre et de Corail richement *étoffée.
　　　C'était une admirable Fée
　　Qui n'eut jamais de pareille en son Art.
　　　Il n'est pas besoin qu'on vous die
Ce qu'était une Fée en ces bienheureux temps;
　　　Car je suis sûr que votre *Mie
　　Vous l'aura dit dès vos plus jeunes ans.

　　« Je sais, dit-elle, en voyant la Princesse,
　　　Ce qui vous fait venir ici,
Je sais de votre cœur la profonde tristesse;
　　　Mais avec moi n'ayez plus de souci.
　　　Il n'est rien qui vous puisse nuire
Pourvu qu'à mes conseils vous vous laissiez conduire.
Votre Père, il est vrai, voudrait vous épouser;
　　　Écouter sa folle demande
　　　Serait une faute bien grande,
Mais sans le contredire on le peut refuser.

　　　Dites-lui qu'il faut qu'il vous donne
　　　Pour rendre vos désirs contents,
Avant qu'à son amour votre cœur s'abandonne,
Une Robe qui soit de la couleur du *Temps.
Malgré tout son pouvoir et toute sa richesse,
Quoique le Ciel en tout favorise ses vœux,

Il ne pourra jamais accomplir sa promesse. »

Aussitôt la jeune Princesse
L'alla dire en tremblant à son Père amoureux
        Qui dans le moment fit entendre
        Aux Tailleurs les plus importants
Que s'ils ne lui faisaient, sans trop le faire attendre,
Une Robe qui fût de la couleur du Temps,
Ils pouvaient s'assurer qu'il les ferait tous pendre.

        Le second jour ne luisait pas encor
        Qu'on apporta la Robe désirée;
            Le plus beau bleu de l'Empyrée
N'est pas, lorsqu'il est ceint de gros nuages d'or,
        D'une couleur plus azurée.
De joie et de douleur l'Infante pénétrée
            Ne sait que dire ni comment
        Se dérober à son engagement.
        « Princesse, demandez-en une,
        Lui dit sa Marraine tout bas,
        Qui plus brillante et moins commune,
        Soit de la couleur de la Lune.
        Il ne vous la donnera pas. »
A peine la Princesse en eut fait la demande
        Que le Roi dit à son Brodeur :
« Que l'astre de la Nuit n'ait pas plus de splendeur
Et que dans quatre jours sans faute on me la rende. »

Le riche habillement fut fait au jour marqué,
        Tel que le Roi s'en était *expliqué.
Dans les Cieux où la Nuit a déployé ses voiles,
La Lune est moins pompeuse en sa robe d'argent
Lors même qu'au milieu de son cours diligent
Sa plus vive clarté fait pâlir les étoiles.

La Princesse admirant ce merveilleux habit,
Était à consentir presque *délibérée;
     Mais par sa Marraine inspirée,
     Au Prince amoureux elle dit :
     « Je ne saurais être contente
Que je n'aie une Robe encore plus brillante
     Et de la couleur du Soleil. »
Le Prince qui l'aimait d'un amour sans pareil,
Fit venir aussitôt un riche Lapidaire
     Et lui commanda de la faire
D'un superbe tissu d'or et de diamants,
Disant que s'il manquait à le bien satisfaire,
Il le ferait mourir au milieu des tourments.

Le Prince fut exempt de s'en donner la peine,
     Car l'ouvrier industrieux,
     Avant la fin de la semaine,
    Fit apporter l'ouvrage précieux,
     Si beau, si vif, si radieux,
    Que le blond Amant de Clymène [7],
     Lorsque sur la voûte des Cieux
     Dans son char d'or il se promène,
D'un plus brillant éclat n'éblouit pas les yeux.

L'Infante que ces dons achèvent de confondre,
A son Père, à son Roi ne sait plus que répondre.
Sa Marraine aussitôt la prenant par la main :
    « Il ne faut pas, lui dit-elle à l'oreille,
     Demeurer en si beau chemin;
     Est-ce une si grande merveille
    Que tous ces dons que vous en recevez,
    Tant qu'il aura l'Ane que vous savez,
    Qui d'écus d'or sans cesse emplit sa bourse?
Demandez-lui la peau de ce rare Animal.
     Comme il est toute sa ressource,
Vous ne l'obtiendrez pas, ou je raisonne mal. »

Cette Fée était bien savante,
Et cependant elle ignorait encor
Que l'amour violent pourvu qu'on le contente,
Compte pour rien l'argent et l'or;
La peau fut galamment aussitôt accordée
Que l'Infante l'eut demandée.

Cette Peau quand on l'apporta
Terriblement l'épouvanta
Et la fit de son sort amèrement se plaindre.
Sa Marraine survint et lui *représenta
Que quand on fait le bien on ne doit jamais craindre;
Qu'il faut laisser penser au Roi
Qu'elle est tout à fait disposée
A subir avec lui la conjugale Loi,
Mais qu'au même moment, seule et bien déguisée,
Il faut qu'elle s'en aille en quelque État lointain
Pour éviter un mal si proche et si certain.

« Voici, poursuivit-elle, une grande cassette
Où nous mettrons tous vos habits,
Votre miroir, votre *toilette,
Vos diamants et vos rubis.
Je vous donne encor ma Baguette;
En la tenant en votre main,
La cassette suivra votre même chemin
Toujours sous la Terre cachée;
Et lorsque vous voudrez l'ouvrir,
A peine mon bâton la Terre aura touchée
Qu'aussitôt à vos yeux elle viendra s'offrir.

Pour vous rendre méconnaissable,
La dépouille de l'Ane est un masque admirable.
Cachez-vous bien dans cette peau,
On ne croira jamais, tant elle est effroyable,
Qu'elle renferme rien de beau.

La Princesse ainsi travestie
De chez la sage Fée à peine fut sortie,
　　　Pendant la fraîcheur du matin,
　　　Que le Prince qui pour la Fête
　　　De son heureux Hymen s'apprête,
Apprend tout effrayé son funeste destin.
Il n'est point de maison, de chemin, d'*avenue,
　　　Qu'on ne parcoure promptement;
　　　Mais on s'agite vainement,
On ne peut deviner ce qu'elle est devenue.

Partout se répandit un triste et noir chagrin;
　　　Plus de Noces, plus de Festin,
　　　Plus de Tarte, plus de Dragées;
Les Dames de la Cour, toutes découragées,
　　　N'en dînèrent point la plupart;
Mais du Curé sur tout la tristesse fut grande,
　　　Car il en déjeuna fort tard,
　　　Et qui pis est n'eut point d'offrande [8].

L'Infante cependant poursuivait son chemin,
Le visage couvert d'une vilaine crasse;
　　　A tous Passants elle tendait la main,
Et tâchait pour servir de trouver une place.
Mais les moins délicats et les plus malheureux
La voyant si *maussade et si pleine d' *ordure,
Ne voulaient écouter ni *retirer chez eux
　　　Une si sale créature.

Elle alla donc bien loin, bien loin, encor plus loin;
Enfin elle arriva dans une Métairie
　　　Où la Fermière avait besoin
　　　D'une souillon, dont l' *industrie
Allât jusqu'à savoir bien laver des torchons
　　　Et nettoyer l'auge aux Cochons.

On la mit dans un coin au fond de la cuisine
    Où les Valets, insolente vermine,
      Ne faisaient que la tirailler,
      La contredire et la railler;
    Ils ne savaient quelle *pièce lui faire,
      La harcelant à tout propos;
      Elle était la butte ordinaire
De tous leurs quolibets et de tous leurs bons mots.

Elle avait le Dimanche un peu plus de repos;
Car, ayant du matin fait sa petite affaire,
Elle entrait dans sa chambre et tenant son huis clos,
Elle se décrassait, puis ouvrait sa cassette,
      Mettait *proprement sa *toilette,
      Rangeait dessus ses petits pots.
Devant son grand miroir, contente et satisfaite,
De la Lune tantôt la robe elle mettait,
Tantôt celle où le feu du Soleil éclatait,
      Tantôt la belle robe bleue
Que tout l'azur des Cieux ne saurait égaler,
Avec ce chagrin seul que leur traînante queue
Sur le plancher trop court ne pouvait s'étaler.
Elle aimait à se voir jeune, vermeille et blanche
Et plus *brave cent fois que nulle autre n'était;
      Ce doux plaisir la sustentait
      Et la menait jusqu'à l'autre Dimanche.

        J'oubliais à dire en passant
        Qu'en cette grande Métairie
        D'un Roi magnifique et puissant
        Se faisait la *Ménagerie,
        Que là, Poules de Barbarie,
        Râles, Pintades, Cormorans,
        Oisons musqués [9], Canes Petières,
Et mille autres oiseaux de bizarres manières,

Entre eux presque tous différents,
Remplissaient à l'envi dix cours toutes entières.

Le fils du Roi dans ce charmant séjour
Venait souvent au retour de la Chasse
Se reposer, boire à la glace [10]
Avec les Seigneurs de sa Cour.
Tel ne fut point le beau Céphale [11] :
Son air était Royal, sa mine martiale,
Propre à faire trembler les plus fiers bataillons.
Peau d'Ane de fort loin le vit avec tendresse,
Et reconnut par cette hardiesse
Que sous sa crasse et ses haillons
Elle gardait encor le cœur d'une Princesse.

« Qu'il a l'air grand, quoiqu'il l'ait négligé,
Qu'il est aimable, disait-elle,
Et que bienheureuse est la belle
A qui son cœur est engagé !
D'une robe de rien s'il m'avait honorée,
Je m'en trouverais plus parée
Que de toutes celles que j'ai. »

Un jour le jeune Prince errant à l'aventure
De basse-cour en basse-cour,
Passa dans une allée obscure
Où de Peau d'Ane était l'humble séjour.
Par hasard il mit l'œil au trou de la serrure.
Comme il était fête ce jour,
Elle avait pris une riche parure
Et ses superbes vêtements
Qui, *tissus de fin or et de gros diamants,
Égalaient du Soleil la clarté la plus pure.
Le Prince au gré de son désir
La contemple et ne peut qu'à peine,

En la voyant, reprendre haleine,
Tant il est comblé de plaisir.
Quels que soient les habits, la beauté du visage,
Son beau tour, sa vive blancheur,
Ses traits fins, sa jeune fraîcheur
Le touchent cent fois davantage;
Mais un certain air de grandeur,
Plus encore une sage et modeste pudeur,
Des beautés de son âme assuré témoignage,
S'emparèrent de tout son cœur.

Trois fois, dans la chaleur du feu qui le transporte,
Il voulut enfoncer la porte;
Mais croyant voir une Divinité,
Trois fois par le respect son bras fut arrêté.

Dans le Palais, pensif il se retire,
Et là, nuit et jour il soupire;
Il ne veut plus aller au Bal
Quoiqu'on soit dans le Carnaval.
Il hait la Chasse, il hait la *Comédie,
Il n'a plus d'appétit, tout lui fait mal au cœur,
Et le fond de sa maladie
Est une triste et mortelle langueur.

Il s'enquit quelle était cette Nymphe admirable
Qui demeurait dans une basse-cour,
Au fond d'une allée effroyable,
Où l'on ne voit goutte en plein jour.
« C'est, lui dit-on, Peau d'Ane, en rien Nymphe ni belle
Et que Peau d'Ane l'on appelle,
A cause de la Peau qu'elle met sur son cou;
De l'Amour c'est le vrai remède,
La bête en un mot la plus laide,
Qu'on puisse voir après le Loup. »

On a beau dire, il ne saurait le croire;
    Les traits que l'amour a tracés
    Toujours présents à sa mémoire
    N'en seront jamais effacés.

    Cependant la Reine sa Mère
Qui n'a que lui d'enfant pleure et se désespère;
De déclarer son mal elle le presse en vain,
    Il gémit, il pleure, il soupire,
    Il ne dit rien, si ce n'est qu'il désire
Que Peau d'Ane lui fasse un gâteau de sa main;
Et la Mère ne sait ce que son Fils veut dire.
    « O Ciel! Madame, lui dit-on,
    Cette Peau d'Ane est une noire Taupe
    Plus vilaine encore et plus *gaupe
    Que le plus sale Marmiton.
— N'importe, dit la Reine, il le faut satisfaire
Et c'est à cela seul que nous devons songer. »
Il aurait eu de l'or, tant l'aimait cette Mère,
    S'il en avait voulu manger.

    Peau d'Ane donc prend sa farine
    Qu'elle avait fait bluter exprès
    Pour rendre sa pâte plus fine,
    Son sel, son beurre et ses œufs frais;
    Et pour bien faire sa galette,
    S'enferme seule en sa chambrette.

    D'abord elle se décrassa
    Les mains, les bras et le visage [12],
Et prit un *corps d'argent que vite elle laça
    Pour dignement faire l'ouvrage
    Qu'aussitôt elle commença.

On dit qu'en travaillant un peu trop à la hâte,
De son doigt par hasard il tomba dans la pâte

Un de ses anneaux de grand prix;
Mais ceux qu'on tient savoir le fin de cette histoire
Assurent que par elle exprès il y fut mis;
Et pour moi franchement je l'oserais bien croire,
Fort sûr que, quand le Prince à sa porte aborda
    Et par le trou la regarda,
    Elle s'en était aperçue :
    Sur ce point la femme est si *drue
    Et son œil va si promptement
    Qu'on ne peut la voir un moment
    Qu'elle ne sache qu'on l'a vue.
Je suis bien sûr encor, et j'en ferais serment,
Qu'elle ne douta point que de son jeune Amant
    La Bague ne fût bien reçue.

On ne pétrit jamais un si friand morceau,
Et le Prince trouva la galette si bonne
Qu'il ne s'en fallut rien que d'une faim gloutonne
    Il n'avalât aussi l'anneau.
    Quand il en vit l'émeraude admirable,
    Et du jonc d'or le cercle étroit,
    Qui marquait la forme du doigt,
Son cœur en fut touché d'une joie incroyable;
    Sous son chevet il le mit à l'instant,
    Et son mal toujours augmentant,
    Les Médecins sages d'expérience,
    En le voyant maigrir de jour en jour,
    Jugèrent tous, par leur grande science,
    Qu'il était malade d'amour [13].

    Comme l'Hymen, quelque mal qu'on en die,
Est un remède *exquis pour cette maladie,
    On conclut à le marier;
    Il s'en fit quelque temps prier,
Puis dit : « Je le veux bien, pourvu que l'on me donne

En mariage la personne
Pour qui cet anneau sera *bon. »
A cette bizarre demande,
De la Reine et du Roi la surprise fut grande;
Mais il était si mal qu'on n'osa dire non.

Voilà donc qu'on se met en quête
De celle que l'anneau, sans nul égard du sang,
Doit placer dans un si haut rang;
Il n'en est point qui ne s'apprête
A venir présenter son doigt
Ni qui veuille céder son droit.

Le bruit ayant couru que pour prétendre au Prince,
Il faut avoir le doigt bien mince,
Tout Charlatan, pour être bienvenu,
Dit qu'il a le secret de le rendre menu;
L'une, en suivant son bizarre caprice,
Comme une rave le ratisse;
L'autre en coupe un petit morceau;
Une autre en le pressant croit qu'elle l'apetisse;
Et l'autre, avec de certaine eau,
Pour le rendre moins gros en fait tomber la peau;
Il n'est enfin point de manœuvre
Qu'une Dame ne mette en œuvre,
Pour faire que son doigt cadre bien à l'anneau [14].

L'essai fut commencé par les jeunes Princesses,
Les Marquises et les Duchesses;
Mais leurs doigts quoique délicats,
Étaient trop gros et n'entraient pas.
Les Comtesses, et les Baronnes,
Et toutes les nobles Personnes,
Comme elles tour à tour présentèrent leur main
Et la présentèrent en vain.

Ensuite vinrent les *Grisettes.
Dont les jolis et menus doigts,
Car il en est de très bien faites,
Semblèrent à l'anneau s'ajuster quelquefois.
Mais la Bague toujours trop petite ou trop ronde
D'un dédain presque égal rebutait tout le monde.

Il fallut en venir enfin
Aux Servantes, aux Cuisinières,
Aux *Tortillons, aux Dindonnières,
En un mot à tout le fretin,
Dont les rouges et noires pattes,
Non moins que les mains délicates,
Espéraient un heureux destin.

Il s'y présenta mainte fille
Dont le doigt, gros et ramassé,
Dans la Bague du Prince eût aussi peu passé
Qu'un câble au travers d'une aiguille.

On crut enfin que c'était fait,
Car il ne restait en effet,
Que la pauvre Peau d'Ane au fond de la cuisine.
Mais comment croire, disait-on,
Qu'à régner le Ciel la destine !
Le Prince dit : « Et pourquoi non ?
Qu'on la fasse venir. » Chacun se prit à rire,
Criant tout haut : « Que veut-on dire,
De faire entrer ici cette sale guenon ? »
Mais lorsqu'elle tira de dessous sa peau noire
Une petite main qui semblait de l'ivoire
Qu'un peu de pourpre a coloré,
Et que de la Bague *fatale,
D'une justesse sans égale
Son petit doigt fut entouré,
La Cour fut dans une surprise
Qui ne peut pas être comprise.

On la menait au Roi dans ce transport subit;
Mais elle demanda qu'avant que de paraître
    Devant son Seigneur et son Maître,
On lui donnât le temps de prendre un autre habit.
    De cet habit, pour la vérité dire,
    De tous côtés on s'apprêtait à rire;
Mais lorsqu'elle arriva dans les Appartements,
    Et qu'elle eut traversé les salles
    Avec ses pompeux vêtements
Dont les riches beautés n'eurent jamais d'égales;
    Que ses aimables cheveux blonds
Mêlés de diamants dont la vive lumière
    En faisait autant de rayons,
    Que ses yeux bleus, grands, doux et longs,
    Qui pleins d'une Majesté fière
Ne regardent jamais sans plaire et sans blesser,
Et que sa taille enfin si menue et si fine
Qu'avecque ses deux mains on eût pu l'embrasser,
Montrèrent leurs appas et leur grâce divine,
Des Dames de la Cour, et de leurs ornements
    Tombèrent tous les agréments [15].

Dans la joie et le bruit de toute l'Assemblée,
    Le bon Roi ne se sentait pas
    De voir sa Bru posséder tant d'appas;
    La Reine en était affolée,
    Et le Prince son cher Amant,
    De cent plaisirs l'âme comblée,
Succombait sous le poids de son ravissement.

Pour l'Hymen aussitôt chacun prit ses mesures;
Le Monarque en pria tous les Rois d'alentour,
    Qui, tous brillants de diverses parures,
Quittèrent leurs États pour être à ce grand jour.
On en vit arriver des climats de l'Aurore,

Montés sur de grands Éléphants;
Il en vint du rivage More,
Qui, plus noirs et plus laids encore,
Faisaient peur aux petits enfants;
Enfin de tous les coins du Monde,
Il en débarque et la Cour en abonde.

Mais nul Prince, nul Potentat,
N'y parut avec tant d'éclat
Que le Père de l'Épousée,
Qui d'elle autrefois amoureux
Avait avec le temps purifié les feux
Dont son âme était embrasée.
Il en avait banni tout désir criminel
Et de cette odieuse flamme
Le peu qui restait dans son âme
N'en rendait que plus vif son amour paternel.
Dès qu'il la vit : « Que béni soit le Ciel
Qui veut bien que je te revoie,
Ma chère enfant », dit-il, et tout pleurant de joie,
Courut tendrement l'embrasser;
Chacun à son bonheur voulut s'intéresser,
Et le futur Époux était ravi d'apprendre
Que d'un Roi si puissant il devenait le Gendre.

Dans ce moment la Marraine arriva
Qui raconta toute l'histoire,
Et par son récit acheva
De combler Peau d'Ane de gloire.

Il n'est pas malaisé de voir
Que le but de ce Conte est qu'un Enfant apprenne
Qu'il vaut mieux s'exposer à la plus rude peine
Que de manquer à son devoir;

Que la Vertu peut être infortunée
Mais qu'elle est toujours couronnée;

Que contre un fol amour et ses fougueux transports
La Raison la plus forte est une faible digue,
　　Et qu'il n'est point de si riches trésors
　　　Dont un Amant ne soit prodigue;

　　　Que de l'eau claire et du pain bis
　　　Suffisent pour la nourriture
　　　De toute jeune Créature,
　　　Pourvu qu'elle ait de beaux habits;
　　Que sous le Ciel il n'est point de *femelle
　　　Qui ne s'imagine être belle,
　　Et qui souvent ne s'imagine encor
Que si des trois Beautés la fameuse querelle [16]
　　　S'était démêlée avec elle,
　　　Elle aurait eu la pomme d'or.

Le Conte de Peau d'Ane est difficile à croire,
Mais tant que dans le Monde on aura des Enfants,
　　　Des Mères et des Mères-grands,
　　　On en gardera la mémoire.

LES
SOUHAITS RIDICULES

CONTE

NOTICE

Un simple fabliau, qui court un peu partout et dont on a relevé de nombreuses variantes. Joseph Bédier en résume ainsi la donnée : « Un être surnaturel accorde à un ou à plusieurs mortels le don d'exprimer un ou plusieurs souhaits qu'il promet d'exaucer. Ces souhaits se réalisent, en effet; mais contre toute attente et par la faute de ceux qui les forment, ils n'apportent après eux aucun profit, quand ils n'entraînent pas quelque dommage »; donnée « aussi universelle que l'idée même de la prière et de l'inintelligente vanité de nos désirs » (*Les Fabliaux,* p. 212).

Le thème figure déjà dans les recueils orientaux; on le retrouve chez Phèdre (*Appendix;* XV). Au Moyen Age il fournit matière d'un conte à rire *(Les quatre souhaits saint Martin),* et d'une fable de Marie de France (XXIV : *Dou vilain qui prist un folet*) où c'est un bec de bécasse qui vient orner le visage du mari, puis de la femme.

Les conteurs du XVIe siècle n'ont pas manqué d'exploiter ce sujet traditionnel. L'une des cent *Nouvelles* de Philippe de Vigneulles [1], « mairchamp chaussetier » de Metz, est l'histoire de deux bonnes gens « lesquels désirant fort à estre riches » obtiennent du Ciel la faveur de former trois souhaits : la femme demande étourdiment que son trépied boiteux soit pourvu d'un pied neuf; le mari furieux, « sans adviser à ce qu'il disoit », souhaite qu'elle ait « le pied au ventre », puis, comme le bûcheron de Perrault, emploie son dernier vœu à remettre sa femme en l'état qu'elle était. — Un auteur

---

1. Recueil encore en grande partie inédit. Voir J. Bédier et P. Saintyves *(op. cit.).*

normand qui signe du pseudonyme de Philippe d'Alcrippe (*Nouvelle Fabrique des excellents traits de vérité*) raconte l'aventure de « trois jeunes garçons frères, du pays de Caux, qui dansèrent avec les fées ». Celles-ci, pour les remercier, leur octroient un don : « le premier choix » que chacun d'eux fera « infailliblement lui adviendra ». L'aîné, se trouvant assez riche puisqu'il doit hériter de tout, s'amuse à former un vœu saugrenu; furieux, « le plus ancien d'après lui » demande que son frère devienne borgne; vient le tour du plus jeune : « O toi, dit-il, malheureux frère qui as souhaité que notre aîné fût borgne, je souhaite que tu sois aveugle », et l'autre perd la vue. — Dans un conte du *Grand Parangon des nouvelles nouvelles,* de Nicolas de Troyes — ouvrage demeuré inédit jusqu'en 1866 et que Perrault n'a pu connaître — il est aussi question de trois frères qui, pour avoir consenti à baller avec les fées du pays de Mélusine, reçoivent en récompense le don d'exprimer chacun un souhait qui sera comblé. L'aîné se refusant à tirer parti de la faveur qu'on lui a faite, le puîné lui souhaite de perdre un œil, puis devient aveugle lui-même à la demande du plus jeune indigné. L'aventure, cette fois, tourne bien : les deux frères peuvent recouvrer ce qu'ils ont perdu, grâce au vœu dont l'aîné disposait encore.

Même thème encore dans la fable bien connue de La Fontaine, *Les souhaits* (VII, 6).

Les trois souhaits de Mme Leprince de Beaumont (*Magasin des enfants, dialogue XIII, 11e journée,* 1757) sont une assez jolie réplique du conte de Perrault; c'est, dit-elle, une histoire qu'elle a lue « quelque part » : sans doute dans le tome XII des *Amusements de la campagne, de la cour et de la ville* (Amsterdam, 1747) où le conte des *Souhaits ridicules* avait été réimprimé pour la première fois après un demi-siècle.

G. R.

LES SOUHAITS RIDICULES

CONTE

A MADEMOISELLE DE LA C ***[1]

Sɪ vous étiez moins raisonnable,
Je me garderais bien de venir vous conter
    La folle et peu *galante fable
    Que je m'en vais vous débiter.
Une aune de Boudin en fournit la matière.
    « Une aune [2] de Boudin, ma chère!
    Quelle pitié! c'est une horreur »,
    S'écriait [a] une Précieuse,
    Qui toujours tendre et sérieuse
Ne veut ouïr parler que d'affaires de cœur.
    Mais vous qui mieux qu'Ame [b] qui vive
    Savez charmer en racontant,
Et dont l'expression est toujours si naïve,
    Que l'on croit voir ce qu'on entend;
    Qui savez que c'est la manière
    Dont quelque chose est inventé,
    Qui beaucoup plus que la matière
    De tout Récit fait la beauté,
Vous aimerez ma fable et sa moralité;
J'en ai, j'ose le dire, une assurance entière.

Iʟ était une fois un pauvre Bûcheron
          Qui las de sa pénible vie,
          Avait, disait-il, grande envie
De s'aller reposer aux bords de l'Achéron :
          *Représentant, dans sa douleur profonde,
          Que depuis qu'il était au monde,
          Le Ciel cruel n'avait jamais
          Voulu remplir un seul de ses souhaits.

Un jour que, dans le Bois, il se mit à se plaindre,
A lui, la foudre en main, Jupiter *s'apparut.
          On aurait peine à bien dépeindre
          La peur que le bonhomme en eut.
          « Je ne veux rien, dit-il, en se jetant par terre,
          Point de souhaits, point de Tonnerre,
          Seigneur, demeurons *but à but.
          — Cesse d'avoir aucune crainte ;
Je viens, dit Jupiter, touché de ta *complainte,
          Te faire voir le tort que tu me fais.
          Écoute donc. Je te promets,
Moi qui du monde entier suis le souverain maître,
D'exaucer pleinement les trois premiers souhaits
Que tu voudras former sur quoi que ce puisse être.
          Vois ce qui peut te rendre heureux,
          Vois ce qui peut te satisfaire ;
Et comme ton bonheur dépend tout de tes vœux,
          Songes-y bien avant que de les faire. »

A ces mots Jupiter dans les Cieux remonta,
Et le gai Bûcheron, *embrassant sa falourde,
Pour retourner chez lui sur son dos la jeta.
Cette charge jamais ne lui parut moins lourde.
          « Il ne faut pas, disait-il en trottant,
          Dans tout ceci, rien faire à la légère ;

Il faut, le cas est important,
 En prendre avis de notre ménagère.
Çà, dit-il, en entrant sous son toit de fougère,
 Faisons, Fanchon, grand feu, grand chère,
 Nous sommes riches à jamais [a],
Et nous n'avons qu'à faire des souhaits. »
Là-dessus tout au long le fait il lui raconte [b].

A ce récit, l'Épouse vive et prompte
Forma dans son esprit mille vastes projets;
 Mais considérant l'importance
 De s'y conduire avec prudence :
 « Blaise, mon cher ami, dit-elle à son époux,
Ne gâtons rien par notre impatience;
 Examinons bien entre nous
 Ce qu'il faut faire en pareille occurrence;
Remettons à demain notre premier souhait
 Et consultons notre chevet.
— Je l'entends bien ainsi, dit le bonhomme Blaise;
Mais va tirer du vin derrière ces fagots. »
A son retour il but, et goûtant à son aise
 Près d'un grand feu la douceur du repos,
Il dit, en s'appuyant sur le dos de sa chaise :
 « Pendant que nous avons une si bonne braise,
Qu'une aune [c] de Boudin viendrait bien à propos!»
A peine acheva-t-il de prononcer ces mots,
Que sa femme aperçut, grandement étonnée,
 Un Boudin fort long, qui partant
 D'un des coins de la cheminée,
 S'approchait d'elle en serpentant.
 Elle fit un cri dans l'instant;
 Mais jugeant que cette aventure
 Avait pour cause le souhait
 Que par bêtise toute pure
 Son homme imprudent avait fait,
 Il n'est point de *pouille et d'injure [d]

Que de dépit et de courroux
Elle ne dît au pauvre époux.
« Quand on peut, disait-elle, obtenir un Empire,
De l'or, des perles, des rubis,
Des diamants, de beaux habits,
Est-ce alors du Boudin qu'il faut que l'on désire?
— Eh bien, j'ai tort, dit-il, j'ai mal placé mon choix,
J'ai commis une faute énorme,
Je ferai mieux une autre fois.
— Bon, bon, dit-elle, attendez-moi sous l'*orme,
Pour faire un tel souhait, il faut être bien *bœuf! »
L'époux plus d'une fois, emporté de colère,
*Pensa faire tout bas le souhait d'être veuf,
Et peut-être, entre nous, ne pouvait-il mieux faire :
« Les hommes, disait-il, pour souffrir sont bien nés!
Peste soit du Boudin et du Boudin encore;
Plût à Dieu, maudite Pécore,
Qu'il te pendît au bout du nez! »

La prière aussitôt du Ciel fut écoutée,
Et dès que le Mari la parole lâcha,
Au nez de l'épouse irritée
L'aune de Boudin s'attacha.
Ce prodige imprévu grandement le fâcha.
Fanchon était jolie [a], elle avait bonne grâce,
Et pour dire sans fard la vérité du fait,
Cet ornement en cette place
Ne faisait pas un bon effet;
Si ce n'est qu'en pendant sur le bas du visage,
Il l'empêchait de parler aisément,
Pour un époux merveilleux avantage,
Et si grand qu'il *pensa dans cet heureux moment
Ne souhaiter rien davantage.

« Je pourrais bien, disait-il à part soi,
　　Après un malheur si funeste [a],
　　Avec le souhait qui me reste,
　　Tout d'un plein *saut me faire Roi.
Rien n'égale, il est vrai, la grandeur souveraine;
　　Mais encore faut-il songer
　　Comment serait faite la Reine,
　　Et dans quelle douleur ce serait la plonger
　　De l'aller placer sur un trône
　　Avec un nez plus long qu'une aune.
　　Il faut l'écouter sur cela,
　　Et qu'elle-même elle soit la maîtresse
　　De devenir une grande Princesse
　　En conservant l'horrible nez qu'elle a,
　　Ou de demeurer Bûcheronne
　　Avec un nez comme une autre personne,
Et tel qu'elle l'avait avant ce malheur-là. »

　　La chose bien examinée,
Quoiqu'elle sût d'un sceptre et la force et l'effet [b],
　　Et que, quand on est couronnée,
　　On a toujours le nez bien fait;
Comme au désir de plaire il n'est rien qui ne cède,
　　Elle aima mieux garder son *Bavolet
　　Que d'être Reine et d'être laide.

Ainsi le Bûcheron ne changea point d'état,
　　Ne devint point grand Potentat,
　　D'écus ne remplit point sa bourse [c],
Trop heureux d'employer le souhait qui restait,
　　Faible bonheur [d], pauvre ressource,
A remettre sa femme en l'état qu'elle était.

　　Bien est donc vrai [e] qu'aux hommes misérables,
Aveugles, imprudents, *inquiets, variables,

Pas n'appartient de faire des souhaits,
     Et que peu d'entre eux sont capables
De bien user des dons que le Ciel leur a faits.

HISTOIRES

OU

CONTES

DU TEMPS PASSÉ

AVEC DES MORALITÉS

A
MADEMOISELLE

M ADEMOISELLE [1],

*On ne trouvera pas étrange qu'un Enfant ait pris plaisir
à composer les Contes de ce Recueil, mais on s'étonnera qu'il
ait eu la hardiesse de vous les présenter. Cependant, MADE-
MOISELLE, quelque disproportion qu'il y ait entre la
simplicité de ces Récits, et les lumières de votre esprit, si on
examine bien ces Contes, on verra que je ne suis pas aussi
blâmable que je le parais d'abord. Ils renferment tous une
Morale très sensée, et qui se découvre plus ou moins, selon le
degré de pénétration de ceux qui les lisent; d'ailleurs comme
rien ne marque tant la vaste étendue d'un esprit, que de pouvoir
s'élever en même temps aux plus grandes choses, et s'abaisser
aux plus petites, on ne sera point surpris que la même Princesse, à qui la Nature et l'éducation ont rendu familier ce qu'il
y a de plus élevé, ne dédaigne pas de prendre plaisir à de
semblables bagatelles. Il est vrai que ces Contes donnent une
image de ce qui se passe dans les moindres Familles, où la
louable impatience d'instruire les enfants fait imaginer des
Histoires dépourvues de raison, pour s'accommoder à ces
mêmes enfants qui n'en ont pas encore; mais à qui convient-il
mieux de connaître comment vivent les Peuples, qu'aux
Personnes que le Ciel destine à les conduire? Le désir de cette
connaissance a poussé des Héros, et même des Héros de votre
Race, jusque dans des huttes et des cabanes, pour y voir de
près et par eux-mêmes ce qui s'y passait de plus particulier:*

cette connaissance leur ayant paru nécessaire pour leur par-
faite instruction. Quoi qu'il en soit, MADEMOISELLE,

Pouvais-je mieux choisir pour rendre vraisemblable
       Ce que la Fable a d'incroyable?
       Et jamais Fée au temps jadis
       Fit-elle à jeune Créature,
       Plus de dons, et de dons *exquis,
       Que vous en a fait la Nature?

Je suis avec un très profond respect,
MADEMOISELLE,

    De Votre Altesse Royale,

                Le très humble et
              très obéissant serviteur,
                P. DARMANCOUR.

LA BELLE
AU BOIS DORMANT

CONTE

NOTICE

La première version de *La belle au bois dormant* [1] qui parut dans le *Mercure Galant* en février 1696 — avant de trouver place dans le recueil Moetjens — est assez différente du texte définitif de 1697 : trois variantes affectent sensiblement l'économie du récit; les autres, qui sont nombreuses, portent sur des détails de langue ou de style.

On connaît la thèse d'Émile Henriot : *La belle au bois dormant* publiée dans le *Mercure* serait l'œuvre du fils, le conte tel que le jeune Pierre Darmancour l'écrivit « en ses amusements d'enfance »; à l'insu du père, une copie en aurait été livrée à la revue par Mlle Lhéritier; « fâcheusement devancé par l'impression prématurée de ce conte sous sa première forme, sous sa forme enfantine », Charles Perrault aurait jugé nécessaire de remanier le texte avant de le publier dans son recueil. Hypothèses ingénieuses, mais que ne confirme pas l'examen des variantes : on objectera que l'ingénuité du jeune âge n'apparaît guère dans les passages supprimés en 1697, qu'ils portent, bien au contraire, — tel l'entretien galant de la belle et du prince — la marque du goût précieux auquel Perrault demeura toujours attaché. Paul Bonnefon constate que les corrections, imprimant au conte un rythme plus rapide, témoignent généralement du souci de « faire disparaître tout ce qui était trop raffiné ou trop long, pour mieux atteindre

---

1. On a longtemps cru que *La belle au bois dormant* avait paru pour la première fois chez Moetjens. C'est d'après l'édition hollandaise que sont données, dans l'édition Lefèvre (1875), les variantes du conte. Paul Bonnefon (*Les dernières années de Charles Perrault*, 1906) a été le premier à signaler la publication de *La belle au bois dormant* dans le *Mercure galant*.

2. Introduction aux *Contes* de Perrault (1928).

l'apparente naïveté requise en ces sortes d'ouvrages ». Ainsi, des deux versions, c'est la seconde, et non la première, qui semble le plus heureusement refléter la simplicité de l'enfance.

La présence des fées, héritière des Parques, près du berceau d'un nouveau-né, le rite du repas qui leur est dû, le dépit d'une fée et sa vengeance, la longue léthargie que souvent provoque une piqûre magique, le réveil de la dormeuse à la venue d'un héros ou d'un prince, autant de thèmes familiers à la tradition populaire.

Dans les romans du Moyen Age *(Ogier le Danois; Galien; Brun de la Montagne; Floriant et Florette)*, les fées viennent « douer » les enfants à leur naissance; trois fées se penchent sur le berceau d'Aubéron *(Huon de Bordeaux)* : si les deux premières le gratifient des qualités les plus rares, la troisième le condamne à ne jamais dépasser la taille d'un nain. Trois fées encore, Morgue, Arsile et Maglore ont leur rôle dans le *Jeu de la Feuillée* d'Adam le Bossu : elles vont prendre le repas qu'on leur a préparé; Maglore offensée de n'avoir pas trouvé, comme ses compagnes, un beau couteau près de son assiette, se venge sur les deux clercs qui ont dressé la table.

La princesse de Perrault fait songer au Grec Épiménide demeuré en léthargie cinquante-sept ans — s'il en faut croire Diogène Laërce (*Vie des philosophes,* I, 10); aux Sept Dormants d'Éphèse qui, selon la tradition à la fois recueillie par un récit de Grégoire de Tours (*Libri Miraculorum,* I, 95) et par le Coran (sourate XVIII), furent murés dans une caverne au temps des persécutions de Décius et ne s'éveillèrent que deux siècles plus tard; au Frédéric Barberousse de la légende. *Cligès*, de Chrétien de Troyes, est l'histoire d'une belle endormie; tel est aussi le sujet d'un lai de Marie de France, *Éliduc* : restée, depuis des jours, inanimée dans la chapelle d'un ermite, Guilliadon reprend vie quand sa rivale Guildeluec dépose une fleur vermeille entre ses dents.

C'est pour s'être « mis en main une verte épine » que s'endort « la belle » d'une chanson populaire souvent

citée [1]. Le thème de la piqûre magique et celui du miraculeux réveil se trouvent associés dans le conte indien [2]
où « la petite Surya Bai » se plante au doigt une griffe
d'ogre — de « rakshas » — tombe en léthargie, puis est
découverte et tirée de son sommeil par un roi; dans la
légende de Sigurd surprenant la valkyrie qu'Odin a blessée
d'une épine et qui dort dans un château défendu par un
rempart de feu.

La belle au bois dormant s'apparente de plus près encore
à une nouvelle catalane du XIVe siècle, *Frère de joie et Sœur
de plaisir*, et surtout à « l'aventure de Troylus et de Zellandine », épisode du roman de *Perceforest* : poursuivie par
la rancune de la déesse Thémis qui, au repas rituel du
baptême, « n'eust point de coustel pour ce qu'il estoit chu
sous la table », la princesse Zellandine se perce la main
d'une écharde en prenant une quenouille garnie de lin et
se trouve aussitôt plongée dans un sommeil enchanté;
son ami Troylus, porté par un grand oiseau, la rejoint
dans une tour où elle est enfermée ; neuf mois après, Zellandine met au monde un fils : il suce le doigt de sa mère qui
s'éveille aussitôt [3]. — Les données du récit sont à peu près
les mêmes dans le conte de Basile, *Sole, Luna e Talia (Pentamerone*, V, 5) : l'horoscope de la princesse Talia annon-
çant qu'une écharde de lin la mettra en grand péril, son
père fait publier un édit portant interdiction de filer; mais
le destin s'accomplit, la jeune fille se pique et s'endort;
au cours d'une chasse un roi découvre la belle; neuf mois
après naissent deux jumeaux qui sucent le doigt blessé de
leur mère et la tirent ainsi de sa léthargie. Si les noms des
enfants de la princesse (Sole, Talia) semblent empruntés
à la même source que celui du « petit Jour » et de la « petite
Aurore », la différence est grande, pour ce qui regarde

1. J. Bujeaud, *Chants et chansons populaires des provinces de l'Ouest*,
1895; I, p. 111.
2. Mary Frere, *Old Deccan days; or Hindoo fairy legends current in
Southern India, collected from oral tradition*, 1868 ; chap. VI.
3. Cf. Jeanne Lods, *Le Roman de Perceforest;* pp. 283-295.

« la pudeur et la bienséance » [1], entre le récit du *Penta-merone* et *La belle au bois dormant*. Le roi qui surprend Talia est marié; c'est la reine jalouse (et non la marâtre) qui trouve la mort dans le supplice qu'elle a fait préparer pour sa rivale : le roi devenu veuf peut épouser Talia.

Le thème de *La belle au bois dormant* se retrouve chez les frères Grimm : *Dornröschen* (Rose-d'épine).

En marge du conte de Perrault : l'*Histoire de la duchesse de Cicogne et de M. de Boulingrin qui dormirent cent ans en compagnie de la Belle au bois dormant* (Anatole France, *Les Sept Femmes de la Barbe-Bleue*, 1909) — et la *Pavane de la Belle au bois dormant*, « pièce enfantine » pour piano (Maurice Ravel, *Ma mère l'Oye*, 1908).

Le conte de la *Belle au bois dormant* (Henri Pourrat, *Le Trésor des contes*, 1953; IV, pp. 37-50) n'est qu'une médiocre amplification du récit de Perrault.

G. R.

---

1. *Préface* aux Contes en vers (1695).

LA BELLE
AU BOIS DORMANT

CONTE

Il était une fois un Roi et une Reine, qui étaient si
fâchés de n'avoir point d'enfants, si fâchés qu'on
ne saurait dire. Ils allèrent à toutes les eaux du monde;
vœux, pèlerinages, menues dévotions, tout fut mis
en œuvre, et rien n'y faisait [1]. Enfin pourtant la Reine
devint grosse, et accoucha d'une fille : on fit un beau
Baptême; on donna pour Marraines à la petite Princesse
toutes les Fées qu'on pût trouver dans le Pays (il s'en
trouva sept), afin que chacune d'elles lui faisant un don,
comme c'était la coutume des Fées en ce temps-là, la
Princesse eût par ce moyen toutes les perfections imaginables. Après les cérémonies du Baptême toute la
*compagnie revint au Palais du Roi, où il y avait un
grand festin pour les Fées. On mit devant chacune
d'elles un couvert magnifique, avec un étui d'or massif,
où il y avait une cuiller, une fourchette, et un couteau de
de fin or, garni de diamants et de rubis. Mais comme
chacun prenait sa place à table, on vit entrer une vieille
Fée qu'on n'avait point *priée [a] parce qu'il y avait plus
de cinquante ans qu'elle n'était sortie d'une Tour [b] et
qu'on la croyait morte, ou *enchantée. Le Roi lui fit
donner un couvert, mais il n'y eut pas moyen de lui
donner un étui d'or massif, comme aux autres, parce que

l'on n'en avait fait faire que sept pour les sept Fées. La
vieille crut qu'on la méprisait, et grommela quelques
menaces entre ses dents. Une des jeunes Fées qui se
trouva auprès d'elle l'entendit, et jugeant qu'elle
pourrait donner quelque fâcheux don à la petite Princesse, alla [a] dès qu'on fut sorti de table se cacher
derrière la tapisserie [2], afin de parler la dernière, et de
pouvoir réparer autant qu'il lui serait possible le mal
que la vieille aurait fait. Cependant les Fées commencèrent à faire leurs dons à la Princesse. La plus jeune lui
donna pour don qu'elle serait la plus belle personne
du monde, celle d'après qu'elle aurait de l'esprit comme
un Ange, la troisième qu'elle aurait une grâce admirable
à tout ce qu'elle ferait, la quatrième qu'elle danserait
parfaitement bien, la cinquième qu'elle chanterait
comme un Rossignol, et la sixième qu'elle jouerait de
toutes sortes d'instruments dans la dernière perfection.
Le rang de la vieille Fée étant venu, elle dit, en branlant
la tête encore plus de dépit que de vieillesse, que la
Princesse se percerait la main d'un fuseau, et qu'elle
en mourrait [3]. Ce terrible don fit frémir toute la compagnie, et il n'y eût personne qui ne pleurât. Dans ce
moment la jeune Fée sortit de derrière la tapisserie, et
dit tout haut ces paroles : « Rassurez-vous, Roi et
Reine [b], votre fille n'en mourra pas; il est vrai que je
n'ai pas assez de puissance pour défaire entièrement ce
que mon ancienne a fait. La Princesse se percera la
main d'un fuseau; mais au lieu d'en mourir, elle tombera
seulement dans un profond sommeil qui durera cent
ans, au bout desquels le fils d'un Roi viendra la réveiller. » Le Roi, pour tâcher d'éviter le malheur annoncé
par la vieille [c], fit publier aussitôt un Édit, par lequel il
défendait à toutes personnes [d] de filer au fuseau, ni
d'avoir des fuseaux chez soi sur peine [e] de la vie.
Au bout de quinze ou seize ans, le Roi et la Reine étant

allés à une de leurs Maisons de plaisance, il arriva que la
jeune Princesse courant un jour dans le Château, et
montant de chambre en chambre, alla jusqu'au haut
d'un donjon [a] dans un petit galetas, où une bonne
Vieille [b] était seule à filer sa quenouille. Cette bonne
femme [c] n'avait point ouï parler des défenses que le
Roi avait faites de filer au fuseau. « Que [d] faites-vous
là, ma bonne femme? dit [e] la Princesse. — Je file, ma
belle enfant, lui répondit la vieille qui ne la connaissait
pas. — Ah! que cela est joli, reprit la Princesse, comment faites-vous [f] ? donnez-moi que je voie si j'en
ferais bien autant. » Elle n'eut pas plus tôt pris le
fuseau, que comme elle était fort vive, un peu étourdie,
et que d'ailleurs l'Arrêt des Fées l'ordonnait ainsi,
elle s'en perça la main, et tomba évanouie. La bonne
vieille, bien embarrassée, crie au secours : on vient de
tous côtés, on jette de l'eau au visage de la Princesse,
on la délace, on lui frappe dans les mains, on lui frotte
les *temples avec de l'eau de la Reine de Hongrie [4];
mais rien ne la faisait [g] revenir. Alors le Roi, qui était
monté au bruit [h], se souvint de la prédiction des Fées,
et jugeant bien qu'il fallait [i] que cela arrivât, puisque
les Fées l'avaient dit, fit [j] mettre la Princesse dans le
plus bel appartement du Palais, sur un lit en broderie
d'or et d'argent. On eût dit d'un Ange, tant elle était
belle; car son évanouissement n'avait pas [k] ôté les
couleurs vives de son teint : ses joues étaient incar-
nates, et ses lèvres comme du corail; elle avait seulement les yeux fermés, mais on l'entendait respirer
doucement, ce qui faisait voir qu'elle n'était pas morte.
Le Roi ordonna [l] qu'on la laissât dormir en repos,
jusqu'à ce que son heure de se réveiller fût venue [m]. La
bonne Fée qui lui avait sauvé la vie, en la condamnant à
dormir cent ans, était dans le Royaume de Mataquin, à
douze mille lieues de là, lorsque l'accident arriva à la

Princesse; mais elle en fut avertie en un instant [a] par un petit Nain, qui avait des bottes de sept lieues (c'était des bottes avec lesquelles on faisait sept lieues d'une seule enjambée). La Fée partit aussitôt, et on la vit au bout d'une heure arriver dans un chariot tout de feu, traîné par des dragons [5]. Le Roi [b] lui alla présenter la main à la descente du chariot. Elle approuva tout ce qu'il avait fait; mais comme elle était grandement prévoyante, elle pensa que quand la Princesse viendrait à se réveiller, elle serait bien embarrassée toute seule dans ce vieux Château : voici ce qu'elle fit. Elle toucha [c] de sa baguette tout ce qui était dans ce Château (hors le Roi et la Reine) [6], Gouvernantes, Filles d'Honneur, Femmes de Chambre, Gentilshommes, *Officiers, Maîtres d'Hôtel, Cuisiniers, Marmitons, *Galopins, Gardes, Suisses, Pages, Valets de pied; elle toucha aussi tous les chevaux qui étaient dans les Écuries, avec les Palefreniers, les gros mâtins de basse-cour [d], et la petite Pouffe, petite chienne de la Princesse, qui était auprès d'elle sur son lit. Dès qu'elle les eut touchés, ils s'endormirent tous, pour ne se réveiller qu'en même temps que leur Maîtresse, afin d'être tout prêts à la servir quand elle en aurait besoin; les broches mêmes qui étaient au feu toutes pleines de perdrix et de faisans s'endormirent, et le feu aussi. Tout cela se fit en un moment; les Fées n'étaient pas longues à leur besogne [e]. Alors le Roi et la Reine, après avoir baisé leur chère enfant sans qu'elle s'éveillât, sortirent du Château, et firent publier des défenses à qui que ce soit [f] d'en approcher. Ces défenses n'étaient pas nécessaires, car il crût dans un quart d'heure tout autour du parc une si grande quantité de grands arbres et de petits, de ronces et d'épines entrelacées les unes dans les autres, que bête ni homme n'y aurait pu passer : en sorte qu'on ne voyait plus que le haut des Tours du Château, encore n'était-ce que de bien

loin. On ne douta point que la Fée n'eût encore fait
là ª un tour de son métier, afin que la Princesse, pendant
qu'elle dormirait, n'eût rien à craindre des Curieux.

Au bout de cent ans, le Fils du Roi ᵇ qui régnait
alors, et qui était d'une autre famille que la Princesse
endormie, étant allé à la chasse de ce côté-là, demanda
ce que c'était que des Tours qu'il voyait au-dessus d'un
grand bois fort épais ; chacun lui répondit selon qu'il
en avait ouï parler. Les uns disaient que c'était un vieux
Château où il revenait des Esprits ; les autres que tous
les Sorciers de la contrée y faisaient leur sabbat. La
plus commune opinion était qu'un Ogre y demeurait,
et que là il emportait tous les enfants qu'il pouvait
attraper, pour les pouvoir manger ᶜ à son aise, et sans
qu'on le pût suivre, ayant seul le pouvoir de se faire
un passage ᵈ au travers du bois. Le Prince ne savait
qu'en croire, lorsqu'un vieux Paysan prit la parole, et
lui dit : « Mon Prince, il y a plus de cinquante ans que
j'ai ouï dire à mon père qu'il ᵉ y avait dans ce Château
une Princesse, la plus belle du monde ᶠ ; qu'elle y
devait dormir cent ans, et qu'elle serait réveillée ᵍ par le
fils d'un Roi, à qui elle était réservée ʰ. » Le jeune
Prince, à ce discours, se sentit tout de feu ; il crut sans
balancer qu'il mettrait fin à une ⁱ si belle aventure ; et
poussé par l'amour et par la gloire, il résolut de voir
sur-le-champ ce qui en était. A peine s'avança-t-il vers
le bois, que tous ces grands arbres, ces ronces et ces
épines s'écartèrent d'elles-mêmes pour le laisser passer :
il marche ʲ vers le Château qu'il voyait au bout d'une
grande avenue où il entra, et ᵏ ce qui le surprit un peu,
il vit que personne de ses gens ne l'avait pu suivre,
parce que les arbres s'étaient rapprochés dès qu'il avait
été passé. Il ne *laissa pas de continuer son chemin :
un Prince jeune et amoureux ˡ est toujours vaillant. Il
entra dans une grande avant-cour ᵐ où tout ce qu'il vit

d'abord était capable de le glacer de crainte : c'était un
silence affreux, l'image de la mort s'y présentait partout,
et ce n'était que des corps étendus d'hommes et d'animaux [a], qui paraissaient morts. Il reconnut pourtant
bien au nez bourgeonné et à la face vermeille des
Suisses, qu'ils n'étaient qu'endormis, et leurs tasses où
il y avait encore quelques gouttes de vin montraient
assez qu'ils s'étaient endormis en buvant. Il passe une
grande cour pavée de marbre, il monte l'escalier, il
entre dans la salle des Gardes qui étaient rangés en haie,
la *carabine sur l'épaule, et ronflants de leur mieux. Il
traverse plusieurs chambres pleines de Gentilshommes
et de Dames, dormants tous [b], les uns debout, les autres
assis; il entre [c] dans une chambre toute dorée, et il vit [d]
sur un lit, dont les rideaux étaient ouverts de tous
côtés, le plus beau spectacle qu'il eût jamais vu : une
Princesse qui paraissait avoir quinze [e] ou seize ans, et
dont l'éclat resplendissant avait quelque chose de lumi-
neux et de divin. Il s'approcha en tremblant et en admirant, et se mit à genoux auprès d'elle. Alors comme la
fin de l'enchantement était venue, la Princesse s'éveilla;
et le regardant avec des yeux plus tendres qu'une
première vue ne semblait le permettre : « Est-ce vous,
mon Prince ? lui dit-elle, vous vous êtes bien fait
attendre. » Le Prince charmé de ces paroles, et plus
encore de la manière dont elles étaient dites, ne savait
comment lui témoigner sa joie et sa reconnaissance; il
l'assura qu'il l'aimait plus que lui-même. Ses discours
furent mal *rangés, ils en plurent davantage; peu d'éloquence, beaucoup d'amour [f]. Il était plus embarrassé
qu'elle, et l'on ne doit pas s'en étonner; elle avait eu
le temps de songer à ce qu'elle aurait à lui dire, car il y a
apparence (l'Histoire n'en dit pourtant rien) que la
bonne Fée, pendant un si long sommeil, lui avait pro-
curé le plaisir [g] des songes agréables. Enfin il y avait

quatre heures qu'ils se parlaient, et ils ne s'étaient pas
encore dit la moitié des choses qu'ils avaient à se dire.

Cependant tout le Palais s'était réveillé avec la
Princesse ᵃ; chacun songeait à faire sa charge, et comme
ils n'étaient pas tous amoureux, ils mouraient de faim ᵇ;
la Dame d'honneur, pressée comme les autres, s'impatienta, et dit tout haut à la Princesse que la ᶜ *viande
était servie ⁷. Le Prince aida à la Princesse à se lever;
elle était tout habillée et fort magnifiquement; mais il se
garda bien de lui dire qu'elle était habillée comme ma
mère-grand, et qu'elle avait un collet ⁸ monté ᵈ; elle
n'en était pas moins belle. Ils passèrent dans un Salon
de miroirs, et y soupèrent, servis par les Officiers de la
Princesse; les Violons et les Hautbois ᵉ jouèrent de
vieilles pièces, mais excellentes, quoiqu'il y eût près de
cent ans ᶠ qu'on ne les jouât plus; et après soupé, sans
perdre de temps, le grand Aumônier les maria dans la
Chapelle du Château, et la Dame ᵍ d'honneur leur tira
le rideau ⁹ : ils dormirent peu, la Princesse n'en avait
pas grand besoin, et le Prince la quitta dès le matin
pour retourner à la Ville, où son Père ʰ devait être
en peine de lui. Le Prince ⁱ lui dit qu'en chassant il
s'était perdu dans la forêt, et qu'il avait couché ʲ dans
la hutte d'un Charbonnier, qui lui avait fait manger du
pain noir et du fromage. Le Roi son père, qui était
bon homme, le crut, mais sa Mère ᵏ n'en fut pas bien
persuadée, et voyant qu'il allait presque tous les jours
à la chasse, et qu'il avait toujours une raison en main
pour s'excuser, quand il avait couché deux ou trois
nuits dehors, elle ne douta plus qu'il n'eût quelque
amourette : car il vécut avec la Princesse plus de deux
ans entiers, et en eut deux enfants, dont le premier, qui
fut une fille, fut nommée l'Aurore, et le second un fils,
qu'on nomma le Jour, parce qu'il paraissait encore plus
beau que sa sœur. La Reine dit plusieurs fois à son fils,

pour le faire *expliquer, qu'il fallait se contenter dans la vie, mais il n'osa jamais se *fier à elle de son secret; il la craignait quoiqu'il l'aimât, car elle était de race Ogresse, et le Roi ne l'avait épousée qu'à cause de ses grands biens; on disait même tout bas à la Cour qu'elle avait les inclinations des Ogres, et qu'en voyant passer de petits enfants, elle avait toutes les peines du monde à se retenir de se jeter sur eux; ainsi le Prince ne voulut jamais rien dire. Mais quand le Roi fut mort, ce qui arriva au bout de deux ans, et qu'il se vit le maître [a], il déclara publiquement son Mariage, et alla en grande cérémonie querir la Reine sa femme dans son Château. On lui fit une *entrée magnifique dans la Ville Capitale, où elle entra au milieu de ses deux enfants. Quelque temps [b] après le Roi alla faire la guerre à l'Empereur Cantalabutte son voisin. Il laissa la Régence du Royaume à la Reine sa mère, et lui recommanda fort sa femme et ses enfants : il devait [c] être à la guerre tout l'Été, et dès qu'il fut parti, la Reine-Mère envoya sa Bru [d] et ses enfants à une maison de campagne dans les bois, pour pouvoir plus aisément assouvir [e] son horrible envie. Elle y alla quelques jours après, et dit un soir à son Maître d'Hôtel : « Je veux [f] manger demain à mon dîner la petite Aurore. — Ah! Madame, dit le Maître d'Hôtel. — Je le veux, dit la Reine (et elle le dit d'un ton [g] d'Ogresse qui a envie de manger de la chair fraîche), et je la veux manger à la Sauce-robert [10]. » Ce pauvre homme [h] voyant bien qu'il ne fallait pas se jouer à une Ogresse, prit son grand couteau, et monta à la chambre de la petite Aurore : elle avait pour lors quatre ans, et vint en sautant et en riant [i] se jeter à son col, et lui demander du bonbon [j]. Il se mit à pleurer, le couteau lui tomba des mains, et il alla dans la basse-cour couper la gorge à un petit agneau, et lui fit [k] une si bonne sauce que sa Maîtresse l'assura [l] qu'elle n'avait jamais rien mangé de si bon. Il avait emporté en même temps la petite Aurore, et l'avait donnée [a] à sa femme pour la cacher dans le logement qu'elle avait au fond de la basse-cour. Huit jours après la méchante Reine dit à son Maître d'Hôtel : « Je veux manger à mon souper le petit Jour [b]. » Il ne répliqua pas, résolu de la tromper comme l'autre fois [c]; il alla chercher le petit Jour, et le trouva avec un petit fleuret à la main, dont il faisait des armes avec [d] un gros Singe; il n'avait pourtant que trois ans. Il le porta à sa femme qui le cacha avec la petite Aurore, et donna à la place du petit Jour un petit chevreau fort tendre, que l'Ogresse trouva admirablement bon [e].

Cela était fort bien allé jusque-là; mais un soir cette méchante Reine dit au Maître d'Hôtel : « Je veux manger la Reine à la même sauce que ses enfants. » Ce fut alors que le pauvre Maître d'Hôtel désespéra [f] de la pouvoir encore tromper. La jeune Reine avait vingt ans passés, sans compter les cent ans qu'elle avait dormi : sa peau était un peu dure, quoique belle et blanche; et le moyen de trouver dans la *Ménagerie une bête aussi dure que cela ? Il prit [g] la résolution, pour sauver sa vie, de couper la gorge à la Reine, et monta dans sa chambre, dans l'intention de n'en pas faire [h] à deux fois; il s'excitait à la fureur, et entra le poignard à la main dans la chambre de la jeune Reine. Il ne voulut pourtant point la surprendre, et il lui dit [i] avec beaucoup de respect l'ordre qu'il avait reçu de la Reine-Mère. « Faites votre devoir, lui dit-elle, en lui tendant le col; exécutez l'ordre qu'on [j] vous a donné; j'irai revoir mes enfants, mes pauvres enfants que j'ai tant aimés »; car elle les croyait [k] morts depuis qu'on les avait enlevés sans lui rien dire. « Non, non, Madame, lui répondit le pauvre Maître d'Hôtel [l] tout attendri, vous ne mourrez point, et vous ne *laisserez pas d'aller revoir vos chers enfants, mais ce sera chez moi où je les ai cachés [a], et je tromperai encore la Reine, en lui faisant manger une jeune biche en votre place. » Il la mena aussitôt à sa chambre, où la laissant [b] embrasser ses enfants et pleurer avec eux, il alla accommoder une biche, que la Reine mangea [c] à son soupé, avec le même appétit que si c'eût été [d] la jeune Reine. Elle était bien contente de sa cruauté, et elle se préparait à dire au Roi, à son retour, que les loups enragés avaient mangé la Reine sa femme et ses deux enfants.

Un soir qu'elle rôdait à son ordinaire dans les cours et basses-cours du Château pour y *halener quelque viande fraîche, elle entendit dans une *salle basse le petit Jour qui pleurait, parce que la Reine sa mère le voulait faire fouetter, à cause qu'il avait été méchant, et elle entendit aussi la petite Aurore qui demandait pardon pour son frère [e]. L'Ogresse reconnut la voix de la Reine et de ses enfants [f], et furieuse d'avoir été trompée, elle commande dès le lendemain au matin, avec une voix [g] épouvantable qui faisait trembler tout le monde, qu'on apportât au milieu de la cour une grande cuve, qu'elle fit remplir de crapauds, de vipères, de couleuvres et de serpents, pour y faire jeter la Reine et ses enfants, le Maître d'Hôtel [h], sa femme et sa servante : elle avait donné ordre [i] de les amener les mains liées derrière le dos. Ils étaient là, et les bourreaux se préparaient à les jeter dans la cuve, lorsque le Roi [j], qu'on n'attendait pas si tôt, entra dans la cour à cheval ; il était venu en *poste, et demanda tout étonné ce que voulait dire cet horrible spectacle ; personne n'osait l'en instruire, quand l'Ogresse, enragée de voir ce qu'elle voyait, se jeta elle-même la tête la première dans la cuve, et fut dévorée en un instant par les vilaines bêtes qu'elle y avait fait mettre [11]. Le Roi ne laissa pas d'en être fâché : elle était sa mère ; mais il s'en consola bientôt avec sa belle femme et ses enfants [k]

MORALITÉ

ATTENDRE quelque temps pour avoir un Époux,
  Riche, bien fait, galant et doux [a],
  La chose est assez naturelle,
Mais l'attendre cent ans, et toujours en dormant,
  On ne trouve plus de *femelle,
  Qui dormît [b] *si tranquillement.*

  La Fable semble encor vouloir nous faire entendre,
Que souvent de l'Hymen les agréables nœuds,
Pour être différés, n'en sont pas moins heureux,
    Et qu'on ne perd rien pour attendre ;
    Mais le sexe avec tant d'ardeur,
    Aspire à la foi conjugale,
  Que je n'ai pas la force ni le *cœur,
    De lui prêcher cette morale [c].

LE
PETIT CHAPERON
ROUGE

CONTE

NOTICE

Beaucoup d'illustrateurs font du « chaperon rouge » une pèlerine avec capuchon. Sorte de capuchon sans doute dans sa forme primitive, puis coiffe encadrant le visage et retombant sur la nuque, le chaperon se trouva réduit, sous Louis XIII, à une bande d'étoffe posée à plat sur la tête et pendant en arrière : il était devenu marque de simple bourgeoisie. Aux dernières années du XVIIᵉ siècle, le chaperon, démodé, appartenait déjà au « temps passé ». Furetière, dans son *Dictionnaire,* note que « toutes les bourgeoises ont quitté le chaperon » et donne la définition suivante : « Bande de velours, de satin, de camelot, que les filles et les femmes qui n'étaient pas demoiselles attachaient sur leur tête il n'y a pas encore longtemps. »

La couleur rouge du chaperon a suscité d'ingénieux commentaires. Pour les tenants de l'école mythologique, le petit chaperon rouge, « au front couronné des lueurs de la lumière matinale », est sans contredit l'image symbolique d'une aurore. P. Saintyves (*Les Contes de Perrault et les récits parallèles,* pp. 215-230) voit dans la fillette un personnage liturgique, une antique « reine de mai » arborant chapelet de roses pourpres. Plus singulière est l'interprétation du psychanalyste E. Fromm (*Le Langage oublié ;* trad. S. Fabre, 1953, pp. 188-193) [1] — qui d'ailleurs, pour se donner les gants de découvrir ce que la moralité de Perrault dit en clair, supprime cette moralité dans le texte qu'il cite, y substituant

---

1. Sans parler de celle que propose Robert Gessain (*La Psychanalyse,* III, 1957, p. 274).

le dénouement du conte des frères Grimm. Il est permis de proposer une explication bien simple : Olivier de la Marche, dans *Le Parement ou triumphe des dames* (chap. XXI, str. 145) mentionne, au sujet du chaperon, que les bourgeoises ont « leur chief d'escarlate atourné ».

C'est sans doute à la tradition orale que Perrault a emprunté l'histoire du petit chaperon rouge, dont on ne connaît aucune version littéraire antérieure à la publication des Contes. — Le récit des frères Grimm, *Rotkäppchen,* diffère du conte de Perrault par le dénouement : le loup repu s'est endormi ; un chasseur qui passe entre attiré par ses ronflements, l'éventre avec des ciseaux, délivre, vivantes encore, l'enfant et la grand-mère ; la fillette aussitôt emplit de grosses pierres le ventre de la bête qui tombe morte en sautant du lit. Dénouement analogue dans *Le conte du Chaperon Rouge* de Henri Pourrat (*Le Trésor des contes,* 1949; II, pp. 20-25).

L'écrivain allemand Ludwig Tieck a emprunté au conte de Perrault le sujet d'une courte pièce en quatre scènes : *Leben und Tod des kleinen Rotkäppchens* (La vie et la mort du Petit chaperon rouge), dont une traduction française a paru en 1835 (*Théâtre européen : théâtre allemand,* 2ᵉ série, tome III).

G. R.

LE
PETIT CHAPERON
ROUGE

CONTE

Il était une fois une petite fille de Village, la plus
jolie qu'on eût su voir; sa mère en était folle, et
sa mère-grand plus folle encore. Cette bonne femme
lui fit faire un petit chaperon rouge, qui lui seyait
si bien, que partout on l'appelait le Petit chaperon
rouge.

Un jour sa mère, ayant *cuit et fait des galettes [1],
lui dit : « Va voir comme se porte ta mère-grand,
car on m'a dit qu'elle était malade, porte-lui une galette
et ce petit pot de beurre. » Le petit chaperon rouge
partit aussitôt pour aller chez sa mère-grand, qui
demeurait dans un autre Village. En passant dans un
bois elle rencontra compère le Loup, qui eut bien
envie de la manger; mais il n'osa, à cause de quelques
Bûcherons qui étaient dans la Forêt. Il lui demanda
où elle allait; la pauvre enfant, qui ne savait pas qu'il
est dangereux de s'arrêter à écouter un Loup, lui dit :
« Je vais voir ma Mère-grand, et lui porter une galette
avec un petit pot de beurre que ma Mère lui envoie.
— Demeure-t-elle bien loin ? lui dit le Loup. — Oh ! oui,
dit le petit chaperon rouge, c'est par delà le moulin

que vous voyez tout là-bas, là-bas, à la première maison du Village. — Hé bien, dit le Loup, je veux l'aller voir aussi; je m'y en vais par ce chemin *ici, et toi par ce chemin-là, et nous verrons qui plus tôt y sera. » Le Loup se mit à courir de toute sa force par le chemin qui était le plus court, et la petite fille s'en alla par le chemin le plus long, s'amusant à cueillir des noisettes, à courir après des papillons, et à faire des bouquets des petites fleurs qu'elle rencontrait. Le Loup ne fut pas longtemps à arriver à la maison de la Mère-grand; il heurte : Toc, toc. « Qui est là ²? — C'est votre fille le petit chaperon rouge (dit le Loup, en contre-faisant sa voix) qui vous apporte une galette et un petit pot de beurre que ma Mère vous envoie. » La bonne Mère-grand, qui était dans son lit à cause qu'elle se trouvait un peu mal, lui cria : « Tire la chevil-lette, la bobinette cherra ³. » Le Loup tira la chevillette, et la porte s'ouvrit. Il se jeta sur la bonne femme, et la dévora en moins de rien; car il y avait plus de trois jours qu'il n'avait mangé. Ensuite il ferma la porte, et s'alla coucher dans le lit de la Mère-grand, en attendant le petit chaperon rouge, qui quelque temps après vint heurter à la porte. Toc, toc. « Qui est là? » Le petit chaperon rouge, qui entendit la grosse voix du Loup, eut peur d'abord, mais croyant que sa Mère-grand était enrhumée, répondit : « C'est votre fille le petit chaperon rouge, qui vous apporte une galette et un petit pot de beurre que ma Mère vous envoie. » Le Loup lui cria en adoucissant un peu sa voix : « Tire la chevillette, la bobinette cherra. » Le petit chaperon rouge tira la chevillette, et la porte s'ouvrit. Le Loup, la voyant entrer, lui dit en se cachant dans le lit sous la couverture : « Mets la galette et le petit pot de beurre sur la huche, et viens te coucher avec moi. » Le petit chaperon rouge se déshabille, et va se mettre dans le lit, où elle fut bien étonnée de voir comment sa Mère-grand était faite en son déshabillé. Elle lui dit : « Ma mère-grand, que vous avez de grands bras! — C'est pour mieux t'embrasser, ma fille. — Ma mère-grand, que vous avez de grandes jambes! — C'est pour mieux courir, mon enfant. — Ma mère-grand, que vous avez de grandes oreilles! — C'est pour mieux écouter, mon enfant. — Ma mère-grand, que vous avez de grands yeux! — C'est pour mieux voir, mon enfant. — Ma mère-grand, que vous avez de grandes dents! — C'est pour te manger. » Et en disant ces mots, ce méchant Loup se jeta sur le petit chaperon rouge, et la mangea.

MORALITÉ

*O*N *voit ici que de jeunes enfants,*
   Surtout de jeunes filles
   Belles, bien faites, et gentilles,
Font très mal d'écouter toute sorte de gens,
   Et que ce n'est pas chose étrange,
   S'il en est tant que le loup mange.
   Je dis le loup, car tous les loups
   Ne sont pas de la même sorte ;
   Il en est d'une humeur accorte,
   Sans bruit, sans fiel et sans courroux,
   *Qui *privés, complaisants et doux,*
   Suivent les jeunes Demoiselles
*Jusque dans les maisons, jusque dans les *ruelles ;*
Mais hélas ! qui ne sait que ces Loups doucereux,
   De tous les Loups sont les plus dangereux.

LA
BARBE BLEUE

NOTICE

Dans l'édition de 1697, *La Barbe bleue* ne porte pas
« conte » en sous-titre; il semble vain de chercher là une
intention de l'auteur : simple omission, sans doute, du
typographe (le sous-titre figure dans l'édition de 1707).

La curiosité des femmes qui trouve sa punition : un
thème vieux comme le monde; à la pomme d'Ève, à la
boîte de Pandore, à la lampe de Psyché s'attache le même
symbole qu'à la clef fée du conte de Perrault.

Dans maints récits merveilleux, il est question de chambres
interdites, de taches indélébiles, rançon d'une désobéissance.
On connaît l' « histoire du troisième calender » *(Mille et une
Nuits)* : accueilli dans un palais où vivent quarante jeunes
femmes, le calender, en leur absence, pénètre dans la cen-
tième chambre, la chambre interdite à la porte d'or; il y
trouve un cheval ailé qu'il enfourche, mais qui se débarrasse
bientôt de son cavalier en lui crevant l'œil droit d'un coup
de queue. — Un épisode du roman de *Perceforest* est « l'aventure de Lyonnel auprès de Blanchette » : celle-ci ayant un
jour, à table, frôlé de sa main un doigt de Lyonnel, malgré
l'interdit d'une reine-fée, « le doigt qu'elle a touché devient
noir en un instant; la reine-fée pardonne une première fois,
la tache disparaît; mais Lyonnel, en rêve, embrasse son
amie et le matin ses mains sont noires comme du char-
bon [1] ». — Le motif de la tache révélatrice se retrouve dans
un conte des frères Grimm, *Marienkind :* une petite fille,
oubliant la défense de la Vierge, ouvre la treizième porte du

---

1. Jeanne Lods, *Le Roman de Perceforest,* I, chap. IV.

Paradis; son doigt qu'elle a trempé dans la lumière divine se transforme aussitôt en un doigt d'or.

La Barbe bleue offre de vagues analogies avec l'histoire d'Hélène prisonnière de Thésée et délivrée par ses deux frères les Dioscures; avec la légende bretonne de sainte Tryphime (ou Trophime) tuée par son mari le cruel roi Comorre — qui avait déjà fait périr plusieurs femmes —, et ressuscitée par saint Gildas.

On a voulu trouver au conte de Perrault une origine historique. Après Michelet (*Histoire de France*, livre XI, chap. 1), Eugène Bossard (*Gilles de Rais, maréchal de France, dit Barbe-Bleue*, 1885) et Charles Lemire (*Un maréchal et un connétable de France : le Barbe-Bleue de la légende et de l'histoire*, 1886) identifient Barbe bleue avec le gentilhomme breton Gilles de Rais, égorgeur d'enfants, qui fut exécuté à Nantes le 26 octobre 1440 — et dont Huysmans a évoqué dans *Là-bas* la singulière figure. « Pour l'honneur de sa famille et de son pays », prétend Michelet, on aurait substitué au nom de Gilles de Rais « celui d'un partisan anglais : Blue Barb ou Blue Beard ». Sans doute dans le pays nantais le sinistre châtelain de Tiffauges est-il connu sous le nom de Barbe bleue; mais la tradition populaire a confondu le personnage historique et le héros cruel d'un conte qui vraisemblablement courait bien avant que Gilles de Rais fût né.

Selon Émile Deschanel (*Le Romantisme des classiques*, IV, p. 309) « le conte de Perrault, qui commence en comédie et finit en tragédie, fait penser aux drames de Shakespeare, d'une part à la tache de sang ineffaçable sur la main de lady Macbeth, de l'autre au dénouement d'*Othello* : Allons, faites votre prière, et soyez brève, Desdémona! »

Dans la première édition de leur recueil, les frères Grimm avaient admis une version de *La Barbe bleue (Blaubart)*, en tous points semblable à la nôtre; craignant qu'elle ne fût qu'une traduction du conte de Perrault, ils la retranchèrent ensuite et s'en tinrent à un récit de source allemande : *Fitschers Vogel*.

De tous les personnages de Perrault, Barbe bleue est le

plus haut en couleur. On ne s'étonnera pas que Georges Doutrepont (*Les Types populaires de la littérature française,* pp. 418-423) ait pu relever une quarantaine d'œuvres diverses qui, du xviiie siècle à nos jours, s'inscrivent en marge du conte célèbre : entre autres une comédie de Sedaine, avec musique de Grétry (1789); un opéra bouffe dont le livret est de Meilhac et Halévy, la musique d'Offenbach (1866) — sans parler du drame bien connu de Maurice Maeterlinck, *Ariane et Barbe-Bleue* (1907), mis en musique par Paul Dukas, ni du conte d'Anatole France, *Les Sept Femmes de la Barbe-Bleue* (1909) qui fait de l'époux cruel un personnage sympathique. Ajoutons à cette liste l'opéra de Bela Bartok, *Le Château de Barbe-Bleue* (1911).

Henri Pourrat a recueilli une version de *La Barbe bleue :* *Front d'Airain* (*Le Trésor des contes,* 1948; I, pp. 284-289).

G. R.

LA

BARBE BLEUE

Iʟ était une fois un homme qui avait de belles maisons à la Ville et à la Campagne, de la vaisselle d'or et d'argent, des *meubles en broderie, et des carrosses tout dorés; mais par malheur cet homme avait la Barbe bleue : cela le rendait si laid et si terrible, qu'il n'était ni femme ni fille qui ne s'enfuît de devant lui. Une de ses Voisines, Dame de qualité, avait deux filles parfaitement belles. Il lui en demanda une en Mariage, et lui laissa le choix de celle qu'elle voudrait lui donner. Elles n'en voulaient point toutes deux, et se le renvoyaient l'une à l'autre, ne pouvant se résoudre à prendre un homme qui eût la barbe bleue. Ce qui les *dégoûtait encore, c'est qu'il avait déjà épousé plusieurs femmes, et qu'on ne savait ce que ces femmes étaient devenues. La Barbe bleue, pour faire connaissance, les mena avec leur Mère, et trois ou quatre de leurs meilleures amies, et quelques jeunes gens du voisinage, à une de ses maisons de Campagne [1], où on demeura huit jours entiers. Ce n'était que promenades, que parties de chasse et de pêche, que danses et festins, que *collations : on ne dormait point, et on passait toute la nuit à se faire des malices les uns aux autres; enfin tout alla si bien, que la Cadette commença à trouver que le Maître du logis n'avait plus la barbe si bleue, et que c'était un fort *honnête homme. Dès qu'on fut de retour à la Ville, le Mariage se conclut. Au bout d'un mois la Barbe bleue dit à sa femme qu'il était obligé de faire un voyage en Province, de six semaines au moins, pour une affaire de *conséquence; qu'il

la priait de se bien divertir pendant son absence,
qu'elle fît venir ses bonnes amies, qu'elle les menât
à la Campagne si elle voulait, que partout elle fît
bonne chère. « Voilà, lui dit-il, les clefs des deux grands
garde-meubles, voilà celles de la vaisselle d'or et
d'argent qui ne sert pas tous les jours, voilà celles
de mes coffres-forts, où est mon or et mon argent,
celles des cassettes où sont mes pierreries, et voilà
le passe-partout de tous les appartements. Pour cette
petite clef-ci, c'est la clef du cabinet au bout de la
grande galerie de l'appartement bas [2] : ouvrez tout,
allez partout, mais pour ce petit cabinet, je vous
défends d'y entrer, et je vous le défends de telle sorte,
que s'il vous arrive de l'ouvrir, il n'y a rien que vous
ne deviez attendre de ma colère. » Elle promit d'observer exactement tout ce qui lui venait d'être ordonné;
et lui, après l'avoir embrassée, il monte dans son
carrosse, et part pour son voyage. Les voisines et les
bonnes amies n'attendirent pas qu'on les envoyât
querir pour aller chez la jeune Mariée, tant elles
avaient d'impatience de voir toutes les richesses de
sa Maison, n'ayant osé y venir pendant que le Mari
y était, à cause de sa Barbe bleue qui leur faisait peur.
Les voilà aussitôt à parcourir les chambres, les *cabinets,
les *garde-robes, toutes plus belles et plus riches les
unes que les autres. Elles montèrent ensuite aux
garde-meubles, où elles ne pouvaient assez admirer
le nombre et la beauté des tapisseries, des lits, des
*sophas, des cabinets [3], des guéridons, des tables et
des miroirs, où l'on se voyait depuis les pieds jusqu'à
la tête [4], et dont les bordures, les unes de glace, les
autres d'argent et de vermeil doré [5], étaient les plus
belles et les plus magnifiques qu'on eût jamais vues.
Elles ne cessaient d'exagérer et d'envier le bonheur
de leur amie, qui cependant ne se divertissait point

à voir toutes ces richesses, à cause de l'impatience qu'elle avait d'aller ouvrir le cabinet de l'appartement bas. Elle fut si pressée de sa curiosité, que sans considérer qu'il était *malhonnête de quitter sa compagnie, elle y descendit par un petit escalier dérobé, et avec tant de précipitation, qu'elle *pensa se rompre le cou deux ou trois fois. Étant arrivée à la porte du cabinet, elle s'y arrêta quelque temps, songeant à la défense que son Mari lui avait faite, et considérant qu'il pourrait lui arriver malheur d'avoir été désobéissante ; mais la tentation était si forte qu'elle ne put la surmonter : elle prit donc la petite clef, et ouvrit en tremblant la porte du cabinet. D'abord elle ne vit rien, parce que les fenêtres étaient fermées ; après quelques moments elle commença à voir que le plancher était tout couvert de sang caillé, et que dans ce sang se miraient les corps de plusieurs femmes mortes et attachées le long des murs (c'était toutes les femmes que la Barbe bleue avait épousées et qu'il avait égorgées l'une après l'autre). Elle *pensa mourir de peur, et la clef du cabinet qu'elle venait de retirer de la serrure lui tomba de la main. Après avoir un peu repris ses esprits, elle ramassa la clef, referma la porte, et monta à sa chambre pour se remettre un peu ; mais elle n'en pouvait venir à bout, tant elle était émue. Ayant remarqué que la clef du cabinet était tachée de sang, elle l'essuya deux ou trois fois, mais le sang ne s'en allait point ; elle eut beau la laver, et même la frotter avec du sablon [6] et avec du grais [7], il y demeura toujours du sang, car la clef était *Fée, et il n'y avait pas moyen de la nettoyer tout à fait : quand on ôtait le sang d'un côté, il revenait de l'autre. La Barbe bleue revint de son voyage dès le soir même, et dit qu'il avait reçu des Lettres dans le chemin, qui lui avaient appris que l'affaire pour laquelle il était parti

venait d'être terminée à son avantage. Sa femme
fit tout ce qu'elle put pour lui témoigner qu'elle
était ravie de son prompt retour. Le lendemain il
lui redemanda les clefs, et elle les lui donna, mais
d'une main si tremblante, qu'il devina sans peine
tout ce qui s'était passé. « D'où vient, lui dit-il, que
la clef du cabinet n'est point avec les autres ? — Il
faut, dit-elle, que je l'aie laissée là-haut sur ma table.
— Ne manquez pas, dit la Barbe bleue, de me la donner
*tantôt. » Après plusieurs *remises, il fallut apporter
la clef. La Barbe bleue, l'ayant considérée, dit à sa
femme : « Pourquoi y a-t-il du sang sur cette clef ?
— Je n'en sais rien, répondit la pauvre femme, plus
pâle que la mort. — Vous n'en savez rien, reprit la
Barbe bleue, je le sais bien, moi; vous avez voulu
entrer dans le cabinet! Hé bien, Madame, vous y
entrerez, et irez prendre votre place auprès des Dames
que vous y avez vues. » Elle se jeta aux pieds de son
Mari, en pleurant et en lui demandant pardon, avec
toutes les marques d'un vrai repentir de n'avoir pas
été obéissante. Elle aurait attendri un rocher, belle
et affligée comme elle était; mais la Barbe bleue avait
le cœur plus dur qu'un rocher. « Il faut mourir,
Madame, lui dit-il, et tout à l'heure. — Puisqu'il
faut mourir, répondit-elle, en le regardant les yeux
baignés de larmes, donnez-moi un peu de temps pour
prier Dieu. — Je vous donne un demi-quart d'heure,
reprit la Barbe bleue, mais pas un moment davantage. »
Lorsqu'elle fut seule, elle appela sa sœur, et lui dit :
« Ma sœur Anne (car elle s'appelait ainsi), monte,
je te prie, sur le haut de la Tour, pour voir si mes
frères ne viennent point; ils m'ont promis qu'ils me
viendraient voir aujourd'hui, et si tu les vois, fais-leur
signe de se hâter. » La sœur Anne monta sur le haut
de la Tour, et la pauvre affligée lui criait de temps en

temps : « *Anne, ma sœur Anne, ne vois-tu rien venir ?* »
Et la sœur Anne lui répondait : «*Je ne vois rien que le
Soleil qui *poudroie, et l'herbe qui verdoie.* » Cependant
la Barbe bleue, tenant un grand coutelas à sa main,
criait de toute sa force à sa femme : « Descends vite,
ou je monterai là-haut[8]. — Encore un moment,
s'il vous plaît », lui répondait sa femme; et aussitôt
elle criait tout bas : « *Anne, ma sœur Anne, ne vois-tu
rien venir ?* » Et la sœur Anne répondait : « *Je ne vois
rien que le Soleil qui poudroie, et l'herbe qui verdoie.* »
« Descends donc vite, criait la Barbe bleue, ou je
monterai là-haut. — Je m'en vais » répondait sa
femme, et puis elle criait : « *Anne, ma sœur Anne,
ne vois-tu rien venir ?* — Je vois, répondit la sœur Anne,
une grosse poussière qui vient de ce côté-ci. — Sont-
ce mes frères ? — Hélas ! non, ma sœur, c'est un Trou-
peau de Moutons. — Ne veux-tu pas descendre ?
criait la Barbe bleue. — Encore un moment », répondait sa femme; et puis elle criait : « *Anne, ma sœur
Anne, ne vois-tu rien venir ?* — Je vois, répondit-elle,
deux *Cavaliers qui viennent de ce côté-ci, mais ils
sont bien loin encore... Dieu soit loué, s'écria-t-elle
un moment après, ce sont mes frères; je leur fais signe
tant que je puis de se hâter. » La Barbe bleue se mit
à crier si fort que toute la maison en trembla. La
pauvre femme descendit, et alla se jeter à ses pieds
toute *épleurée et toute échevelée. « Cela ne sert de
rien, dit la Barbe bleue, il faut mourir. » Puis la prenant
d'une main par les cheveux, et de l'autre levant le
coutelas en l'air, il allait lui abattre la tête. La pauvre
femme se tournant vers lui, et le regardant avec des
yeux mourants, le pria de lui donner un petit moment
pour se recueillir. « Non, non, dit-il, recommande-toi
bien à Dieu »; et levant son bras... Dans ce moment
on heurta si fort à la porte, que la Barbe bleue s'arrêta

tout court : on ouvrit, et aussitôt on vit entrer deux *Cavaliers, qui mettant l'épée à la main, coururent droit à la Barbe bleue. Il reconnut que c'était les frères de sa femme, l'un *Dragon et l'autre Mousquetaire [9], de sorte qu'il s'enfuit aussitôt pour se *sauver; mais les deux frères le poursuivirent de si près, qu'ils l'attrapèrent avant qu'il pût gagner le perron. Ils lui passèrent leur épée au travers du corps, et le laissèrent mort. La pauvre femme était presque aussi morte que son Mari, et n'avait pas la force de se lever pour embrasser ses Frères. Il se trouva que la Barbe bleue n'avait point d'héritiers, et qu'ainsi sa femme demeura maîtresse de tous ses biens. Elle en employa une partie à marier sa sœur Anne avec un jeune Gentilhomme, dont elle était aimée depuis longtemps; une autre partie à acheter des Charges de Capitaine à ses deux frères; et le reste à se marier elle-même à un fort *honnête homme, qui lui fit oublier le mauvais temps qu'elle avait passé avec la Barbe bleue.

MORALITÉ

LA curiosité malgré tous ses attraits,
Coûte souvent bien des regrets ;
On en voit tous les jours mille exemples paraître.
C'est, n'en déplaise au sexe, un plaisir bien léger ;
Dès qu'on le prend il cesse d'être,
Et toujours il coûte trop cher.

AUTRE MORALITÉ

*P*OUR *peu qu'on ait l'esprit sensé,*
    Et que du Monde on sache le *grimoire,
    On voit bientôt que cette histoire
    Est un conte du temps passé ;
    Il n'est plus d'Époux si terrible,
    Ni qui demande l'impossible,
    Fût-il malcontent et jaloux.
  Près de sa femme on le voit filer doux ;
Et de quelque couleur que sa barbe puisse être,
On a peine à juger qui des deux est le maître.

LE MAITRE CHAT

ou

LE CHAT BOTTÉ

CONTE

NOTICE

L'animal ingénieux providence de son maître — tel le valet de l'ancienne comédie — joue son rôle dans le folklore de bien des pays : un chat dans la tradition italienne et française, un renard chez les Grecs, dans les contes africains une gazelle ou un chacal. Quant à l'heureuse fortune du pauvre diable servi par son savoir-faire ou par des circonstances imprévues — ainsi Aladin dans les *Mille et une Nuits* —, c'est un thème banal des contes populaires.

Le personnage de l'ogre mis à part et réserve faite de quelques différences dans l'intrigue, l'essentiel du *Chat botté* se trouve déjà dans une nouvelle de Straparole (*Piacevoli notti*, XI, 1). C'est l'histoire de Constantin le fortuné, dernier-né d'une veuve qui laisse à ses trois fils, pour tout héritage, une huche, un rouleau à pâte et une chatte. La chatte échoit à Constantin. Celle-ci bientôt s'avise d'attraper un lièvre qu'elle offre au roi de la part de son maître, en faisant, comme le Chat botté, « une grande révérence »; puis Constantin s'étant mis nu, sur ses conseils, dans une rivière proche du palais royal, elle appelle à l'aide : des voleurs, dit-elle, l'ont dépouillé et jeté à l'eau. Le roi découvre alors que l'homme est celui dont il a reçu du gibier : il l'habille, l'accueille et, le croyant aussi riche qu'il est beau, lui donne aussitôt sa fille en mariage. Les noces faites, un imposant cortège doit conduire la princesse à la maison de son mari : la chatte prend les devants, effraie par ses menaces des cavaliers, puis des bergers, et les oblige à déclarer au passage du cortège qu'ils sont sujets de Constantin le fortuné; elle se fait ouvrir enfin les portes d'un château dont le seigneur vient de mourir en voyage :

Constantin s'y installe en maître. Bientôt le roi meurt à son tour : Constantin, couronné, prend sa place.

Basile (*Pentamerone*, II, 4) a conté de la même manière l'ascension d'un gueux — le Napolitain Gagliuso — qui doit aux ruses de son chat d'avoir pignon sur rue. Le dénouement de *Gagliuso* diffère, il est vrai, de celui du *Chat botté*. Le marquis de Carabas octroie des lettres de noblesse au chat qui l'a servi; dans le récit de Basile, l'animal fuit la maison d'un maître ingrat et tire lui-même la moralité de l'aventure : de noble appauvri Dieu te garde, et de croquant passé richard!

L'histoire courait aussi en France. Un conte du *Grand Parangon des nouvelles nouvelles* [1] *(D'un bonhomme qui avait trois fils et qui en mourant ne leur laissa qu'un coq, un chat et une faucille)* débute à la manière du *Chat botté*. Témoin encore ce passage d'une lettre d'Emmanuel de Coulanges (3 octobre 1694) : « Nous allons, quand le beau temps nous y invite, faire des voyages de long cours, pour connaître la grandeur de nos États [les terres de Mme de Louvois]; et quand la curiosité nous porte à demander le nom de ce premier village : — A qui est-il? on nous répond : — C'est à Madame. — A qui est celui qui est le plus éloigné? — C'est à Madame. — Mais là-bas, là-bas, un autre que je vois? — C'est à Madame. — Voilà une plaine d'une grande longueur. — Elle est à Madame... En un mot, Madame, tout est à Madame en ce pays. »

Perrault a-t-il forgé lui-même, a-t-il emprunté le nom de son marquis? On a prétendu identifier le marquis de Carabas avec ce Gouffier qui fut appelé *Caravas* pour avoir reçu de François Ier, après la bataille de Marignan, la terre de Caravaggio en Milanais; le personnage de l'ogre ne serait autre que Jacques Cœur, « à qui on reprocha de dévorer le royaume » (J. Vivielle, *Le Marquis de Carabas, Revue des Études historiques,* 1923) : rapprochements hasardeux qui sont loin de forcer la conviction. Selon H. Husson *(La Chaîne traditionnelle)* et A. H. Krappe *(Encore une note sur le*

---

marquis de Carabas, Zeitschrift für französische Sprache und Literatur, 1932) le nom du marquis serait emprunté à l'*Histoire des empereurs* de Lenain de Tillemont (1690) : pour bafouer le roi des Juifs Agrippa de passage dans leur ville, « les Alexandrins prirent un fou nommé Carabas qui courait les rues tout nu, le couvrirent d'une natte pour lui servir de cotte d'armes, lui mirent un diadème de papier sur la tête et un brin de roseau à la main. Après l'avoir ainsi habillé en roi, ils le mirent en un lieu élevé, où chacun lui venait rendre ses respects, plaider devant lui, prendre ses ordres et faire tout ce que l'on fait aux princes. D'autres, avec des bâtons sur l'épaule en lieu de hallebardes, étaient autour de lui comme ses gardes ; et tout le peuple en criant l'appelait Maris, qui en syriaque signifie Prince. » — Autre explication possible : dans le *Dictionnaire oriental* de Barthélemy d'Herbelot, livre qui, selon Perrault (*Hommes illustres,* II, p. 71) fut « à l'égard du commun des gens de lettres une espèce de nouveau monde : nouvelles histoires, nouvelle politique, nouvelles mœurs, nouvelle poésie, en un mot un nouveau ciel, une nouvelle terre » figurent les articles suivants : « *Carabag :* ce mot qui signifie en langue turquesque un jardin ou un verger noir est le nom des montagnes voisines de Tauris, dans lesquelles il y avait autrefois des lieux de délices où les sultans mogols et autres princes faisaient leur séjour pendant l'été. *Carabah :* l'ambre jaune, que les Arabes appellent ainsi, du mot persien *kah rubah* ». Sans doute le *Dictionnaire oriental* a-t-il paru après les Contes (l'achevé d'imprimer est du 8 février 1697); mais selon l'*Histoire des ouvrages des sçavans,* l'ouvrage était déjà rédigé en 1695. Perrault a pu avoir communication du manuscrit ou des épreuves; peut-être suivait-il aussi les conférences que d'Herbelot tenait « chez lui rue de Condé tous les soirs après sept heures » [1].

Le Chat botté a fourni à l'écrivain allemand Ludwig Tieck le sujet d'une pièce fantaisiste « en trois actes et en prose, avec des intermèdes, un prologue et un épilogue », dans

---

1. N. de Blégny, *Le Livre commode des adresses de Paris pour 1692.*

le goût du théâtre fiabesque de Carlo Gozzi (1797; traduction française publiée en 1829 : *Deux nouvelles et une pièce tirées des œuvres de* Ludwig Tieck). — *Der gestiefelte Kater* (Le Chat botté) figure dans la première édition (1812) des *Kinder- und Hausmärchen* des frères Grimm — qui n'ont pas admis ce conte dans la deuxième édition de leur recueil (1819), « évidemment à cause de son origine étrangère » [1].

Une chanson de Béranger, *Le Marquis de Carabas* (novembre 1816), raille l'arrogance des émigrés revenus dans leur château et faisant étalage de titres plus ou moins bien acquis : « Chapeau bas! chapeau bas! Gloire au marquis de Carabas! »

Dans le tome I (1816) de l'*Hermes romanus*, revue fondée par J.-N. Barbier-Vémars à l'intention des jeunes humanistes, figure une traduction latine du *Chat botté*, œuvre de l'académicien Andrieux : *Feles emunctæ naris, sive feles belle ocreata* (Le chat au nez fin, ou le chat bien botté). En voici le début : « Pistrinarius quidam moriens tribus suis filiis reliquerat modicas opes, pistrinum scilicet, asellum et felem; haud longa fuit hæreditati dividendæ mora... »

G. R.

---

1. Ernest Tonnelat, *Les Contes des frères Grimm*, 1912.

LE MAITRE CHAT

ou

LE CHAT BOTTÉ

CONTE

Un Meunier ne laissa pour tous biens à trois enfants qu'il avait, que son Moulin, son Ane, et son Chat [1]. Les partages furent bientôt faits, ni le Notaire, ni le *Procureur n'y furent point appelés. Ils auraient eu bientôt mangé tout le pauvre patrimoine. L'aîné eut le Moulin, le second eut l'Ane, et le plus jeune n'eut que le Chat. Ce dernier ne pouvait se consoler d'avoir un si pauvre lot : « Mes frères, disait-il, pourront gagner leur vie *honnêtement en se mettant ensemble; pour moi, lorsque j'aurai mangé mon chat, et que je me serai fait un manchon [2] de sa peau, il faudra que je meure de faim. » Le Chat qui entendait ce discours, mais qui n'en fit pas semblant, lui dit d'un air posé et sérieux : « Ne vous affligez point, mon maître, vous n'avez qu'à me donner un Sac, et me faire faire une paire de Bottes pour aller dans les broussailles, et vous verrez que vous n'êtes pas si mal partagé que vous croyez. » Quoique le Maître du chat ne fît pas grand fond là-dessus, il lui avait

vu faire tant de tours de souplesse, pour prendre des
Rats et des Souris, comme quand il se pendait par les
pieds, ou qu'il se cachait dans la farine pour faire le
mort ³, qu'il ne désespéra pas d'en être secouru dans
sa misère. Lorsque le chat eut ce qu'il avait demandé,
il se botta *bravement, et mettant son sac à son cou,
il en prit les cordons avec ses deux pattes de devant,
et s'en alla dans une garenne où il y avait grand nombre
de lapins. Il mit du son et des *lasserons dans son
sac, et s'étendant comme s'il eût été mort, il attendit
que quelque jeune lapin, peu instruit encore des ruses
de ce monde, vînt se fourrer dans son sac pour manger
ce qu'il y avait mis. A peine fut-il couché, qu'il eut
contentement; un jeune étourdi de lapin entra dans
son sac, et le maître chat tirant aussitôt les cordons
le prit et le tua sans miséricorde. Tout *glorieux de
sa proie, il s'en alla chez le Roi et demanda à lui parler.
On le fit monter à l'Appartement de sa Majesté, où
étant entré il fit une grande révérence au Roi, et lui
dit : « Voilà, Sire, un Lapin de Garenne que Monsieur le Marquis de Carabas (c'était le nom qu'il lui
prit en gré de donner à son Maître), m'a chargé de
vous présenter de sa part. — Dis à ton Maître, répondit
le Roi, que je le remercie, et qu'il me fait plaisir. »
Une autre fois, il alla se cacher dans un blé, tenant
toujours son sac ouvert; et lorsque deux Perdrix
y furent entrées, il tira les cordons, et les prit toutes
deux. Il alla ensuite les présenter au Roi, comme il
avait fait le Lapin de garenne. Le Roi reçut encore
avec plaisir les deux Perdrix, et lui fit donner pour boire.
Le chat continua ainsi pendant deux ou trois mois à
porter de temps en temps au Roi du Gibier de la
chasse de son Maître. Un jour qu'il sut que le Roi
devait aller à la promenade sur le bord de la rivière
avec sa fille, la plus belle Princesse du monde, il dit

à son Maître : « Si vous voulez suivre mon conseil, votre fortune est faite : vous n'avez qu'à vous baigner dans la rivière à l'endroit que je vous montrerai, et ensuite me laisser faire. » Le Marquis de Carabas fit ce que son chat lui conseillait, sans savoir à quoi cela serait bon. Dans le temps qu'il se baignait, le Roi vint à passer, et le Chat se mit à crier de toute sa force : « Au secours, au secours, voilà Monsieur le Marquis de Carabas qui se noie! » A ce cri le Roi mit la tête à la portière, et reconnaissant le Chat qui lui avait apporté tant de fois du Gibier, il ordonna à ses Gardes qu'on allât vite au secours de Monsieur le Marquis de Carabas. Pendant qu'on retirait le pauvre Marquis de la rivière, le Chat s'approcha du Carrosse, et dit au Roi que dans le temps que son Maître se baignait, il était venu des Voleurs qui avaient emporté ses habits, quoiqu'il eût crié au voleur de toute sa force; le *drôle les avait cachés sous une grosse pierre. Le Roi ordonna aussitôt aux *Officiers de sa Garde-robe d'aller querir un de ses plus beaux habits pour Monsieur le Marquis de Carabas. Le Roi lui fit mille *caresses, et comme les beaux habits qu'on venait de lui donner relevaient sa bonne mine (car il était beau, et bien fait de sa personne), la fille du Roi le trouva fort à son gré, et le Comte [4] de Carabas ne lui eut pas jeté deux ou trois regards fort respectueux, et un peu tendres, qu'elle en devint amoureuse à la folie. Le Roi voulut qu'il montât dans son Carrosse, et qu'il fût de la promenade. Le Chat ravi de voir que son dessein commençait à réussir, prit les devants, et ayant rencontré des Paysans qui fauchaient un Pré, il leur dit : « *Bonnes gens qui fauchez, si vous ne dites au Roi que le pré que vous fauchez appartient à Monsieur le Marquis de Carabas, vous serez tous hachés menu comme chair à pâté* [5]. » Le Roi ne manqua pas à demander

aux Faucheux [6] à qui était ce Pré qu'ils fauchaient.
« C'est à Monsieur le Marquis de Carabas », dirent-ils
tous ensemble, car la menace du Chat leur avait fait
peur. « Vous avez là un bel *héritage, dit le Roi
au Marquis de Carabas. — Vous voyez, Sire, répondit
le Marquis, c'est un pré qui ne manque point de
rapporter abondamment toutes les années. » Le maître
chat, qui allait toujours devant, rencontra des Moissonneurs, et leur dit : « *Bonnes gens qui moissonnez,
si vous ne dites que tous ces blés appartiennent à Monsieur le
Marquis de Carabas, vous serez tous hachés menu comme
chair à pâté.* » Le Roi, qui passa un moment après,
voulut savoir à qui appartenaient tous les blés qu'il
voyait. « C'est à Monsieur le Marquis de Carabas »,
répondirent les Moissonneurs, et le Roi s'en réjouit
encore avec le Marquis. Le Chat, qui allait devant le
Carrosse, disait toujours la même chose à tous ceux
qu'il rencontrait; et le Roi était étonné des grands
biens de Monsieur le Marquis de Carabas. Le maître
Chat arriva enfin dans un beau Château dont le Maître
était un Ogre, le plus riche qu'on ait jamais vu, car
toutes les terres par où le Roi avait passé étaient de
la dépendance de ce Château. Le Chat, qui eut soin
de s'informer qui était cet Ogre, et ce qu'il savait
faire, demanda à lui parler, disant qu'il n'avait pas
voulu passer si près de son Château, sans avoir l'honneur
de lui faire la révérence. L'Ogre le reçut aussi *civilement que le peut un Ogre, et le fit reposer. « On m'a
assuré, dit le Chat, que vous aviez le don de vous
changer en toute sorte d'Animaux, que vous pouviez
par exemple vous transformer en Lion, en Éléphant?
— Cela est vrai, répondit l'Ogre brusquement, et
pour vous le montrer, vous m'allez voir devenir
Lion. » Le Chat fut si effrayé de voir un Lion devant
lui, qu'il gagna aussitôt les gouttières, non sans peine

et sans péril, à cause de ses bottes qui ne valaient rien pour marcher sur les tuiles. Quelques temps après, le Chat, ayant vu que l'Ogre avait quitté sa première forme, descendit, et avoua qu'il avait eu bien peur. « On m'a assuré encore, dit le Chat, mais je ne saurais le croire, que vous aviez aussi le pouvoir de prendre la forme des plus petits Animaux, par exemple, de vous changer en un Rat, en une souris; je vous avoue que je tiens cela tout à fait impossible. — Impossible? reprit l'Ogre, vous allez voir », et en même temps il se changea en une Souris, qui se mit à courir sur le plancher. Le Chat ne l'eut pas plus tôt aperçue qu'il se jeta dessus, et la mangea. Cependant le Roi, qui vit en passant le beau Château de l'Ogre, voulut entrer dedans. Le Chat, qui entendit le bruit du Carrosse qui passait sur le pont-levis, courut au-devant, et dit au Roi : « Votre Majesté soit la bienvenue dans le Château de Monsieur le Marquis de Carabas. — Comment, Monsieur le Marquis, s'écria le Roi, ce Château est encore à vous! il ne se peut rien de plus beau que cette cour et que tous ces Bâtiments qui l'environnent; voyons les *dedans, s'il vous plaît. » Le Marquis donna la main à la jeune Princesse, et suivant le Roi qui montait le premier, ils entrèrent dans une grande Salle où ils trouvèrent une magnifique *collation que l'Ogre avait fait préparer pour ses amis qui le devaient venir voir ce même jour-là, mais qui n'avaient pas osé entrer, sachant que le Roi y était. Le Roi charmé des bonnes qualités de Monsieur le Marquis de Carabas, de même que sa fille qui en était folle, et voyant les grands biens qu'il possédait, lui dit, après avoir bu cinq ou six coups : « Il ne tiendra qu'à vous, Monsieur le Marquis, que vous ne soyez mon gendre. » Le Marquis, faisant de grandes révérences, accepta l'honneur que lui faisait le Roi; et dès le même jour épousa la Princesse. Le Chat devint grand Seigneur, et ne courut plus après les souris, que pour se divertir.

MORALITÉ

QUELQUE grand que soit l'avantage
De jouir d'un riche héritage
Venant à nous de père en fils,
Aux jeunes gens pour l'ordinaire,
L'industrie et le savoir-faire [7]
Valent mieux que des biens acquis.

AUTRE MORALITÉ

SI le fils d'un Meunier, avec tant de vitesse,
Gagne le cœur d'une Princesse,
Et s'en fait regarder avec des yeux mourants,
C'est que l'habit, la mine et la jeunesse,
Pour inspirer de la tendresse,
N'en sont pas des moyens toujours indifférents.

LES FÉES

CONTE

NOTICE

On a jugé le titre mal approprié au récit, où une seule fée intervient. Souci de logique apparemment excessif : l'histoire vise à montrer, par un exemple, la sagesse et le pouvoir « des fées ».

C'est remonter bien loin sans doute que de rappeler ici la vengeance de Latone changeant en grenouilles les paysans qui avaient refusé de lui donner à boire (Ovide, *Métamorphoses, VI*). Il s'agit en fait d'un apologue qu'on retrouve un peu partout : ainsi dans les *Contes des paysans et des pâtres slaves* recueillis par Chodzko *(Pleur des perles)*.

Certaines données du conte de Perrault figurent dans une nouvelle de Straparole *(Piacevoli notti,* III, 3). Blancabella, qui a épousé le roi de Naples, est persécutée par la belle-mère de son mari; ses blonds cheveux laissent tomber diamants et rubis, dans ses mains fleurissent violettes et roses, mais la jeune fille que la marâtre veut mettre à sa place dans le lit royal se couvre soudain de vermine et de graisse puante.

Entre *Les Fées* et la première partie des *Doie pizzelle* (Les deux galettes) de Basile *(Pentamerone,* IV, 7), les analogies sont plus frappantes. Deux sœurs, Luceta et Troccola, ont l'une et l'autre une fille. Si la gracieuse Martiella est charitable comme Luceta sa mère, Puccia tient de Troccola laideur et méchanceté. Un jour, Martiella va puiser de l'eau à la source, emportant une galette qu'elle abandonne de bon cœur à une fée déguisée en vieille mendiante : en récompense, jasmins et roses sortent de sa bouche, de sa tête pleuvent perles et grenats, lis et violettes naissent sous ses pas. Troccola apprend la merveille, donne une galette à sa fille et l'envoie à la fontaine : Puccia refusant sa galette à la vieille qu'elle rencontre, celle-ci la condamne à « écumer comme une mule de médecin » chaque fois qu'elle ouvrira la bouche, à être dévorée par les poux, à faire croître sous ses pieds des orties et des ronces.

Il est fait allusion au thème des *Fées* dans la *Préface* des Contes en vers publiée en 1695. C'est aussi en 1695 que paraît le petit roman de Mlle Lhéritier, *Les Enchantements de l'Éloquence,* où le même sujet se trouve traité : antériorité de publication qui n'autorise pas à conclure que la nouvelle de Mlle Lhéritier a été écrite avant le conte de Perrault, ni à prétendre, avec Paul Delarue, que Perrault tient *Les Fées* du fonds de sa cousine; tous deux sans doute ont puisé au même trésor d'histoires, chacun brodant à sa fantaisie [1].

Dans *Blanche Belle* (*Les Illustres Fées,* 1698), le chevalier de Mailly s'inspire surtout du récit de Straparole. — Les frères Grimm donnent une version allemande de l'histoire : *Die drei Männlein im Walde* (Les Trois nains dans la forêt).

G. R.

LES FÉES

CONTE

Il était une fois une veuve qui avait deux filles; l'aînée lui ressemblait si fort et d'*humeur et de visage, que qui la voyait voyait la mère. Elles étaient toutes deux si désagréables et si orgueilleuses qu'on ne pouvait vivre avec elles. La cadette, qui était le vrai portrait de son Père pour la douceur et pour *l'honnêteté, était avec cela une des plus belles filles qu'on eût su voir. Comme on aime naturellement son semblable, cette mère était folle de sa fille aînée, et en même temps avait une aversion effroyable pour la cadette. Elle la faisait manger à la Cuisine et travailler sans cesse.

Il fallait entre autre chose que cette pauvre enfant allât deux fois le jour puiser de l'eau à une grande demi-lieue du logis, et qu'elle en rapportât plein une grande cruche. Un jour qu'elle était à cette fontaine [1], il vint à elle une pauvre femme qui la pria de lui donner à boire. « Oui-*dà, ma bonne mère », dit cette belle fille; et rinçant aussitôt sa cruche, elle puisa de l'eau au plus bel endroit de la fontaine, et la lui présenta, soutenant toujours la cruche afin qu'elle bût plus aisément. La bonne femme, ayant bu, lui dit : « Vous êtes si belle, si bonne, et si *honnête, que je ne puis m'empêcher de vous faire un don (car c'était une Fée qui avait pris la forme d'une pauvre femme de village, pour voir jusqu'où irait *l'honnêteté de cette jeune fille). Je vous donne pour don, poursuivit la Fée, qu'à chaque parole que vous direz, il vous sortira de la bouche ou une Fleur, ou une Pierre précieuse. » Lorsque cette belle fille arriva au logis, sa mère la gronda de revenir si tard de la fontaine. « Je vous demande pardon, ma mère, dit cette pauvre fille, d'avoir tardé si longtemps »; et en disant ces mots, il lui sortit de la bouche deux Roses, deux Perles, et deux gros Diamants. « Que vois-je là! dit sa mère toute étonnée; je crois qu'il lui sort de la bouche des Perles et des Diamants; d'où vient cela, ma fille? » (ce fut là la première fois qu'elle l'appela sa fille). La pauvre enfant lui raconta *naïvement tout ce qui lui était arrivé, non sans jeter une infinité de Diamants. « Vraiment, dit la mère, il faut que j'y envoie ma fille; tenez, Fanchon, voyez ce qui sort de la bouche de votre sœur quand elle parle; ne seriez-vous pas bien aise d'avoir le même don? Vous n'avez qu'à aller puiser de l'eau à la fontaine, et quand une pauvre femme vous demandera à boire, lui en donner bien *honnête- ment. — Il me ferait beau voir, répondit la *brutale, aller à la fontaine. — Je veux que vous y alliez, reprit la mère, et tout à l'heure. » Elle y alla, mais toujours en *grondant. Elle prit le plus beau Flacon d'argent qui fût dans le logis. Elle ne fut pas plus tôt arrivée à la fontaine qu'elle vit sortir du bois une Dame magnifiquement vêtue qui vint lui demander à boire : c'était la même Fée qui avait apparu à sa sœur, mais qui avait pris l'air et les habits d'une Princesse, pour voir jusqu'où irait la *malhonnêteté de cette fille. « Est-ce que je suis ici venue, lui dit cette *brutale orgueilleuse, pour vous donner à boire? Justement j'ai apporté un Flacon d'argent tout exprès pour

donner à boire à Madame! J'en suis d'avis, buvez à
même si vous voulez. — Vous n'êtes guère *honnête,
reprit la Fée, sans se mettre en colère; hé bien! puisque
vous êtes si peu obligeante, je vous donne pour don
qu'à chaque parole que vous direz, il vous sortira de
la bouche ou un serpent ou un crapaud. » D'abord
que sa mère l'aperçut, elle lui cria : « Hé bien, ma fille!
— Hé bien, ma mère! lui répondit la *brutale, en
jetant deux vipères, et deux crapauds[2]. — O Ciel!
s'écria la mère, que vois-je là? C'est sa sœur qui en
est cause, elle me le paiera »; et aussitôt elle courut
pour la battre. La pauvre enfant s'enfuit, et alla se
*sauver dans la Forêt prochaine. Le fils du Roi qui
revenait de la chasse la rencontra et la voyant si belle,
lui demanda ce qu'elle faisait là toute seule et ce qu'elle
avait à pleurer. « Hélas! Monsieur, c'est ma mère
qui m'a chassée du logis. » Le fils du Roi, qui vit
sortir de sa bouche cinq ou six Perles, et autant de
Diamants, la pria de lui dire d'où cela lui venait.
Elle lui conta toute son aventure. Le fils du Roi en
devint amoureux, et considérant qu'un tel don valait
mieux que tout ce qu'on pouvait donner en mariage
à un autre, l'emmena au Palais du Roi son père,
où il l'épousa. Pour sa sœur, elle se fit tant haïr, que
sa propre mère la chassa de chez elle; et la malheureuse,
après avoir bien couru sans trouver personne qui
voulût la recevoir, alla mourir au coin d'un bois.

MORALITÉ

*LES Diamants et les *Pistoles,*
  Peuvent beaucoup sur les Esprits;
 Cependant les douces paroles
Ont encor plus de force, et sont d'un plus grand prix[3].

AUTRE MORALITÉ

L'**HONNÊTETÉ coûte des soins,*
Et veut un peu de complaisance,
Mais tôt ou tard elle a sa récompense,
Et souvent dans le temps qu'on y pense le moins.

CENDRILLON
OU LA PETITE
PANTOUFLE DE VERRE

CONTE

NOTICE

On a recueilli dans la tradition orale de nombreuses versions du conte de *Cendrillon* [1]. « La Cendrillon de Perrault a des sœurs à la peau blanche, brune, jaune ou noire sous les cieux les plus divers, très reconnaissables sous leurs costumes et leurs noms différents... Il y a de très jolies versions dans tous les pays européens, asiatiques, nord-africains, et un sinologue américain, Jameson, nous a fait connaître une Cendrillon chinoise du IXe siècle qui tient ses pantoufles d'or, non pas d'une fée, mais d'un poisson merveilleux, et qui en perd une, non pas en s'échappant d'un bal, mais en revenant de la fête d'un pays voisin » (Paul Delarue, *Le Conte populaire français*).

Les Cendrillons qui courent par le monde ont en Égypte une gracieuse aïeule, la courtisane Rhodopis (Visage-de-rose) dont Élien (*Histoires diverses*, XIII, 33), après Strabon, a conté la merveilleuse aventure : tandis qu'elle se baignait dans le Nil, un aigle vint enlever l'une de ses chaussures qu'il porta au pharaon Psammeticus (ainsi le roi Marc recevra d'une hirondelle le cheveu d'or d'Yseult la blonde); le pharaon fit rechercher par toute l'Égypte la femme à qui cette élégante chaussure avait appartenu; dès qu'il l'eut trouvée, il l'épousa. Dans *Les Belles Grecques* (1712), la conteuse Mme Durand (Catherine Bédacier) fait place à l'histoire de « Rhodope » : « c'est sans doute, pense-t-elle, de cette histoire qu'on a tiré un de nos contes de fées ».

---

1. Marian Roalfe Cox, *Cinderella. Three hundred and forty-five variants of Cinderella, Catskin, and Cap O'rushes*. London, 1893; Anna Birgitta Rooth, *The Cinderella Cycle*, Lund, 1951.

Le thème bien connu de l'épreuve apparente *Cendrillon* (essai de la pantoufle) à *Peau d'Ane* (essai de l'anneau). Le conte de Perrault offre des ressemblances avec la *Gatta cennerentola* (La Chatte des cendres) de Basile (*Pentamerone*, I, 6). Quant à *Finette Cendron* de Mme d'Aulnoy *(Contes des fées)*, c'est un ingénieux amalgame de *Cendrillon* et du *Petit Poucet*. On retrouve Cendrillon chez les frères Grimm *(Aschenputtel)* et dans *Le Trésor des contes* de Pourrat (I, pp. 69-78 : *Marie-Cendron*).

Le personnage de Cendrillon — la jeune fille sacrifiée par ses parents au profit de sœurs injustement choyées — a connu au théâtre, pendant tout le xixe siècle, une extraordinaire fortune. Georges Doutrepont (*Les Types populaires de la littérature française*, pp. 409-417) a dressé le catalogue des opéras, comédies, vaudevilles, féeries qui, de près ou de loin, s'inspirent du conte de Perrault; il en a dénombré une bonne douzaine pour la seule année 1810 : œuvres d'ailleurs d'une égale médiocrité.

Pantoufle de *verre* ou de *vair* ? Aujourd'hui encore maints éditeurs au nom du bon sens et de la logique, adoptent sans hésiter la forme *vair* (on appelait « vair » la fourrure qui porte aujourd'hui le nom de « petit-gris »).

Ils ont pour eux Balzac et Littré[1]. « On distinguait, écrit le premier, le grand et le menu vair. Ce mot depuis cent ans est si bien tombé en désuétude que dans un nombre infini d'éditions des Contes de Perrault, la célèbre pantoufle de Cendrillon, sans doute de menu vair, est présentée comme étant de verre » *(Études philosophiques sur Catherine de Médicis. Première partie : le martyr calviniste)*. Quant à Littré,

---

1. Et aussi André Gide qui semble admettre — on peut s'en étonner — que le mot *vair* est poétiquement plus suggestif : « Importance des mots. Ce matin le ravissement de la petite Catherine en apprenant que la pantoufle de Cendrillon était de *vair*, et non de *verre* — me fait ressouvenir de ce jour de ma première enfance où, ayant appris que certains nœuds s'appelaient « rosettes », j'en semai tout un parterre sur la descente de lit de ma chambre, rue de Tournon, et m'ingéniai longuement à imaginer une plate-bande de fleurs » (*Nouvelles pages de Journal*, 1936, p. 9).

il affirme dans son *Dictionnaire* (article *vair*) : « C'est parce qu'on n'a pas compris ce mot, maintenant peu usité, qu'on a imprimé dans plusieurs éditions du conte de *Cendrillon* : souliers de *verre* (ce qui est absurde), au lieu de : souliers de *vair*, c'est-à-dire souliers fourrés de vair. »

Ils ont contre eux Perrault lui-même : l'édition de 1697 porte bien « pantoufle de verre »; d'ailleurs, « quand il a écrit *verre*, Perrault n'a fait que se conformer à une donnée traditionnelle, car la pantoufle de verre ou de cristal est attestée, non seulement dans le conte de *Cendrillon*, mais dans d'autres contes, les uns ou les autres recueillis en Catalogne, en Écosse, en Irlande, en des versions où l'on ne peut pas admettre une influence de Perrault et où il n'est pas, comme en français, d'homonymie qui permette la confusion entre une pantoufle de verre et une pantoufle de fourrure » (P. Delarue, *op. cit.*, p. 40). Ailleurs (*Les caractères propres du conte populaire français, La Pensée*, 1957) P. Delarue note avec raison « qu'aucun document sur le costume n'autorise à parler de chaussures de vair ou doublées de vair. Le vair était uniquement employé pour doubler des vêtements, surcots, peliçons, chaperons, ou faire des parements. Les seules doublures mentionnées pour les chaussures de luxe entre le Moyen Age et le XVIIe siècle sont le blanchet — drap de laine blanc — et le feutre ». — Edward Latham (*A propos d'une erreur littéraire, Mercure de France*, 1er juillet 1934) observe que « rien n'empêchait Perrault d'écrire *vair* » mais qu'il « ne l'a pas fait, c'est incontestable, malgré le dire de Littré »; à ceux que le merveilleux déconcerte, il oppose ce « dialogue sur les contes de fées » d'Anatole France : « *Laure* : C'est par erreur, n'est-il pas vrai, qu'on a dit que les pantoufles de verre de Cendrillon étaient de *verre* ? On ne peut pas se figurer des chaussures faites de la même étoffe qu'une carafe. Des chaussures de *vair*, c'est-à-dire des chaussures fourrées, se conçoivent mieux, bien que ce soit une mauvaise idée d'en donner une à une fillette pour la mener au bal. Cendrillon devait avoir avec les siennes des pieds pattus comme un pigeon. Il fallait, pour danser si chaudement, qu'elle fût une petite enragée. Mais les jeunes filles le sont toutes; elles danseraient avec des semelles de plomb. — *Raymond* : Cousine, je vous avais pourtant bien avertie de vous défier du bon sens. Cendrillon avait des pantoufles, non de fourrure, mais de verre, d'un verre transparent comme une glace de Saint-Gobain, comme l'eau de source et le cristal de roche. Ces pantoufles étaient fées; on vous l'a dit, et cela seul lève toute difficulté » *(Le Livre de mon ami)* .

G. R.

CENDRILLON
OU LA PETITE
PANTOUFLE DE VERRE
CONTE

IL était une fois un Gentilhomme qui épousa en secondes noces une femme, la plus hautaine et la plus fière qu'on eût jamais vue. Elle avait deux filles de son *humeur, et qui lui ressemblaient en toutes choses. Le Mari avait de son côté une jeune fille, mais d'une douceur et d'une bonté sans exemple ; elle tenait cela de sa Mère, qui était la meilleure personne du monde. Les noces ne furent pas plus tôt faites, que la Belle-mère fit éclater sa mauvaise humeur ; elle ne put souffrir les bonnes qualités de cette jeune enfant, qui rendaient ses filles encore plus haïssables. Elle la chargea des plus viles occupations de la Maison : c'était elle qui nettoyait la vaisselle et les *montées, qui frottait la chambre de Madame, et celles de Mesdemoiselles ses filles ; elle couchait tout au haut de la maison, dans un grenier, sur une *méchante paillasse, pendant que ses sœurs étaient dans des chambres parquetées, où elles avaient des lits des plus à la mode, et des miroirs où elles se voyaient depuis les pieds jusqu'à la tête. La pauvre fille souffrait tout avec patience, et n'osait s'en plaindre à son père qui l'aurait grondée, parce que sa femme le gouvernait entièrement. Lorsqu'elle avait fait son ouvrage, elle s'allait mettre au coin de la cheminée, et s'asseoir dans les cendres [1], ce qui faisait qu'on l'appelait communément dans le logis Cucendron. La cadette, qui n'était pas si *malhonnête que son aînée, l'appelait Cendrillon; cependant Cendrillon, avec ses *méchants habits, ne *laissait pas d'être cent fois plus belle que ses sœurs, quoique vêtues très magnifiquement.

Il arriva que le fils du Roi donna un bal, et qu'il en *pria toutes les personnes de qualité : nos deux Demoiselles en furent aussi priées, car elles faisaient grande *figure dans le Pays. Les voilà bien aises et bien occupées à choisir les habits et les coiffures qui leur siéraient le mieux; nouvelle peine pour Cendrillon, car c'était elle qui repassait le linge de ses sœurs et qui *godronnait leurs manchettes [2]. On ne parlait que de la manière dont on s'habillerait. « Moi, dit l'aînée, je mettrai mon habit de velours rouge et ma garniture d'Angleterre. — Moi, dit la cadette, je n'aurai que ma jupe ordinaire; mais en *récompense, je mettrai mon manteau à fleurs d'or, et ma *barrière de diamants, qui n'est pas des plus indifférentes. » On envoya querir la bonne coiffeuse, pour dresser les cornettes [3] à deux rangs, et on fit acheter des mouches [4] de la bonne Faiseuse : elles appelèrent Cendrillon pour lui demander son avis, car elle avait le goût bon. Cendrillon les conseilla le mieux du monde, et s'offrit même à les coiffer; ce qu'elles voulurent bien. En les coiffant, elles lui disaient : « Cendrillon, serais-tu bien aise d'aller au Bal? — Hélas, Mesdemoiselles, vous vous moquez de moi, ce n'est pas là ce qu'il me faut. — Tu as raison, on rirait bien si on voyait un Cucendron aller au Bal. » Une autre que Cendrillon les aurait coiffées de travers; mais elle était bonne, et elle les coiffa parfaitement bien. Elles furent près de deux jours sans manger, tant elles étaient transportées de joie. On rompit plus de douze lacets à force de les serrer pour leur rendre la taille plus menue, et elles étaient toujours devant leur miroir. Enfin l'heureux jour arriva, on partit, et Cendrillon les suivit des yeux le plus longtemps qu'elle put; lorsqu'elle ne les vit plus, elle se mit à pleurer. Sa Marraine, qui la vit toute en pleurs, lui demanda ce qu'elle avait. « Je voudrais bien... je voudrais bien... » Elle pleurait si fort qu'elle ne put achever. Sa Marraine, qui était Fée, lui dit : « Tu voudrais bien aller au Bal, n'est-ce pas ? — Hélas oui, dit Cendrillon en soupirant. — Hé bien, seras-tu bonne fille ? dit sa Marraine, je t'y ferai aller. » Elle la mena dans sa chambre, et lui dit : « Va dans le jardin et apporte-moi une citrouille. » Cendrillon alla aussitôt cueillir la plus belle qu'elle put trouver, et la porta à sa Marraine, ne pouvant deviner comment cette citrouille la pourrait faire aller au Bal. Sa Marraine la creusa, et n'ayant laissé que l'écorce, la frappa de sa baguette, et la citrouille fut aussitôt changée en un beau carrosse tout doré. Ensuite elle alla regarder dans sa souricière, où elle trouva six souris toutes en vie; elle dit à Cendrillon de lever un peu la trappe de la souricière, et à chaque souris qui sortait, elle lui donnait un coup de sa baguette, et la souris était aussitôt changée en un beau cheval; ce qui fit un bel attelage de six chevaux, d'un beau gris de souris pommelé. Comme elle était en peine de quoi elle ferait un Cocher : « Je vais voir, dit Cendrillon, s'il n'y a point quelque rat dans la ratière, nous en ferons un Cocher. — Tu as raison, dit sa Marraine, va voir. » Cendrillon lui apporta la ratière, où il y avait trois gros rats. La Fée en prit un d'entre les trois, à cause de sa maîtresse barbe, et l'ayant touché, il fut changé en un gros Cocher, qui avait une des plus belles moustaches qu'on ait jamais vues. Ensuite elle lui dit : « Va dans le jardin, tu y trouveras six lézards derrière l'arrosoir, apporte-les-moi. » Elle ne les eut pas plus tôt apportés que la Marraine les changea en six Laquais, qui montèrent aussitôt derrière le carrosse avec leurs habits *chamarrés, et qui s'y tenaient attachés, comme s'ils n'eussent fait autre chose toute leur vie. La Fée dit alors à Cendrillon : « Hé bien, voilà de quoi aller au bal, n'es-tu pas bien aise? — Oui, mais est-ce que j'irai comme cela avec mes vilains habits? » Sa Marraine ne fit que la toucher avec sa baguette, et en même temps ses habits furent changés en des habits de drap d'or et d'argent tout chamarrés de pierreries; elle lui donna ensuite une paire de pantoufles de verre, les plus jolies du monde. Quand elle fut ainsi parée, elle monta en carrosse; mais sa Marraine lui recommanda sur toutes choses de ne pas passer minuit, l'avertissant que si elle demeurait au Bal un moment davantage, son carrosse redeviendrait citrouille, ses chevaux des souris, ses laquais des lézards, et que ses vieux habits reprendraient leur première forme. Elle promit à sa Marraine qu'elle ne manquerait pas de sortir du Bal avant minuit. Elle part, ne se sentant pas de joie. Le Fils du Roi, qu'on alla avertir qu'il venait d'arriver une grande Princesse qu'on ne connaissait point, courut la recevoir; il lui donna la main à la descente du carrosse, et la mena dans la salle où était la *compagnie. Il se fit alors un grand silence; on cessa de danser [5], et les violons ne jouèrent plus, tant on était attentif à contempler les grandes beautés de cette inconnue. On n'entendait qu'un bruit confus : « Ah, qu'elle est belle! » Le Roi même, tout vieux qu'il était, ne *laissait pas de la regarder, et de dire tout bas à la Reine qu'il y avait longtemps qu'il n'avait vu une si belle et si aimable personne. Toutes les Dames étaient attentives à considérer sa coiffure et ses habits, pour en avoir dès le lendemain de semblables, pourvu qu'il se trouvât des étoffes assez belles, et des ouvriers assez habiles. Le Fils du Roi la mit à la place la plus honorable, et ensuite la prit pour la mener danser. Elle dansa avec tant de grâce, qu'on l'admira encore davantage. On apporta une fort belle *collation, dont le jeune Prince ne mangea point, tant il était occupé à la considérer. Elle alla s'asseoir auprès de ses sœurs, et leur fit mille *honnêtetés : elle leur fit part des oranges et des citrons que le Prince lui avait donnés, ce qui les étonna fort, car elles ne la connaissaient point. Lorsqu'elles causaient ainsi, Cendrillon entendit sonner onze heures trois quarts : elle fit aussitôt une grande révérence à la compagnie, et s'en alla le plus vite qu'elle put. Dès qu'elle fut arrivée, elle alla trouver sa Marraine, et après l'avoir remerciée, elle lui dit qu'elle souhaiterait bien aller encore le lendemain au Bal, parce que le Fils du Roi l'en avait priée. Comme elle était occupée à raconter à sa Marraine tout ce qui s'était passé au Bal, les deux sœurs heurtèrent à la porte; Cendrillon leur alla ouvrir. « Que vous êtes longtemps à revenir! » leur dit-elle en bâillant, en se frottant les yeux, et en s'étendant comme si elle n'eût fait que de se réveiller; elle n'avait cependant pas eu envie de dormir depuis qu'elles s'étaient quittées. « Si tu étais venue au Bal, lui dit une de ses sœurs, tu ne t'y serais pas ennuyée : il y est venu la plus belle Princesse, la plus belle qu'on puisse jamais voir; elle nous a fait mille *civilités, elle nous a donné des oranges et des citrons [6]. » Cendrillon ne se sentait pas de joie : elle leur demanda le nom de cette Princesse;

mais elles lui répondirent qu'on ne la connaissait pas, que le Fils du Roi en était fort en peine, et qu'il donnerait toutes choses au monde pour savoir qui elle était. Cendrillon sourit et leur dit : « Elle était donc bien belle ? Mon Dieu, que vous êtes heureuses, ne pourrais-je point la voir ? Hélas ! Mademoiselle Javotte, prêtez-moi votre habit jaune que vous mettez tous les jours. — Vraiment, dit Mademoiselle Javotte, je suis de cet avis ! Prêtez votre habit à un vilain Cucendron comme cela : il faudrait que je fusse bien folle. » Cendrillon s'attendait bien à ce refus, et elle en fut bien aise, car elle aurait été grandement embarrassée si sa sœur eût bien voulu lui prêter son habit. Le lendemain les deux sœurs furent au Bal, et Cendrillon aussi, mais encore plus parée que la première fois. Le Fils du Roi fut toujours auprès d'elle, et ne cessa de lui conter des douceurs ; la jeune Demoiselle ne s'ennuyait point, et oublia ce que sa Marraine lui avait recommandé ; de sorte qu'elle entendit sonner le premier coup de minuit, lorsqu'elle ne croyait pas qu'il fût encore onze heures : elle se leva et s'enfuit aussi légèrement qu'aurait fait une biche. Le Prince la suivit, mais il ne put l'attraper ; elle laissa tomber une de ses pantoufles de verre, que le Prince ramassa bien soigneusement. Cendrillon arriva chez elle bien essoufflée, sans carrosse, sans laquais, et avec ses *méchants habits, rien ne lui étant resté de toute sa magnificence qu'une de ses petites pantoufles, la pareille de celle qu'elle avait laissé tomber. On demanda aux Gardes de la porte du Palais s'ils n'avaient point vu sortir une Princesse ; ils dirent qu'ils n'avaient vu sortir personne, qu'une jeune fille fort mal vêtue, et qui avait plus l'air d'une Paysanne que d'une Demoiselle. Quand ses deux sœurs revinrent du Bal, Cendrillon leur demanda si elles s'étaient encore bien diverties, et si la belle Dame y avait été ;

elles lui dirent que oui, mais qu'elle s'était enfuie lorsque minuit avait sonné, et si promptement qu'elle avait laissé tomber une de ses petites pantoufles de verre, la plus jolie du monde; que le fils du Roi l'avait ramassée, et qu'il n'avait fait que la regarder pendant tout le reste du Bal, et qu'assurément il était fort amoureux de la belle personne à qui appartenait la petite pantoufle. Elles dirent vrai, car peu de jours après, le fils du Roi fit publier à son de trompe qu'il épouserait celle dont le pied serait bien juste à la pantoufle. On commença à l'essayer aux Princesses, ensuite aux Duchesses, et à toute la Cour, mais inutilement. On l'apporta chez les deux sœurs, qui firent tout leur possible pour faire entrer leur pied dans la pantoufle, mais elles ne purent en venir à bout. Cendrillon qui les regardait, et qui reconnut sa pantoufle, dit en riant : « Que je voie si elle ne me serait pas *bonne! » Ses sœurs se mirent à rire et à se moquer d'elle. Le Gentilhomme qui faisait l'essai de la pantoufle, ayant regardé attentivement Cendrillon, et la trouvant fort belle, dit que cela était juste, et qu'il avait ordre de l'essayer à toutes les filles. Il fit asseoir Cendrillon, et approchant la pantoufle de son petit pied, il vit qu'elle y entrait sans peine, et qu'elle y était juste comme de *cire. L'étonnement des deux sœurs fut grand, mais plus grand encore quand Cendrillon tira de sa poche l'autre petite pantoufle qu'elle mit à son pied. Là-dessus arriva la Marraine, qui ayant donné un coup de sa baguette sur les habits de Cendrillon, les fit devenir encore plus magnifiques que tous les autres.

Alors ses deux sœurs la reconnurent pour la belle personne qu'elles avaient vue au Bal. Elles se jetèrent à ses pieds pour lui demander pardon de tous les mauvais traitements qu'elles lui avaient fait souffrir.

Cendrillon les releva, et leur dit, en les embrassant, qu'elle leur pardonnait de bon cœur, et qu'elle les priait de l'aimer bien toujours. On la mena chez le jeune Prince, parée comme elle était : il la trouva encore plus belle que jamais, et peu de jours après, il l'épousa. Cendrillon, qui était aussi bonne que belle, fit loger ses deux sœurs au Palais, et les maria dès le jour même à deux grands Seigneurs de la Cour.

MORALITÉ

*L*A *beauté pour le sexe est un rare trésor,*
De l'admirer jamais on ne se lasse ;
Mais ce qu'on nomme bonne grâce
Est sans prix, et vaut mieux encor.

C'est ce qu'à Cendrillon fit avoir sa Marraine,
*En la *dressant, en l'instruisant,*
Tant et si bien qu'elle en fit une Reine :
(Car ainsi sur ce Conte on va moralisant.)

Belles, ce don vaut mieux que d'être bien coiffées,
Pour engager un cœur, pour en venir à bout,
La bonne grâce est le vrai don des Fées ;
Sans elle on ne peut rien, avec elle, on peut tout.

AUTRE MORALITÉ

C'EST *sans doute un grand avantage,*
D'avoir de l'esprit, du courage,
De la naissance, du bon sens,
Et d'autres semblables talents,

Qu'on reçoit du Ciel en partage;
Mais vous aurez beau les avoir,
Pour votre *avancement ce seront choses vaines,
Si vous n'avez, pour les faire valoir,
Ou des parrains ou des marraines.

RIQUET
A LA HOUPPE
CONTE

NOTICE

En dépit d'une parenté possible avec le vieux mythe de Psyché, le sujet de *Riquet à la houppe* ne semble pas emprunté au répertoire des « nourrices » et des « mies ». Mme J. Roche-Mazon a montré comment Perrault s'est inspiré d'un conte publié en 1696 par Mlle Bernard [1]. Mlle Bernard était Normande : on peut supposer qu'elle a pris le nom de *Riquet* au patois de sa province; selon Littré, « *riquet*, en normand, veut dire : contrefait, bossu »; cf. le mot anglais *rickety*. Certains voient au contraire dans *Riquet* une forme abrégée de *Henriquet*, pareille au diminutif italien *Righetto*; quant au rapprochement que hasarde Paul Lacroix avec l'ingénieur Riquet (1604-1680), créateur du canal du Midi, il n'est fondé sur aucun fait précis. — L'idée de faire de son héros un « prince des gnomes », possesseur des « trésors renfermés dans la terre », a sans aucun doute été suggérée à Mlle Bernard par *Le Comte de Gabalis ou Entretiens sur les sciences secrètes,* ouvrage que l'abbé de Montfaucon de Villars publia chez Barbin en 1670 et auquel d'autres conteurs (Mme de Murat; le chevalier de Mailly) ont certainement emprunté : le comte de Gabalis, « Allemand grand seigneur et grand cabaliste », prétend que « la profondeur de la terre n'est pas pour les taupes seules », que « la terre est remplie, presque jusqu'au centre, de gnomes, gens de petite stature, gardiens des trésors, des minières et des pierreries »; ainsi, dit-il, l'eau est habitée par les nymphes, l'air par les sylphes, le feu par les salamandres. « La nouvelle de Mlle Bernard, conclut Mme Roche-Mazon, éclaircit le *Riquet* de Perrault,

---

1. Voir *Bibliographie*, p. LXXVII et *Annexes*, p. 267.

en résout les énigmes, en explique les faiblesses. » Les marmitons surgissant du sol, dont rien chez Perrault ne justifie l'étrange apparition, viennent du palais souterrain où le roi des gnomes tient prêt pour sa belle un repas; le prince « riche, puissant, spirituel et bien fait » dont s'éprend la princesse de Perrault, comparse qui s'efface, on ne sait pourquoi, sans entrer en conflit avec Riquet, « est un descendant direct du fidèle Arada, personnage principal chez Mlle Bernard »; si la même princesse ignore qu'elle tient des fées le pouvoir de rendre beau l'amant de son choix, c'est « parce que son modèle, l'Espagnole Mama, n'a reçu aucun don de ce genre »; si le second Riquet laisse, « sans raison, semble-t-il, s'écouler une année entre sa demande en mariage et ses noces, c'est parce que le Riquet primitif, qui ne connaissait aucun moyen de se débarrasser d'une forme hideuse et ne pouvait, de plus, éveiller l'esprit de Mama que par degrés, avait sagement pensé que cette année tout entière n'était pas un trop long délai pour que la pauvre fiancée trouvât le courage de tenir sa promesse » : emprunts évidemment assez mal adaptés au récit. Perrault n'utilise pas l'histoire de l'adultère, qui eût été déplacée dans un conte écrit à l'usage des enfants; à la conclusion désabusée de sa devancière, il substitue une moralité plus optimiste : Mlle Bernard découvre que les illusions de l'amour, avec le temps, s'évanouissent, que « les amants, à la longue, deviennent des maris »; Perrault montre au contraire comment les années qui passent peuvent donner corps à ces mêmes illusions.

Le miracle de l'amour qui transfigure l'être aimé : un thème déjà traité par Perrault lui-même dans le *Dialogue de l'Amour et de l'Amitié* (1660), avant d'être développé par Molière — adaptant Lucrèce — dans une tirade du *Misanthrope* (1666)[1]. *Riquet à la houppe* rappelle l'histoire du « re porco » de Straparole (*Piacevoli notti*, II, 1) — reprise par Mme d'Aulnoy dans *Le Prince Marcassin (Les Fées à la*

---

1. Couplet d'Éliante (II, 5), imité de Lucrèce (*De Natura rerum*, IV, v. 1149-1166).

mode) : un fils de roi, que des maléfices ont fait naître sous la peau d'un marcassin, perd sa peau de bête et devient un jeune homme « extraordinairement beau et bien fait » dès qu'il est aimé par la charmante Martésie. Même sujet dans un autre conte de Mme d'Aulnoy, *Serpentin vert (Contes des fées),* où la métamorphose est double; dans *Prodige d'amour* de Mme Durand *(Les Petits Soupers de l'année 1699),* où le stupide Brutalis doit à la tendresse d'une bergère tous les dons de l'esprit et du cœur; dans *Minet bleu et Louvette* (1768) de Mme Fagnan où, comme dans *Serpentin vert,* deux méta-morphoses s'accomplissent à la fois : la difforme Louvette ayant risqué sa vie pour sauver le cruel prince Minet, celui-ci la vit aussitôt « avec de tout autres yeux; et à compter de cet instant, elle ne fut plus la même... Elle perdit sa difformité et reprit ses premiers charmes et à proportion qu'elle les reprit, il s'y attacha davantage, de façon qu'en moins de rien, elle devint la plus belle des fées, et lui le plus tendre des princes ».

Deux répliques encore du conte de Perrault dans *Le Magasin des enfants* (1757) de Mme Leprince de Beaumont. On connaît *La Belle et la Bête* (dialogue V, 3e journée) — ver-sion abrégée d'une nouvelle publiée en 1740 par Mme de Villeneuve *(La jeune Américaine et les contes marins)* [1] : un prince qu'une fée avait changé en bête retrouve sa forme humaine le jour où une jeune fille, oubliant sa laideur et sen-sible à sa bonté, consent à devenir sa femme. L'histoire du « prince Spirituel » (Dialogue XXIV; 29e journée) reprend le même sujet sous une forme différente : les maléfices de la fée Furie ont fait de Spirituel un monstre à sa naissance; en revanche la fée Diamantine promet que « non seulement il aura tout l'esprit possible », mais qu'il « pourra encore en donner à la personne qu'il aimera le mieux »; c'est la faveur que Spirituel impartit un jour à la stupide princesse Astre;

---

1. Le conte de Mme de Villeneuve a été reproduit dans *La Belle et la Bête et autres contes du Cabinet des fées...* choisis et présentés par André Bay; Club des Libraires de France, 1965. On trouve dans le même volume le scénario du film de Jean Cocteau : *La Belle et la Bête.*

celle-ci, qui pouvait à son tour, en l'épousant, lui donner autant de beauté qu'il lui avait donné d'esprit, se dispense d'accomplir cette métamorphose : « J'en serais bien fâchée, dit-elle; Spirituel me plaît tel qu'il est; je ne m'embarrasse guère qu'il soit beau, il est aimable, cela me suffit. »

Charles Deulin voit dans *Ce qui plaît aux dames* (1764) de Voltaire une sorte de pendant de *Riquet à la houppe* : une vieille édentée « au teint de suie » se transforme, dans les bras du jeune chevalier devenu son époux, en une « beauté dont le pinceau d'Apelle n'aurait jamais imité les appas »; elle n'est autre que la fée Urgèle, une cousine de Riquet opérant sur elle-même.

Une comédie en vers de Théodore de Banville, *Riquet à la houppe* (1884) est une libre adaptation du conte de Perrault.

G. R.

RIQUET

A LA HOUPPE

CONTE

Il était une fois une Reine qui accoucha d'un fils, si laid et si mal fait, qu'on douta longtemps s'il avait forme humaine. Une Fée qui se trouva à sa naissance assura qu'il ne *laisserait pas d'être aimable, parce qu'il aurait beaucoup d'esprit; elle ajouta même qu'il pourrait, en vertu du don qu'elle venait de lui faire, donner autant d'esprit qu'il en aurait à la personne qu'il aimerait le mieux. Tout cela consola un peu la pauvre Reine, qui était bien affligée d'avoir mis au monde un si vilain *marmot. Il est vrai que cet enfant ne commença pas plus tôt à parler qu'il dit mille jolies choses, et qu'il avait dans toutes ses actions je ne sais quoi de si spirituel, qu'on en était charmé. J'oubliais de dire qu'il vint au monde avec une petite houppe de cheveux sur la tête, ce qui fit qu'on le nomma Riquet à la houppe, car Riquet était le nom de la famille.

Au bout de sept ou huit ans la Reine d'un Royaume voisin accoucha de deux filles. La première qui vint au monde était plus belle que le jour : la Reine en fut si aise, qu'on appréhenda que la trop grande joie qu'elle en avait ne lui fît mal. La même Fée qui avait assisté à la naissance du petit Riquet à la houppe était présente, et pour modérer la joie de la Reine, elle lui déclara que cette petite Princesse n'aurait point d'esprit, et qu'elle serait aussi stupide qu'elle était belle. Cela mortifia beaucoup la Reine; mais elle eut quelques moments après un bien plus grand chagrin, car la seconde fille dont elle accoucha se trouva extrêmement laide. « Ne vous affligez point tant, Madame, lui dit la Fée; votre fille sera *récompensée *d'ailleurs, et elle aura tant d'esprit, qu'on ne s'apercevra presque pas qu'il lui manque de la beauté. — Dieu le veuille, répondit la Reine; mais n'y aurait-il point moyen de faire avoir un peu d'esprit à l'aînée qui est si belle? — Je ne puis rien pour elle, Madame, du côté de l'esprit, lui dit la Fée, mais je puis tout du côté de la beauté; et comme il n'y a rien que je ne veuille faire pour votre satisfaction, je vais lui donner pour don de pouvoir rendre beau ou belle la personne qui lui plaira. » A mesure que ces deux Princesses devinrent grandes, leurs perfections crûrent aussi avec elles, et on ne parlait partout que de la beauté de l'aînée, et de l'esprit de la cadette. Il est vrai aussi que leurs défauts augmentèrent beaucoup avec l'âge. La cadette enlaidissait à vue d'œil, et l'aînée devenait plus stupide de jour en jour. Ou elle ne répondait rien à ce qu'on lui demandait, ou elle disait une sottise. Elle était avec cela si maladroite qu'elle n'eût pu ranger quatre Porcelaines [1] sur le bord d'une cheminée sans en casser une, ni boire un verre d'eau sans en répandre la moitié sur ses habits. Quoique la beauté soit un grand avantage dans une jeune personne, cependant la cadette l'emportait presque toujours sur son aînée dans toutes les Compagnies. D'abord on allait du côté de la plus belle pour la voir et pour l'admirer, mais bientôt après, on allait à celle qui avait le plus d'esprit, pour lui entendre dire mille choses agréables;

et on était étonné qu'en moins d'un quart d'heure l'aînée n'avait plus personne auprès d'elle, et que tout le monde s'était rangé autour de la cadette. L'aînée, quoique fort stupide, le remarqua bien, et elle eût donné sans regret toute sa beauté pour avoir la moitié de l'esprit de sa sœur. La Reine, toute sage qu'elle était, ne put s'empêcher de lui reprocher plusieurs fois sa bêtise, ce qui *pensa faire mourir de douleur cette pauvre Princesse. Un jour qu'elle s'était retirée dans un bois pour y *plaindre son malheur, elle vit venir à elle un petit homme fort laid et fort désagréable, mais vêtu très magnifiquement. C'était le jeune Prince Riquet à la houppe, qui étant devenu amoureux d'elle sur ses Portraits qui couraient par tout le monde, avait quitté le Royaume de son père pour avoir le plaisir de la voir et de lui parler. Ravi de la rencontrer ainsi toute seule, il l'aborde avec tout le respect et toute la politesse imaginable. Ayant remarqué, après lui avoir fait les compliments ordinaires, qu'elle était fort mélancolique, il lui dit : « Je ne comprends point, Madame, comment une personne aussi belle que vous l'êtes peut être aussi triste que vous le paraissez; car, quoique je puisse me vanter d'avoir vu une infinité de belles personnes, je puis dire que je n'en ai jamais vu dont la beauté approche de la vôtre. — Cela vous plaît à dire, Monsieur », lui répondit la Princesse, et en demeure là. « La beauté, reprit Riquet à la houppe, est un si grand avantage qu'il doit tenir lieu de tout le reste; et quand on le possède, je ne vois pas qu'il y ait rien qui puisse nous affliger beaucoup. — J'aimerais mieux, dit la Princesse, être aussi laide que vous et avoir de l'esprit, que d'avoir de la beauté comme j'en ai, et être bête autant que je le suis. — Il n'y a rien, Madame, qui marque davantage qu'on a de l'esprit, que de croire n'en pas avoir, et il est de la nature de

ce bien-là, que plus on en a, plus on croit en manquer [2].
— Je ne sais pas cela, dit la Princesse, mais je sais bien
que je suis fort bête, et c'est de là que vient le chagrin
qui me tue. — Si ce n'est que cela, Madame, qui vous
afflige, je puis aisément mettre fin à votre douleur. —
Et comment ferez-vous? dit la Princesse. — J'ai le
pouvoir, Madame, dit Riquet à la houppe, de donner
de l'esprit autant qu'on en saurait avoir à la personne
que je dois aimer le plus, et comme vous êtes, Madame,
cette personne, il ne tiendra qu'à vous que vous
n'ayez autant d'esprit qu'on en peut avoir, pourvu
que vous vouliez bien m'épouser. » La Princesse
demeura toute interdite, et ne répondit rien. « Je vois,
reprit Riquet à la houppe, que cette proposition vous
fait de la peine, et je ne m'en étonne pas; mais je vous
donne un an tout entier pour vous y résoudre. »
La Princesse avait si peu d'esprit, et en même temps
une si grande envie d'en avoir, qu'elle s'imagina que
la fin de cette année ne viendrait jamais; de sorte
qu'elle accepta la proposition qui lui était faite. Elle
n'eut pas plus tôt promis à Riquet à la houppe qu'elle
l'épouserait dans un an à pareil jour, qu'elle se sentit
tout autre qu'elle n'était auparavant; elle se trouva
une facilité incroyable à dire tout ce qui lui plaisait,
et à le dire d'une manière fine, aisée et naturelle. Elle
commença dès ce moment une conversation *galante
et soutenue avec Riquet à la houppe, où elle brilla
d'une telle force que Riquet à la houppe crut lui
avoir donné plus d'esprit qu'il ne s'en était réservé
pour lui-même. Quand elle fut retournée au Palais,
toute la Cour ne savait que penser d'un changement
si subit et si extraordinaire, car autant qu'on lui avait
ouï dire d'*impertinences auparavant, autant lui
entendait-on dire des choses bien sensées et infiniment
spirituelles. Toute la Cour en eut une joie qui ne se

peut imaginer; il n'y eut que sa cadette qui n'en fut
pas bien aise, parce que n'ayant plus sur son aînée
l'avantage de l'esprit, elle ne paraissait plus auprès
d'elle qu'une Guenon fort désagréable. Le Roi se
conduisait par ses avis, et allait même quelquefois
tenir le Conseil dans son Appartement. Le bruit de ce
changement s'étant répandu, tous les jeunes Princes
des Royaumes voisins firent leurs efforts pour s'en
faire aimer, et presque tous la demandèrent en Mariage;
mais elle n'en trouvait point qui eût assez d'esprit, et
elle les écoutait tous sans s'engager à pas un d'eux.
Cependant il en vint un si puissant, si riche, si spirituel
et si bien fait, qu'elle ne put s'empêcher d'avoir de la
bonne *volonté pour lui. Son père s'en étant aperçu
lui dit qu'il la faisait la maîtresse sur le choix d'un
Époux, et qu'elle n'avait qu'à se déclarer. Comme plus
on a d'esprit et plus on a de peine à prendre une ferme
résolution sur cette affaire, elle demanda, après avoir
remercié son père, qu'il lui donnât du temps pour y
penser. Elle alla par hasard se promener dans le même
bois où elle avait trouvé Riquet à la houppe, pour
*rêver plus commodément à ce qu'elle avait à faire.
Dans le temps qu'elle se promenait, rêvant profondément, elle entendit un bruit sourd sous ses pieds,
comme de plusieurs personnes qui vont et viennent
et qui agissent. Ayant prêté l'oreille plus attentivement,
elle ouït que l'un disait : « Apporte-moi cette marmite »;
l'autre : « Donne-moi cette chaudière »; l'autre :
« Mets du bois dans ce feu. » La terre s'ouvrit dans le
même temps, et elle vit sous ses pieds comme une
grande Cuisine pleine de Cuisiniers, de Marmitons
et de toutes sortes d'*Officiers nécessaires pour faire
un festin magnifique. Il en sortit une bande de vingt ou
trente Rôtisseurs, qui allèrent se camper dans une allée
du bois autour d'une table fort longue, et qui tous,

la lardoire à la main, et la queue de Renard sur l'oreille ³,
se mirent à travailler en cadence au son d'une Chanson
harmonieuse. La Princesse, étonnée de ce spectacle,
leur demanda pour qui ils travaillaient. « C'est, Madame,
lui répondit le plus *apparent de la bande, pour le
Prince Riquet à la houppe, dont les noces se feront
demain. » La Princesse encore plus surprise qu'elle
ne l'avait été, et se ressouvenant tout à coup qu'il y
avait un an qu'à pareil jour elle avait promis d'épouser
le Prince Riquet à la houppe, elle *pensa *tomber de
son haut. Ce qui faisait qu'elle ne s'en souvenait pas,
c'est que, quand elle fit cette promesse, elle était une
bête, et qu'en prenant le nouvel esprit que le Prince
lui avait donné, elle avait oublié toutes ses sottises.
Elle n'eut pas fait trente pas en continuant sa promenade, que Riquet à la houppe se présenta à elle, *brave,
magnifique, et comme un Prince qui va se marier.
« Vous me voyez, dit-il, Madame, exact à tenir ma
parole, et je ne doute point que vous ne veniez ici
pour exécuter la vôtre, et me rendre, en me donnant
la main, le plus heureux de tous les hommes. — Je
vous avouerai franchement, répondit la Princesse,
que je n'ai pas encore pris ma résolution là-dessus,
et que je ne crois pas pouvoir jamais la prendre telle
que vous la souhaitez. — Vous m'étonnez, Madame,
lui dit Riquet à la houppe. — Je le crois, dit la Princesse, et assurément si j'avais affaire à un *brutal,
à un homme sans esprit, je me trouverais bien embarrassée. Une Princesse n'a que sa parole, me dirait-il,
et il faut que vous m'épousiez, puisque vous me l'avez
promis; mais comme celui à qui je parle est l'homme
du monde qui a le plus d'esprit, je suis sûre qu'il
entendra raison. Vous savez que, quand je n'étais
qu'une bête, je ne pouvais néanmoins me résoudre
à vous épouser; comment voulez-vous qu'ayant

l'esprit que vous m'avez donné, qui me rend encore
plus difficile en gens que je n'étais, je prenne aujour-
d'hui une résolution que je n'ai pu prendre dans ce
temps-là? Si vous pensiez tout de bon à m'épouser,
vous avez eu grand tort de m'ôter ma bêtise, et de me
faire voir plus clair que je ne voyais. — Si un homme
sans esprit, répondit Riquet à la houppe, serait [4]
bien *reçu, comme vous venez de le dire, à vous
reprocher votre manque de parole, pourquoi voulez-
vous, Madame, que je n'en use pas de même, dans une
chose où il y va de tout le bonheur de ma vie? Est-il
raisonnable que les personnes qui ont de l'esprit
soient d'une pire condition que ceux qui n'en ont
pas? Le pouvez-vous prétendre, vous qui en avez
tant, et qui avez tant souhaité d'en avoir? Mais venons
au fait, s'il vous plaît. A la réserve de ma laideur,
y a-t-il quelque chose en moi qui vous déplaise?
Êtes-vous mal contente de ma naissance, de mon
esprit, de mon * humeur, et de mes manières? — Nulle-
ment, répondit la Princesse, j'aime en vous tout ce
que vous venez de me dire. — Si cela est ainsi, reprit
Riquet à la houppe, je vais être heureux, puisque vous
pouvez me rendre le plus aimable de tous les hommes.
— Comment cela se peut-il faire? lui dit la Princesse.
— Cela se fera, répondit Riquet à la houppe, si vous
m'aimez assez pour souhaiter que cela soit; et afin,
Madame, que vous n'en doutiez pas, sachez que la
même Fée qui au jour de ma naissance me fit le don
de pouvoir rendre spirituelle la personne qu'il me
plairait, vous a aussi fait le don de pouvoir rendre
beau celui que vous aimerez, et à qui vous voudrez
bien faire cette faveur. — Si la chose est ainsi, dit la
Princesse, je souhaite de tout mon cœur que vous
deveniez le Prince du monde le plus beau et le plus
aimable; et je vous en fais le don autant qu'il est en

moi. » La Princesse n'eut pas plus tôt prononcé ces paroles, que Riquet à la houppe parut à ses yeux l'homme du monde le plus beau, le mieux fait et le plus aimable qu'elle eût jamais vu. Quelques-uns assurent que ce ne furent point les charmes de la Fée qui opérèrent, mais que l'amour seul fit cette Métamorphose. Ils disent que la Princesse ayant fait réflexion sur la persévérance de son Amant, sur sa *discrétion, et sur toutes les bonnes qualités de son âme et de son esprit, ne vit plus la difformité de son corps, ni la laideur de son visage, que sa bosse ne lui sembla plus que le bon air d'un homme qui fait le gros dos, et qu'au lieu que jusqu'alors elle l'avait vu boiter effroyablement, elle ne lui trouva plus qu'un certain air penché qui la charmait; ils disent encore que ses yeux, qui étaient louches, ne lui en parurent que plus brillants, que leur dérèglement passa dans son esprit pour la marque d'un violent excès d'amour, et qu'enfin son gros nez rouge eut pour elle quelque chose de Martial et d'Héroïque. Quoi qu'il en soit, la Princesse lui promit sur-le-champ de l'épouser, pourvu qu'il en obtînt le consentement du Roi son Père. Le Roi ayant su que sa fille avait beaucoup d'estime pour Riquet à la houppe, qu'il connaissait d'ailleurs pour un Prince très spirituel et très sage, le reçut avec plaisir pour son gendre. Dès le lendemain les noces furent faites, ainsi que Riquet à la houppe l'avait prévu, et selon les ordres qu'il en avait donnés longtemps auparavant.

MORALITÉ

CE que l'on voit dans cet écrit,
  Est moins un conte en l'air que la vérité même ;
  Tout est beau dans ce que l'on aime,
  Tout ce qu'on aime a de l'esprit.

AUTRE MORALITÉ

DANS un *objet où la Nature,
    Aura mis de beaux traits, et la vive peinture
  D'un teint où jamais l'Art ne saurait arriver,
Tous ces dons pourront moins pour rendre un cœur sensible,
    Qu'un seul agrément invisible
    Que l'Amour y fera trouver.

LE
PETIT POUCET

CONTE

NOTICE

Partout se rencontre l'histoire d'un être faible et méprisé qui, par son intelligence ou ses artifices, arrive à faire son chemin : *Grain-de-poivre* ou *Moitié-de-pois* des contes grecs, *Gros-comme-le-doigt* des traditions slaves, l'Africain *Petit-grosse-tête*, sans parler du *Daumesdick* des Grimm, ni du *Tom Pouce* anglais qui eut pour berceau une coquille de noix et osa pourtant affronter les chevaliers de la Table Ronde; les aventures qu'on leur prête n'ont d'ailleurs qu'un lointain rapport avec celles du petit Poucet français [1].

Tel Ulysse prisonnier du Cyclope, ou Sindbad le marin dans l'épisode bien connu des *Mille et une Nuits*, le petit Poucet est un « nain plein d'esprit » vainqueur d'un « affreux géant très bête ». Les bottes de sept lieues sortent de la même garde-robe mythologique que les sandales de Persée, les chaussures d'or d'Athéna et les talonnières d'Hermès; André Lefèvre constate que « le petit Poucet, avec ses bottes, finit tout naturellement en Mercure » : il devient le « messager du roi et des belles » [2]. Certains comparent les enjambées de l'ogre avec celles de la jument de Mahomet, qui s'étendaient aussi loin que peut porter la vue, ou rapprochent les bottes magiques du balai des sorcières et du tapis volant des contes arabes. S'il est permis d'assimiler au fil d'Ariane les cailloux semés par le petit Poucet, on hésite à suivre ceux qui croient reconnaître, dans les sept garçons du bûcheron,

---

1. Perrault « a combiné le nom du héros à la taille minuscule avec le thème des enfants abandonnés dans la forêt » (P. Delarue, *Le Conte populaire français*, II, pp. 599-617).

2. Introduction aux *Contes de Charles Perrault*, p. LXXVIII (1875).

ou les sept flammes d'Agni, ou les sept jours de la semaine, ou les sept étoiles de la Grande Ourse [1], ou même les sept enfants de Pierre Perrault. On a souvent signalé qu'une des ruses du petit Poucet rappelle un épisode de l'*Ino* d'Euripide, dont le grammairien latin Hygin (*Fabulæ,* 4) nous a conservé l'argument : Thémisto, femme d'Athamas, roi de Thèbes, voulant se défaire des enfants d'Ino sa rivale, ordonne à une esclave d'habiller pour la nuit ses fils de tuniques blanches et de tuniques noires ceux d'Ino. L'esclave, qui n'était autre qu'Ino déguisée, fait tout le contraire et Thémisto trompée par les apparences met à mort ses propres enfants.

Le début de *Nennillo e Nennella* (Poucet et Poucette) de Basile (*Pentamerone,* V, 8) offre des ressemblances avec le récit de Perrault. Un brave homme, Jannuccio, veuf et père de deux enfants, a épousé une mégère, Pascozza. Sur les instances de la marâtre, il abandonne Nennillo et Nennella au cœur d'une forêt, non sans avoir pris la précaution de tracer un chemin de cendres qui permet aux enfants de regagner leur maison; persécuté par sa femme, il les emmène à nouveau dans la forêt, mais cette fois trace un sentier de son dont un âne fait son repas.

Mme d'Aulnoy coud dans un même conte *(Finette Cendron)* le thème de *Cendrillon* et celui du *Petit Poucet.*

Hänsel und Gretel (Jeannot et Margot) des frères Grimm est, comme *Nennillo e Nennella,* l'histoire de deux enfants perdus : ils vont chercher refuge dans une maison de pain et de gâteau habitée par une sorcière; celle-ci, qui s'apprêtait à les croquer, tombe, poussée par Grethel, dans la gueule du four allumé et les enfants s'en vont, portés par un petit canard, avec le trésor de la vieille.

Tolstoï a adapté *Le petit Poucet* dans *Les Quatre livres de lecture* (trad. Charles Salomon, I, 56).

G. R.

---

1. Gaston Paris, *Le Petit Poucet et la Grande Ourse* (1875).

LE

PETIT POUCET

CONTE

Il était une fois un Bûcheron et une Bûcheronne
qui avaient sept enfants tous Garçons. L'aîné
n'avait que dix ans, et le plus jeune n'en avait que sept.
On s'étonnera que le Bûcheron ait eu tant d'enfants
en si peu de temps; mais c'est que sa femme allait
vite en besogne, et n'en faisait pas moins que deux à la
fois. Ils étaient fort pauvres, et leurs sept enfants
les *incommodaient beaucoup, parce qu'aucun d'eux
ne pouvait encore gagner sa vie. Ce qui les chagrinait
encore, c'est que le plus jeune était fort délicat et ne
disait mot : prenant pour bêtise ce qui était une marque
de la bonté de son esprit. Il était fort petit, et quand
il vint au monde, il n'était guère plus gros que le
pouce, ce qui fit que l'on l'appela le petit Poucet.
Ce pauvre enfant était le souffre-douleurs de la maison,
et on lui donnait toujours le tort. Cependant il était
le plus fin, et le plus avisé de tous ses frères, et s'il
parlait peu, il écoutait beaucoup. Il vint une année
très *fâcheuse, et la famine fut si grande, que ces pauvres
gens résolurent de se défaire de leurs enfants. Un
soir que ces enfants étaient couchés, et que le Bûcheron
était auprès du feu avec sa femme, il lui dit, le cœur

serré de douleur : « Tu vois bien que nous ne pouvons plus nourrir nos enfants; je ne saurais les voir mourir de faim devant mes yeux, et je suis résolu de les mener perdre demain au bois, ce qui sera bien aisé, car tandis qu'ils s'amuseront à fagoter, nous n'avons qu'à nous enfuir sans qu'ils nous voient. — Ah! s'écria la Bûcheronne, pourrais-tu bien toi-même mener perdre tes enfants? » Son mari avait beau lui *représenter leur grande pauvreté, elle ne pouvait y consentir; elle était pauvre, mais elle était leur mère. Cependant ayant considéré quelle douleur ce lui serait de les voir mourir de faim, elle y consentit, et alla se coucher en pleurant. Le petit Poucet ouït tout ce qu'ils dirent, car ayant entendu de dedans son lit qu'ils parlaient d'affaires, il s'était levé doucement, et s'était glissé sous l'escabelle de son père pour les écouter sans être vu. Il alla se recoucher et ne dormit point le reste de la nuit, songeant à ce qu'il avait à faire. Il se leva de bon matin, et alla au bord d'un ruisseau où il emplit ses poches de petits cailloux blancs, et ensuite revint à la maison. On partit, et le petit Poucet ne découvrit rien de tout ce qu'il savait à ses frères. Ils allèrent dans une forêt fort épaisse, où à dix pas de distance on ne se voyait pas l'un l'autre. Le Bûcheron se mit à couper du bois et ses enfants à ramasser les *broutilles pour faire des fagots. Le père et la mère, les voyant occupés à travailler, s'éloignèrent d'eux insensiblement, et puis s'enfuirent tout à coup par un petit sentier détourné. Lorsque ces enfants se virent seuls, ils se mirent à crier et à pleurer de toute leur force. Le petit Poucet les laissait crier, sachant bien par où il reviendrait à la maison; car en marchant il avait laissé tomber le long du chemin les petits cailloux blancs qu'il avait dans ses poches. Il leur dit donc : « Ne craignez point, mes frères; mon Père et ma Mère nous ont laissés ici, mais je vous remènerai bien au logis, suivez-moi seulement. » Ils le suivirent, et il les mena jusqu'à leur maison par le même chemin qu'ils étaient venus dans la forêt. Ils n'osèrent d'abord entrer, mais ils se mirent tous contre la porte pour écouter ce que disaient leur Père et leur Mère.

Dans le moment que le Bûcheron et la Bûcheronne arrivèrent chez eux, le Seigneur du Village leur envoya dix écus qu'il leur devait il y avait longtemps, et dont ils n'espéraient plus rien. Cela leur redonna la vie, car les pauvres gens mouraient de faim. Le Bûcheron envoya sur l'heure sa femme à la Boucherie. Comme il y avait longtemps qu'elle n'avait mangé, elle acheta trois fois plus de viande qu'il n'en fallait pour le souper de deux personnes. Lorsqu'ils furent rassasiés, la Bûcheronne dit : « Hélas ! où sont maintenant nos pauvres enfants ? Ils feraient bonne chère de ce qui nous reste là. Mais aussi, Guillaume [1], c'est toi qui les as voulu perdre ; j'avais bien dit que nous nous en repentirions. Que font-ils maintenant dans cette Forêt ? Hélas ! mon Dieu, les Loups les ont peut-être déjà mangés ! Tu es bien inhumain d'avoir perdu ainsi tes enfants. » Le Bûcheron s'impatienta à la fin, car elle redit plus de vingt fois qu'ils s'en repentiraient et qu'elle l'avait bien dit. Il la menaça de la battre si elle ne se taisait. Ce n'est pas que le Bûcheron ne fût peut-être encore plus *fâché que sa femme, mais c'est qu'elle lui rompait la tête, et qu'il était de l'humeur de beaucoup d'autres gens, qui aiment fort les femmes qui disent bien, mais qui trouvent très importunes celles qui ont toujours bien dit. La Bûcheronne était toute en pleurs : « Hélas ! où sont maintenant mes enfants, mes pauvres enfants ? » Elle le dit une fois si haut que les enfants qui étaient à la porte, l'ayant entendu, se mirent à crier tous ensemble :

« Nous voilà, nous voilà. » Elle courut vite leur ouvrir la porte, et leur dit en les embrassant : « Que je suis aise de vous revoir, mes chers enfants! Vous êtes bien las, et vous avez bien faim; et toi Pierrot, comme te voilà crotté, viens que je te débarbouille. » Ce Pierrot était son fils aîné qu'elle aimait plus que tous les autres, parce qu'il était un peu rousseau, et qu'elle était un peu rousse. Ils se mirent à Table, et mangèrent d'un appétit qui faisait plaisir au Père et à la Mère, à qui ils racontaient la peur qu'ils avaient eue dans la Forêt en parlant presque toujours tous ensemble. Ces bonnes gens étaient ravis de revoir leurs enfants avec eux, et cette joie dura tant que les dix écus durèrent. Mais lorsque l'argent fut dépensé, ils retombèrent dans leur premier chagrin, et résolurent de les perdre encore, et pour ne pas manquer leur coup, de les mener bien plus loin que la première fois. Ils ne purent parler de cela si secrètement qu'ils ne fussent entendus par le petit Poucet, qui fit son *compte de sortir d'affaire comme il avait déjà fait; mais quoiqu'il se fût levé de bon matin pour aller ramasser des petits cailloux, il ne put en venir à bout, car il trouva la porte de la maison fermée à double tour. Il ne savait que faire, lorsque la Bûcheronne leur ayant donné à chacun un morceau de pain pour leur déjeuner, il songea qu'il pourrait se servir de son pain au lieu de cailloux en le jetant par miettes le long des chemins où ils passeraient; il le serra donc dans sa poche. Le Père et la Mère les menèrent dans l'endroit de la Forêt le plus épais et le plus obscur, et dès qu'ils y furent, ils gagnèrent un *faux-fuyant et les laissèrent là. Le petit Poucet ne s'en chagrina pas beaucoup, parce qu'il croyait retrouver aisément son chemin par le moyen de son pain qu'il avait semé partout où il avait passé; mais il fut bien surpris lorsqu'il ne put

en retrouver une seule miette; les Oiseaux étaient
venus qui avaient tout mangé. Les voilà donc bien
affligés, car plus ils marchaient, plus ils s'égaraient
et s'enfonçaient dans la Forêt. La nuit vint, et il
s'éleva un grand vent qui leur faisait des peurs épouvantables. Ils croyaient n'entendre de tous côtés que
des hurlements de Loups qui venaient à eux pour les
manger. Ils n'osaient presque se parler ni tourner la
tête. Il survint une grosse pluie qui les perça jusqu'aux
os; ils glissaient à chaque pas et tombaient dans la
boue, d'où ils se relevaient tout crottés, ne sachant
que faire de leurs mains. Le petit Poucet grimpa
au haut d'un Arbre pour voir s'il ne découvrirait rien;
ayant tourné la tête de tous côtés, il vit une petite
lueur comme d'une chandelle, mais qui était bien loin
par-delà la Forêt. Il descendit de l'arbre; et lorsqu'il
fut à terre, il ne vit plus rien; cela le désola. Cependant,
ayant marché quelque temps avec ses frères du côté
qu'il avait vu la lumière, il la revit en sortant du Bois.
Ils arrivèrent enfin à la maison où était cette chandelle,
non sans bien des frayeurs, car souvent ils la perdaient
de vue, ce qui leur arrivait toutes les fois qu'ils descen-
daient dans quelques fonds. Ils heurtèrent à la porte,
et une bonne femme vint leur ouvrir. Elle leur demanda
ce qu'ils voulaient; le petit Poucet lui dit qu'ils étaient
de pauvres enfants qui s'étaient perdus dans la Forêt,
et qui demandaient à coucher par charité. Cette femme
les voyant tous si jolis se mit à pleurer, et leur dit :
« Hélas! mes pauvres enfants, où êtes-vous venus?
Savez-vous bien que c'est ici la maison d'un Ogre
qui mange les petits enfants? — Hélas! Madame,
lui répondit le petit Poucet, qui tremblait de toute
sa force aussi bien que ses frères, que ferons-nous?
Il est bien sûr que les Loups de la Forêt ne manqueront
pas de nous manger cette nuit, si vous ne voulez pas

nous *retirer chez vous. Et cela étant, nous aimons mieux que ce soit Monsieur qui nous mange; peut-être qu'il aura pitié de nous, si vous voulez bien l'en prier. » La femme de l'Ogre qui crut qu'elle pourrait les cacher à son mari jusqu'au lendemain matin, les laissa entrer et les mena se chauffer auprès d'un bon feu; car il y avait un Mouton tout entier à la broche pour le souper de l'Ogre. Comme ils commençaient à se chauffer, ils entendirent heurter trois ou quatre grands coups à la porte : c'était l'Ogre qui revenait. Aussitôt sa femme les fit cacher sous le lit et alla ouvrir la porte. L'Ogre demanda d'abord si le souper était prêt, et si on avait tiré du vin, et aussitôt se mit à table. Le Mouton était encore tout sanglant, mais il ne lui en sembla que meilleur. Il *fleurait à droite et à gauche, disant qu'il sentait la chair fraîche [2]. « Il faut, lui dit sa femme, que ce soit ce Veau que je viens d'*habiller que vous sentez. — Je sens la chair fraîche, te dis-je encore une fois, reprit l'Ogre, en regardant sa femme de travers, et il y a ici quelque chose que je n'*entends pas. » En disant ces mots, il se leva de Table, et alla droit au lit. « Ah, dit-il, voilà donc comme tu veux me tromper, maudite femme! Je ne sais à quoi il tient que je ne te mange aussi; bien t'en prend d'être une vieille bête. Voilà du Gibier qui me vient bien à propos pour traiter trois Ogres de mes amis qui doivent me venir voir ces jours *ici. » Il les tira de dessous le lit l'un après l'autre. Ces pauvres enfants se mirent à genoux en lui demandant pardon; mais ils avaient à faire au plus cruel de tous les Ogres, qui bien loin d'avoir de la pitié les dévorait déjà des yeux, et disait à sa femme que ce serait là de friands morceaux lorsqu'elle leur aurait fait une bonne sauce. Il alla prendre un grand Couteau, et en approchant de ces pauvres enfants,

il l'aiguisait sur une longue pierre qu'il tenait à sa
main gauche. Il en avait déjà empoigné un, lorsque
sa femme lui dit : « Que voulez-vous faire à l'heure
qu'il est? n'aurez-vous pas assez de temps demain
matin? — Tais-toi, reprit l'Ogre, ils en seront plus
*mortifiés. — Mais vous avez encore là tant de viande,
reprit sa femme; voilà un Veau, deux Moutons et la
moitié d'un Cochon! — Tu as raison, dit l'Ogre;
donne-leur bien à souper, afin qu'ils ne maigrissent
pas, et va les mener coucher. » La bonne femme fut
ravie de joie, et leur porta bien à souper, mais ils ne
purent manger tant ils étaient saisis de peur. Pour
l'Ogre, il se remit à boire, ravi d'avoir de quoi si bien
régaler ses Amis. Il but une douzaine de coups plus
qu'à l'ordinaire, ce qui lui donna un peu dans la tête,
et l'obligea de s'aller coucher.

L'Ogre avait sept filles, qui n'étaient encore que
des enfants. Ces petites Ogresses avaient toutes le
teint fort beau, parce qu'elles mangeaient de la chair
fraîche comme leur père; mais elles avaient de petits
yeux gris et tout ronds, le nez crochu et une fort
grande bouche avec de longues dents fort aiguës
et fort éloignées l'une de l'autre. Elles n'étaient pas
encore fort méchantes; mais elles promettaient beaucoup, car elles mordaient déjà les petits enfants pour
en sucer le sang. On les avait fait coucher de bonne
heure, et elles étaient toutes sept dans un grand lit,
ayant chacune une Couronne d'or sur la tête[3]. Il y
avait dans la même Chambre un autre lit de la même
grandeur; ce fut dans ce lit que la femme de l'Ogre
mit coucher les sept petits garçons; après quoi, elle
s'alla coucher auprès de son mari. Le petit Poucet
qui avait remarqué que les filles de l'Ogre avaient
des Couronnes d'or sur la tête, et qui craignait qu'il
ne prît à l'Ogre quelque remords de ne les avoir pas

égorgés dès le soir même, se leva vers le milieu de la nuit, et prenant les bonnets de ses frères et le sien, il alla tout doucement les mettre sur la tête des sept filles de l'Ogre, après leur avoir ôté leurs Couronnes d'or qu'il mit sur la tête de ses frères et sur la sienne, afin que l'Ogre les prît pour ses filles, et ses filles pour les garçons qu'il voulait égorger. La chose réussit comme il l'avait pensé; car l'Ogre s'étant éveillé sur le minuit eut regret d'avoir différé au lendemain ce qu'il pouvait exécuter la veille; il se jeta donc brusquement hors du lit, et prenant son grand Couteau : « Allons voir, dit-il, comment se portent nos petits *drôles; n'en faisons pas à deux fois. » Il monta donc à tâtons à la Chambre de ses filles et s'approcha du lit où étaient les petits garçons, qui dormaient tous, excepté le petit Poucet, qui eut bien peur lorsqu'il sentit la main de l'Ogre qui lui tâtait la tête, comme il avait tâté celles de tous ses frères. L'Ogre, qui sentit les Couronnes d'or : « Vraiment, dit-il, j'allais faire là un bel ouvrage; je vois bien que je bus trop hier au soir. » Il alla ensuite au lit de ses filles, où ayant senti les petits bonnets des garçons : « Ah! les voilà, dit-il, nos gaillards! travaillons hardiment. » En disant ces mots, il coupa sans balancer la gorge à ses sept filles. Fort content de cette expédition, il alla se recoucher auprès de sa femme. Aussitôt que le petit Poucet entendit ronfler l'Ogre, il réveilla ses frères, et leur dit de s'habiller promptement et de le suivre. Ils descendirent doucement dans le Jardin, et sautèrent par-dessus les murailles. Ils coururent presque toute la nuit, toujours en tremblant et sans savoir où ils allaient. L'Ogre s'étant éveillé dit à sa femme : « Va-t'en là-haut *habiller ces petits *drôles d'hier au soir. » L'Ogresse fut fort étonnée de la bonté de son mari, ne se doutant point de la manière qu'il entendait qu'elle les habillât, et croyant qu'il lui ordonnait de les aller vêtir, elle monta en haut où elle fut bien surprise lorsqu'elle aperçut ses sept filles égorgées et nageant dans leur sang. Elle commença par s'évanouir (car c'est le premier expédient que trouvent presque toutes les femmes en pareilles *rencontres). L'Ogre, craignant que sa femme ne fût trop longtemps à faire la besogne dont il l'avait chargée, monta en haut pour lui aider. Il ne fut pas moins étonné que sa femme lorsqu'il vit cet affreux spectacle. « Ah! qu'ai-je fait là ? s'écria-t-il. Ils me le payeront, les malheureux, et tout à l'heure. » Il jeta aussitôt une potée d'eau dans le nez de sa femme et l'ayant fait revenir : « Donne-moi vite mes bottes de sept lieues, lui dit-il, afin que j'aille les attraper. » Il se mit en campagne, et après avoir couru bien loin de tous côtés, enfin il entra dans le chemin où marchaient ces pauvres enfants qui n'étaient plus qu'à cent pas du logis de leur père. Ils virent l'Ogre qui allait de montagne en montagne, et qui traversait des rivières aussi aisément qu'il aurait fait le moindre ruisseau. Le petit Poucet, qui vit un Rocher creux proche le lieu où ils étaient, y fit cacher ses six frères, et s'y fourra aussi, regardant toujours ce que l'Ogre deviendrait. L'Ogre qui se trouvait fort las du long chemin qu'il avait fait inutilement (car les bottes de sept lieues fatiguent fort leur homme), voulut se reposer, et par hasard il alla s'asseoir sur la roche où les petits garçons s'étaient cachés. Comme il n'en pouvait plus de fatigue, il s'endormit après s'être reposé quelque temps, et vint à ronfler si effroyablement que les pauvres enfants n'en eurent pas moins de peur que quand il tenait son grand Couteau pour leur couper la gorge. Le petit Poucet en eut moins de peur, et dit à ses frères de s'enfuir promptement à la maison pendant que l'Ogre dormait bien fort, et qu'ils ne se missent point en peine de lui. Ils crurent son conseil, et gagnèrent vite la maison. Le petit Poucet s'étant approché de l'Ogre lui tira doucement ses bottes, et les mit aussitôt. Les bottes étaient fort grandes et fort larges; mais comme elles étaient *Fées, elles avaient le don de s'agrandir et de s'apetisser selon la jambe de celui qui les chaussait, de sorte qu'elles se trouvèrent aussi justes à ses pieds et à ses jambes que si elles avaient été faites pour lui. Il alla droit à la maison de l'Ogre où il trouva sa femme qui pleurait auprès de ses filles égorgées. « Votre mari, lui dit le petit Poucet, est en grand danger; car il a été pris par une troupe de Voleurs qui ont juré de le tuer s'il ne leur donne tout son or et tout son argent. Dans le moment qu'ils lui tenaient le poignard sur la gorge, il m'a aperçu et m'a prié de vous venir avertir de l'état où il est, et de vous dire de me donner tout ce qu'il a *vaillant sans en rien retenir, parce qu'autrement ils le tueront sans miséricorde. Comme la chose presse beaucoup, il a voulu que je prisse ses bottes de sept lieues que voilà pour faire diligence, et aussi afin que vous ne croyiez pas que je sois un *affronteur. » La bonne femme fort effrayée lui donna aussitôt tout ce qu'elle avait : car cet Ogre ne *laissait pas d'être fort bon mari, quoiqu'il mangeât les petits enfants. Le petit Poucet étant donc chargé de toutes les richesses de l'Ogre s'en revint au logis de son père, où il fut reçu avec bien de la joie.

Il y a bien des gens qui ne demeurent pas d'accord de cette dernière circonstance, et qui prétendent que le petit Poucet n'a jamais fait ce vol à l'Ogre; qu'à la vérité, il n'avait pas fait *conscience de lui prendre ses bottes de sept lieues, parce qu'il ne s'en servait que pour courir après les petits enfants. Ces gens-là assurent le savoir de bonne *part, et même pour avoir bu et mangé dans la maison du Bûcheron. Ils assurent que lorsque le petit Poucet eut chaussé les bottes de l'Ogre, il s'en alla à la Cour, où il savait qu'on était fort en peine d'une Armée qui était à deux cents lieues de là, et du succès d'une Bataille qu'on avait donnée. Il alla, disent-ils, trouver le Roi, et lui dit que s'il le souhaitait, il lui rapporterait des nouvelles de l'Armée avant la fin du jour. Le Roi lui promit une grosse somme d'argent s'il en venait à bout. Le petit Poucet rapporta des nouvelles dès le soir même, et cette première course l'ayant fait connaître, il gagnait tout ce qu'il voulait; car le Roi le payait parfaitement bien pour porter ses ordres à l'Armée, et une infinité de Dames lui donnaient tout ce qu'il voulait pour avoir des nouvelles de leurs Amants, et ce fut là son plus grand gain. Il se trouvait quelques femmes qui le chargeaient de Lettres pour leurs maris, mais elles le payaient si mal, et cela allait à si peu de chose, qu'il ne daignait mettre en ligne de compte ce qu'il gagnait de ce côté-là. Après avoir fait pendant quelque temps le métier de courrier, et y avoir amassé beaucoup de bien, il revint chez son père, où il n'est pas possible d'imaginer la joie qu'on eut de le revoir. Il mit toute sa famille à son aise. Il acheta des Offices de nouvelle création pour son père et pour ses frères; et par là il les établit tous, et fit parfaitement bien sa Cour en même temps.

MORALITÉ

On ne s'afflige point d'avoir beaucoup d'enfants,
Quand ils sont tous beaux, bien faits et bien grands,

Et d'un extérieur qui brille ;
Mais si l'un d'eux est faible ou ne dit mot,
On le méprise, on le raille, on le *pille ;
Quelquefois cependant c'est ce petit *marmot
Qui fera le bonheur de toute la famille.

FIN

DOSSIER
DE L'ŒUVRE

DIALOGUE

DE

L'AMOUR

ET DE L'AMITIÉ

NOTICE

Ce badinage allégorique fut composé au temps où Charles Perrault, arrivé à la trentaine et nanti d'une sinécure chez son frère Pierre le receveur, se plaisait à « scudériser » dans une compagnie de beaux esprits, à la cour de Nicolas Foucquet. Le *Dialogue de l'Amour et de l'Amitié* a paru en 1660 chez Estienne Loyson — petit volume in-12 de 110 pages ; certains exemplaires portent l'adresse suivante : « chez Charles de Sercy, au Palais, dans la salle Dauphine, à la Bônne Foi couronnée ».

L'ouvrage, selon Perrault *(Mémoires de ma vie)* eut « beaucoup de vogue » et fut « imprimé plusieurs fois » — notamment en 1675, dans le *Recueil de divers ouvrages en prose et en vers ;* « deux personnes différentes » le traduisirent en italien et « M. Fouquet le fit écrire sur du vélin, avec de la dorure et de la peinture », honneur qu'il réserva aussi à l'*Adonis* de La Fontaine.

Rien ne porte mieux la marque de son temps que cette analyse quintessenciée, dont les subtilités rappellent la « carte de Tendre » alors dans sa nouveauté. En revanche la démarche aisée du dialogue, le style gracieux et pur sont bien dans la manière des Contes en prose ; c'est en particulier *Riquet à la houppe* que préfigure la page sur les illusions des amants.

Quant à la lettre à l'abbé d'Aubignac (auteur de la célèbre *Pratique du théâtre* publiée en 1657, auteur aussi de tragédies dans le goût moderne, une *Pucelle d'Orléans* et un *Martyre de sainte Catherine*), elle contient un récit allégorique qui déjà est « un conte, un vrai conte de Perrault » (A. Hallays).

Le *Dialogue de l'Amour et de la Raison* (*Amitiés, Amours et Amourettes*, 1664) de René Le Pays s'inspire visiblement du *Dialogue* de Perrault; il est d'ailleurs précédé dans le recueil d'un *Billet de Caliste à l'auteur* (lettre XXXI), où « elle lui ordonne de venir chez elle lire le *Dialogue de l'Amour et de l'Amitié* ». Un autre opuscule de Le Pays est dans le même goût : le *Démêlé de l'Esprit et du jugement* (1688).

Dans le tome V du recueil Moetjens (où figure *La belle au bois dormant*) se trouve un *Dialogue de l'Amour et de l'Amitié* dont le texte n'est pas celui de Perrault et qui est attribué à un auteur inconnu des bibliographes : « M. de la Tronche ». Faut-il croire à un ingénieux pastiche ?

Nous avons suivi le texte de la dernière édition du *Dialogue* publiée par Perrault — dans un recueil extrêmement rare dont la Bibliothèque Nationale ne possède qu'un exemplaire incomplet du titre et des derniers feuillets, portant sur une page de garde la mention suivante, d'une écriture ancienne : *Ce livre a été supprimé au moment de paraître*. Ce recueil reprend la plupart des pièces que Perrault avait réunies en 1675, et auxquelles sont ajoutées *L'Apologie des femmes* et *La Chasse*. Nous possédons l'exemplaire de la bibliothèque de Jules Janin : la première page du privilège (privilège accordé par le roi à son « bien amé Charles Perrault ») a été collée au verso du dernier feuillet et se lit en transparence; le volume porte le titre de relais suivant : *Œuvres posthumes* (sic) *de Mʳ Perrault de l'Académie françoise. Avec l'Apologie des femmes. A Cologne, chez Pierre Marteau*, MDCCXXIX. En réalité, l'ouvrage a dû être imprimé en 1697 ou 1698.

G. R.

LETTRE
A MONSIEUR L'ABBÉ D'AUBIGNAC
EN LUI ENVOYANT LE DIALOGUE
DE L'AMOUR ET DE L'AMITIÉ

*P*UISQUE *ce n'est pas assez que je vous aie lu mon dialogue et que vous désirez encore en avoir une copie, je ne veux pas vous la refuser. J'avoue, Monsieur, que j'ai eu bien de la peine à m'y résoudre et qu'étant persuadé, comme je le suis, que vous êtes l'homme du monde qui avez le goût le plus fin et le plus délicat pour toutes choses, et principalement pour ces sortes d'ouvrages, j'ai bien appréhendé qu'une réflexion plus exacte que vous pourrez faire sur celui-ci en le lisant ne vous fît diminuer beaucoup de l'approbation que vous lui avez donnée. Le prix de votre estime et l'apparence qu'il y a que j'en vais perdre une bonne partie rendent assurément ma crainte très raisonnable. Néanmoins, quelque chose qu'il en arrive, je serai satisfait. On trouve toujours son compte avec vous et si je n'obtiens pas des louanges, je recevrai des avis que j'aime encore plus que des louanges, parce qu'ils me sont beaucoup plus utiles et qu'ils me seront aussi des marques plus assurées de votre amitié. Mais, Monsieur, avant que vous lisiez cette petite *galanterie, il faut que je vous rapporte deux ou trois questions que l'on me fit en une conversation où je me trouvai il y a quelques jours et que vous sachiez aussi ce que j'y répondis. On me demanda d'abord pourquoi l'Amour et* *l'Amitié s'appellent frère et sœur : je ne pensais pas, à vous dire le vrai, que l'on dût s'arrêter à cela et qu'on s'avisât jamais de leur disputer cette qualité. Car si tous les jours mille personnes que ni le sang ni l'alliance n'ont point unies se donnent l'un à l'autre ces noms tendres et doux, parce qu'ils s'aiment ou seulement parce qu'ils se le veulent persuader, doit-on trouver étrange que l'Amour même et l'Amitié en personne en usent de la sorte et qu'ils s'appellent frère et sœur quand même ils ne le seraient pas ; mais ils le sont en effet, et l'on ne peut pas en disconvenir, pour peu qu'on examine leur généalogie.*

Il est *constant que l'Amour est fils du Désir et de la Beauté : Platon, qui le connaissait particulièrement, nous en assure ; il l'appelle même le Désir de la Beauté, et lui donne ce nom composé de celui de ses père et mère, pour nous marquer son origine [1]. Il est aussi très certain que l'Amitié est fille du Désir et de la Bonté, parce que si le Désir s'attachant à la Beauté a donné l'être à l'Amour, on ne peut pas douter que le même Désir et la Bonté s'étant unis ensemble n'aient donné naissance à l'Amitié. En effet, nous voyons encore aujourd'hui que si nous aimons une maîtresse parce qu'elle est belle, nous aimons un ami parce qu'il est bon. Cela ne pouvant pas être contesté, il paraît que l'Amour et l'Amitié sont frère et sœur du côté de leur père, bien qu'à la vérité ils aient des mères différentes.

*Ensuite de cette question, on en fit une autre qui me sembla fort jolie, et qui venait aussi d'une femme d'esprit que vous connaissez. Elle demanda qui était l'aîné des deux, de l'Amour ou de l'Amitié. Quoiqu'il soit malaisé de dire précisément ce qui en est, à cause du long temps qu'il y a qu'ils sont au monde, je ne doutai pas néanmoins d'assurer que l'Amour était l'aîné. Je ne me fondai point sur ce que les poètes disent qu'il a démêlé le Chaos, et qu'il est plus vieux que le monde [2], bien loin d'être le cadet de l'Amitié ; parce que c'est du premier et grand Amour, père de toutes

choses, que les poètes ont voulu parler, et non pas de celui-ci qui n'est que son petit-fils. Je ne m'arrêtai point non plus sur la différence que quelques-uns ont mise entre l'Amour et l'Amitié, que celle-ci est toujours réciproque, et que l'autre ne l'est jamais ; et qu'ainsi l'Amour précède l'Amitié, puisqu'en effet il faut que l'affection naisse premièrement de l'un des deux côtés avant que d'être mutuelle ; je ne m'arrêtai pas, dis-je, à cette différence, parce que je la trouve absolument fausse. On sait que l'Amour et l'Amitié sont quelquefois réciproques, et que quelquefois ils ne le sont pas ; je ne me réglai que sur la généalogie que j'ai déjà avancée, et sur l'histoire de leur naissance que je leur contai en la manière qui suit.

La Beauté et la Bonté étaient deux sœurs si accomplies et si charmantes qu'on ne pouvait les voir ni les connaître sans les aimer. Quelques-uns les trouvèrent si semblables qu'ils les prirent souvent l'une pour l'autre et leur donnèrent aussi le même nom, mais ceux qui les observèrent plus soigneusement remarquèrent une très grande différence entre elles. La Beauté avait beaucoup d'éclat et d'apparence qui donnait dans la vue d'abord ; et l'on pouvait dire que pour la conquête d'un cœur, elle n'avait besoin que d'être regardée : aussi était-elle extrêmement impérieuse et fière, et quoiqu'elle n'eût ni gardes ni soldats autour d'elle, il n'était point de rois sur la terre qui se fissent obéir si promptement, et dont l'empire fût plus absolu que la tyrannie qu'elle exerçait sur tout ce qui avait un cœur et des yeux. Elle était fort coquette et aimait passionnément à se produire dans le grand monde, afin de s'attirer des louanges dont elle témoignait ne se soucier pas beaucoup, mais qui néanmoins lui plaisaient tellement qu'elle obligeait et forçait même toutes sortes de gens à lui en donner. La Bonté au contraire était fort modeste et fort retirée ; et quoiqu'elle fût d'une humeur assez sociable et assez communicative de son naturel, elle fuyait pourtant la foule autant qu'elle pouvait et ne haïssait rien tant que *de se faire de *fête mal à propos. Il est vrai qu'elle n'avait pas ce brillant et cet abord surprenant de sa sœur; mais quand on s'était donné le loisir de la considérer avec attention et de la pratiquer quelque temps, on demeurait persuadé qu'elle était infiniment aimable et que ses charmes étaient bien plus solides et plus véritables que ceux de la Beauté.*

    Le Désir jeune et bouillant qui voyageait presque toujours pour satisfaire son humeur prompte et inquiète, se promenant un jour et cherchant quelque aventure, rencontra la Beauté assise à la porte de son logis, où elle se tenait presque toujours oisive, et seulement pour être vue, pendant que la Bonté sa sœur était dans la maison qu'elle gardait et où elle ne se tenait pas à rien faire; le Désir, dis-je, ayant rencontré la Beauté, se sentit ému et tout hors de soi en la voyant, et comme il était assez hardi de son naturel, il l'aborde quoiqu'il ne la connût pas; il la cajole et lui fait cent galanteries qu'elle reçut avec joie. Le procédé brusque et enjoué du *cavalier lui plut extrêmement, elle crut voir en lui quelque chose de noble et de généreux, capable des plus hautes entreprises, et qui témoignait une illustre naissance; elle s'imagina même que le Ciel l'avait destinée pour lui, et qu'assurément il les avait faits l'un pour l'autre, de sorte qu'après quelques recherches de la part du Désir, leur mariage s'accomplit assez promptement. De ce mariage naquit l'Amour, qui donna bien de la satisfaction à ses père et mère durant les premiers jours de son enfance : car au lieu que les autres enfants ne font que crier et pleurer en venant au monde, celui-ci ne faisait que chanter et danser. Il ne demandait qu'à rire et à se réjouir; il discourait de toutes choses agréablement; il faisait même de petits vers et des billets doux les plus spirituels qu'on eût jamais vus; enfin son père et sa mère en étaient si contents qu'ils rompaient la tête à tout le monde des jolies choses qu'il avait dites ou qu'il avait faites. Mais lorsqu'il fut un peu plus grand, il changea si fort qu'il n'était pas reconnaissable : il devint

rêveur et chagrin ; il ne voulait ni boire ni manger ; il soupirait
sans cesse ; il ne dormait point et ne faisait que se plaindre,
sans savoir le plus souvent ce qu'il lui fallait, car on ne lui
avait pas plus tôt donné une chose qu'il en était las et qu'il
en demandait une autre, qui ne le contentait pas plus que
la première ; enfin c'était bien le plus cruel enfant qui fût
iamais et qui donna le plus de peine à élever. Mais revenons
à notre histoire.

Le Désir, après quelques jours de mariage, ayant jeté
les yeux sur la Bonté sa belle-sœur qu'il n'avait pas encore
bien considérée à cause de la grande passion qu'il avait eue
d'abord pour sa femme, mais qui commençait un peu à se
refroidir ; l'ayant, dis-je, regardée de plus près, il remarqua
en elle mille agréments et mille perfections qui le touchèrent
sensiblement ; surtout il fut charmé de son humeur douce,
complaisante et officieuse qui n'aimait qu'à faire du bien
et dont il y avait lieu d'attendre bien plus de secours dans
les *besoins et dans les *rencontres fâcheuses de la vie que
de la Beauté sa sœur, qui semblait n'être née que pour la
joie et qui en effet ne se connaissait point du tout à prendre
part aux afflictions. Il la reconnut patiente et généreuse
jusqu'à obliger ceux même qui l'avaient offensée ; en quoi
elle était fort différente de la Beauté, qui bien loin de souffrir
des mépris, se fâchait quand on ne la cajolait pas assez
*galamment. Enfin il jugea que si dans la possession de la
Bonté, on ne goûtait pas des plaisirs si sensibles ni si touchants
qu'en celle de la Beauté, on en recevait assurément de plus
tranquilles et de plus durables. Épris de tant de perfections
et de tant d'aimables qualités, il lui découvre les sentiments
qu'il avait pour elle ; la Bonté qui était facile et qui ne pouvait
refuser ceux qui la priaient de bonne grâce lui accorda volon-
tiers ce qu'il souhaitait et le reçut pour son mari. De leur
alliance naquit l'Amitié, qui fut les délices et la joie de
tout le monde ; il est vrai que durant son premier âge elle
ne fut pas si gentille ni si agréable que l'avait été l'Amour ;

*mais lorsqu'elle commença d'être un peu grande, e*ι.   *rut si belle qu'elle fut désirée et recherchée de tous ceux qui la virent. On tâchait de la mettre de toutes les parties que l'on faisait, et une *compagnie ne semblait pas complète ni en disposition de se bien divertir si elle manquait à s'y rencontrer ; les philosophes même ne faisaient pas difficulté de dire que sa présence diminuait toutes les afflictions et redoublait tous les plaisirs et que la vie était ennuyeuse sans elle. Il est vrai qu'elle donnait sujet à toutes sortes de personnes de se louer de sa conduite, et qu'elle était aussi sage et aussi *discrète que l'Amour était fou et emporté : aussi son père qui le reconnut dans plusieurs *rencontres se plaignait souvent à elle des déplaisirs que son frère lui donnait, et lui en faisait confidence pour en recevoir du conseil et de la consolation.*

Voilà, Monsieur, comme je leur en fis l'histoire, qui fait voir non seulement que l'Amour et l'Amitié sont frère et sœur, mais aussi que l'Amour est l'aîné. Ce qui paraît encore assez dans leur manière d'agir ensemble, car il ne faut que considérer comment l'Amour gourmande sa sœur, comment il la fait passer par où il veut, et de quelle sorte il lui fait sa part pour remarquer qu'il la traite en cadette et que souvent il use de son droit d'aînesse. Tout cela fut assez bien reçu de la compagnie et l'on n'y trouva rien à redire sinon que le Désir eut épousé deux femmes en même temps et encore les deux sœurs ; mais je ne pense pas que l'on doive chicaner là-dessus, ni que l'on veuille lui faire son procès à la Tournelle ou à l'Officialité [3] comme à un bigame : il y a longtemps que toute cette intrigue est découverte, sans que personne en ait jamais formé la moindre plainte ; et de plus cela s'est passé dans le premier âge du monde, où il n'était pas défendu d'épouser les deux sœurs. On sait d'ailleurs que le Désir n'est pas d'humeur à se contenter d'une femme ; et qu'enfin, outre la Beauté et la Bonté, il a encore l'Utilité, l'Honnêteté et la belle Joie, en qualité

de femmes légitimes, sans compter les maîtresses qu'il entre-
tient en ville, comme la Richesse, la Vaine Gloire et
la Volupté, dont il a même des enfants qui sont l'Avarice,
l'Ambition et la Débauche, ses filles naturelles. On n'ignore
pas non plus qu'il conserve d'autres petites Inclinations
qu'il aime éperdument; car c'est sa coutume de se porter
avec plus d'empressement et de chaleur aux choses qui
lui sont défendues, qu'à celles qui lui sont permises.

Vous pouvez maintenant, Monsieur, lire le Dialogue
de l'Amour et de l'Amitié, *et voir comment ils s'entre-*
tiennent. Je sais bien que vous leur avez ouï dire cent fois
les mêmes choses d'une manière bien plus *galante *et que*
si vous vouliez nous en faire le récit, nous y remarquerions
si bien leurs véritables caractères qu'il nous semblerait
les entendre discourir eux-mêmes; mais chacun rapporte
les choses à sa façon. Je leur ai ouï faire encore quantité
d'autres conversations assez jolies, que je pourrai vous
écrire quelque jour, si je vois que celle-ci ait eu le bonheur
de vous plaire, à vous, dis-je, que je puis nommer l'arbitre
des bonnes choses et le grand maître des allégories. En cette
qualité vous pouvez faire tout ce que vous voudrez de ce dialo-
gue, et penser ce qu'il vous plaira de ce que je fais dire à
l'Amour et à l'Amitié, pourvu que vous croyiez que l'Amitié
dit vrai quand elle vous assure que je suis passionnément,

Monsieur,
Votre très humble et très obéissant serviteur.

DIALOGUE
DE
L'AMOUR ET DE L'AMITIÉ

L'AMOUR

Il faut avouer, ma chère sœur, que nous faisons bien parler de nous dans le monde.

L'AMITIÉ

Il est vrai, mon frère, qu'il n'est point de *compagnie un peu *galante, où nous ne soyons le sujet de la conversation, et où l'on n'examine qui nous sommes, notre naissance, notre pouvoir, et toutes nos actions.

L'AMOUR

Cela me déplaît assez, car il n'est pas possible de s'imaginer le mal qu'on dit de moi. Les sérieux me traitent de folâtre et d'emporté, les enjoués de chagrin et de *mélancolique; les vieillards de fainéant et de débauché qui corrompt la jeunesse; les jeunes gens de cruel et de tyran qui leur fait souffrir mille martyres, qui les retient en prison, qui les brûle tout vifs et qui ne se repaît que de leurs soupirs et de leurs larmes Mais ce qui me fâche le plus, c'est que je suis tellement décrié parmi les femmes qu'on n'oserait presque leur

parler de moi, ou si on leur en parle, il faut bien se
donner de garde de me nommer : mon nom seul leur
fait peur et les fait rougir. Pour vous, ma sœur, chacun
s'empresse de vous louer; on vous nomme la douceur
de la vie, l'union des belles âmes, le doux lien de la
société; et enfin, ceux qui se mêlent de *pousser les
beaux sentiments disent tout d'une voix, et le disent
en cent façons, qu'il n'est rien de si beau, ni de si
charmant que la belle Amitié.

L'AMITIÉ

Vous vous raillez bien agréablement; je me connais,
mon frère, et je n'ai garde de prendre pour moi les
douceurs qui s'adressent à vous. Quoiqu'il soit bien
aisé de me tromper et que je sois fort simple et fort
*naïve, je ne le suis pas néanmoins assez pour ne pas
voir qu'on me joue et qu'on se sert de mon nom pour
parler de vous; mais je ne dois pas le trouver étrange,
puisque vous-même vous l'empruntez tous les jours
pour vous introduire dans mille cœurs, dont vous
savez bien que l'on vous refuserait l'entrée si vous
disiez le vôtre.

L'AMOUR

J'avoue, ma sœur, que je me sers souvent de cet
artifice qui me réussit heureusement; d'autres fois,
je m'appelle Respect, et j'en imite si bien la manière
d'agir, les *civilités et les révérences qu'on me prend
aisément pour lui. Je passe même quelquefois pour une
simple *galanterie, tant je sais bien me déguiser
quand je veux. Et à vous dire le vrai, je n'ai point
de plus grand plaisir que d'entrer dans un cœur inco-
gnito. D'ailleurs je suis si peu jaloux de mon nom
que je prends volontiers le premier qu'on me donne :

je trouve bon que toutes les femmes m'appellent Estime, Complaisance, Bonté; et même si elles veulent une disposition à ne pas haïr, il ne m'importe, puisqu'enfin mon pouvoir n'en diminue pas, et que sous ces différents noms, je suis toujours le même; ce sont de petites façons qu'elles s'imaginent que leur gloire les oblige de faire.

L'AMITIÉ

Peut-être, mon frère, vous donnent-elles tous ces noms faute de vous connaître.

L'AMOUR

Je vous assure, ma sœur, qu'elles savent bien ce qu'elles disent : je n'entre guère dans un cœur qu'il ne s'en aperçoive; la joie qui me précède, l'émotion qui m'accompagne et le petit chagrin qui me suit font assez connaître qui je suis. Mais quoi, elles mourraient plutôt mille fois que de me nommer par mon nom. J'ai beau les faire soupirer pour leurs amants, les faire pleurer pour leur absence ou pour leur infidélité, les rendre pâles et défaites, les faire même tomber malades, elles ne veulent point avouer que je sois maître de leur cœur; cette opiniâtreté est cause que je prends plaisir à les maltraiter davantage, étant d'ailleurs bien assuré qu'elles ne m'accuseront pas des maux que je leur fais souffrir : je sais qu'elles s'en prendront bien plutôt à la migraine, ou à la rate, qui en sont tout à fait innocentes, et que si on les presse de déclarer ce qui leur fait mal, elles ne diront jamais que c'est moi. Il n'en est pas ainsi des hommes : ils crient aussitôt que je les approche, et bien souvent même avant que je les touche, et pour peu que je les maltraite, ils s'en plaignent à toute la terre, et même aux arbres et aux rochers; ils me disent des injures étranges, et font de moi des peintures si épouvantables qu'elles seraient capables de me faire haïr de tout le monde, si tout le monde ne me connaissait.

L'AMITIÉ

Si quelques hommes ont fait de vous des peintures capables de vous faire haïr, il faut avouer qu'une infinité d'autres en ont fait de bien propres à vous faire aimer : ils vous ont dépeint en cent façons les plus agréables du monde; et vous savez que tous les amants ne tâchent qu'à vous représenter le plus *naïvement qu'ils peuvent, et avec tous vos charmes, pour vous faire agréer de leurs maîtresses. Mais puisque nous en sommes sur les personnes qui se mêlent de vous dépeindre, ne vous êtes-vous point avisé de faire vous-même votre portrait, à présent que chacun fait le sien? Vous devriez vous en donner la peine, quand ce ne serait que pour désabuser mille gens qui ne vous connaissent que sur de faux rapports, et qui se forment de vous une idée monstrueuse et tout à fait extravagante.

L'AMOUR

Un portrait comme vous l'entendez, quand même il serait de ma main, servirait peu à me faire connaître; il n'est pas que vous n'ayez vu celui qui fut fait autrefois en Grèce par un excellent maître, et qui depuis a couru par toute la terre, sous le nom de l'Amour fugitif; vous avez pu voir encore une copie du même portrait de la main du Tasse [4]. Ce sont deux pièces admirables, et telles que plusieurs ont voulu que j'en fusse l'auteur. Cependant, quoique tous mes traits y soient fort bien représentés, il est vrai néanmoins qu'il y manque, comme dans tous les autres portraits qu'on fait de moi, un certain je ne sais quoi de tendre, de doux et de touchant qui me distingue de quelques passions qui me ressemblent, et qui est en effet mon véritable caractère : les cœurs que je touche moi-même le ressentent fort bien, mais ni les couleurs ni les paroles ne pourront jamais l'exprimer. Il faut pourtant que je vous en montre un en petit qui est assez joli, et qui sans doute ne vous déplaira pas; il m'est tombé par hasard entre les mains et je l'aime pour sa petitesse; le voici.

> L'Amour est un enfant aussi vieux que le monde,
> Il est le plus petit et le plus grand des dieux,
> De ses feux il remplit le ciel, la terre et l'onde,
> Et toutefois Iris le loge dans ses yeux [5].

L'AMITIÉ

Ce portrait me plaît extrêmement, et je trouve qu'on peut ajouter comme une chose qui n'est pas moins étonnante que les autres l'adresse avec laquelle il vous renferme dans quatre vers, vous qui remplissez tant de volumes. Cependant, mon frère, vous êtes bien heureux de trouver ainsi des peintres qui fassent votre portrait. Pour moi je ne connais personne qui voulût se donner la peine de travailler au mien; de sorte que pour avoir la satisfaction d'en voir un, il a fallu que je l'aie fait moi-même; vous verrez si j'ai bien réussi et si je ne me suis point flattée, moi qui fais profession de ne flatter personne.

> J'ai le visage long, et la mine naïve,
> Je suis sans finesse et sans art;
> Mon teint est fort uni, sa couleur assez vive
> Et je ne mets jamais de fard.

Mon abord est *civil, j'ai la bouche riante
  Et mes yeux ont mille douceurs,
Mais quoique je sois belle, agréable et charmante,
  Je règne sur bien peu de cœurs.

On me cajole assez, et presque tous les hommes
  Se vantent de suivre mes lois;
Mais que j'en connais peu dans le siècle où nous sommes,
  Dont le cœur réponde à la voix!

Ceux que je fais aimer d'une flamme fidèle
  Me font l'objet de tous leurs soins;
Et quoique je vieillisse ils me trouvent fort belle
  Et ne m'en estiment pas moins.

On m'accuse souvent d'aimer trop à paraître
  Où l'on voit la prospérité,
Cependant il est vrai qu'on ne peut me connaître
  Qu'au milieu de l'adversité.

J'ai vu le temps que je n'aurais pas eu le loisir de
faire ce portrait, lorsque j'étais de toutes les sociétés
et que je me trouvais dans toutes les grandes assem-
blées; mais à présent que je me vois bannie du commerce
de la plupart du monde, j'ai tâché de me divertir
quelques moments dans cette innocente occupation.

L'AMOUR

Je trouve, ma sœur, que vous y avez fort bien
réussi, si ce n'est à la vérité que vous êtes un peu
trop modeste, et que vous ne dites pas la moitié
des bonnes qualités qui sont en vous, puisqu'enfin
vous ne parlez point de cette générosité désintéressée
qui vous est si naturelle et qui vous porte avec tant
de chaleur à servir vos amis.

L'AMITIÉ

Vous voyez cependant l'état que l'on fait de moi dans le monde : il semble que je ne sois plus bonne à rien, et parce que je n'ai point cette complaisance étudiée et cet art de flatter qu'il faut avoir pour plaire, on trouve que je dis les choses avec une *naïveté ridicule et qu'en un mot je ne suis plus de ce temps-ci. Vous savez, mon frère, que je n'ai pas été toujours si méprisée, et vous m'avez vu régner autrefois sur la terre avec un empire aussi grand et aussi absolu que le vôtre. Il n'était rien alors que l'on ne fît pour moi, rien que l'on ne crût m'être dû, et rien que l'on osât me refuser : l'on faisait gloire de me donner toutes choses, et même de mourir pour moi si l'on croyait que je le voulusse; et je puis dire que je me voyais alors maîtresse de beaucoup plus de cœurs que je n'en possède à présent, bien que les hommes de ce temps-là n'eussent la plupart qu'un même cœur à deux, et qu'aujourd'hui il ne s'en trouve presque point qui ne l'ait double. Je ne sais pas pourquoi l'on m'a quittée ainsi, moi qui fais du bien à tout le monde et dont jamais personne n'a reçu de déplaisir, et que cependant chacun continue à vous suivre aveuglément, vous qui traitez si mal ceux qui vivent sous votre empire, et qui les outragez de telle sorte qu'on n'entend en tous lieux que des gens qui soupirent et qui se plaignent de votre tyrannie.

L'AMOUR

Il est vrai que la plupart de mes sujets murmurent incessamment, ils crient même tout haut qu'ils n'en peuvent plus et que je les réduis à la dernière extrémité, et bien souvent ils me menacent de secouer le joug, mais tout leur bruit ne m'émeut guère; je sais qu'ils font toujours le mal plus grand qu'il n'est, et qu'il s'en faut beaucoup qu'ils soient aussi malheureux qu'ils veulent qu'on les croie.

L'AMITIÉ

Je suis persuadée qu'ils le sont encore plus qu'ils ne le disent, et je ne connais rien dont les hommes reçoivent plus de mal que de vous. La guerre, la famine et les maladies affligent en de certains temps quelque coin de la terre, et quelques personnes seulement, pendant que le reste du monde jouit de la paix, de l'abondance et de la santé; mais il n'y a point de temps, de lieux ni de personnes qui soient exempts de votre persécution. On aime durant l'hiver comme durant l'été, aux Indes comme en France, et les rois soupirent comme les bergers; les enfants même que leur âge en avait jusqu'ici préservés y sont sujets comme les autres, et par un prodige étonnant vous faites qu'ils aiment avant que de connaître, et qu'ils perdent la raison avant que de l'avoir [6]. Vous n'ignorez pas les maux que vous causez, puisqu'on ne voit partout que des amants qui se désespèrent, des jaloux qui se servent de poison, et des rivaux qui s'entretuent.

L'AMOUR

J'avoue que je suis bien méchant quand je suis irrité, et il est vrai qu'en de certaines *rencontres je deviens si terrible que bien des gens se sont imaginé que je me changeais en *fureur. Mais s'il m'arrive quelquefois de faire beaucoup de mal, je puis dire qu'en *récompense je fais beaucoup de bien. La Fortune qui se vante partout que c'est à elle seule qu'il appartient de rendre heureux ceux qu'il lui plaît n'y entend rien au prix de moi; quelques biens et quelques honneurs qu'elle donne à un homme, il n'est jamais content de sa condition; et on lui voit toujours envier celle des autres, ce qui n'arrive point aux vrais amants. Pour peu que je leur sois favorable, ils ne croient pas qu'il y ait au monde de félicité comparable à la leur; lors même que je les maltraite, ils se trouvent encore trop heureux de vivre sous mon empire; et je vois tous les jours de simples bergers qui ne changeraient pas leur condition avec celle des rois, s'il leur en coûtait l'amour qu'ils ont pour leurs bergères, toutes cruelles et ingrates qu'elles sont.

L'AMITIÉ

Ces bergers dont vous venez de parler font bien voir que vous gâtez l'esprit de tous ceux qui vous reçoivent, mais non pas que vous les rendiez effectivement heureux. Car enfin, quelle extravagance d'être malade, comme ils disent qu'ils le sont, et ne vouloir pas guérir; être en prison et refuser la liberté; en un mot être misérable, et ne vouloir pas cesser de l'être.

L'AMOUR

Leur extravagance serait encore plus grande de vouloir guérir, ou sortir de prison, non seulement parce que leur maladie est plus agréable que la santé et qu'il est moins doux d'être libre que d'être prisonnier de la sorte [7], mais aussi parce qu'il leur serait fort inutile de le vouloir, si je ne le voulais pas aussi. Je ne suis pas un hôte qu'on chasse de chez soi quand on veut; comme j'entre quelquefois chez les gens contre leur volonté, j'y demeure aussi bien souvent malgré qu'ils en aient et je me soucie aussi peu de la résolution que l'on prend de me faire sortir que de celle que l'on fait de m'empêcher d'entrer.

L'AMITIÉ

Votre procédé, mon frère, est bien différent
mien. Je quitte les gens dès le moment que je
incommode, l'on ne m'a qu'autant que l'on v
m'avoir et l'on ne voit point d'amis qui le soi
malgré eux. Quand je suis dans un cœur, et qu'il v
prend fantaisie d'y venir pour prendre ma pla
vous savez avec quelle douceur je vous la qui
Je me retire insensiblement et sans bruit; le cœur
même où se fait cet échange ne s'en aperçoit p
et quelquefois il y a longtemps que vous le br
qu'il croit que c'est moi qui l'échauffe encore et
le fais aimer. Vous n'avez garde d'en user de la so
lorsqu'un pauvre cœur se résout à vous échan
avec moi, parce que la raison le commande et
contraint, bien qu'il ait un extrême regret de se v
obligé à une si cruelle séparation, bien qu'il v
conjure en soupirant de le laisser en paix, et que v
n'ignoriez pas qu'il ne me veut avoir que parce
je vous ressemble et que c'est en quelque façon v
retenir que de m'avoir en votre place. Néanmo
avec quelle cruauté ne vous moquez-vous point
ses soupirs! Vous le poussez à bout, et parce q
a eu seulement la pensée de se mettre en libe
vous redoublez ses chaînes et l'accablez de nouve:
supplices. Que si vous le laissez en repos quel
temps, en sorte qu'il commence à croire qu'il s
heureusement délivré de vous, quel plaisir ne prer
vous point à lui faire sentir qu'il n'est pas où il per
vous le pressez de toute votre force, et par un sou
redoublé qui lui échappe, ou par quelque poi
de jalousie qui le pique, il ne connaît que trop que v
êtes encore le maître chez lui, mais le maître p
absolu et plus redoutable que jamais.

L'AMOUR

J'en use ainsi, ma sœur, pour montrer que l'or. ne peut rien sur moi et que pour entrer dans un cœur ou pour en sortir, je ne dépends de qui que ce soit au monde. Quelques-uns se sont imaginé que j'avais besoin du secours de la sympathie pour m'insinuer dans les cœurs, et que je m'efforcerais en vain de m'en rendre le maître si auparavant elle ne les disposait à me recevoir. C'est une vieille erreur que l'expérience détruit tous les jours; et en effet, bien loin d'être toujours redevable de mon empire à la sympathie, c'est moi qui lui donne entrée et qui l'établis en bien des cœurs où sans moi elle ne se serait jamais rencontrée. Combien voit-on de gens dont l'humeur et l'inclination étaient tout à fait opposées, que je fais s'entr'aimer, et qui dès aussitôt que je les ai touchés changent de sentiment en faveur l'un de l'autre, viennent à aimer et à haïr les mêmes choses, et enfin deviennent tout à fait semblables.

L'AMITIÉ

Pour moi j'avoue que je suis redevable à la Sympathie de la facilité que je trouve à m'établir dans les cœurs, et je dirai même qu'il me serait impossible de les lier étroitement si auparavant elle ne prenait la peine de les assortir. Il ne semble pas qu'elle se mêle de quoi que ce soit, on n'entend jamais de bruit ni de dispute où elle est, et assurément il n'est rien de si doux ni de si tranquille que la Sympathie. Cependant, par de secrètes intelligences qu'elle a dans les cœurs, et par de certains *ressorts qu'on ne connaît point, elle fait des choses inconcevables et sans se remuer en apparence elle remue toute la terre. Les philosophes ont souhaité de tout temps d'avoir sa connaissance, mais il ne leur a pas été possible d'y parvenir et elle a toujours aimé à vivre cachée aux yeux de tout le monde. Quelques-uns ont pris pour elle la Ressemblance des *humeurs, mais ils ont bien reconnu qu'ils s'étaient trompés, et que si elle a de l'air de la Sympathie elle ne l'est pas effectivement. Il n'est personne qui les connaisse mieux que moi toutes deux et qui sache précisément la différence qui est entre elles. Autant que j'aime à me trouver avec la Sympathie, autant ai-je de peine à m'accorder avec la Ressemblance des humeurs.

L'AMOUR

Ce que vous dites là paraît étrange, et l'on a toujours cru que la conformité d'humeurs était une disposition très grande à s'entr'aimer.

L'AMITIÉ

Il est pourtant vrai que les personnes de même profession et qui réussissent également ne s'aiment point; cette égalité est toujours accompagnée de l'Envie, mon ennemie jurée, et avec laquelle je ne me rencontre jamais. Ceux même qui ont le plus d'esprit ne peuvent vivre ensemble quand ils croient en avoir autant l'un que l'autre, et principalement lorsque, l'ayant tourné de la même façon, ils sont persuadés qu'ils excellent dans une même chose. On sait que les enjoués, les diseurs de bons mots, ceux qui font profession de divertir agréablement une *compagnie ne peuvent souffrir leurs semblables et qu'ils ont bien du dépit quand ils en rencontrent d'autres qui parlent autant qu'eux. Mais surtout la Ressemblance et la Conformité d'humeurs me nuit parmi les femmes. Deux coquettes se haïssent nécessairement; deux précieuses encore plus, quelque mine qu'elles fassent de s'aimer; et même c'est assez pour être assuré que deux femmes ne seront jamais bonnes amies, si elles dansent ou si elles chantent bien toutes deux. Je trouve cent fois mieux mon compte lorsque leurs humeurs, ou leurs perfections, ont moins de rapport; lorsque l'une d'elles se pique de beauté et l'autre d'esprit; l'une d'être fière et sérieuse, et l'autre d'être enjouée et de dire cent jolies choses qui divertissent. La raison de cette bonne intelligence est bien aisée à deviner, c'est que ces sortes de personnes n'ont rien à partager ensemble; les douceurs qu'on dit à l'une ne sont point à l'usage de l'autre et elles s'entendent cajoler sans jalousie, ce qui n'arrive pas lorsqu'elles ont les mêmes avantages. A vous dire le vrai, de quelque humeur que soient les femmes, je ne me rencontre guère avec elles, ou si je m'y rencontre quelquefois, je n'y demeure pas longtemps : ma sincérité leur déplaît et elles sont tellement accoutumées à la flatterie qu'elles rompent aisément avec leurs mielleuses amies, dès la première vérité qu'elles leur disent. Néanmoins ce qui m'empêche d'avoir grand commerce avec elles, ce n'est pas tant parce qu'elles se disent leurs vérités que parce qu'elles ne se les disent pas; car enfin, si une femme s'aperçoit que son amie a quelque défaut dont elle pourrait se corriger, si elle-même le connaissait, ne pensez pas qu'elle l'en avertisse; elle aura une *maligne joie de voir que ce défaut lui donne avantage sur elle; et même si une coiffure ou un ajustement lui sied mal, elle aura la *malice de lui dire qu'il lui sied admirablement. Ceci n'est pas vrai néanmoins pour toutes les femmes : j'en sais qui observent mes lois avec beaucoup d'exactitude et de soumission.

L'AMOUR

Je puis dire aussi que je connais des femmes qui savent parfaitement aimer, et qui pourraient faire à tous les hommes des leçons de fidélité et de constance. Je dirai même que c'est une injustice que l'on a faite de tout temps à ce beau sexe de l'accuser de légèreté et que je ne sais point d'autre raison de la mauvaise réputation qu'il a d'être inconstant que parce que les hommes font les livres et qu'il leur plaît de le dire et de l'écrire ainsi. Il est *constant que comme les femmes aiment presque toujours les dernières, elles ne cessent aussi presque jamais d'aimer que lorsqu'on ne les aime plus; et que, comme il faut un long temps et de fortes raisons pour les engager dans l'affection des hommes, elles ne s'en retirent aussi que pour des sujets qui le méritent et qui les y obligent absolument.

L'AMITIÉ

Ce n'est pas là l'opinion commune; et si la chose est ainsi que vous le dites, je connais bien des gens dans l'erreur et qu'il serait malaisé de désabuser. Quoi qu'il en soit, je ne vois pas que les femmes doivent tirer beaucoup de gloire de cette constance et de cette fidélité dont vous les louez, puisqu'il en est si peu qui en sachent bien user, et que la plupart ne s'en servent que pour aimer des personnes qu'elles feraient mieux de n'aimer point du tout. En vérité, mon frère, c'est une chose étrange que vous preniez plaisir à mettre la division et le désordre dans les familles, vous qui devriez n'avoir d'autre emploi que d'y conserver l'union et la paix; et que ne pouvant durer longtemps où vous avez obligation de vous

trouver, vous n'ayez point de plus grande joie que
de vous couler adroitement où il est défendu de
vous recevoir. Il semble même que l'hyménée que
vous témoignez souhaiter quelquefois si ardemment
vous chasse de tous les lieux où il vous rencontre.
Car enfin, depuis que je vais au Cours [8], je ne me souviens point de vous avoir vu en portière [9] entre le
mari et la femme, au lieu que l'on vous voit sans cesse
entre la femme et le galant, où vous faites cent gentil-
lesses et cent folies, pendant que le mari se promène
un peu loin de là, entre le Chagrin et la Jalousie qui
le tourmentent cruellement, et qui de temps en temps
ouvrent et ferment les rideaux de son carrosse. Sa
Jalousie les ouvre incessamment pour lui faire voir
ce qui se passe, et le Chagrin les referme aussitôt
pour l'empêcher de rien voir qui lui déplaise.

L'AMOUR

Il me semble, ma sœur, que toute sage que vous
êtes, vous ne vous acquittez pas mieux que moi de
votre devoir, et qu'on ne vous rencontre guère souvent
où vous devriez être toujours, je veux dire entre
les frères et les sœurs et entre les parents les plus
proches qui, faute de vous avoir au milieu d'eux,
se déchirent les uns les autres et se haïssent mortellement.

L'AMITIÉ

J'en ai bien du regret, mais je n'y saurais que faire :
ils sont la plupart tellement attachés à l'Intérêt, mon
ennemi caché et avec lequel j'ai une horrible antipathie ;
car vous savez qu'il veut tout avoir à lui, et qu'au
contraire je fais profession de n'avoir rien à moi ;
ils sont, dis-je, tellement attachés à ce lâche Intérêt

qu'ils m'abandonnent volontiers plutôt que lui. D'ailleurs, comme ils tirent chacun de leur côté, ils rompent tous mes liens et m'échappent sans cesse.

L'AMOUR

Je vous pardonnerais d'abandonner des parents intéressés et déraisonnables, si c'était pour vous trouver avec des étrangers sages et vertueux; mais il est certain que le plus souvent ce n'est que la débauche et le vice qui vous attirent et qui vous font demeurer où vous êtes, et que deux hommes ne seront bons amis que parce que ce sont deux bons ivrognes, deux francs voleurs, ou deux vrais impies.

L'AMITIÉ

Je ne me suis jamais rencontrée avec ces gens-là; j'avoue qu'il y a entre eux une certaine affection brutale et emportée qui me ressemble en quelque chose, et qui affecte fort de m'imiter. Il est encore véritable qu'elle fait en apparence les mêmes actions que moi; je dis ces actions éclatantes qui étonnent toute la terre, mais ce n'est point par le principe de générosité qui m'anime, et l'on peut dire qu'elle les fait de la même manière que la magie fait les miracles. Les sages qui connaissent les choses n'ignorent pas la différence qui est entre elle et moi, et ils ont toujours bien su que je ne me rencontre jamais qu'avec la Vertu, et au milieu des vertueux.

L'AMOUR

S'il en est ainsi, ma sœur, on ne vous trouve pas aisément, et votre demeure est bien difficile à trouver.

L'AMITIÉ

Elle l'est assurément plus que la vôtre, puisque je

ne me plais qu'avec les sages qui sont fort rares, et que vous au contraire ne vous plaisez qu'avec les fous, dont le nombre est presque infini et dont vous aimez tant la compagnie que si les personnes qui vous reçoivent ne le sont pas encore tout à fait, vous ne tardez guère à les achever.

L'AMOUR

Je sais bien, ma sœur, qu'il y a longtemps qu'on me reproche de ne pouvoir vivre avec la raison, et qu'on m'accuse de la chasser de tous les cœurs dont je me rends le maître; mais je puis dire que fort souvent nous nous accordons bien ensemble et que si quelquefois je me vois obligé à lui faire quelque violence, il y a de sa faute bien plus que de la mienne.

L'AMITIÉ

N'est-ce point que la Raison a tort, que vous êtes bien plus raisonnable que la Raison même?

L'AMOUR

Je ne voudrais pas vous l'assurer; mais je sais bien que si elle voulait ne se point mêler de mes affaires, comme je ne me mêle point des siennes, nous vivrions fort bien ensemble. Je n'empêche point qu'elle ne conduise les hommes dans les affaires importantes de leur vie; je veux bien qu'elle les rende grands politiques, bons capitaines et sages magistrats; mais je ne puis souffrir qu'elle s'ingère de contrôler mes divertissements et mes plaisirs, ni moins encore de régler la dépense des fêtes, des bals et de toutes les galanteries des amants. N'a-t-elle pas assez d'autres choses plus sérieuses pour s'occuper, et pourquoi faut-il qu'elle s'amuse à mille bagatelles dont elle n'a que faire? Que voulez-vous que je vous dise, c'est une *superbe et une *vaine qui veut régner partout, qui critique tout, et qui ne trouve rien de bien fait que ce qu'elle fait elle-même; je la repousse à la vérité d'une terrible force quand je ne suis pas en humeur d'en souffrir, et fort souvent nous nous donnons des combats effroyables. Mais pour vous montrer que j'en use mieux qu'elle en toutes choses; quand elle est la plus forte et qu'elle a avantage sur moi, elle ne me donne point de quartier, elle me chasse honteusement et publie en tous lieux la victoire qu'elle a remportée. Pour moi, quand je demeure le vainqueur, ce qui arrive assez souvent, je me contente de me rendre le maître de la place; et pourvu que le cœur m'obéisse, je lui laisse disposer à sa fantaisie de tous les dehors; je ne me vante point de l'avoir battue, et comme elle est *glorieuse, elle ne s'en vante pas aussi, elle fait bonne mine et paraît toujours la maîtresse.

L'AMITIÉ

On remarque en effet que tous les amants, quelque fous qu'ils soient, veulent paraître sages, et qu'on n'en voit point qui ne prétendent être fort raisonnables; mais de toutes leurs extravagances, je n'en trouve point de plus plaisante que celle qui leur est commune à tous, je veux dire la forte persuasion qu'ils ont que la personne qu'ils aiment est la plus belle et la plus accomplie de toutes celles qui sont au monde; je me suis cent fois étonnée de cette extravagance.

L'AMOUR

Est-il bien possible, ma sœur, que vous n'en sachiez pas la cause, et que vous n'ayez pas encore remarqué que les amants ne jugent ainsi favorablement de la beauté qu'ils aiment que parce qu'ils ne la voient jamais qu'à la lueur de mon flambeau qui a la vertu d'embellir tout ce qu'il éclaire : c'est un secret qui est fort naturel, mais cependant que peu de gens ont deviné. Les uns se sont imaginé que j'aveuglais tous les amants, les autres que je leur mettais un bandeau devant les yeux pour les empêcher de voir les défauts de la personne aimée; mais les uns et les autres ont mal rencontré; car enfin il n'est point de gens au monde qui voient si clair que les amants : on sait qu'ils remarquent cent petites choses dont les autres personnes ne s'aperçoivent pas, et qu'en un moment ils découvrent dans les yeux l'un de l'autre tout ce qui se passe dans le fond de leur cœur. Je ne comprends pas ce qui a pu donner lieu à de si étranges imaginations, si ce n'est peut-être qu'on ait pris pour un bandeau de certains petits cristaux que je leur mets au-devant des yeux, lorsque je leur fais regarder les personnes qu'ils aiment. Ces cristaux ont la vertu de corriger les défauts des objets, et de les réduire dans leur juste proportion. Si une femme a les yeux trop petits, ou le front trop étroit, je mets au-devant des yeux de son amant un cristal qui grossit les objets, en sorte qu'il lui voit des yeux assez grands, et un front raisonnablement large. Si au contraire elle a la bouche un peu trop grande et le menton trop long, je lui en mets un autre qui apetisse, et qui lui représente une petite bouche et un petit menton. Ces cristaux sont assez ordinaires, mais j'en ai de plus curieux, et ce sont des cristaux qui apetissent des bouches et agrandissent des yeux en même temps; j'en ai aussi pour les couleurs, qui font voir blanc ce qui est pâle, clair ce qui est brun, et blond ce qui est roux; ainsi de tout le reste [10]. Mais à qui est-ce que je parle, n'en avez-vous pas aussi bien que moi de toutes les façons?

L'AMITIÉ

Il est vrai, mon frère, que j'en ai, mais il s'en faut bien qu'ils fassent un effet aussi prodigieux que les vôtres; ils ne font qu'adoucir les défauts des objets, et les rendre plus supportables, sans empêcher qu'on ne les voie. Cependant, mon frère, il me semble que nous parlons ici bien plaisamment de nos petites affaires et qu'on se moquerait bien de nous si l'on nous entendait dire *naïvement, comme nous faisons, les nouvelles de l'*école.

L'AMOUR

Je connais à la vérité bien des personnes qui trouveraient notre entretien fort simple et fort commun; mais j'en sais d'autres dont le jugement serait plus favorable et qui le trouveraient assez divertissant.

L'AMITIÉ

Je sais du moins qu'il m'a divertie extrêmement et que j'ai bien du regret de ne pouvoir causer davantage avec vous; mais je ne veux pas donner sujet de se plaindre de moi à quelques personnes qui m'aiment plus que leur vie et qui ne me le pardonneraient jamais si j'étais plus longtemps sans leur donner des marques de mon souvenir.

L'AMOUR

Adieu donc, ma sœur; aussi bien ai-je encore plus d'affaires que vous, et qui pressent toutes étrangement.

J'ai des amants à punir, j'en ai d'autres à récompenser, et avec tout cela il faut que je me rende auprès d'Iris qui va partir pour aller au bal où je dois lui conquérir le cœur de tout ce qu'il y aura d'honnêtes gens dans l'assemblée et leur faire avouer qu'elle est la plus belle et la plus aimable personne du monde.

MARIE-JEANNE LHÉRITIER

LES ENCHANTEMENTS
DE L'ÉLOQUENCE
OU
LES EFFETS DE LA DOUCEUR

NOUVELLE

NOTICE

Marie-Jeanne Lhéritier de Villandon (1664-1734), nièce [1] de Charles Perrault — sa mère était une Le Clerc —, demeura étroitement liée au conteur dont elle partagea les sympathies, les idées et les goûts. Peut-être, comme le croit Mme J. Roche-Mazon, assuma-t-elle « au logis d'un veuf resté seul après huit ans de mariage » la tâche d'élever les jeunes enfants de Marie Guichon. Devint-elle en même temps la Schéhérazade de la famille ? C'est une ingénieuse supposition.

Chez cette fille d'un historiographe du roi — muse souvent couronnée par les sociétés littéraires de province, membre, comme Mlle Bernard, de l'Académie des Ricovrati de Padoue [2] — il y a de la pédante et du bas-bleu. Elle tient salon : son « érudition enjouée [3] » fait les frais des entretiens auxquels, le dimanche et le mercredi, elle se plaît à présider. Mme Deshoulières, la vieille Madeleine de Scudéry comptent parmi ses amies les plus chères ; on l'accueille à bras ouverts aux bureaux du *Mercure galant ;* c'est au « brillant Quinault », au « tendre Voiture », à « l'ingénieux Benserade [4] » que vont ses préférences littéraires ; elle s'arme pour les querelles de Perrault, prend résolument le parti des Modernes

---

1. Cf. De Vertron, *Seconde partie de La Pandore ou la suite des femmes illustres du siècle de Louis le Grand,* 1698 : « Mademoiselle L'Héritier... nièce de l'illustre Monsieur Perrault de l'Académie Française ».
2. Académie qui ne devait admettre que neuf femmes de lettres, dont chacune portait le nom d'une des muses.
3. Titre d'un ouvrage publié par Mlle Lhéritier en 1703.
4. *L'Apothéose de Mademoiselle de Scudéry,* 1702.

et des femmes, « prouvant ses sentiments par de vives raisons »; son ardeur à louer le prince n'a rien à envier au zèle de son oncle : Louis, dit-elle, par ses vertus,

> M'ouvre à chaque moment une illustre carrière.
> Oui, je m'occupe toute entière
> A chanter ses exploits rapides, glorieux [1].

Sonnets à bouts-rimés, poèmes de circonstance, « nouvelles savantes, satiriques et galantes », recueil « d'histoires singulières et amusantes », traduction versifiée des « Épîtres héroïques d'Ovide », autant de productions de Marie-Jeanne Lhéritier dont il est permis de faire bon marché. On attachera plus de prix à ses contes de fées, du moins à ceux qu'elle a publiés en 1695 dans son recueil d'*Œuvres mêlées* : *L'Adroite Princesse ou les Aventures de Finette; Les Enchantements de l'Éloquence ou les Effets de la Douceur.* Si les éditeurs ont souvent joint *L'Adroite Princesse* aux *Histoires du temps passé,* personne n'a jamais réimprimé *Les Enchantements de l'Éloquence,* où la conteuse pourtant brode sur des thèmes qui se retrouvent chez Perrault.

G. R.

---

1. *Mercure galant,* mai 1698.

LES ENCHANTEMENTS
DE L'ÉLOQUENCE

A MADAME
LA DUCHESSE D'ÉPERNON [1]

Vous voulez donc, belle Duchesse, interrompre pour quelques moments vos occupations sérieuses et savantes pour écouter une de ces fables gauloises qui viennent apparemment en droite ligne des conteurs ou troubadours de Provence, si célèbres autrefois. Je sais que les esprits aussi grands et aussi bien faits que le vôtre ne négligent rien; qu'ils trouvent dans les moindres bagatelles des sujets de réflexions importantes que tout le monde n'est pas capable d'y découvrir; et je ne puis même m'empêcher de croire que vous en ferez une dès l'abord. Vous vous étonnerez sans doute, vous que la science la plus profonde n'a jamais étonnée, que ces contes, tout incroyables qu'ils sont, soient venus d'âge en âge jusqu'à nous, sans qu'on se soit donné le soin de les écrire :

Ils ne sont pas aisés à croire :
Mais tant que dans le monde on verra des enfants,
  Des mères et des mères-grands,
  On en gardera la mémoire [2].

Une dame très instruite des antiquités grecques et romaines, et encore plus savante dans les antiquités gauloises, m'a fait ce conte quand j'étais enfant, pour m'imprimer dans l'esprit que les *honnêtetés n'ont jamais fait tort à personne, ou, pour parler comme le vieux proverbe, que *beau parler n'écorche point langue*, et que souvent,

> Doux et courtois langage
> Vaut mieux que riche héritage.

Elle s'efforçait de me prouver la vérité de cette maxime fort sensée, quoique *gothique, par l'histoire très merveilleuse que je vais vous raconter.

Dans le temps où il y avait en France des fées, des ogres, des esprits follets et d'autres fantômes de cette espèce (il est difficile de le marquer, ce temps-là, mais il n'importe), il y avait un gentilhomme de grande *considération qui aimait passionnément sa femme (et c'est ce qui fait encore que je ne puis deviner quel temps c'était). Sa femme ne l'aimait pas moins : il était bon homme, il le méritait. Ils vécurent donc assez heureux durant quinze ou seize ans; mais la mort les sépara. La dame mourut et ne laissa qu'une fille unique.

Elle avait été très belle; sa fille ne le fut pas moins, et avec mille agréments qui parurent dès son enfance, elle avait le teint d'une blancheur si éblouissante qu'on en forma son nom et qu'on la nomma Blanche.

Sa mère n'avait point eu de bien, mais son père en avait eu beaucoup; cependant il n'en avait plus quand sa femme mourut, parce que ses affaires avaient mal tourné pendant son mariage; et sa fille se voyait réduite à n'avoir pour toute dot que sa blancheur et sa beauté, ce qui d'ordinaire n'est pas d'un grand secours pour faire trouver un parti *considérable.

Le père de Blanche, étant fort affligé de la mort de sa femme, crut qu'il n'en serait point consolé jusqu'à ce qu'il en eût une autre; et comme sa fille lui paraissait assez jeune pour avoir le temps de lui chercher un *établissement à loisir, il conclut qu'il fallait premièrement penser à lui, et il songea sérieusement à fixer son choix. Le mauvais état de ses affaires le fit pencher du côté de la richesse : ainsi il s'attacha à une veuve qui n'était ni belle ni jeune, mais très opulente.

Cette femme n'avait qu'une fille unique non plus que lui et elle était veuve d'un financier qui n'avait oublié aucun des tours de son métier pour parvenir au comble de la richesse, et il y avait réussi. Ils n'avaient rien à se reprocher sur la naissance; aussi le point d'honneur ne mit jamais de division entre eux; mais comme elle avait conservé avec soin les sentiments et la manière de la famille dont elle était, elle avait donné à sa fille une éducation pareille à celle qu'elle avait eue; et sa fille étant d'un caractère rude et fort propre à recevoir des impressions grossières, il n'est presque pas possible de voir deux personnes plus *populaires et plus rustiques qu'elles étaient. Dans ce caractère elles ne *laissaient pas d'être toutes deux remplies d'une ambition outrée, mais mal entendue : elles avaient des idées si ridicules qu'elles faisaient cent extravagances où l'on voyait à découvert les égarements que leur faste et leur vanité leur inspiraient.

Avec ces dispositions, il est aisé de juger que le père de Blanche, qui portait le titre de marquis, fut écouté de la veuve avec joie, et que l'envie d'avoir un grand nom lui fit faire le mariage en fort peu de jours. Son nouvel époux, qui n'avait envisagé que son bien en l'épousant, vit avec beaucoup de chagrin, dès qu'il fut marié, combien les défauts de la marquise qu'il avait faite étaient en grand nombre et fatigants; mais comme il aimait naturellement la paix avec tout le monde, et que d'ailleurs il était d'un caractère à se laisser gouverner par sa femme, telle qu'elle fût, il vécut fort bien avec elle, à condition qu'il se mît sur le pied de ne la contredire jamais et de la laisser maîtresse absolue en toutes choses. Il se consolait de son *humeur incommode par les douceurs que lui produisait le grand bien qu'elle lui avait apporté; il supportait ses emportements en philosophe; et quand il la voyait trop en train de crier, comme il aimait la lecture, il s'en allait lire dans son *cabinet.

Il n'y avait que l'aimable Blanche qui fût entièrement à plaindre. Sa belle-mère avait pour elle une aversion inconcevable; elle était au désespoir de voir que sa beauté faisait encore paraître la difformité de sa fille et la rendait le mépris de tout le monde; car Alix (c'est ainsi qu'on nommait la fille du financier) était un monstre en laideur aussi bien qu'en grossièreté. Cependant, telle qu'elle était, sa mère ne *laissait pas de l'aimer jusqu'à l'idolâtrie : elle aurait tout sacrifié à sa satisfaction et, pour mettre le comble au malheur de Blanche, Alix la haïssait encore cent fois plus que sa mère. Elle employa donc tous les moyens imaginables pour la chagriner. La mère voulait que Blanche fût mise dans un couvent; mais Alix qui s'était mis en tête de la voir toujours la victime de ses caprices, détourna sa mère de ce dessein, craignant que lorsque Blanche ne serait plus sous leurs yeux, quelque amie officieuse ne mît son mérite dans tout son jour et ne lui procurât quelque *établissement éclatant, ce qu'Alix appréhendait plus que la mort.

Il fut donc résolu que Blanche resterait au logis et qu'elle ne ferait aucune visite, ni n'en recevrait aucune. On prit des mesures pour la cacher avec soin à tous les *honnêtes gens, et afin de ternir sa beauté, on l'obligea de s'occuper aux emplois des femmes de chambre, des femmes de charge, même des cuisinières.

Si je voulais, Madame, vous conter cette histoire

entièrement dans les termes que les conteurs de Provence l'ont apprise à nos grands-mères, je vous dirais mille particularités étonnantes de l'adresse de Blanche; mais il est inutile; je vous dirai seulement que par une docilité admirable, bien rare dans une si belle personne, elle avait la complaisance de s'employer à tous les travaux désagréables que sa belle-mère lui prescrivait; que Blanche mettait tout ce qu'elle touchait dans tout son lustre, et que jamais personne n'avait su si bien qu'elle *godronner des fraises et dresser des collets montés. Elle s'acquittait si habilement de toutes ces choses que je suis sûre que si elle eût vécu dans ce temps-ci, elle aurait su parfaitement faire aller les *rayons et se serait attiré une grosse cour de tant de femmes qui sont à tous moments dans un chagrin mortel que leur rayon opiniâtre n'est pas dans toutes les formes, quelques soins qu'elles se soient donnés d'en faire faire des preuves de justesse à leurs toilettes. Blanche aurait donné à cet ornement, si utile aux belles du pays des Pygmées, toute sa symétrie, et aurait encore enchéri sur Mme D***** 3 avec qui aucune coquette n'oserait se brouiller parce qu'elle a l'heureux talent de se mieux coiffer et de mieux monter des cornettes 4 que toutes les faiseuses de l'univers. Cette belle prérogative lui attire l'admiration et les complaisances d'un grand nombre de femmes, à cause qu'elle leur fait part de ses coiffures et qu'elle leur tourne la tête comme elle l'a tournée. Mais laissons ces remarques pour continuer notre histoire.

Non seulement on donnait mille fatigues à Blanche; mais on la laissait dans une négligence qui aurait été jusqu'à la *malpropreté la plus *dégoûtante sans les dispositions naturelles qu'elle avait à être *propre de quelque manière qu'elle fût habillée; ainsi malgré le soin qu'on prenait de lui donner des habits qui pussent la désorner, tout lui seyait : sa coiffure plate et son vêtement de grosse serge n'empêchaient pas qu'elle parût belle comme l'Amour, pendant qu'Alix toute couverte d'or et de pierreries, et avec une coiffure la plus étudiée, faisait peur à tous ceux qui la regardaient; car l'excès de sa parure ne la rendait que plus laide et de plus mauvais air.

Cependant elle ne pouvait rester chez elle : on la voyait incessamment aux promenades, aux spectacles, aux bals; elle ne pouvait se lasser d'étaler sa pompe dans tous ces lieux; mais si elle trouvait du plaisir à s'attirer les regards de quelques bourgeoises, elle était d'ailleurs bien mortifiée d'entendre à tous moments les pages ou les mousquetaires de ce siècle-là qui lui disaient derrière elle les vérités les plus piquantes : car, dès ce temps, beaucoup de mousquetaires, d'*académistes, de jeunes officiers et d'autres étourdis avaient la ridicule habitude de venir regarder au nez à toutes les femmes qu'ils voyaient un peu parées, et d'en dire tout haut mille *impertinences quand ils ne les trouvaient pas belles à leur gré. Ainsi on peut juger combien ces jeunes fous exerçaient le beau talent qu'ils ont de faire de froides railleries, quand ils voyaient la figure rebutante d'Alix; mais ce qu'on ne peut pas imaginer aisément est qu'elle se vengeait sur Blanche des insultes qu'elle avait reçues : se figurant que s'il n'y avait point de belles au monde, la laideur ne serait pas exposée à de pareils mépris, elle redoublait son aversion pour cette aimable personne et engageait sa mère à lui donner de nouveaux chagrins.

Malgré la douceur naturelle de Blanche, tant de mauvais traitements l'aigrissaient quelquefois si fort qu'elle faisait dessein de se *tirer de cette maison à quelque prix que ce fût; mais la haine qu'elle avait

pour les éclats, l'amour qu'elle avait pour son père
et l'espérance de trouver quelque occasion de sortir
avec bienséance de son esclavage lui ôtaient la résolution d'en sortir en faisant du bruit. Elle se préparait
donc de nouveau à la patience, et son père qui l'aimait
beaucoup, mais qui n'avait pas la fermeté de s'opposer
aux manières barbares qu'on avait pour elle, adoucissait
ses chagrins en les partageant, louait sa vertu et la
consolait en lui promettant de la part du Ciel qu'elle
se verrait un jour dans un état plus heureux. Ces
consolations soutenaient la constance de Blanche
dans ses malheurs; cependant, comme la société
et toutes sortes de divertissements lui étaient interdits,
elle trouva moyen d'en prendre dans sa chambre par
la lecture. Elle amassa un grand nombre de romans,
je ne sais de quelle manière; cependant elle n'en eut
pas toute la satisfaction qu'on pourrait croire, parce
qu'elle ne pouvait lire que la nuit, sa belle-mère l'occu-
pant sans relâche tant que le jour durait. Mais quoiqu'il
fallût retrancher de son sommeil pour avoir le temps
de lire, cela ne l'en empêchait pas : elle croyait se
reposer en lisant, et quand elle pouvait dérober de
jour quelques moments, elle retournait avec empressement à ses livres.

Sa belle-mère, qui l'observait sans cesse, prit des
ombrages de l'ardeur qu'on lui voyait pour être seule
dans sa chambre; et voulant s'éclaircir de ce qui l'y
attirait si puissamment, elle l'y surprit un jour comme
elle était sur un des plus beaux endroits d'un roman
aussi bien écrit qu'agréablement inventé. La marquise
aurait dû être touchée de voir le divertissement innocent
où Blanche s'était réduite; mais quoiqu'elle sût à
peine lire, elle se jeta sur le livre et le lui arracha des
mains et après en avoir lu le titre avec beaucoup de
difficulté, parce que c'était un nom grec fort rébarbatif

et qu'elle prononça très mal, elle comprit enfin que ce livre était un roman et elle commençait à faire un étrange vacarme à Blanche quand, par bonheur pour la pauvre fille, son père entra dans la chambre. Sa femme, sans lui donner le temps de parler, lui dit en criant de toute sa force :

— Eh bien! monsieur le raffineux [5], avec toutes vos chiennes de raisons sucrées, ne voilà-t-il pas comme vous avez bien élevé votre guenon de fille? Je viens de la surprendre qui lisait un livre d'amour en catimini.

Le marquis, qui se trouvait ce jour-là un peu plus de courage qu'à l'ordinaire, répondit à sa femme après avoir regardé le livre :

— Blanche fait fort bien de se divertir de cette lecture. Vous lui ôtez tous les plaisirs : elle ne peut pas mieux faire que d'en prendre un qui lui donnera de l'ouverture d'esprit et de la *politesse. Je suis ravi quand je vois les filles de qualité s'occuper à lire; si elles s'y appliquaient toutes, on ne les verrait pas si embarrassées de leur loisir; elles ne courraient point tant de spectacle en spectacle, et de *berlan en berlan.

La marquise, qui savait bien que sa fille était aussi avide du jeu que de tous les autres plaisirs, crut que son époux avait en vue d'attaquer Alix dans ce qu'il venait de dire; ainsi elle reprit en haussant encore d'un ton :

— Vraiment, j'en suis d'avis qu'on voulût empêcher que des femmes de qualité, qui ont du bien à milliers, ne se divertissent à leur fantaisie : cela est bon à des gueuses qui sont d'une noblesse ruinée de se retrancher tous ces plaisirs-là; mais à des dames qui ont plus de pistoles que ces salopes n'ont de deniers, il leur est permis de faire tout comme bon leur semblera. Pour les demoiselles qui n'ont pas le sol, elles ne doivent savoir que le ménage et s'y occuper toujours; au moins, si elles veulent faire les liseuses, il faut que ce soit dans de bons livres, et non pas dans ceux où l'on apprend la *malice.

— On n'apprend point la malice, reprit brusquement le père de Blanche, dans les beaux romans que je vois que ma fille lit (car il en avait été en goût plus qu'elle et il les aimait encore); au contraire, dit-il, on n'y trouve que de grands sentiments, que de beaux exemples; on y voit toujours le vice puni, toujours la vertu récompensée[6]; et même l'on peut dire que pour les personnes bien jeunes, la lecture des romans est en quelque façon meilleure que celle de l'histoire même, parce que l'histoire, étant entièrement assujettie à la vérité, présente quelquefois des images bien choquantes pour les mœurs. L'histoire peint les hommes comme ils sont, et les romans les représentent tels qu'ils devraient être, et semblent par là les engager d'aspirer à la perfection : du moins on ne peut pas nier que les romans bien faits n'apprennent le monde et la *politesse du langage. Blanche a déjà assez de disposition à parler juste, et j'espère que la lecture de ces agréables ouvrages achèvera de lui en donner l'habitude.

La belle-mère, qui n'entendait rien à cette philosophie et qui était une *maussade créature, qui ne prétendait pas relâcher rien de la sévérité qu'elle avait pour Blanche, ne put laisser achever l'apologie des romans que le marquis allait continuer; car il était *grec sur ce sujet.

— Quel chercheux de midi à quatorze heures! répliqua-t-elle. Merci de ma vie! que votre fille lise tout son saoul, puisque ce jeu lui plaît et à vous aussi; mais si les affaires de ma maison ne sont faites aussi ponctuellement qu'à l'ordinaire, je saurai bien la faire tourner au bout[7].

Elle les quitta, et cette belle conversation finit de cette manière.

Vous trouverez peut-être, Madame, que le père de Blanche était un peu trop prévenu pour les romans, vous qui ne vous occupez que des lectures sublimes; je ne sais pas ce que vous en penserez, mais je ne vous dirai pas non plus ce que j'en pense, je raconte seulement ce que porte ma chronique : je suis historienne, et une historienne, aussi bien qu'un historien, ne doit point prendre de parti. Ne badinez pas, je vous prie, sur ces réflexions, car si vous alliez perdre votre sérieux, vous me feriez perdre le mien aussi. Cependant, j'en ai bien besoin pour avoir la force de vous raconter tranquillement la suite de cette surprenante histoire.

Le père de Blanche ne se trompa point; cette belle fille joignit en peu de temps une *politesse achevée à sa douceur naturelle : on ne peut pas s'exprimer avec plus d'agrément et plus de justesse qu'elle faisait, soit par le commerce qu'elle eut avec les productions de l'esprit, soit par quelque autre raison. Alix ni sa mère n'envièrent point ces nouveaux avantages; elles étaient trop grossières pour sentir la délicatesse de ce qu'elles lui entendaient dire; ainsi elles continuèrent seulement d'être blessées de ses agréments personnels, et elles songèrent plus que jamais à les lui faire perdre.

Dans le temps de la belle saison, le marquis et toute sa famille allaient à la campagne. C'était là que la belle-mère de Blanche exerçait tous les talents qu'elle avait pour la tourmenter. Elle l'employait à tous les travaux les plus rustiques; mais malgré le soin qu'on prenait de l'exposer à tous moments au soleil, son teint qui était d'un naturel à ne se point hâler conservait toujours sa blancheur. Sa belle-mère mourait de dépit de voir que rien n'était capable de la rendre laide, et elle ne pouvait en perdre le dessein. Enfin, après tous les moyens qu'elle avait tentés et qui ne lui avaient pas réussi, elle s'avisa de la charger encore d'aller querir de l'eau pour l'usage de toute la maison à une fontaine qui était assez éloignée.

Blanche, qui s'était *dévouée à la patience, ne reçut pas cette commission avec plus de répugnance que celles qu'on lui donnait d'ordinaire : aller querir de l'eau n'était pas pour elle un emploi plus humiliant que cent autres qu'on lui donnait. D'ailleurs, elle voyait des *demoiselles qui y allaient aussi, car les coutumes de ce temps-là étaient sur certaines choses bien différentes des manières de ce temps-ci ; et l'exemple aurait pu la consoler, si elle y eût été de son bon gré, comme ces demoiselles de campagne, ou par l'indigence de la maison de son père. Mais quoiqu'elle fût bien armée de patience, elle avait de la peine à retenir ses larmes, quand elle considérait que le travail accablant qu'on lui imposait n'était que pour la désespérer et pour l'abîmer. C'était son chagrin : car non seulement elle avait l'exemple de ses voisines, mais elle avait lu dans quelque endroit que les filles des rois faisaient la lessive du temps d'Homère et qu'Achille faisait la cuisine fort joliment [8]. Blanche allait donc, sans se le faire dire, querir de l'eau toutes les fois qu'on en avait besoin.

La fontaine où elle l'allait prendre était entourée du plus beau paysage du monde ; mais le séjour en était dangereux parce qu'il était proche d'une forêt dont les loups venaient assez souvent faire des courses jusque-là, et la médisance publiait sourdement que c'était pour cette raison que la belle-mère de Blanche aimait tant à l'y envoyer. On avait averti plusieurs fois cette aimable fille du danger où elle s'exposait. Mais quoique les loups ne fussent pas ce qu'elle craignait le plus, ces avertissements étaient fort inutiles pour elle, parce qu'elle ne pouvait faire entendre raison à sa belle-mère.

Après y avoir été plusieurs fois sans y trouver ni bêtes ni gens, pour parler comme mon auteur, un jour, ayant puisé de l'eau, elle vit venir à elle un sanglier furieux, quoiqu'il ne fût poursuivi de personne. Elle en fut saisie de frayeur; on le serait à moins, Madame. Elle ne fut pas si effrayée cependant qu'elle ne songeât à se conserver; elle prit la fuite, et elle gagnait déjà des broussailles lorsqu'elle se sentit atteinte à l'épaule d'un coup qui la renversa par terre. Au même moment, le sanglier passa près d'elle sans lui faire mal et se cacha dans le bois.

Comme elle faisait des efforts pour se relever, malgré la douleur qu'elle sentait, elle entendit quelqu'un qui cria :

— Quoi! la belle enfant, c'est vous que j'ai blessée au lieu du sanglier! Que je suis malheureux!

En même temps, Blanche vit un jeune homme richement vêtu qui s'approcha d'elle pour lui aider à se relever. Quoique le sang qu'elle perdait la rendît fort pâle, le chasseur ne l'eut pas plutôt envisagée qu'il vit bien qu'elle était d'une beauté extraordinaire et qu'il se sentit touché de l'air doux et engageant qu'il trouva dans cette jeune personne, malgré la rusticité de ses habits. Il ne s'amusa pas à lui en faire compliment; il était plus judicieux : il songea à la secourir promptement. Il déchira son mouchoir, même sa cravate, ou si vous voulez, sa fraise, pour tâcher d'arrêter le sang de sa plaie. L'histoire dit que les yeux de Blanche firent à leur tour une blessure au chasseur; mais j'ai peine à croire que ce fut dès ce premier moment; ou si la chronique dit vrai, il fallait que ce chasseur fût aussi aisé à prendre feu que son fusil.

Quelque critique va dire apparemment que ce chasseur n'avait point de fusil, puisque du temps des fées, on n'avait pas encore l'usage de l'artillerie. Je connais des savants si scrupuleux qu'ils ne laisseraient pas finir un conte sans se récrier sur cet anachronisme; mais si je voulais entrer en *raison avec un censeur si peu sensé, ne pourrais-je pas lui dire que mesdames les fées pouvaient bien avoir fait là quelqu'un de leurs coups. On va voir bien d'autres merveilles : elles auraient bien pu encore faire celle-là, surtout en faveur du chasseur dont il s'agit, qui était filleul de Melusine, de Logistille [9] et de ne je sais combien d'autres des plus célèbres de ces dames obligeantes.

Cependant il est vrai que l'arme dont Blanche fut blessée n'était point une arme à feu, car un historien doit toujours dire la vérité, quoique j'en sache assez qui y manquent : c'était un dard, ou un javelot que le prince avait voulu lancer au sanglier... Mais je crois que je ne vous ai pas encore dit que ce chasseur était prince. Eh bien, il n'importe, je vous conterai tantôt ce que je sais de sa généalogie; car pour à présent, il faut retourner à la pauvre Blanche, que nous laissons trop longtemps à demi évanouie sur l'herbe.

Comme elle se voyait entre les mains d'un tel chirurgien, elle était dans une frayeur et dans une confusion qui lui faisait autant de peine que le mal qu'elle souffrait. L'officieux chasseur lui donnait tous les secours dont il pouvait s'aviser et il était si pénétré d'admiration et de douleur qu'il n'avait pas la force de dire un mot. Enfin, après avoir mis sur la plaie de la belle le meilleur *appareil qu'il pût et lui avoir jeté de l'eau dix ou douze fois sur le visage, de manière qu'elle ne paraissait plus en danger de s'évanouir, ce jeune inconnu lui dit :

— Que mon bonheur et mon malheur sont extrêmes aujourd'hui! Quel bonheur d'avoir vu une aussi charmante personne que vous! Quel malheur d'être la cause des maux qu'elle sent!

— Vous êtes une cause innocente de ces maux, répondit Blanche; ainsi, Seigneur, un semblable malheur ne mérite pas de troubler votre tranquillité.

— Quand vous ne seriez qu'une fille ordinaire, répliqua l'inconnu, j'aurais bien de la douleur de vous avoir blessée. Jugez donc quel est mon désespoir de cet accident, vous voyant aussi aimable que vous êtes.

— Sans répondre à vos douceurs, repartit Blanche, je vous dirai, Seigneur, que vous poussez trop loin la générosité. Quand vous m'auriez tuée, il ne faudrait s'en prendre qu'au destin, et non pas à vous; et puis, il y aurait si peu de perte à la vie d'une fille comme moi que cela ne mériterait pas d'agiter la vôtre, qui me paraît une de ces belles vies qui sont d'ordinaire si utiles à l'État que je puis répondre que des personnes de mon caractère sacrifieraient avec plaisir leurs jours inutiles aux jours précieux des gentilshommes aussi nécessaires au public que vous avez l'air d'être. Accordez-moi donc, Seigneur, la grâce que je vous demande de ne vous point affliger de mon aventure; car, à mon tour, je me reprocherais le chagrin qu'elle vous donnerait.

L'inconnu qui, sur l'habit de Blanche, l'avait prise d'abord pour une paysanne, ou une *demoiselle de village tout au plus, fut de la dernière surprise quand il entendit le tour dont elle parlait; mais il fut encore plus touché de sa douceur que de sa *politesse. Ce jeune prince était naturellement très violent; et il sentait bien que si quelqu'un, quoique innocemment, lui avait fait autant de mal qu'il venait d'en faire à

cette belle, il n'y aurait eu aucun égard qui l'eût empêché de s'emporter terriblement contre l'auteur de
ce mal. Moins il était capable d'une telle modération,
plus il admirait; par là Blanche se rendit absolument
maîtresse de son âme, et cet exemple prouva admirablement par avance le vrai d'une des maximes de
Quinault, qui a dit avec tant de justesse :

C'est la beauté qui commence de plaire;
Mais la douceur achève de charmer.

Le prince était enchanté à un tel point que la foule
des pensées qui se présentaient à son imagination
lui fit quelques moments garder le silence, et il ne
le rompit que pour dire encore à Blanche cent choses
galantes; néanmoins, il ne lui témoigna rien des
impressions qu'elle avait faites sur son cœur, parce
qu'il craignait d'alarmer une belle personne qui lui
faisait voir autant de modestie dans ses réponses que
de douceur et de *politesse.

Cependant le prince était fort inquiété de voir que
ses gens ne le rejoignaient point. Il s'était égaré d'eux
à la chasse, et il était dans la dernière impatience de
ce qu'il n'en revenait pas quelqu'un auprès de lui,
parce qu'il voulait envoyer quérir promptement un
char pour ramener Blanche où elle voudrait aller.
Mais cette belle, à qui il témoigna son inquiétude
et son dessein, lui dit :

— Seigneur, je vous prie avec les dernières instances de ne point donner d'ordres pour cela; et si
vous avez autant de considération pour moi que vous
m'en avez fait voir, je vous assure que vous ne me
pouvez pas faire un plus sensible plaisir que de me
quitter sans penser à moi et sans parler à personne,
ni de ma rencontre, ni de ma blessure. J'ai les plus
fortes raisons du monde de vous faire ces prières,
et j'espère que je pourrai regagner tout doucement

le logis de mon père, quand je me serai un peu reposée.

Après quelques contestations fort obligeantes de la part du prince, il lui dit :

— Eh bien, vous le voulez, je me soumets à vos ordres; mais pour ce qui est de ne point penser à vous, ne croyez pas, charmante personne, qu'on puisse vous obéir sur cela.

A ces mots le prince la quitta, remonta à cheval et laissa Blanche étonnée, faible, et fort inquiète des pensées qu'on aurait chez elle de ce qu'elle était si longtemps sans revenir.

Enfin, elle se mit en chemin et après beaucoup de peine elle arriva au logis de son père, au moment qu'on allait envoyer voir ce qui la retenait à la fontaine. La belle-mère commença par faire beau bruit; mais lorsque Blanche eut dit qu'il lui était arrivé un accident, qu'elle avait été blessée par un sanglier et que, sans un passant qui l'avait secourue, elle serait morte sur la place, la belle-mère fut contrainte de se taire. Le marquis, fort troublé à cette nouvelle, courut auprès de sa fille, la fit mettre au lit et résolut bien de ne se pas reposer sur sa femme touchant les soins qu'il faudrait prendre de Blanche. Puisque voilà cette belle fille en bonne main, retournons au prince et à sa généalogie.

Il était allié d'Urgande, cousin de Maugis, arrière-neveu de Merlin, et avec cela filleul du sage Lirgandée et des plus savantes fées, comme je vous l'ai déjà dit. Du reste, on ne sait pas bien de quel pays il était souverain futur : car certaines relations disent qu'il était fils du duc de Normandie, d'autres assurent que c'était du duc de Bretagne, et d'autres mémoires, que ce fut le comte de Poitiers qui lui eut donné la naissance. Ce défaut d'éclaircissement vient de ce qu'on ne sait point du tout en quel lieu était la fontaine où Blanche allait querir de l'eau. Enfin, il n'importe pas beaucoup; il suffit que toutes les relations conviennent que le chasseur qui blessa cette belle était fils et héritier du souverain du pays.

Comme ce jeune prince était fort occupé de l'aventure qu'il avait eue, sitôt qu'il eut rejoint ses gens, il chargea un de ses écuyers qui était fort adroit de s'aller informer dans le village du destin de Blanche. L'écuyer s'acquitta habilement de sa commission et vint rendre un compte exact à son maître de la naissance, des inclinations et des malheurs de cette jeune beauté. Le prince fut ravi d'apprendre qu'elle était d'une noblesse illustre et songea à prendre des mesures pour rendre heureuse une personne qui lui paraissait digne de l'être.

Blanche était aimée dans le village dont son père était seigneur autant qu'Alix y était haïe : ainsi les paysans avaient fait à l'écuyer cent contes plaisants touchant les belles qualités de l'une et les défauts choquants de l'autre. Ce gentilhomme, qui était vif et enjoué, n'avait pas oublié un mot de toutes les choses qu'on avait dites, et il les raconta au prince dans les mêmes termes, avec une naïveté qui eut le pouvoir de divertir un amant qui était aussi occupé de sa tendresse que le sont d'ordinaire les héros de romans.

Le premier soin du prince fut de chercher à guérir Blanche de la blessure qu'il lui avait faite; mais comme pour être d'une famille fort savante dans l'art de féerie, il n'était pas pour cela plus habile dans cet art, il eut recours à une de ses marraines, à qui il alla conter son aventure. Il ne lui confia point l'amour qu'il avait pour Blanche; il lui demanda seulement la guérison de cette belle fille : mais avec tant d'ardeur, et il lui parla de son mérite avec tant d'exagération qu'une femme, un peu du monde, sans être fée et sans savoir la nécromancie, aurait deviné aisément qu'il était amoureux. Il ne fut donc pas difficile à la bonne fée de faire cette découverte; et comme elle aimait véritablement son filleul, elle fut bien aise de ce qu'il remettait cette affaire à ses soins, se faisant un plaisir de voir Blanche pour examiner si elle était digne des sentiments qu'elle inspirait à un cœur qui avait été jusque là insensible à la tendresse.

Dulcicula (c'est ainsi que se nommait cette fée) alla donc préparer d'un baume merveilleux qui guérissait les blessures les plus mortelles en moins de vingt-quatre heures. Ensuite elle prit la figure d'une vieille paysanne et dans cet équipage elle s'alla présenter à la porte du père de Blanche. La première personne qu'elle rencontra, ce fut Alix, à qui elle dit fort *civilement en style villageois qu'ayant un secret admirable, elle venait offrir ses services au marquis pour sa fille.

— Qu'est-ce que cette vieille folle-là me vient conter? répondit *brutalement Alix. Je crois que toute cette vermine de villageois est enragée à faire les entremetteux pour cette guenon de Blanche; je ne sais pas à qu'ils en ont de se démener tretous comme des ahuris. Cette bonne bête n'aura garde d'aller faire une bosse au cimetière; si c'était quelque bon chien à berger, il en mourrait bien plutôt qu'elle.

Dulcicula fut extrêmement surprise de voir une demoiselle toute couverte d'or et de pierreries parler un si étrange jargon; mais cette fée, qui était la douceur même, fut encore plus indignée de son mauvais naturel que de sa grossièreté. Elle ne répondit rien à cette *brutale, et ayant appris que le marquis n'était pas chez lui, elle s'adressa à une femme qu'il avait chargée d'avoir soin de Blanche. Cette femme mena la fée auprès du lit de la malade. Dulcicula lui dit, toujours dans des termes conformes à son habit, que son accident l'ayant touchée, elle était venue exprès de son village pour lui offrir d'un baume qu'elle avait, qui guérissait toutes sortes de maux, et fort promptement.

Blanche, qui avait beaucoup d'esprit, et qui était dépréoccupée des erreurs populaires [10], crut que le baume dont on lui parlait était quelqu'un de ces remèdes dont le peuple s'entête, et qu'il appelle de *petits remèdes innocents* parce qu'il faut être en effet bien innocent pour s'en servir. Cependant cette aimable fille, gardant toujours son caractère, répondit à la fée :

— Vous êtes bien obligeante, ma bonne mère, de quitter ainsi toutes vos affaires pour me venir faire plaisir; je ne sais comment je pourrai reconnaître ce que je dois à votre zèle, moi qui suis si peu en état de faire ce que je voudrais; mais je parlerai de vous à mon père, et j'espère qu'il vous tiendra compte de votre bonne volonté, car pour le baume, je vous en remercie, je suis entre les mains des chirurgiens et il ne faut pas changer tous les jours de remèdes.

Dulcicula, charmée de la douceur et des manières honnêtes de Blanche, ne laissa pas de pénétrer la mauvaise opinion qu'elle avait de son baume; mais elle la pressa de s'en servir avec tant d'ardeur et de confiance que cette belle fille y consentit par pure complaisance pour la paysanne qu'elle voyait si affectionnée pour elle. La fée mit donc de son baume enchanté sur la plaie de Blanche et par un effet merveilleux, il n'y fut pas plus tôt que la belle commença à se sentir fort soulagée.

Elles entrèrent ensuite en conversation. Dulcicula ne cessait point d'admirer en elle-même la douceur et les autres belles qualités qu'elle voyait jointes à tant de beauté, et cette admiration produisit un bon effet. La fée tenait un bâton sur quoi elle semblait s'appuyer; mais c'était la baguette enchantée dont elle se servait à faire tous les prodiges de son art. Elle toucha Blanche de cette baguette, comme par hasard, et lui fit un don d'être toujours plus que jamais douce, aimable, bienfaisante, et d'avoir la plus belle voix du monde. Aussitôt elle sortit de la chambre de la belle malade, accompagnée de la femme qui en avait soin. Elle la mit sur le chapitre d'Alix, et elle apprit que cette grondeuse était aussi coquette que laide et méchante; que, comme elle était toujours dans une parure éclatante et faisait cent grimaces et cent contorsions pour se donner de l'agrément, on l'appelait en tous lieux, par ironie, *la belle Alix ;* elle ajouta qu'en mille endroits, quand on voyait une fille se donner des airs impertinents et affectés, on disait qu'*elle faisait bien la belle Alix*.

La fée ainsi instruite rencontra encore dans la cour, toute seule, celle dont on venait de lui parler en si beaux termes. Elle s'approcha d'Alix et lui dit *civilement:

— Mademoiselle, je vous prie de me dire par où je pourrais trouver la porte de derrière de ce logis.

Alix répondit en colère :

— Peut-on rien voir de plus mal appris que cette vieille radoteuse-là, qui vient s'adresser à moi pour faire toutes ses sottes questions ?

La fée, sans répondre, se mit à marcher derrière Alix et, laissant tomber sa baguette sur elle comme sans dessein, elle lui fit le don d'être toujours emportée, désagréable et malfaisante. Ce n'était que lui assurer la possession des qualités qu'elle avait déjà. Aussi elle entra dans une telle fureur de la chute de cette baguette qu'elle *pensa battre la bonne paysanne; du moins elle vomit contre elle un torrent d'injures et la fée qui avait fait son coup se retira.

Cependant Blanche, qui ne sentait plus de douleurs si aiguës depuis l'application du baume enchanté, repassait l'aventure du bois dans son souvenir. Les manières agréables et la bonne mine du chasseur se présentaient vivement à son idée, et il lui semblait que dans tous les romans qu'elle avait lus, elle n'avait jamais rien vu de plus merveilleux que cet incident. Elle était bien en peine de savoir qui était ce chasseur; mais tous ses mouvements ne naissaient que de simple bienveillance et de curiosité. N'allez pas croire, je vous prie, que d'autres sentiments y eussent part; vous feriez tort à Blanche.

Pour le prince, il était entièrement livré à l'amour. Ce que Dulcicula lui avait dit du mérite de Blanche allumait encore son feu; et il en était si transporté que, sans la crainte du duc son père, dès l'instant il aurait été querir cette belle malheureuse pour l'amener triomphalement dans le palais; mais il fallut modérer ses transports : non pas sans chercher cent fois dans son esprit des moyens de les contenter.

Justement au bout de vingt heures, Blanche se trouva parfaitement guérie et, quelques jours après, son impitoyable belle-mère la renvoya encore sans façon à la fontaine. Comme elle était prête à puiser de l'eau, elle vit venir à elle une dame qui brillait encore plus par son grand air et par sa bonne grâce que par sa parure, quoiqu'elle fût mise d'une manière aussi magnifique que galante. Cette dame s'approcha de Blanche et lui dit :

— Ma belle enfant, je vous prie de vouloir bien me donner à boire.

— J'ai bien de la confusion, Madame, répondit agréablement Blanche, de ne pouvoir vous en présenter que dans ce vase qui est fort peu commode pour cela.

En même temps, cette belle fille se pencha sur le

bord de la fontaine, rinça le vase avec soin et ensuite présenta de bonne grâce à boire à la dame. Elle remercia Blanche fort *civilement après avoir bu. Elle la trouva si aimable dans ses manières que du remerciement elle entra en conversation, la jeta sur mille sujets agréables et délicats dont Blanche ne fut point embarrassée; elle y répondit avec tant d'esprit, de douceur et de *politesse qu'elle acheva de charmer celle à qui elle parlait.

Cette dame, comme je crois que vous vous en doutez déjà bien, était aussi une fée; mais vous ne vous douterez pas que cette fée s'appelait *Eloquentia nativa*. Ce nom paraîtra à quelques gens aussi étrange qu'un nom grec; cependant, charmante Duchesse, vous voyez bien qu'il est très latin; mais, latin ou grec, cela ne fait rien, c'est de ce nom *bourru que s'appelait la fée dont il s'agit et il ne faut pas s'en étonner : toutes les fées avaient toujours des noms hétéroclites. *Eloquentia nativa,* donc, toute pénétrée de l'éloquence et des manières obligeantes de Blanche, se résolut de récompenser magnifiquement le petit plaisir que cette belle lui avait fait de si bon cœur et de si bonne grâce. La savante fée mit la main sur la tête de Blanche et lui donna pour don qu'il sortirait de sa bouche des perles, des diamants, des rubis et des émeraudes chaque fois qu'elle ferait un sens fini en parlant; ensuite la fée dit adieu à cette aimable fille qui s'en retourna tranquillement chez elle chargée de son vase plein d'eau.

Blanche ne fut pas plus tôt en présence de sa belle-mère que cette femme lui demanda d'un ton aigre ce qui l'avait encore si longtemps retenue à la fontaine. Blanche lui répondit :

— C'est l'arrivée de la plus aimable dame que j'ai jamais vue.

A ces mots un amas éblouissant de perles et de pierreries lui sortit de la bouche.

— Qu'est-ce donc que ceci? s'écria la marquise.

Blanche lui raconta éloquemment et ingénument la rencontre qu'elle avait faite de la dame, et l'entretien qu'elle avait eu avec cette admirable inconnue; mais ce récit ne se fit pas sans qu'à la fin des périodes de Blanche, quelque courtes qu'elles fussent, il ne tombât de sa bouche sur le plancher une pluie plus précieuse encore que celle qui vainquit Danaé. Chacun s'empressait à ramasser ce que Blanche répandait de sa bouche; personne n'était effrayé des *dragées qu'elle écartait; elle se donna bien à son tour le soin de les recueillir; et quoiqu'elle ne fût pas intéressée, insensiblement elle prit l'habitude de parler d'un style coupé. On ne peut décrire la joie du marquis, c'est pourquoi je n'en parle point.

Cependant la marquise, aussi surprise que consternée, se résolut dès le lendemain d'envoyer sa fille à la fontaine, se flattant qu'elle y trouverait aussi la dame inconnue et qu'elle lui ferait les mêmes faveurs qu'à Blanche. On était en ce temps-là comme on est encore aujourd'hui : on ne se rendait point justice, on voulait des grâces sans se mettre en peine de les mériter. Cette mère dit son dessein à Alix qui, étant plus *brutale que jamais, lui répondit en termes *impertinents qu'elle était plaisante de lui vouloir donner ce bel emploi et qu'elle n'en ferait rien. La mère dit qu'elle voulait absolument que cela fût et que c'était pour son bien qu'elle l'envoyait à l'eau; enfin Alix en disant mille sottises, se prépara à y aller.

Elle se para avec autant de soin que si c'eût été pour aller au bal, prit un vase d'or le plus beau de toute la maison et dans cet étalage pompeux elle arriva à la fontaine. *Eloquentia nativa* était en effet autour de ses

eaux; la savante fée avait fait depuis peu la découverte
de cette belle solitude et elle s'y plaisait beaucoup;
mais ce jour-là elle se promenait sous la figure d'une
agréable paysanne dont elle avait pris l'air *naïf et
l'habit champêtre; car *Eloquentia* n'était pas moins
belle avec une simple parure que sous les plus brillants
ornements. Au contraire, quand elle mettait des ajuste-
ments affectés, cela *offusquait sa beauté.

Alix s'assit sur le bord de la fontaine et la jolie
paysanne, qui avait soif parce qu'elle s'y était longtemps
promenée, s'approcha aussitôt de ce bord. Alix,
dont l'esprit *populaire n'était frappé que de l'éclat
des habits magnifiques à qui seuls elle rendait l'honneur
qu'elle était capable de rendre, Alix, dis-je, regarda
la feinte paysanne avec mépris, et ne daigna pas l'hono-
rer d'un signe de tête, quoique *Eloquentia* lui eût fait
une profonde révérence. La fée ne se rebuta point
pour cela; en faisant une nouvelle révérence, elle dit
à Alix :

— Mademoiselle, je vous supplie d'avoir la bonté
de souffrir que je me serve de votre vase pour puiser
de l'eau, car j'ai une soif violente.

— Voyez ce fretin, répondit Alix tout en furie;
on vient ici tout exprès pour l'abreuver; vraiment
il leur en faut des vases d'or pour mettre leur chien
de museau. Allez, bête de *tortillonne, tournez-moi le
dos et si vous avez soif, allez boire à l'auge de nos bœufs.

— Vous êtes bien brusque, mademoiselle, répliqua la
fée. Vous fais-je quelque offense pour me traiter ainsi?

Alors Alix, se levant et mettant les deux mains sur
les côtés, dit en criant de toute sa force :

— Je crois que tu veux raisonner, peste de souillon;
mais je ne te conseille pas de m'échauffer les oreilles,
car je te ferais assommer de coups quand tu passeras
devant notre porte.

La sage fée pleine d'indignation des *brutalités de cette créature voulut l'en punir dès le moment et d'une manière qui conservât un souvenir plein d'horreur du torrent injurieux de sa langue venimeuse. Elle jeta Alix par terre en la touchant du bout de sa baguette, et dans cet état, elle lui donna le don, ou plutôt la punition, qu'à chaque mot qu'elle dirait il sortirait de sa bouche des crapauds, des serpents, et des araignées, et d'autres vilains animaux dont le venin fait frémir tout le monde. Aussitôt *Eloquentia* s'en alla de ce lieu et laissa Alix pleine de rage contre elle.

Cette méchante personne attendit longtemps la dame brillante dont elle espérait des faveurs; mais voyant qu'elle attendait vainement, enfin elle se lassa et s'en retourna chez elle. Sa mère brûlait d'impatience de la revoir et du moment qu'elle l'aperçut de sa porte, cette marquise alla au devant d'elle :

— Eh bien! dit-elle, avez-vous fait une bonne rencontre?

— Oui! dit Alix, il était bien nécessaire de m'envoyer là faire le pied de grue.

A ces mots un tas de couleuvres, de crapauds et de souris sortit à flots de la bouche d'Alix.

— Où as-tu pris cela, malheureuse? s'écria la mère.

Alix voulut lui répondre : autre déluge de vilaines bêtes. La mère et la fille rentrèrent dans le logis, où l'on vit que le beau don qu'avait Alix était un mal sans remède et tout le monde acheva de prendre cette indigne personne dans la dernière aversion. Sa mère elle-même ne put s'en empêcher.

Cependant le prince qui était fort attentif à tout ce qui regardait Blanche apprit en peu de temps le don heureux qu'elle avait reçu d'une fée; et comme il connaissait la puissance et la générosité d'*Eloquentia nativa,* qui était encore une de ses marraines, il se douta que c'était elle qui avait fait ce prodige. Prenant le prétexte d'en vouloir être témoin, il marqua beaucoup d'envie de voir venir Blanche à la cour, et alla prier *Eloquentia* de vouloir bien aller querir cette belle fille dont on disait tant de merveilles.

— Savez-vous, lui dit la fée en souriant, que c'est moi qui les ai faites?

— Non, lui répondit le prince; mais je vous en rends mille grâces, car j'ai une ardente passion pour cette jeune beauté.

— Vous savez le zèle que j'ai à vous obliger, reprit la fée; mais vous ne devez point me remercier dans cette occasion; je ne savais point l'intérêt que vous prenez à Blanche, vous n'avez nulle part à ce que j'ai fait pour elle : la douceur et la *politesse de cette aimable fille m'ont charmée, sa conversation est toute admirable, rien n'égale le tour heureux de ses expressions, et j'ai voulu que les perles et les pierreries sortissent de sa bouche pour marquer la douceur et le brillant qu'on trouve dans ses paroles.

Le prince fut ravi d'entendre louer l'éloquence de Blanche par une fée dont il estimait mille fois plus le goût et les talents que ceux de la rhétorique.

Enfin *Eloquentia nativa* quitta son filleul et se rendit au château du père de Blanche. Il était assiégé d'une foule incroyable de peuple : les choses brillantes qui sortaient de sa bouche attiraient encore plus de monde que celles qui sortent de la bouche de Mr de ******, toutes belles qu'elles sont. Ce peuple avait raison : n'était-il pas bien plus agréable de voir sortir des pierres précieuses d'une belle petite bouche comme celle de Blanche qu'il ne l'était de voir sortir des éclairs de la grande bouche de cet orateur tonnant qui était cependant si couru des Athéniens.

Au grand regret de la foule qui environnait Blanche,

Eloquentia la fit monter dans son char et l'emmena à la cour. Dans ce lieu le prince lui témoigna les transports de sa tendresse; Blanche n'y fut pas insensible; et comme l'heureux don qu'avait cette belle personne la rendait plus riche que les premières princesses de l'univers, le prince l'épousa avec l'applaudissement du duc son père et de tous les peuples de ses États.

Le père de Blanche, qui était au comble de la joie, eut un grand crédit à la cour, et n'eut plus à souffrir des caprices de sa femme : elle n'osa le chagriner depuis l'élévation de sa fille. L'envieuse Alix, que le seul bonheur de Blanche aurait outrée de désespoir, avait encore celui de voir que sa mère ni personne ne la pouvaient plus souffrir. Elle quitta de rage la maison de cette mère, et s'en alla errante de province en province, où elle fut l'objet de l'aversion de tout le monde, et où elle éprouva toutes les rigueurs de la nécessité! Enfin, après avoir bien souffert, elle mourut de misère *au coin d'un buisson,* pendant que Blanche triomphait. Le bonheur de cette belle personne dura autant que sa vie, qui fut longue; et sa destinée et celle d'Alix prouvèrent ce que j'ai avancé d'abord, que souvent :

> Doux et courtois langage
> Vaut mieux que riche apanage.

Je ne sais pas, Madame, ce que vous pensez de ce conte; mais il ne me paraît pas plus incroyable que beaucoup d'histoires que nous a faites l'ancienne Grèce; et j'aime autant dire qu'il sortait des perles et des rubis de la bouche de Blanche, pour désigner les effets de l'éloquence, que de dire qu'il sortait des éclairs de celle de Périclès. Contes pour contes, il me paraît que ceux de l'antiquité gauloise valent bien à peu près ceux de l'antiquité grecque; et les fées ne sont pas moins en droit de faire des prodiges que les dieux de la Fable.

CATHERINE BERNARD

RIQUET A LA HOUPPE

NOTICE

Née à Rouen en 1662, nièce, à l'en croire, du grand
Corneille, parente et amie de Fontenelle, Mlle Bernard sut
habilement se pousser dans la carrière des lettres. Sans
fortune, douée en revanche d'une aimable tournure (à
défaut de jupes elle avait, selon Mme de Coulanges [1], des
mouches et du rouge), l'ambitieuse provinciale réussit à
trouver des protecteurs bien placés et à faire figure d'auteur
à la mode. Catherine Bernard était protestante : elle ne crut
pas inopportun, le mois même où fut révoqué l'Édit de
Nantes, de se convertir au catholicisme et d'en informer les
lecteurs du *Mercure Galant.*

Elle s'était déjà fait connaître par une tragédie, des nouvelles, des pièces de circonstance, elle avait deux fois
« remporté le prix de poésie par le jugement de l'Académie
Française » lorsqu'elle publia chez Martin Jouvenel *Inès de
Cordoue, nouvelle espagnole* — un volume de 258 pages.
Le privilège du roi est daté du 19 février 1696; l'achevé
d'imprimer du 10 mai; l'ouvrage est dédié à « à son Altesse
Sérénissime Monseigneur le Prince de Dombes » — un
enfant de six mois, fils de cette duchesse du Maine qui
prenait plaisir aux contes de fées.

Mlle Bernard imagine qu'à la cour de Philippe II, Élisa-
beth de France propose aux dames, « pour se faire un
amusement nouveau », de composer des histoires galantes
où les aventures seront « toujours contre la vraisemblance,
et les sentiments toujours naturels » : Inès de Cordoue conte

---

1. Lettre du 19 novembre 1694.

l'histoire du « Prince rosier » (pp. 11-44); Leonor de Silva celle de « Riquet à la houppe » (pp. 46-72) [1].

Selon l'abbé Trublet, Fontenelle collabora souvent avec sa cousine Catherine Bernard. Qu'*Inès de Cordoue* soit en grande partie de son encre, il est permis de le supposer : au ton désinvolte, spirituel et sceptique de *Riquet à la houppe,* on reconnaîtrait volontiers sa manière.

Dans une lettre adressée à Bayle (25 juin 1696) l'abbé Dubos porte sur l'ouvrage de Mlle Bernard un jugement des plus réservés : « Je ne vous parle point des panégyriques de Mr Fléchier : le mérite de leur auteur est connu depuis longtemps. Nous avons aussi quelques nouveaux petits romans comme *Inès de Cordoue* dont je ne dirai rien, par une raison tout opposée. »

Riquet à la houppe a été plusieurs fois réimprimé au xviiie siècle (avec des remaniements) sous le titre de *Kadour* (1718; 1731; 1785). On a longtemps cru, sans prêter attention aux dates des premières éditions, que Mlle Bernard s'était bornée à démarquer le conte de Perrault. *Les Deux Riquet à la houppe (mai 1696-janvier 1697)* ont été publiés en un seul volume (1929) avec une excellente préface de Mme J. Roche-Mazon.

G. R.

---

1. *Le Prince rosier* et *Riquet à la houppe* figurent dans un recueil manuscrit de *Petits contes en prose et en vers,* relié aux armes de Mlle de Nantes, fille de Louis XIV et de Mme de Montespan (Bibliothèque Mazarine, ms. 4015).

RIQUET A LA HOUPPE

Un grand seigneur de Grenade, possédant des richesses dignes de sa naissance, avait un chagrin domestique qui empoisonnait tous les biens dont le comblait la fortune. Sa fille unique, née avec tous les traits qui font la beauté, était si stupide que la beauté même ne servait qu'à la rendre désagréable. Ses actions n'avaient rien de ce qui fait la grâce; sa taille, quoique *déliée, était lourde, parce qu'il manquait une âme à son corps.

Mama (c'était le nom de cette fille) n'avait pas assez d'esprit pour savoir qu'elle n'en avait point, mais elle ne *laissait pas de sentir qu'elle était dédaignée, quoiqu'elle ne démêlât pas pourquoi. Un jour qu'elle se promenait seule (ce qui lui était ordinaire), elle vit sortir de la terre un homme assez hideux pour paraître un monstre. Sa vue donnait envie de fuir, mais ses discours rappelèrent Mama :

— Arrêtez, lui dit-il, j'ai des choses fâcheuses à vous apprendre, mais j'en ai d'agréables à vous promettre. Avec votre beauté, vous avez je ne sais quoi qui fait qu'on ne vous regarde pas : c'est que vous ne pensez rien; et sans me faire valoir, ce défaut vous met infiniment au-dessous de moi qui ne suis que par le corps ce que vous êtes par l'esprit. Voilà ce que j'avais de cruel à vous dire; mais à la manière stupide dont vous me regardez, je juge que je vous ai fait trop

d'honneur lorsque j'ai craint de vous offenser : c'est
ce qui me fait désespérer du sujet de mes propositions;
cependant je hasarde de vous les faire. Voulez-vous
avoir de l'esprit ?

— Oui, lui répondit Mama de l'air dont elle aurait
dit : non.

— Eh bien, ajouta-t-il, en voici les moyens. Il
faut aimer Riquet à la houppe, c'est mon nom; il
faut m'épouser dans un an; c'est la condition que je
vous impose, songez-y si vous pouvez. Sinon, répétez
souvent les paroles que je vais vous dire, elles vous
apprendront enfin à penser. Adieu pour un an. Voici
les paroles qui vont chasser votre indolence, et en
même temps guérir votre *imbécillité :

> Toi qui peux tout animer,
> Amour, si pour n'être plus bête,
> Il ne faut que savoir aimer,
> Me voilà prête.

A mesure que Mama prononçait ces vers, sa taille
se dégageait, son air devenait plus vif, sa démarche
plus libre; elle les répéta. Elle va chez son père, lui
dit des choses suivies, peu après de sensées, et enfin
de spirituelles. Une si grande et si prompte métamorphose ne pouvait être ignorée de ceux qu'elle intéressait davantage. Les amants vinrent en foule; Mama
ne fut plus solitaire ni au bal ni à la promenade; elle
fit bientôt des infidèles et des jaloux; il n'était bruit
que d'elle et que pour elle.

Parmi tous ceux qui la trouvèrent aimable, il n'était
pas possible qu'elle ne trouvât rien de mieux fait
que Riquet à la houppe ; l'esprit qu'il lui avait donné
rendit de mauvais offices à son bienfaiteur. Les
paroles qu'elle répétait fidèlement lui inspiraient de
l'amour, mais, par un effet contraire aux intentions
de l'auteur, ce n'était pas pour lui.

Le mieux fait de ceux qui soupirèrent pour elle eut la préférence. Ce n'était pas le plus heureux du côté de la fortune; ainsi son père et sa mère, voyant qu'ils avaient souhaité le malheur de leur fille en lui souhaitant de l'esprit, et ne pouvant le lui ôter, lui firent au moins des leçons contre l'amour; mais défendre d'aimer à une jeune et jolie personne, ce serait défendre à un arbre de porter des feuilles au mois de mai; elle n'en aima qu'un peu davantage Arada, c'était le nom de son amant.

Elle s'était bien gardée de dire à personne par quelle aventure la raison lui était venue. Sa vanité était intéressée à garder le secret; elle avait alors assez d'esprit pour comprendre l'importance de cacher par quel mystère il lui était venu.

Cependant, l'année que lui avait laissée Riquet à la houppe pour apprendre à penser et pour se résoudre à l'épouser était presque expirée; elle en voyait le terme avec une douleur extrême; son esprit, qui lui devenait un présent funeste, ne lui laissait échapper aucune circonstance affligeante; perdre son amant pour jamais, être au pouvoir de quelqu'un dont elle ne connaissait que la difformité, ce qui était peut-être son moindre défaut, enfin quelqu'un qu'elle s'était engagée à épouser en acceptant ses dons qu'elle ne voulait pas lui rendre : voilà ses réflexions.

Un jour que, *rêvant à sa cruelle destinée, elle s'était écartée seule, elle entendit un grand bruit, et des voix souterraines qui chantaient les paroles que Riquet à la houppe lui avait fait apprendre : elle en frémit, c'était le signal de son malheur. Aussitôt la terre s'ouvre, elle y descend insensiblement, et elle y voit Riquet à la houppe environné d'hommes difformes comme lui. Quel spectacle pour une personne qui avait été suivie de tout ce qu'il y avait de plus aimable dans son pays! Sa douleur fut encore plus grande que sa surprise; elle versa un torrent de larmes sans parler, ce fut le seul usage qu'elle fit alors de l'esprit que Riquet à la houppe lui avait donné.

Il la regarda tristement à son tour :

— Madame, lui dit-il, il ne m'est pas difficile de voir que je vous suis plus désagréable que la première fois que j'ai paru à vos yeux; je me suis perdu moi-même en vous donnant de l'esprit; mais enfin, vous êtes encore libre, et vous avez le choix de m'épouser ou de retomber dans votre premier état; je vous remettrai chez votre père, telle que je vous ai trouvée, ou je vous rendrai maîtresse de ce royaume. Je suis le roi des Gnomes, vous en serez la reine; et si vous voulez me pardonner ma figure et sacrifier le plaisir de vos yeux, tous les autres plaisirs vous seront prodigués. Je possède les trésors renfermés dans la terre, vous en serez la maîtresse; et, avec de l'or et de l'esprit, qui peut être malheureux mérite de l'être. J'ai peur que vous n'ayez quelque fausse délicatesse; j'ai peur qu'au milieu de tous mes biens je ne vous paraisse de trop; mais si mes trésors avec moi ne vous conviennent pas, parlez, je vous conduirai loin d'ici, où je ne veux rien qui puisse troubler mon bonheur. Vous avez deux jours pour connaître ce lieu et pour décider de ma fortune et de la vôtre.

Riquet à la houppe la laissa après l'avoir conduite dans un appartement magnifique; elle y fut servie par des gnomes de son sexe, dont la laideur la blessa moins que celle des hommes. On lui servit un repas où il ne manquait que la bonne compagnie. L'après-dînée, elle vit la *comédie, dont les acteurs difformes l'empêchèrent de s'intéresser au sujet. Le soir, on lui donna le bal, mais elle y était sans le désir de plaire; ainsi elle se sentit un mortel dégoût qui ne l'aurait pas

laissée balancer à remercier Riquet à la houppe de
ses richesses, comme de ses plaisirs, si la menace de
la sottise ne l'eût arrêtée.

Pour se délivrer d'un époux odieux, elle aurait
repris sans peine la stupidité si elle n'avait eu un amant,
mais ç'aurait été perdre cet amant de la manière la
plus cruelle. Il est vrai qu'elle était perdue pour lui
en épousant le gnome; elle ne pouvait jamais voir
Arada ni lui parler, ni même lui donner de ses nouvelles;
il pouvait la soupçonner d'infidélité. Enfin elle allait
être à un mari qui, en l'ôtant à ce qu'elle aimait, lui
aurait toujours été odieux, même quand il eût été
aimable; mais de plus, c'était un monstre. Aussi la
résolution était difficile à prendre.

Quand les deux jours furent passés, elle n'en était
pas moins incertaine; elle dit au gnome qu'il ne lui
était pas possible de faire un choix.

— C'est décider contre moi, lui dit-il; ainsi je vais
vous rendre votre premier état que vous n'osez choisir.

Elle trembla; l'idée de perdre son amant par le
mépris qu'il aurait pour elle la toucha assez vivement
pour la faire renoncer à lui.

— Eh bien, dit-elle au gnome, vous l'avez décidé,
il faut être à vous.

Riquet à la houppe ne fit point le difficile; il l'épousa,
et l'esprit de Mama augmenta encore par ce mariage,
mais son malheur augmenta à proportion de son esprit;
elle fut effrayée de s'être donnée à un monstre et à
tous moments elle ne comprenait pas qu'elle pût
passer encore un moment avec lui.

Le gnome s'apercevait bien de la haine de sa femme
et il en était blessé, quoiqu'il se piquât de force d'esprit.
Cette aversion lui reprochait sans cesse sa difformité,
et lui faisait détester les femmes, le mariage et la
curiosité qui l'avait conduit hors de chez lui. Il laissait

souvent Mama seule; et comme elle était réduite à
penser, elle pensa qu'il fallait convaincre Arada par
ses propres yeux qu'elle n'était pas inconstante. Il
pouvait aborder en ce lieu, puisqu'elle y était bien
arrivée; il fallait du moins lui donner de ses nouvelles,
et s'excuser de son absence sur le gnome qui l'avait
enlevée et dont la vue lui répondrait de sa fidélité.
Il n'est rien d'impossible à une femme d'esprit qui
aime. Elle gagna un gnome qui porta de ses nouvelles
à Arada; par bonheur, le temps des amants fidèles
durait encore. Il se désespérait de l'oubli de Mama
sans en être aigri; les soupçons injurieux n'entraient
point dans son esprit; il se plaignait, il mourait sans
avoir une pensée qui pût offenser sa maîtresse, et
sans chercher à se guérir; il n'est pas difficile de croire
qu'avec ces sentiments il alla trouver Mama au péril
de ses jours sitôt qu'il sut le lieu où elle était, et qu'elle
ne lui défendait pas d'y venir.

Il arriva dans les lieux souterrains où vivait Mama,
il la vit, il se jeta à ses pieds; elle lui dit des choses
plus tendres encore que spirituelles. Il obtint d'elle
la permission de renoncer au monde pour vivre sous
la terre, et elle s'en fit beaucoup prier quoiqu'elle n'eût
point d'autre désir que de l'engager à prendre ce parti.

La gaieté de Mama revint peu à peu, et sa beauté
en fut plus parfaite, mais l'amour du gnome en fut
alarmé : il avait trop d'esprit et il connaissait trop le
dégoût de Mama pour croire que l'habitude d'être
à lui pût adoucir sa peine. Mama avait l'imprudence
de se parer; il se faisait trop de justice pour croire
qu'il en fût digne; il chercha tant qu'il *démêla qu'il
y avait dans son palais un homme bien fait qui se
tenait caché; il n'en fallut pas davantage. Il médita
une vengeance plus fine que celle de s'en défaire.
Il fit venir Mama :

— Je ne m'amuse point à faire des plaintes et des reproches, lui dit-il, je les laisse en partage aux hommes ; quand je vous ai donné de l'esprit, je prétendais en jouir : vous en avez fait usage contre moi ; cependant je ne puis vous l'ôter absolument, vous avez subi la loi qui vous était imposée. Mais si vous n'avez pas rompu notre traité, vous ne l'avez pas observé à la rigueur. Partageons le différend ; vous aurez de l'esprit la nuit, je ne veux point d'une femme stupide ; mais vous le serez le jour pour qui il vous plaira.

Mama dans ce moment sentit une pesanteur d'esprit que bientôt elle ne sentit même plus. La nuit, ses idées se réveillèrent ; elle fit réflexion sur son malheur ; elle pleura, et ne put se résoudre à se consoler, ni à chercher les expédients que ses lumières lui pouvaient fournir.

La nuit suivante, elle s'aperçut que son mari dormait profondément ; elle lui mit sous le nez une herbe qui augmenta son sommeil, et qui le fit durer autant qu'elle voulût. Elle se leva pour s'éloigner de l'objet de son courroux. Conduite par ses rêveries, elle alla du côté où logeait Arada, non pas pour le chercher, mais peut-être qu'elle se flatta qu'il la chercherait ; elle le trouva dans une allée où ils s'étaient souvent entretenus et où il la demandait à toute la nature. Mama lui fit le récit de ses malheurs et ils furent adoucis par le plaisir qu'elle eut de les lui conter.

La nuit suivante, ils se rencontrèrent dans le même lieu sans se l'être marqué et ces rendez-vous tacites continuèrent si longtemps que leur *disgrâce ne servait qu'à leur faire goûter une nouvelle sorte de bonheur ; l'esprit et l'amour de Mama lui fournissaient mille expédients pour être agréable et pour faire oublier à Arada qu'elle manquait d'esprit la moitié du temps.

Lorsque les amants sentaient venir le jour, Mama

allait éveiller le gnome; elle prenait soin de lui ôter les herbes assoupissantes sitôt qu'elle était auprès de lui. Le jour arrivait, elle redevenait *imbécile, mais elle employait le temps à dormir.

Un état passablement heureux ne saurait durer toujours; la feuille qui faisait dormir faisait aussi ronfler. Un gnome domestique qui n'était ni bien endormi, ni bien éveillé crut que son maître se plaignait; il court à lui, aperçoit les herbes qu'on avait mises sous son nez, les ôte, croyant qu'elles l'incommodaient : soin qui fit trois malheureux à la fois. Le gnome se vit seul, il cherche sa femme en furieux; le hasard ou son mauvais destin le conduisit au lieu où les deux amants ne se lassaient pas de se jurer un éternel amour; il ne dit rien, mais il toucha l'amant d'une baguette qui le rendit d'une figure semblable à la sienne; et ayant fait plusieurs tours avec lui, Mama ne le distingua plus de son époux. Elle se vit deux maris au lieu d'un, et ne sut jamais à qui adresser ses plaintes, de peur de prendre l'objet de sa haine pour l'objet de son amour; mais peut-être qu'elle n'y perdit guère : les amants à la longue deviennent des maris.

VARIANTES

GRISELIDIS

(Première édition, 1691)

P. 9 :

Sur le titre de la première édition voir *Bibliographie,* p. LXIII.

P. 15 :

a. Où le sexe né pour lui plaire

P. 16 :

a. Griselde y sera

P. 18 :

a. Ou remis quelque impôt

P. 19 :

a. Ce n'est que vertu, que douceur,
   Qu'un même esprit, qu'un même cœur,

P. 21 :

a. dans le sein de la plaine
b. en le regardant
c. le plus creux

P. 23 :

a. Le Prince découvrit cette simplicité,
   Cette douceur, cette sincérité
   Dont il crut jusqu'alors le beau sexe incapable,

P. 24 :

a. Sans la bien observer, et les lieux d'alentour,
b. Mais dans les jours suivants qu'il sentit sa blessure,
   Il lui causa bien de l'ennui.

P. 25 :

a. Il sut que Griselde on l'appelle,
   Qu'elle n'a plus que son père avec elle,

P. 28 :

    a. De l'hymen Griselde informée

P. 31 :

    a. Griselde, sans être étonnée,

P. 37 :

    a.   ... parfaite beauté.
       Un chevalier aimable autant qu'on le peut être,
       Qui connut son mérite, et par hasard un jour
          La vit à la grille paraître,
       Conçut

P. 39 :

    a. Et la fille
    b. qu'en un couvent qu'il nomme
    c. « Dans vos bois, lui dit-il, il faut vous retirer
       Pour me soustraire à sa colère,

P. 41 :

    a. « Griselde, lui dit-il.

P. 42 :

    a. Ait tout sujet d'être contente
    b.   ... plus belle encore.
       Griselde en est émue, et de ses jours heureux
       Le tendre souvenir à son cœur se rappelle :

P. 43 :

    a. « Griselde, dit le prince avec un ton sévère,
       Songez à me servir
    b. Griselde,

P. 44 :

    a. Griselde ne se désespère?
    b.   ... que l'aimable personne
       A qui vous croyez tous qu'Hymen va me lier
         Est ma fille, et que je la donne
       Pour épouse à ce jeune et brave chevalier

P. 46 :

    a. Où la sage Griselde attire tous les yeux,

A MONSIEUR*** EN LUI ENVOYANT GRISELIDIS

P. 47 :

   a. en lui envoyant la Marquise de Salusses.
   b. le caractère du marquis de Salusses?

P. 48 :

   a. les réflexions chrétiennes de Griselde,
   b. que l'on a trouvés

P. 49 :

   a. l'épisode du chevalier

P. 50 :

   a. de cet Ouvrage. Vous vous étonnerez peut-être de ce que je
   donne le nom de Griselde à la Marquise de Salusses, et non pas
   celui de Griselidis connu de tout le monde, et si connu que la
   Patience de Griselidis a passé en Proverbe. Je vous dirai que je
   me suis conformé en cela à Boccace le premier auteur de cette
   Nouvelle, lequel l'appelle ainsi; que le nom de Griselidis m'a
   paru s'être un peu sali dans les mains du Peuple, et que d'ailleurs
   celui de Griselde est plus facile à employer dans la Poésie. Je suis,
   etc.

LES SOUHAITS RIDICULES

(Mercure galant, 1693)

P. 81 :

   a. S'écrierait
   b. mieux qu'autre

P. 83 :

   a. riches désormais
   b. Là-dessus, fort au long, tout le fait il lui conte.
   c. Une aune
   d. de pouille, d'injure

P. 84 :

   a. La femme était jolie

P. 85 :

   a. Si ce n'est qu'en pendant sur le bas du visage
     Et lui fermant la bouche à tout moment,
       Il l'empêchait de parler aisément,
        Pour un époux, merveilleux avantage !
         « Je pourrais bien, disait-il à part soi,
     Pour me dédommager d'un malheur si funeste,
   b. et le prix et l'effet,
   c. Il ne devint point potentat,
     D'écus il n'emplit point sa bourse ;
   d. Trop heureux d'employer le désir qui restait,
     Frêle bonheur,
   e. Tant il est vrai

LA BELLE AU BOIS DORMANT
(*Mercure galant*, 1696)

P. 97 :

   a. priée de la fête,
   b. de la Tour,

P. 98 :

   a. elle alla
   b. Roi, et vous Reine,
   c. par la vieille fée,
   d. un Édit qui défendait à toutes sortes de personnes
   e. sous peine

P. 99 :

   a. du donjon
   b. bonne femme
   c. bonne vieille
   d. avait faites de filer. « Que
   e. lui dit
   f. faites-vous cela ?
   g. rien ne la fait
   h. le Roi, qui était rentré dans le Palais, et qui monta aussitôt au bruit,
   i. jugeant fort prudemment qu'il fallait bien
   j. l'avaient dit, il fit
   k. n'avait point
   l. morte. Il ordonna
   m. son heure fût venue

P. 100 :

    a. en un moment

    b. d'une heure dans un char tout de feu traîné par des dragons,
descendre dans la cour du château. Le roi

    c. vieux château. Qu'y avait-il à faire? quel expédient? Elle en
eut bientôt trouvé. Elle toucha

    d. des basses-cours

    e. à leurs besognes.

    f. à qui que ce soit au monde

P. 101 :

    a. On ne doute point que la Fée n'eût fait là

    b. le fils d'un Roi

    c. qu'il pouvait prendre, pour les manger

    d. de se faire passage

    e. cinquante ans que mon père m'a dit qu'il

    f. la plus belle qu'on pût voir,

    g. qu'elle serait éveillée

    h. elle était destinée

    i. qu'il mettrait à fin une

    j. il marcha

    k. il entra, mais

    l. son chemin. Un homme, jeune, Prince et amoureux

    m. une grande anticour

P. 102 :

    a. corps étendus, hommes et animaux,

    b. Dames, qui dormaient tous,

    c. assis. Enfin il entre

    d. où il vit

    e. une jeune personne qui paraissait quinze

    f. beaucoup d'amour, avec cela on va bien loin.

    g. lui procurait le plaisir

P. 103 :

    a. pas encore dit la moitié de ce qu'ils avaient à se dire. « Quoi,
belle Princesse, lui disait le Prince, en la regardant avec des yeux
qui en disaient mille fois plus que ses paroles, quoi, les destins
favorables m'ont fait naître pour vous servir? Ces beaux yeux ne
se sont ouverts que pour moi, et tous les Rois de la terre, avec
toute leur puissance, n'auraient pu faire ce que j'ai fait avec mon
amour? — Oui, mon cher Prince, lui répondit la Princesse, je
sens bien à votre vue que nous sommes faits l'un pour l'autre.
C'est vous que je voyais, que j'entretenais, que j'aimais pendant
mon sommeil. La Fée m'avait rempli l'imagination de votre image.

Je savais bien que celui qui devait me désenchanter serait plus beau que l'amour, et qu'il m'aimerait plus que lui-même, et dès que vous avez paru, je n'ai pas eu de peine à vous reconnaître. » Cependant tout le Palais s'était réveillé en même temps que la Princesse

b. mouraient de faim ; il y avait longtemps qu'ils n'avaient mangé

c. s'impatientant, dit tout haut à la Princesse que sa

d. comme ma mère grande et que son collet était monté

e. y soupèrent. Les Violons et Hautbois

f. quoiqu'il y eût cent ans

g. le premier Aumônier les maria dans la Chapelle et la Dame

h. où le Roi son Père

i. Ce prince

j. dans la forêt et avait couché

k. mais la Reine sa mère

P. 104 :

a. qu'il n'y eût quelque amourette. Elle lui dit plusieurs fois pour le faire expliquer qu'il fallait se contenter dans la vie, mais il n'osa jamais se fier à elle de son secret : il la craignait, quoiqu'il l'aimât. Elle était de race ogresse et le Roi ne l'avait épousée qu'à cause de son grand bien. On disait même tout bas à la Cour qu'elle avait toutes les inclinations des Ogres et qu'en voyant de petits enfants, elle avait beaucoup à se retenir de se jeter dessus. Ainsi le Prince ne lui voulut jamais rien dire. Il continua pendant deux ans à voir en secret sa chère Princesse, et l'aima toujours de plus en plus. L'air de mystère lui conserva le goût d'une première passion, et toutes les douceurs de l'hymen ne diminuèrent point les empressements de l'amour. Mais quand le Roi son père fut mort et qu'il se vit le maître

b. dans la ville Capitale. Quelque temps

c. lui recommanda fort la jeune Reine qu'il aimait plus que jamais, depuis qu'elle lui avait donné de beaux enfants, une fille qu'on nommait l'Aurore, et un garçon qu'on appelait le Jour, à cause de leur extrême beauté. Le Roi devait

d. envoya la jeune Reine

e. pour y pouvoir assouvir plus aisément

f. « Maître Simon, je veux

g. reprit-elle d'un ton

h. de la chair fraîche. Ce pauvre homme

i. elle avait quatre ans et vint en sautant, en riant

j. *Le texte du* Mercure *porte bien :* du bonbon. Du bon du bon *(qu'on retrouve dans certaines éditions) n'est qu'une faute d'impression du second tirage de 1697.*

k. auquel il fit

l. que la méchante Reine l'assura

P. 105 :

a. il emporta... et il la donna
b. « Maître Simon, je veux manger demain le Jour
c. comme la première fois
d. des armes contre
e. donna à sa place à la méchante Reine un petit chevreau qu'elle trouva admirable.
f. cette méchante Reine cria d'un ton effroyable : « Maître Simon, Maître Simon ! » Il alla aussitôt et elle lui dit « Je veux manger demain ma bru. » Ce fut alors que Maître Simon désespéra
g. une bête de cet âge-là. Il prit donc
h. monta à sa chambre dans l'intention de n'en point faire
i. la surprendre, lui dit
j. « Faites, faites, lui dit-elle en lui tendant le cou ; exécutez l'ordre que l'on
k. aimés » : elle les croyait
l. le pauvre Maître Simon

P. 106

a. point. Vous irez revoir vos chers enfants, mais ce sera chez moi où je les tiens cachés,
b. à la chambre de sa femme, où il la laissa
c. avec eux, et alla accommoder la biche que l'Ogresse mangea
d. que si ç'avait été
e. pour son petit frère.
f. voix de la Mère et des Enfants,
g. elle commanda... avec cette voix
h. Maître Simon
i. donné l'ordre
j. dans la cuve, lorsque la jeune Reine demanda qu'au moins on lui laissât faire ses doléances et l'Ogresse, toute méchante qu'elle était, le voulut bien. « Hélas ! hélas ! s'écria la pauvre Princesse, faut-il mourir si jeune ? Il est vrai qu'il y a assez longtemps que je suis au monde, mais j'ai dormi cent ans, et cela me devrait-il être compté ? Que diras-tu, que feras-tu, pauvre Prince, quand tu reviendras, et que ton pauvre petit Jour, qui est si aimable, que ta petite Aurore, qui est si jolie, n'y seront plus pour t'embrasser, quand je n'y serai plus moi-même ? Si je pleure, ce sont tes larmes que je verse ; tu nous vengeras, peut-être, hélas ! sur toi-même. Oui, misérables, qui obéissez à une Ogresse, le Roi vous fera tous mourir à petit feu. » L'Ogresse, qui entendit ces paroles qui passaient les doléances, transportée de rage s'écria : « Bourreaux, qu'on m'obéisse, et qu'on jette dans la cuve cette causeuse. » Ils s'approchèrent aussitôt de la Reine, et la prirent par ses robes ; mais dans ce moment le Roi
k. avec sa belle Reine et ses chers enfants

P. 107 :

    a. Riche, vaillant, aimable et doux
    b. qui dorme
    c. La seconde moralité ne figure pas dans le *Mercure galant*.

NOTES

CONTES EN VERS

PRÉFACE

1. Recueil de contes merveilleux attribués à l'écrivain grec Aristide de Milet (IIᵉ siècle av. J.-C.), traduits en latin, au temps de Cicéron, par l'historien Sisenna.

2. « Conte usé, commun et rebattu » (La Fontaine) qui, sous des formes diverses, a couru tous les pays. On en connaît des versions orientales (Inde, Chine); il figure dans le *Satyricon* de Pétrone et forme le sujet d'une fable attribuée à Phèdre; on n'a pas manqué d'en tirer parti au Moyen Age, de Marie de France à Eustache Deschamps. La Matrone d'Éphèse se retrouve au XVIᵉ siècle chez Brantôme, au XVIIᵉ siècle chez La Fontaine (*Contes*, V, 6); le récit de Pétrone a été aussi adapté en prose par Saint-Évremond.

3. La « fable de Psyché » trouve place dans les *Métamorphoses* ou *L'Ane d'or* d'Apulée (chap. IV-VI), mais il n'en est pas question dans *L'Ane* de Lucien. Sujet maintes fois traité au XVIIᵉ siècle : Puget de la Serre, *Les Amours de Cupidon et Psyché* (1624); Benserade, *Ballet royal de Psyché* (1656); La Fontaine, *Les Amours de Psyché et de Cupidon* (1669); Corneille et Molière, *Psyché*, tragédie-ballet, avec musique de Lulli (1671); Fontenelle, *Psyché*, tragédie lyrique, avec musique de Lulli (1678).

4. Allusion à la fable de La Fontaine, *Jupiter et le métayer* (VI, 4), ou à celle de Faërne, *Le paysan et Jupiter* (adaptée par Perrault dans son recueil de 1699, V, 13).

5. Perrault peut songer à la fois aux *Enchantements de l'Éloquence* de Mlle Lhéritier et à son propre conte, *Les Fées*, déjà rédigé sans doute en 1695.

6. Ne peut s'appliquer exactement à aucun des contes de Perrault; allusion probable à des récits connus de tous qui couraient dans la tradition orale.

7. « Mademoiselle Lhéritier » (note de Perrault). Sur Mlle Lhéritier, voir p. 237.

P. 15 GRISELIDIS

1. On ignore quelle est cette « Mademoiselle ** » à qui Perrault a dédié *Griselidis*. Serait-ce Mlle Lhéritier?

2. A rapprocher du poème sur *La chasse*.

3. Cf. Mme de Sévigné, lettre du 15 mai 1691 : « Parlons maintenant de la plus grande affaire qui soit à la cour... C'est la défaite des *fontanges* à plate couture : plus de coiffures élevées jusqu'aux nues, plus de *casques*, plus de *rayons*, plus de *bourgognes*, plus de *jardinières;* les princesses ont paru de trois quartiers moins hautes qu'à l'ordinaire; on fait usage de ses cheveux comme on faisait il y a dix ans. »

4. On songe à l'arc de triomphe de la porte Saint-Antoine, élevé par la ville de Paris à la gloire de Louis XIV — peut-être d'après les dessins de Claude Perrault. La première pierre en fut posée le 6 août 1670; terminé en plâtre, bientôt délabré, il fut démoli en 1716.

5. Perrault range l'opéra parmi les nouveaux genres littéraires qui font honneur aux modernes. Quatre ans avant la publication de *Griselidis*, il avait vanté l'opéra dans *Le Siècle de Louis le Grand :*

> Quand la toile se lève et que les sons charmants
> D'un innombrable amas de divers instruments
> Forment cette éclatante et grave symphonie
> Qui ravit tous les sens par sa noble harmonie...
> Ou quand d'aimables voix que la scène rassemble
> Mêlent leurs divers chants et leurs plaintes ensemble...
> Sur des maîtres de l'art, sur des âmes si belles,
> Quel pouvoir n'auraient pas tant de grâces nouvelles?

Autre apologie de l'opéra dans le *Parallèle des anciens et des modernes en ce qui regarde la poésie* (1692, pp. 281-284).

P. 47 A MONSIEUR ***
EN LUI ENVOYANT GRISELIDIS

1. Quel est ce « Monsieur *** »? Fontenelle peut-être.

2. Allusion à la couverture de papier bleu des brochures populaires diffusées par les colporteurs (almanachs, ouvrages de piété et surtout adaptations de romans et de nouvelles du Moyen Age). Au XVIIe siècle, ces livrets étaient pour la plupart imprimés à Troyes, chez les Oudot, et formaient ce qu'on appelait la « Bibliothèque bleue » ; de là l'expression bien connue : contes bleus. Voir Charles Nisard, *Histoire des livres populaires et de la littérature du colportage*, 1864, 2 vol. (sur *Griselidis*, II, pp. 481-494); Alexandre Assier, *La Bibliothèque bleue depuis Jean Oudot Ier jusqu'à M. Baudot*, 1874; Pierre Brochon, *Le Livre de colportage en France depuis le XVIe siècle*, 1954. — Cf.

Perrault, *Apologie des femmes* : « Il [Boileau] a beau se glorifier du grand débit que l'on a fait de ses satires, ce débit n'approchera jamais de celui de *Jean de Paris*, de *Pierre de Provence*, de *la Misère des clercs*, de *la Malice des femmes*, ni du moindre des almanachs imprimés à Troyes au Chapon d'Or. »

P. 57 PEAU D'ANE

1. La marquise de Lambert (1647-1733) était fille de cette dame de Courcelles qui convola en secondes noces avec Bachaumont. En 1698, Philippe Mancini, duc de Nevers, lui céda une partie de l'hôtel qu'il possédait rue Colbert, à côté de la Bibliothèque du Roi : c'est là qu'elle tint jusqu'à sa mort un salon littéraire, dont Fontenelle et La Motte furent des habitués. Mme de Lambert a écrit quelques ouvrages de morale : *Avis à ma fille; Avis d'une mère à son fils; Traité de l'amitié; Traité de la vieillesse.*

2. Les spectacles de marionnettes connurent à Paris un vif succès dans la deuxième moitié du xviie siècle. Dès le début du règne de Louis XIV, Jean Brioché, en compagnie de son singe Fagotin, exerçait au bas du Pont-Neuf la double profession d'arracheur de dents et de montreur de « fantoches »; cf. Molière, *Tartuffe* (II, 3) : « Et parfois Fagotin et les marionnettes ». Son fils François, auquel il est fait allusion dans l'*Épître à Racine* de Boileau (v. 104) et dans *Les Caractères* de La Bruyère (XII, 21), ouvrit à son tour un théâtre rue Guénégaud et connut bientôt des concurrents, tels les Italiens qui, installés au Marais en 1676, donnèrent des représentations au « Théâtre des Pygmées ». Les spectacles de marionnettes comptaient parmi les attractions de la foire Saint-Germain et de la foire Saint-Laurent.

3. « Homme sauvage qui mangeait les petits enfants » *(note de Perrault).* Le mot *ogre* ne figure dans aucun dictionnaire du xviie siècle et n'a été admis par l'Académie qu'en 1740; cf. *Parallèle des anciens et des modernes en ce qui regarde la poésie*, p. 120 : « Ceux qui ont fait des contes de Peau d'Ane » y « introduisent de certains hommes cruels qu'on appelle des ogres, qui sentent la chair fraîche et qui mangent les petits enfants; ils leur donnent ordinairement des bottes de sept lieues pour courir après ceux qui s'enfuient... Les enfants conçoivent ces bottes de sept lieues comme de grandes échasses avec lesquelles ces ogres sont en moins de rien partout où ils veulent. »

4. Les premiers écus d'or au soleil — « écus de France où il y avait un petit soleil à huit rais » (Furetière) — apparurent sous le règne de Louis XI, en 1475 : ils valaient alors soixante sols (ou trois livres). On ne frappa plus d'écus d'or après 1656; mais pendant longtemps beaucoup restèrent en circulation : l'édit sur les monnaies de 1689 fixe à six livres le cours de l'écu d'or. Mascarille (Molière, *L'Étourdi*, III, 2) prétend que bien des vertus s'évanouissent « aux rayons d'un

soleil qu'une bourse fait voir ». Quant au louis, qui valait onze livres, il avait même poids que la *pistole.

5. Les candidats au baccalauréat en médecine devaient subir un examen « sur Hippocrate ».

6. D'innombrables guérisseurs tiraient alors des revenus substantiels de la médecine empirique, c'est-à-dire, selon Nicolas de Blégny (alias Abraham du Pradel), lui-même apothicaire-charlatan, de « celle qui est pratiquée par des particuliers dont l'étude n'a pas été assez réglée pour parvenir aux degrés et qui se fonde principalement sur les épreuves de quelques recettes médicinales » *(Le Livre commode des adresses de Paris pour 1692)*. L'un des « charlatans ayant cours » était l'Italien Caretti, le Carro Carri de La Bruyère *(Caractères,* VIII, 16; XII, 21; XIV, 68). Écrivant à Bayle le 23 septembre 1696, l'abbé Dubos constate que les guérisseurs ont à Paris autant de crédit qu'à Rome jadis les astrologues : « Il semble que l'on ne s'y soit désabusé de quelques autres erreurs que pour donner davantage dans celle-là. Tout récemment on vient d'établir des voitures publiques pour aller à Chandray, village à trois lieues de Magny en Normandie. Il n'y a point de semaines qu'il ne s'y transporte deux ou trois cents personnages pour y consulter un certain paysan, nommé Ozanne, que la sottise publique érige en Esculape. C'est un ignorant qui ne sait au plus que ce que savent les écoliers de médecine; mais il est à la mode, et vous savez à quel point l'on est esclave de la mode. Ceux qu'il n'a point guéris, qui sont trente contre un, n'oseraient s'en vanter; ils sont des premiers à crier miracle; il y a une espèce de mérite d'avoir été guéri par un médecin qui est à la mode. »

7. Clymène, que Phébus rendit mère de Phaéthuse et de Phaéton; cf. Ovide, *Métamorphoses* (I, v. 748-779).

8. Au cours d'une messe solennelle, après la lecture de l'Évangile, au moment de l'offertoire, les fidèles venaient jadis offrir à l'autel le pain et le vin (usage qui s'est maintenu, dans certaines provinces, pour les messes des morts). L'offrande en nature a été depuis longtemps remplacée par un don en argent; les fidèles défilent devant l'autel et déposent tour à tour leur obole sur un plateau; le prêtre, tourné vers l'assistance, donne à chacun, au passage, la patène à baiser.

9. Selon Olivier de Serres *(Théâtre d'agriculture,* V, 2*)*, on mêlait du musc à la nourriture des volailles afin de parfumer leur chair. Pour les ragoûts, les pâtisseries, les liqueurs, les « officiers de bouche » du xviie siècle faisaient volontiers usage de musc ou d'ambre gris.

10. L'usage d'établir des glacières souterraines pour y faire provision de neige ou de glace pendant l'hiver se répandit en France dès le début du xviie siècle. L'amphitryon du *Repas ridicule* de Boileau (1665) manquera à tous ses devoirs en n'offrant pas de glace à ses hôtes « dans le fort de l'été ».

11. Comme le prince de Peau d'Ane, Céphale, mari de Procris, mit à l'épreuve la fidélité de sa femme et comme lui fut chasseur.

12. Toilette sommaire, selon l'usage du temps. Perrault considère que c'est une « servitude insupportable » de se baigner souvent (*Parallèle des Anciens et des Modernes,* I, p. 81).

13. Cf. Mme d'Aulnoy, *Finette Cendron* (*Contes des fées*) : « Le prince Chéri, fils aîné du roi, allant à la chasse, trouve la mule de Finette; il la fait ramasser, la regarde, en admire la petitesse et la gentillesse, la tourne, retourne, la baise, la chérit et l'emporte avec lui. Depuis ce jour-là, il ne mangeait plus; il devenait maigre et changé, jaune comme un coing, triste, abattu... L'on envoya querir des médecins partout, même jusqu'à Paris et à Montpellier; quand ils furent arrivés, on leur fit voir le prince, et après l'avoir considéré trois jours et trois nuits sans le perdre de vue, ils conclurent qu'il était amoureux, et qu'il mourrait si l'on n'y apportait remède. »

14. Ici encore, Mme d'Aulnoy *(Finette Cendron)* suit de près Perrault : « [Le roi] commanda que l'on fût, avec des tambours et des trompettes, annoncer que toutes les filles et les femmes vinssent pour chausser la mule et que celle à qui elle serait propre épouserait le prince. Chacune ayant entendu de quoi il était question se décrassa les pieds avec toutes sortes d'eaux, de pâtes et de pommades. Il y eut des dames qui se les firent peler pour avoir la peau plus belle; d'autres jeûnaient, ou se les écorchaient afin de les avoir plus petits. »

15. Le texte original porte : « Tombèrent tous les doux agréments »; le vers est boiteux.

16. Allusion à la rivalité des trois déesses (Héra, Aphrodite, Athéna) se disputant la pomme d'or lancée par Éris.

P. 81   LES SOUHAITS RIDICULES

1. On ne s'est jamais demandé qui était cette « Mademoiselle de La C *** ». En 1692, après s'être signalée par son courage en luttant, à la tête d'une poignée de paysans, contre les troupes du duc de Savoie, Philis de La Charce (1645-1703), fille de Pierre de La Tour du Pin, était à Paris où Louis XIV l'avait fait venir : un portrait dessiné par Bonnard, daté de cette même année, la représente à cheval, costumée en guerrière. Elle aimait les lettres et rimait à ses heures; elle se lia avec Mme Deshoulières et Mlle Lhéritier, l'une et l'autre intimes de la famille Perrault. Que Charles Perrault l'ait connue, il n'est pas permis d'en douter; qu'il ait dédié son conte en vers, publié dans le *Mercure,* à une célébrité de l'année, c'est assez vraisemblable.

2. « Les aunes sont différentes selon les lieux. Celle de Paris est de trois pieds, sept pouces et huit lignes [*1 m 18*] » (Furetière).

HISTOIRES OU CONTES
DU TEMPS PASSÉ

P. 89   A MADEMOISELLE

1. Dans l'édition Barbin (voir *Bibliographie*, p. LXVII), l'épître dédicatoire est ornée en tête d'une vignette : elle représente deux enfants
nus soutenant un médaillon ovale orné d'un œillet, couronné d'un
ruban avec la devise : *Pulcra (sic) et nata coronæ*, et porté sur une base
où sont inscrits ces deux vers :

Je suis belle et suis née
Pour estre couronnée.

Le cuivre ayant sans doute subi quelque dommage au cours de
l'impression, cette vignette, dans certains exemplaires du second
tirage, est remplacée par la vignette de *Riquet à la Houppe,* qu'on trouve
ainsi deux fois dans le volume — et dont le sujet (Riquet saluant la
princesse) prend en tête de l'épître un sens assez piquant.

Élisabeth-Charlotte d'Orléans (1676-1744), à qui sont dédiés
les *Contes ou Histoires du temps passé,* était fille de Philippe, duc
d'Orléans, frère de Louis XIV — et d'Élisabeth-Charlotte de Bavière,
connue sous le nom de « princesse Palatine ». Cette sœur du duc de
Chartres (le futur régent) était titrée « Mademoiselle » comme la
« grande Mademoiselle », fille de Gaston d'Orléans. Elle épousa en
1698 Léopold, duc de Lorraine, dont elle eut treize enfants, et devint
veuve en 1729. En 1736, lors de la cession de la Lorraine à Stanislas
Leczinski, elle prit le titre de princesse souveraine de Commercy.
Élisabeth-Charlotte d'Orléans fut la grand-mère de la reine Marie-
Antoinette. — Trois mois après la publication du recueil de Perrault,
Mme d'Aulnoy va dédier ses *Contes des fées* à Élisabeth-Charlotte de
Bavière, « son Altesse Royale Madame ».

P. 97   LA BELLE AU BOIS DORMANT

1. Même début dans *La biche au bois (Les Fées à la mode)* de
Mme d'Aulnoy : « Il était une fois un roi et une reine dont l'union était
parfaite; ils s'aimaient tendrement et leurs sujets les adoraient; mais
il manquait à la satisfaction des uns et des autres de leur voir un héritier.
La reine, qui était persuadée que le roi l'aimerait encore davantage,
si elle en avait un, ne manquait pas au printemps d'aller boire des
eaux qui étaient excellentes. L'on y venait en foule; et le nombre
d'étrangers était si grand qu'il s'en trouvait là de toutes les parties du
monde. » Les eaux de Pougues, et surtout les eaux de Forges (près de
Rouen) passaient alors pour souveraines contre la stérilité conjugale

(cf. J. Larouvière, *Nouveau système des eaux minérales de Forges*, 1699, p. 149). Demeurée sans enfants après quelque vingt ans de mariage, Anne d'Autriche était allée en 1632 faire une cure à Forges-les-Eaux. Il est permis de douter de l'efficacité immédiate des eaux de Forges, puisque Louis XIV ne naquit qu'en 1638; c'est au vœu de Louis XIII (février 1637) que la voix publique imputa le « miracle » de cette naissance. — L'*Iconographie de l'art chrétien* (III, p. 1478) de Louis Réau donne une liste pittoresque des saints qu'on invoquait dans les cas de stérilité : « l'archange Gabriel — qui annonça à Zacharie la naissance de saint Jean-Baptiste, à la Vierge la naissance du Messie; St Albert de Messine; St Antoine de Padoue; St François de Paule; St Génitour; St Gilles; St Guénolé; St Greluchon de Gargilesse; St Ménas ; St Pothin (Photin, Foutin); St Phallier ; St Renaud ; St René; St Thibaud de Marly; Ste Anne; Ste Casilde; Ste Colette; Ste Foy; Ste Marguerite — patronne des accouchements parce qu'elle sortit saine et sauve du ventre d'un dragon. » Marnix de Sainte-Aldegonde (*Tableau des différends de la religion*, 1605, p. 380) énumère quelques « petites dévotions » alors en usage : « O combien de femmes bréhaignes sont devenues joyeuses mères de beaux enfants pour avoir ceinte la ceinture de Notre-Dame, ou baisé les braies de saint François; ou bien pour s'être étendues sur l'image de saint Guerlichon, ou pour lui avoir seulement chatouillé les pieds, ou pour avoir levé le devantier à saint Arnault, ou pour s'être vouées à saint Faustin en Périgord, que les femmes du pays appellent saint Chose; ou finalement pour avoir tiré les cordes du clocher de l'église Notre-Dame de Liesse à belles dents. »

2. Se fondant sans doute sur l'interprétation donnée par un metteur en scène d'un passage de *Britannicus* (II, 6), Littré explique « être derrière la tapisserie » par « être derrière un paravent garni de tapisserie ». En réalité, l'expression doit évoquer l'une de ces « belles tentures de tapisserie de verdure ou à personnages », qu'on accrochait aux murs des appartements « pour réjouir l'esprit et la vue », comme dit Sganarelle dans *L'Amour médecin* (I, 1).

3. Même vengeance d'une vieille fée dépitée dans *Serpentin vert* (*Contes des fées*) de Mme d'Aulnoy. Mère de deux princesses jumelles, une reine a invité douze fées du voisinage à venir les « douer, comme c'était la coutume en ce temps-là ». Arrive la vieille fée Magotine, sœur de Carabosse, qui n'a pas été conviée. Elle consent à prendre place à table, mais furieuse de n'avoir pas reçu comme les autres fées un bouquet de pierreries, elle fait fi de « la cassette de peau d'Espagne parfumée, couverte de rubis, toute remplie de diamants » qu'on la supplie d'accepter, change d'un coup de baguette les viandes en « serpents fricassés », s'approche des berceaux et condamne l'une des princesses à « être parfaite en laideur ».

4. Le traité de l' « officier de bouche » Audiger, *La Maison réglée* (1692), donne la recette de l'eau de la reine de Hongrie : « Prenez de la fleur de romarin toute pure, la quantité d'une demi-livre que vous

mettrez dans une bouteille de verre avec une pinte ou trois chopines d'esprit de vin, et la boucherez bien. Vous chercherez ensuite de bon fumier de cheval que vous mettrez dans une futaille, dans lequel vous enterrerez votre bouteille jusques à un doigt près du goulot... Vous la laisserez ainsi dans ledit fumier l'espace de six semaines ou deux mois, puis vous la retirerez, et quand votre liqueur sera rouge et claire le marc tombé au fond, vous la tirerez doucement par inclination. » — « La recette en fut donnée à Isabelle, reine d'Hongrie, par un ermite qu'elle n'avait jamais vu ni connu, ni ne put voir après qu'il la lui eut baillée; c'est pourquoi elle crut que ce fut par un ange; laquelle recette on trouva écrite dans ses Heures. Et comme elle était goutteuse et infirme de tous ses membres, elle s'en servit pendant un an, et fut parfaitement guérie; même elle s'en lavait le visage, ce qui la rendit très belle » (Mme Foucquet, *Recueil de remèdes faciles et domestiques*, 1678). — Mme de Sévigné appréciait beaucoup l'eau de la reine de Hongrie : « Elle est divine... je m'en enivre tous les jours; c'est une folie comme le tabac : quand on y est accoutumée, on ne peut plus s'en passer. Je la trouve bonne contre la tristesse » (16 octobre 1675). — Le roi lui-même en fit usage et « rendit témoignage du succès et soulagement » qu'il en reçut « dans un rhumatisme qui lui occupait l'épaule et le bras » (*Secrets et remèdes éprouvés, par défunt l'abbé Rousseau, ci-devant capucin et médecin de S.M.*, 1697). — C'est « avec le secours de l'eau de la reine de Hongrie » que le « gentilhomme bourgeois » de Mme d'Aulnoy, La Dandinardière *(Les Fées à la mode)* est tiré d'un évanouissement.

5. « Toutes les conteuses de l'époque... introduisent dans leurs histoires cette machinerie de chars volants... Mme d'Aulnoy, dont on sait l'imagination exubérante, les fait traîner souvent par des êtres de petite taille, grenouilles volantes dans *L'oiseau bleu*, chauves-souris dans *La princesse printanière*, coqs d'Inde dans *Le nain jaune*, serins dans *Serpentin vert* » (Paul Delarue, *Les Contes merveilleux de Perrault*).

6. « Exception qu'on prend d'abord pour une marque de respect; mais, comme on le découvre plus tard, on a besoin pour le dénouement que le roi et la reine actuels soient morts » (E. Deschanel, *Le Romantisme des classiques*, IV, p. 298).

7. Détail qui rappelle l'étiquette observée à Versailles quand Louis XIV dînait en public. Le couvert du roi étant prêt, l'huissier allait frapper de sa baguette à la porte de la salle des gardes et disait « tout haut : Messieurs, à la viande du roi ! » (Trabouillet, *État de la France*, 1712, I, p. 71).

8. C'est vers la fin du règne de Henri IV, donc une centaine d'années avant la publication des *Contes*, qu'apparut la mode, pour les femmes des « collets montés » : éventails de lingerie et de dentelles que maintenait ouverts derrière la tête une armature de fils de fer ou de carton. Le Père Bouhours, faisant allusion dans les *Entretiens d'Ariste et*

d'Eugène (1671) aux vicissitudes de la mode, note que « les fraises, les collets montés, les vertugadins ne sont point revenus » et « qu'apparemment ils ne reviendront jamais parce qu'ils sont contraires à cet air libre, propre et galant dont on s'habille depuis plusieurs années et qu'on a soin de conserver avec toutes sortes d'habillements. »

9. Sur ce cérémonial, cf. ce que mentionne Saint-Simon (*Mémoires*, édit. des Grands écrivains, V, p. 128) à propos du mariage du comte d'Ayen et de Mlle d'Aubigné, nièce de Mme de Maintenon (1698) : « Après souper on coucha les mariés... Le roi donna la chemise au comte d'Ayen et Madame la duchesse de Bourgogne à la mariée. Le roi les vit au lit avec toute la noce; il tira lui-même leur rideau. »

10. Selon Richelet, la sauce Robert, « c'est de l'oignon bien fricassé avec du sel, du poivre et du vinaigre, auquel on mêle un peu de moutarde ». Furetière range la sauce Robert parmi « les plus fameuses sauces » telles que « la sauce douce, avec du vin et du sucre; la sauce au verjus; la sauce verte, qui est d'oseille pilée; la sauce au poivre et au vinaigre; la sauce au pauvre homme, avec de l'eau et de la ciboule ». On a prétendu que cette sauce « avait été inventée par un célèbre cuisinier sous Louis XIV »; un certain L.-S. Robert a en effet publié en 1674 un *Art de bien traiter, ouvrage nouveau, curieux et fort galant;* mais il est déjà fait mention de la sauce Robert dans Rabelais : « Robert, cestuy feut inventeur de la *saulse Robert*, tant salubre et nécessaire aux connils roustiz, canars, porc frays, œufs pochés, merluz sallez et mille aultres telles viandes » (*Quart livre*, chap. xl).

11. On retrouve cet épisode dans *La Bonne femme* de Mlle de La Force *(Les Fées, Contes des contes)* : « Le roi barbare... commanda qu'on emplît un abîme de couleuvres, de vipères et de serpents, se faisant un plaisir d'y voir précipiter la Bonne femme... Les officiers de cet injuste prince lui obéirent à regret; et quand ils se furent acquittés de cette funeste commission, le roi se rendit sur le lieu... Il était auprès de l'effroyable gouffre; et voulant le considérer encore avec plaisir, les pieds lui glissèrent et il tomba dedans. A peine fut-il que toutes ces bêtes sanguinaires se jetèrent sur lui et le firent mourir en le piquant. » — Cf. aussi dans *L'Adroite princesse* de Mlle Lhéritier, le stratagème de Finette poussant Riche-Cautèle dans le tonneau hérissé de clous où elle devait être enfermée.

P. 113   LE PETIT CHAPERON ROUGE

1. C'était jadis un usage, dans les campagnes, de faire des galettes le jour où l'on chauffait le four pour cuire le pain; cf. Rétif de la Bretonne, *Contemporaines*, XXX *(La femme de laboureur)* : « Elle faisait des fouasses très minces avec du beurre et de la pâte levée, tandis que le four chauffait. » — Certains éditeurs des Contes (en particulier Lamy, 1781), ne comprenant plus le sens de la phrase et voyant

dans les deux verbes un pléonasme, ont supprimé « cuit »; d'autres ont arrangé le texte ainsi : « sa mère ayant fait et cuit des galettes ».

2. Même formule chez Mme d'Aulnoy *(Finette Cendron)*. Finette et ses trois sœurs, que la reine leur mère a voulu perdre dans la forêt, regagnent la maison paternelle grâce au peloton de fil donné par la fée Merluche. « Elles frappèrent : toc, toc. Le roi dit : Qui va là? Elles répondirent : Ce sont vos trois filles. »

3. Il s'agit d'une serrure rudimentaire, encore utilisée à la campagne pour les portes des granges. Un morceau de bois rond (bobinette), engagé à l'intérieur dans une cavité du jambage, tient lieu de verrou. A cette « bobinette » est attachée une petite corde qui passe par un trou de la porte et pend au-dehors, munie à son extrémité d'une « chevillette » formant poignée. On tire la « chevillette », la « bobinette » glisse et tombe, la porte s'ouvre.

P. 123   LA BARBE BLEUE

1. Perrault fait ailleurs allusion à l'engouement de ses contemporains pour les maisons de campagne : « La passion des maisons des champs est une des plus fortes qu'il y ait. C'est un bonheur, ou plutôt un effet de la Providence, qu'elle ne s'attache guère qu'aux personnes un peu âgées et qui, par conséquent, doivent avoir de la modération. Si de jeunes gens y étaient aussi sujets, il se ferait un bien plus grand nombre de folies dans le monde. Tout homme veut avoir un jardin; il tient cela d'Adam; du moins a-t-il un pot à œillet sur sa fenêtre et, sitôt que la fortune lui donne des biens, il commence par acheter une maison de campagne qui d'ordinaire le ruine et le remet dans son premier état » *(Pensées chrétiennes et pensées morales, physiques, métaphysiques et autres qui regardent la philosophie,* manuscrit — Bibliothèque Nationale, fonds français 25575 — publié en partie par Paul Bonnefon : *Pensées et fragments inédits de Charles Perrault, La Quinzaine,* 16 oct. 1901).

2. « Le bel appartement, le premier appartement est celui du premier étage et est d'ordinaire l'appartement de Madame. L'appartement bas est celui de Monsieur » (Furetière).

3. C'est au début du XVIᵉ siècle que se répandit l'usage du cabinet-meuble. En ébène ou en poirier noirci, plaqués d'écailles, ornés de peintures, incrustés d'ivoire ou filetés d'argent, les cabinets, avec ou sans pieds, étaient de forme carrée et offraient derrière leurs vantaux un grand nombre de tiroirs; on y enfermait les objets les plus précieux. La richesse d'une maison se mesurait au nombre et à la magnificence de ses cabinets : dans l'inventaire de Mazarin, il est fait mention de dix-sept cabinets d'ébène et de quatre d'écaille. C'est au temps des

précieuses que ce meuble fut particulièrement prisé; il commençait à passer de mode vers la fin du XVIIe siècle.

4. Cf. *Cendrillon* : « Elles avaient des lits des plus à la mode, et des miroirs où elles se voyaient depuis les pieds jusqu'à la tête ». — Les grands miroirs étaient alors dans leur nouveauté et témoignaient d'un luxe inouï. Pendant longtemps, la France tira des ateliers de Murano (près de Venise) tous ses miroirs : ceux-ci étaient à la fois très coûteux et de petites dimensions, et l'on pouvait croire irréalisable le rêve de Rabelais qui, dans chaque « arrière-chambre » de l'abbaye de Thélème, avait placé « un miroir de christallin enchassé en or fin, au tour garny de perles... de telle grandeur qu'il pouvait véritablement représenter toute la personne » (*Gargantua*, chap. LV). Soucieux d'implanter en France les industries de luxe qui nous manquaient, Colbert attira à Paris des verriers vénitiens. En 1665, le sieur Nicolas Dunoyer installait au faubourg Saint-Antoine (à l'emplacement occupé aujourd'hui par la caserne de Reuilly) sa « manufacture royale de glaces de miroirs », dont le contremaître, gratifié par le roi d'un brevet de pension de 1 200 livres, était un ouvrier vénitien, Antonio della Rivetta; c'est de cette manufacture que proviennent les glaces qui donnèrent leur nom à la grande galerie du château de Versailles. La substitution du « coulage » des glaces au « soufflage » permit de fabriquer des miroirs de grandes dimensions : ce procédé nouveau fit la fortune de la manufacture royale de Saint-Gobain, fondée en 1691 par un gentilhomme verrier de Normandie, Louis Lucas de Nehou. Dans le *Livre commode des adresses de Paris pour 1692*, N. de Blégny s'émerveille qu'on puisse fabriquer des « glaces d'une hauteur si extraordinaire » qu'elles mesurent jusqu'à sept pieds de haut (environ 2,30 m).

5. Dans les grandes maisons, on se faisait gloire de posséder des meubles en argent massif : tables, guéridons, vases, cadres, girandoles. Avec les édits somptuaires (en particulier celui du mois de mars 1700), l'usage de ces meubles précieux deviendra bientôt un luxe « du temps passé ». — Perrault consacre un chapitre de ses *Hommes illustres* (I, p. 99) à l'orfèvre Claude Ballin et regrette que les « ouvrages qu'il a faits pour le roi, sous les ordres de monsieur Colbert, surintendant des bâtiments » aient été fondus « pour fournir aux dépenses de la guerre » : il y avait, dit-il « des tables d'une sculpture et d'une ciselure si admirables que la matière, toute d'argent et toute pesante qu'elle était, faisait à peine la dixième partie de leur valeur. C'étaient des torchères ou de grands guéridons de huit à neuf pieds de hauteur,... de grands vases pour mettre des orangers et de grands brancards pour les porter,... des cuvettes, des chandeliers, des miroirs, tous ouvrages dont la magnificence, l'élégance et le bon goût étaient peut-être une des choses du royaume qui donnait une plus juste idée de la grandeur du prince qui les avait fait faire ».

6. On se servait de *sablon* (sable fin et très blanc) pour écurer la vaisselle et les cuivres. Le sablon d'Étampes était particulièrement

apprécié. Le marchand de sablon, accompagné de son cheval, figure dans toutes les anciennes images populaires illustrant les «cris de Paris».

7. Autre forme de *grès* que, selon Furetière, « écrivent quelques-uns ».

8. Seule, la sœur Anne est montée à la tour; « là-haut » laisse supposer que la femme de la Barbe-Bleue est allée « prier Dieu » dans son appartement « du premier étage » (cf. note 2). — La « sœur Anne » fait songer à l' « Anna soror » de Virgile (*Énéide*, IV, 9).

9. « Les mousquetaires noirs se distinguaient des mousquetaires gris, non par la couleur de leur habit, mais par la robe de leurs chevaux. Ils portaient, les uns comme les autres, la soubreveste de drap bleu galonné d'or. Quant aux dragons, ils se reconnaissaient à une espèce de bonnet de fourrure dont la queue leur tombait gravement sur l'oreille » (A. France, *Les sept femmes de la Barbe-Bleue*).

P. 137
LE MAITRE CHAT
ou LE CHAT BOTTÉ

1. Cf. Mme d'Aulnoy, *Fortunée (Contes des fées)* : « Il était une fois un pauvre laboureur qui, se voyant sur le point de mourir, ne voulut laisser dans sa succession aucuns sujets de dispute à son fils et à sa fille qu'il aimait tendrement : — Votre mère m'apporta, leur dit-il, pour toute dot, deux escabelles et une paillasse; les voilà, avec ma poule, un pot d'œillets et un jonc d'argent qui me fut donné par une grande dame qui séjourna dans ma pauvre chaumière. »

2. « Les manchons n'étaient autrefois que pour les femmes; aujourd'hui les hommes en portent. Les plus beaux manchons sont faits de martes zibelines; les communs de petit gris, de chien, de chat. Les manchons de campagne des cavaliers sont faits de loutre, de tigre » (Furetière). Les manchons étaient suspendus à la ceinture par une courroie ou un ruban qu'on appelait *passecaille*, — ou *passacaille*, « comme préfèrent ces Messieurs de l'Académie ». Cf. La Fontaine, *Le Singe et le léopard* (IX, 3) :

> Le roi m'a voulu voir,
> Et si je meurs, il veut avoir
> Un manchon de ma peau.

3. La fable de La Fontaine, *Le chat et un vieux rat* (III, 18), inspirée d'Ésope, fait partie du premier recueil des *Fables choisies mises en vers* (1668). — Dans le *Labyrinthe de Versailles* (1675), Perrault a résumé la fable d'Ésope en y ajoutant une morale de son cru :

Le chat pendu et les rats

Un chat se pendit par la patte et, faisant le mort, attrapa plusieurs rats. Une autre fois il se couvrit de farine. Un vieux rat lui dit : « Quand tu serais même le sac de la farine, je ne m'en approcherais pas. »

> Le plus sûr bien souvent est de faire retraite,
> Le chat est chat, la coquette est coquette.

Même thème dans la fable de Faërne adaptée par Perrault (*Traduction des fables de Faërne*, 1699) :

Les rats et le chat

> Une troupe de rats qu'un gros chat désolait
> Au haut d'une maison sages se retirèrent,
>   Et là si bien se retranchèrent
>   Que le chat plus ne les troublait.
> Mais comme à mal penser le chat toujours s'amuse,
>   Il s'avisa d'une maligne ruse;
>   Contre le mur il se pendit
> Par les pieds de derrière au bout d'une cheville
>   Et comme un mort il s'étendit./
>   « Je vois bien ton corps qui pendille,
>   Dit un sage rat qui le vit;
>   Mais si fortement je t'abhorre
>   Et je crains tant d'être pris au collet
>   Que quand tu serais un soufflet
>   Je ne m'y fierais pas encore. »
>   Sagement fait qui craint d'être trompé ;
> Mais souvent, quoi qu'on craigne, on se trouve attrapé.

Dans *La Chatte blanche* de Mme d'Aulnoy *(Les Fées à la mode),* il est question d'une « salle superbe par ses dorures et ses meubles », autour de laquelle se trouve représentée « l'histoire des plus fameux chats : Rodilardus pendu par les pieds au conseil des rats, chat botté, marquis de Carabas *(sic)*, le chat qui écrit, la chatte devenue femme, les sorciers devenus chats ».

4. Texte de 1697, corrigé en *marquis* dans les éditions du xviiie siècle.

5. Formule qu'on retrouve chez Mme d'Aulnoy *(Finette Cendron)* : « S'il y a quelques dames plus jolies que moi, je te hacherai menu comme chair à pâté » dit l'ogresse à Finette qui la coiffe.

6. Le texte de l'édition de 1697 porte ici *faucheux* et plus loin *moissonneurs*. La forme *faucheux* reproduit une prononciation ancienne, aujourd'hui encore en usage dans certaines provinces. Seuls les mots ayant un féminin pouvaient se prononcer ainsi. Selon le Père Bouhours, « quand on parle simplement, sans emphase et sans émotion, on prononce comme s'il y avait *eux* et on dit : Vous êtes un petit *menteux*... Au contraire, quand on s'échauffe en parlant, on prononce *eur* : Vous êtes un *menteur*... Quand on parle en public, on a coutume de prononcer *eur* partout ». Hindret (*L'art de bien prononcer,* 1687) observe que « l'r qu'on prononce a quelque chose de plus fort et de plus sérieux dans l'expression » et que « l'x muet marque une espèce de diminutif ou quelque chose d'ironique et de méprisant ». Une petite comédie de Perrault (publiée pour la première fois en 1868) est intitulée *L'Oublieux* (l'oublieur, le marchand d'oublies). — On

donnait le nom de *faucheurs* à ceux qui coupaient à la faux « les prés et les avoines » (Furetière), par opposition aux *moissonneurs* — on disait aussi *soieurs* ou *seyeurs* — qui sciaient les blés à la faucille.

7. Néologisme condamné par le Père Bouhours : « Le *savoir-faire* est encore plus nouveau. Un homme qui a du *savoir-faire;* il en est venu à bout par son *savoir-faire.* Quoique ce terme exprime assez bien, les personnes qui parlent le mieux ne peuvent s'y accoutumer; il n'y a pas d'apparence qu'il subsiste et je ne sais même s'il n'est point déjà passé. Aussi est-il fort irrégulier et même contre le génie de notre langue qui n'a point de substantifs de cette nature » (*Entretiens d'Ariste et d'Eugène,* 1671).

P. 147   LES FÉES

1. Comme dans la chanson : « A la claire fontaine... », la fontaine des *Fées* est tout simplement une source; bien des illustrateurs, se méprenant sur le sens du mot, représentent la jeune fille puisant de l'eau à une fontaine publique construite en pierre.

2. Le crapaud passait alors pour un animal venimeux, aussi dangereux que la vipère. « Le crapaud n'a point de dents et ne laisse pas de mordre dangereusement avec ses babines. Il jette son venin par son urine, sa bave et son vomissement sur les herbes, et particulièrement sur les fraises et les champignons dont il est fort friand. Le plus dangereux crapaud est celui qu'on appelle *crapaud verditer* ou *graisset...* Son sang est mortel, de même que la poudre qu'on en fait » (Furetière); cf. dans *La belle au bois dormant,* la grande cuve remplie « de crapauds, de vipères, de couleuvres et serpents ».

3. Même moralité dans *Le Cygne et le cuisinier* (La Fontaine, III, 12) :
    Le doux parler ne nuit de rien.

P. 157   CENDRILLON

1. Les cendres ont toujours évoqué « un lieu d'humiliation et de pénitence. Après avoir supplié Arètè et Alkinoos de faciliter son retour dans sa patrie, Ulysse s'assied devant le feu dans les cendres du foyer afin de mieux marquer sa condition humiliée. Dans le deuil, les Hébreux se mettaient de la cendre sur la tête, ils s'asseyaient ou se couchaient sur la cendre » (P. Saintyves, *Les Contes de Perrault et les récits parallèles,* p. 131).

2. Les manchettes de toile, qui accompagnaient obligatoirement le rabat (large col de lingerie rabattu) demandaient beaucoup de soin.

« J'ai ouï dire d'une présidente, écrit Furetière dans le *Roman bourgeois*, qu'elle est une heure entière à mettre ses manchettes, et elle soutient publiquement qu'on ne les peut bien mettre en moins de temps. »

3. *Cornettes* désigne ici, non pas ces « coiffes ou linges » que, selon Furetière, les femmes mettaient sur leur tête la nuit ou quand elles étaient en déshabillé, mais une façon d'arranger les cheveux à laquelle Perrault fait allusion dans le *Parallèle*, IV, p. 318 : « Les Fables que vous regrettez tant ne sont pas plus essentielles à la poésie que les cornettes à deux rangs le sont à la beauté des femmes. Vous trouvez sans doute que ces coiffures élevées leur siéent admirablement et ajoutent beaucoup plus de grâce et de majesté aux charmes que la nature leur a donnés, mais vous pouvez vous souvenir que ces mêmes femmes, je veux dire leurs mères ou leurs grand-mères, vous ont plu encore davantage dans votre jeune temps avec leurs coiffures à la raie qui leur rendaient le dessus de la tête extrêmement plat et avec leurs garcettes gommées qui cachaient les trois quarts de leur front. »

4. La mode des mouches, « petits morceaux de taffetas ou velours noir, que les dames mettent sur leur visage par ornement ou pour faire paraître leur teint plus blanc » (Furetière), était venue d'Italie au xvie siècle. Rondes le plus souvent, les mouches pouvaient être en étoile, en croissant, en comète. Placée au milieu de la joue, la mouche s'appelait la *galante* ; près de l'œil, la *passionnée* ; sur les lèvres, la *coquette* ; sur le nez, l'*effrontée*. On donnait le nom d'*assassines*, selon Furetière, aux « mouches taillées en long » ; les plus grandes s'appelaient « enseignes contre le mal de dents ». Selon N. de Blégny *(Le Livre commode des adresses de Paris pour 1692)* « la bonne faiseuse de mouches » demeurait « rue Saint-Denis, à la Perle des mouches ». — Dans le second chant des *Murs de Troie* (poème entièrement de la main de Claude Perrault et publié pour la première fois par P. Bonnefon dans la *Revue d'Histoire littéraire*, 15 juillet 1900), on trouve une allusion à la mode des mouches :

> La demoiselle de Téthis
> Laissa tomber tous les outils
> Qu'elle apportait à sa maîtresse
> Pour son visage et pour sa tresse.
> Les pincettes, poinçons et fers,
> Les petits pots blancs, bleus et verts,
> Tout fut à fond, hormis les mouches
> Qu'on voit encor toutes farouches,
> L'automne, quand le temps est beau,
> Jouer sur la face de l'eau.

5. On songe à l'arrivée de Mme de Clèves au bal du Louvre : « Lorsqu'elle arriva, l'on admira sa beauté et sa parure... M. de Nemours fut tellement surpris de sa beauté que, lorsqu'il fut proche d'elle et qu'elle lui fit la révérence, il ne put s'empêcher de donner des marques de son admiration. Quand ils commencèrent à danser, il s'éleva dans la salle un murmure de louanges » (Mme de La Fayette, *La Princesse*

de Clèves). — Même scène (cette fois au bal du Palais Royal) dans l'*Histoire de la Marquise - Marquis de Banneville*, nouvelle publiée dans le *Mercure galant* (février 1695) et à laquelle, selon Mme Roche-Mazon, Perrault aurait mis la main. « Un jeune prince la vint prendre pour danser. Le respect que toute la compagnie devait à sa haute naissance attira d'abord les yeux et l'attention, mais quand on vit avec quelle grâce la jeune marquise lui répondait sans être embarrassée... on fit dans toute la salle, comme de concert, un profond silence. Les violons eurent le plaisir de s'entendre, et chacun parut occupé de la voir et de l'admirer. La danse finit avec des acclamations. » — Scène reprise par Mme d'Aulnoy dans *Finette Cendron* : « Ainsi ajustée, elle fut au même bal où ses sœurs dansaient ; et quoiqu'elle n'eût point de masque, elle était si changée en mieux qu'elles ne la reconnurent pas. Dès qu'elle parut dans l'assemblée, il se leva un murmure de voix, les unes d'admiration, les autres de jalousie. On la prit pour danser ; elle surpassa toutes les dames à la danse, comme elle les surpassait en beauté. La maîtresse du logis vint à elle et lui ayant fait une profonde révérence, elle la pria de lui dire comment elle s'appelait, afin de ne jamais oublier le nom d'une personne si merveilleuse : elle lui répondit civilement qu'on la nommait Cendron. »

6. Oranges, citrons et « oranges de la Chine » (mandarines) étaient au XVIIᵉ siècle des fruits rares et coûteux. A l'occasion de la foire du Lendit les écoliers offraient, avec quelques écus, un citron à leurs régents (Charles Sorel, *Histoire comique de Francion,* chap. III). Cléante exaspère Harpagon (*L'Avare*, III, 7) en lui proposant, pour le menu de sa collation « quelques bassins d'oranges de la Chine ». Mme de Sévigné note dans une lettre du 10 juin 1671 : « Mademoiselle de Croqueoison se plaint de mademoiselle du Cernet parce que l'autre jour il y eut des oranges douces à un bal qu'on lui donnait, dont on ne lui fit pas de part. » Dans la petite comédie de Charles Perrault, *Les Fontanges,* le valet Bertrand rend compte à son maître des courses qu'il a faites pour les préparatifs d'un bal où rien ne doit être épargné : « Je viens de bien courir pour votre bal... J'ai pris chez la Lefèvre deux douzaines de bouteilles de limonade, trois bassins de confitures sèches à la rue des Lombards et un cent de belles oranges du Portugal à la rue de la Cossonnerie. »

P. 173   RIQUET A LA HOUPPE

1. Pendant longtemps, on ne connut en France d'autres ouvrages de porcelaine — « quelques-uns, note Furetière, prononcent *pourcelaine* » — que ceux qui étaient importés de la Chine et du Japon. La vogue des porcelaines n'avait d'égal que leur prix : du 10 juillet au 16 septembre 1671, Louis XIV en achète pour plus de 9 000 livres à Lemaire, fournisseur de la cour. Boileau *(Satire VIII)* raille la cupidité de ceux qui vont chercher jusqu'au Japon la porcelaine et

l'ambre »; dans *Les Femmes savantes* (II, 6) Chrysale demande si sa servante Martine n'a pas « cassé quelque miroir ou quelque porcelaine » — objets également coûteux. C'est seulement vers 1680 que quelques fabricants français — dont Pierre Chicanneau, fondateur de la manufacture de Saint-Cloud — mirent en vente des ouvrages en pâte tendre sortis de leurs ateliers.

2. Imité par Mme Leprince de Beaumont *(La Belle et la Bête)* : « Dites-moi, n'est-ce pas que vous me trouvez bien laid? — Cela est vrai, dit la Belle, car je ne sais pas mentir; mais je crois que vous êtes fort bon. — Vous avez raison, dit le monstre; mais outre que je suis laid, je n'ai point d'esprit : je sais bien que je ne suis qu'une bête. — On n'est pas bête, reprit la Belle, quand on croit n'avoir point d'esprit; un sot n'a jamais su cela. »

3. Les cuisiniers de grande maison portaient un bonnet à queue pendante.

4. Ferdinand Brunot *(Histoire de la langue française*, IV, p. 1012) cite ce passage de *Riquet à la houppe* au sujet de l'emploi du « conditionnel non suppositif », où *si* équivaut à *puisque, alors que*.

P. 187   LE PETIT POUCET

1. Guillaume et Pierre étaient jadis deux prénoms très répandus. « M. Dupont-Ferrier a relevé les noms de baptême les plus usuels du XIIIe au XVe siècle : *Jean*, puis *Pierre* ou *Guillaume* viennent en tête. Dans le *Cartulaire de l'Université de Paris*, de 1350 à 1394, on trouve 1027 *Jean*, 330 *Pierre*, 305 *Guillaume;* de 1406 à 1466, 722 *Jean*, 276 *Guillaume*, 197 Pierre » (A. Dauzat, *Les Noms de famille en France*, p. 34). Sans doute en était-il de même encore au XVIIe siècle : cf. La Fontaine, *Le chat, la belette et le petit lapin* (VII, 10) : « A Jean, fils ou neveu de Pierre ou de Guillaume. »

2. *Char fraîche* (ou *Char frâche*) est l'expression en usage chez Mme d'Aulnoy. Dans *Finette Cendron*, Fleur-d'Amour, Belle-de-Nuit et Finette, abandonnées au milieu de la forêt, vont chercher refuge au château de l'ogre. L'ogresse, qui se promet de les manger seule, les cache « sous une grande cuve »; l'ogre revient et dit à sa femme : « Vois-tu, je sens char fraîche, je veux que tu me la donnes. — Bon, dit l'ogresse, tu crois toujours sentir char fraîche, et ce sont tes moutons qui sont passés par là — Oh! je ne me trompe point, je sens char fraîche assurément, je vais chercher partout. »

3. « C'est la coutume en Ogrichonnerie que tous les soirs l'ogre, l'ogresse et les ogrichons mettent sur leur tête une belle couronne d'or, avec laquelle ils dorment; voilà leur seule magnificence, mais ils

aimeraient mieux être pendus et étranglés que d'y avoir manqué »
(Mme d'Aulnoy, *Contes des fées : L'oranger et l'abeille*).

DOSSIER DE L'ŒUVRE

P. 205   DIALOGUE DE L'AMOUR
ET DE L'AMITIÉ

1. Allusion à plusieurs passages du *Banquet* (201 a; 203 c; 204 b).

2. Autre allusion au *Banquet* (178 b).

3. « La Tournelle civile est une chambre où on juge à l'audience
les petites affaires où il ne s'agit que de mille écus, ou au dessous. La
Tournelle criminelle est celle où on juge les affaires du grand criminel;
et quand on dit absolument qu'une affaire a été renvoyée à la Tournelle,
on entend que c'est à la criminelle » (Furetière). — L'officialité était
un tribunal ecclésiastique établi auprès d'un évêque et chargé en
particulier de connaître les causes matrimoniales.

4. *L'Amour fugitif* (Ἔρως δραπέτης) est une pièce de Moschos —
dont l'idée a été reprise par Méléagre, et se retrouve dans le prologue
de l'*Aminta* (comédie pastorale, 1573) du Tasse, prologue récité
par « l'Amore, in abito pastorale ».

5. Les premiers vers galants de Charles Perrault, le *Portrait d'Iris*
et le *Portrait de la voix d'Iris,* avaient été publiés l'année précédente
(1659).

6. U.-V. Chatelain (*Le Surintendant Nicolas Foucquet protecteur des
lettres, des arts et des sciences,* 1905) rapproche ce passage des vers que La
Fontaine *(Adonis)* place dans la bouche de Vénus :

> Nous aimons, nous aimons ainsi que toute chose,
> Le pouvoir de mon fils de moi-même dispose :
> Tout est né pour aimer...

7. Cf. La Fontaine, *Adonis :*

> Il aime, il sent couler un brasier dans ses veines;
> Les plaisirs qu'il attend sont accrus par ses peines,
> Il désire, il espère, il craint, il sent un mal
> A qui les plus grands biens n'ont rien qui soit égal.

8. Il s'agit du Cours la Reine, dont le nom est resté à l'avenue
bordée d'arbres qui va de la place de la Concorde au Grand-Palais.
C'était une promenade publique que Marie de Médicis avait fait
tracer et planter en 1616 (de là son nom). Le Cours la Reine comprenait
quatre rangées d'ormes formant trois allées et, à chaque extrémité,
était fermé par des portes monumentales : promenade aristocratique

interdite à ceux qui portaient des « bas de laine noire » ou des « habits de tiretaine ».

9. Par la portière d'un carrosse.

10. Cf. *Riquet à la houppe* (p. 180) : « Quelques-uns assurent... quelque chose de martial et d'héroïque. »

P. 239   LES ENCHANTEMENTS
DE L'ÉLOQUENCE

1. Jean-Baptiste-Gaston Goth, marquis de Rouillac, était le petit-fils d'Hélène de Nogaret de la Valette et avait hérité de la terre d'Épernon ; il se faisait donner volontiers le titre de duc d'Épernon (le duché était éteint depuis 1661). Il mourut en 1690, laissant une fille qui avait, dit Saint-Simon, « infiniment d'esprit, de savoir et de vertu » ; elle comptait beaucoup d'amis et « on obtint du roi de fermer les yeux à ce qu'elle se fît appeler Madame comme duchesse d'Épernon, sans prétendre en avoir ni rang ni honneur. » Elle finit par entrer en religion et mourut en 1706 au Calvaire du Marais.

2. Mlle Lhéritier reprend les derniers vers de *Peau d'Ane*.

3. Faut-il placer ici le nom d'une conteuse : Mme d'Aulnoy — ou Mme d'Auneuil — ou Mme Durand ?

4. Sur les cornettes, voir *Cendrillon*, note 3.

5. Au sujet de cette forme, voir *Le Chat botté*, note 6.

6. Cf. *Préface* des Contes en vers : « Partout la vertu y est récompensée et partout le vice y est puni. »

7. « Faire tourner au bout » est une locution, populaire à coup sûr, qui ne figure dans aucun dictionnaire. Entendons sans doute : je saurai bien en venir à bout.

8. Allusion à Nausicaa allant laver son linge avec ses suivantes (*Odyssée*, VI, 1-110) ; à Achille préparant avec Patrocle, à l'intention d'Ajax et d'Ulysse, des brochettes de viande (*Iliade*, IX, 195-220).

9. Paul-François Nodot publiera en 1698, chez Barbin, une *Histoire de Melusine* — et en 1700, chez la veuve Barbin, une *Histoire de Geoffroy, surnommé à la Grand'Dent, sixième fils de Melusine.* — Quant à la fée Logistille, elle apparaît dans *Roland*, tragédie lyrique de Quinault (1685). C'est, dit Quinault, « l'une des plus puissantes fées, et celle qui a la sagesse en partage » : tels sont en effet les attributs que prête l'Arioste à la fée Logistille, dans le *Roland furieux*.

10. Cf. *Introduction*, p. IV.

GLOSSAIRE

GLOSSAIRE *

ACADÉMISTE. Élève d'une «académie », école « où l'on monte à cheval, où l'on danse, où l'on fait des armes et d'autres honnêtes [*honorables*] exercices dignes d'un gentilhomme » (Richelet).

AFFRONTEUR. Trompeur, imposteur. *Affronter*, c'est « tromper sous prétexte de bonne foi » (*Dictionnaire de l'Académie*).

AILLEURS (D'). Par ailleurs, d'un autre côté.

ALERTE. Est « quelquefois une manière d'adverbe et il signifie : d'un air vif, éveillé et attentif, qui montre qu'on prend garde à tout » (Richelet).

APPARAÎTRE (s'). Forme pronominale couramment en usage au XVIIe siècle.

APPAREIL. « Se dit des médicaments, des emplâtres qu'on applique sur une plaie » (*Dictionnaire de l'Académie*).

APPARENT. « Qui paraît beaucoup, qui est notable, considérable entre les autres. *Il s'adresse au plus apparent de la compagnie* » (*Dictionnaire de l'Académie*).

ATTACHE. « Se dit figurément de l'engagement qu'on a à quelque chose. *Il a beaucoup d'attache à l'étude* » (Furetière).

AVANCEMENT. Amélioration de la fortune ou de la situation ; cf. *avancer* : « pousser quelqu'un dans les emplois, dans les charges, lui donner moyen de s'enrichir. *Il ne faut qu'un homme qui fasse fortune dans une famille pour avancer tous les autres* » (Furetière).

AVENUE. « Passage, endroit par où on arrive en quelque lieu » (*Dictionnaire de l'Académie*).

BARRIÈRE. Aucun dictionnaire du XVIIe siècle ne donne le sens technique du mot (orfèvrerie). On trouve dans le *Dictionnaire de Trévoux* (1771) : « *Barrière*, c'est une attache en manière d'ansette [*passant*] dans laquelle on arrête le ruban d'un bracelet »; définition reprise par le *Larousse Universel*, qui se réfère au passage de *Cendrillon*. On est tenté de donner au mot le sens de *barrette* (broche de forme allongée).

---

* L'appel aux mots figurant dans ce glossaire se fait, dans le texte, au moyen d'un astérisque. Définitions et exemples sont empruntés aux dictionnaires suivants : *Dictionnaire français* de Pierre Richelet (1680); *Dictionnaire universel* d'Antoine Furetière (1690); *Dictionnaire de l'Académie Française* (1694).

BAVOLET. « Coiffure de jeunes paysannes auprès de Paris, qui se fait de linge* délié et empesé qui a une longue queue pendante sur les épaules. On dit d'une paysanne que c'est une jolie *bavolette* » (Furetière).

BERLAN (BRELAN). Tripot, maison de jeu.

BESOIN. Situation difficile, péril.

BILE. « L'une des quatre humeurs du corps humain. Signifie fig. la colère » (*Dictionnaire de l'Académie*).

BŒUF. Stupide. « On dit des gens fort stupides qu'*ils sont de la paroisse de Saint-Pierre-aux-Bœufs*, le patron des grosses bêtes » (Furetière).

BON. *Être bon à quelqu'un* : lui aller (en parlant d'un vêtement).

BOURRU. Bizarre, extravagant.

BRAVE. Élégant, bien vêtu; cf. *braverie* : élégance.

BRAVEMENT. « Fort bien, de la bonne sorte » (Richelet).

BROUTILLES. « Menues branches qui restent dans les forêts après qu'on en a retranché le bois de corde, et qui servent à faire des fagots » (Furetière).

BRUTAL. Grossier, impoli, « tenant de la bête brute » (*Dictionnaire de l'Académie*). Brutalité exprime la même nuance.

BUT A BUT. Se dit de personnes qui n'ont aucun avantage l'une sur l'autre. « *Jouer but à but, troquer but à but* » (*Dictionnaire de l'Académie*).

CABINET. « Le lieu le plus retiré dans le plus bel appartement des palais, des grandes maisons. *Un appartement royal consiste en salle, antichambre chambre et cabinet*. Est aussi un buffet où il y a plusieurs volets et tiroirs pour y enfermer les choses les plus précieuses ou pour servir simplement d'ornement dans une chambre, dans une galerie* » (Furetière).

CARABINE. « Arme à feu, petite arquebuse à rouet que portaient les carabins [*chevau-légers*]. Cette arme n'est plus en usage à l'armée, à cause du temps que l'on prend à bander le ressort » (Furetière). — Cf. (*ibid.*) article *rouet* : « Petite roue d'acier qu'on applique sur la platine d'une arquebuse, d'un pistolet ou autre arme à feu, qu'on bande avec une clef et qui, se lâchant avec violence, fait du feu par le moyen d'une pierre... Les armes à rouet ne sont plus guère en usage... L'invention du mousquet et du fusil ont discrédité l'arquebuse, l'escopette, la carabine, le poitrinal ». Au XVIIIe siècle, le mot *carabine*, se rapprochant de son sens actuel, désignera une arme légère « dont le canon est assez court et ordinairement rayé en dedans » (*Dictionnaire universel du commerce*, 1759).

CARESSE. « Démonstration d'amitié ou de bienveillance qu'on fait à quelqu'un par un accueil gracieux » (Furetière).

CAVALIER. « Gentilhomme qui porte l'épée et qui est habillé en homme de guerre » (Furetière). *Cavalier* a remplacé au milieu du XVIIe siècle le vieux mot *chevalier*. S'oppose à l'homme de robe, au bourgeois.

CHAMARRÉ. Se dit de vêtements agrémentés d'ornements

formant rayures (passements, galons, rangées de boutons). « La *chamarre*, au temps de François I⁰ʳ, était un vêtement ample, à larges manches, qu'on portait sur le pourpoint. La chamarre, formée de bandes d'étoffes alternées et de diverses couleurs, devint plus tard le costume des laquais parce qu'elle permettait de les habiller facilement aux couleurs de leurs maîtres. C'est l'origine du verbe *chamarrer* » (Alfred Franklin, *Les Magasins de nouveautés*, I, p. 124).

CIRE. « On dit d'un habit qui est fort juste à celui qui le porte qu'*il lui est fait comme de cire* » *(Dictionnaire de l'Académie)*.

CIVIL. Courtois, affable, poli. *Civilement* et *civilité* expriment la même nuance.

CŒUR. Courage.

COLLATION. « Ample repas qu'on fait au milieu de l'après-dinée ou dans la nuit... *On a servi une collation lardée, où il y avait de la viande et des fruits, qu'on appelle autrement un ambigu. La nuit, on l'appelle à la ville réveillon, à la cour médianoche* » (Furetière).

COMÉDIE. Se dit de toute pièce de théâtre; peut désigner aussi le théâtre lui-même.

COMMODE. « Qui a le caractère facile, le commerce agréable, en parlant des personnes, sans nuance de familiarité » *(Dictionnaire de l'Académie)*.

COMPAGNIE. « Se dit en un sens étroit d'un petit nombre d'amis assemblés dans un lieu pour s'entretenir, pour se divertir, pour se visiter » (Furetière).

COMPLAINTE. « Plainte et doléance d'une personne qui souffre. Ce mot vieillit » (Furetière). Terme condamné par Vaugelas.

COMPTE (FAIRE SON). Avoir la ferme intention.

CONNAÎTRE. S'apercevoir, se rendre compte, comprendre.

CONSCIENCE. « Scrupule, doute et incertitude qu'on a de ce qui est bon ou mauvais. *Les Bramins font conscience de tuer un animal* » (Furetière).

CONSÉQUENCE. « Grande importance » (Furetière).

CONSIDÉRABLE. Se dit de personnes ou de choses qui méritent l'attention, par leur valeur, leur importance.

CONSIDÉRATION. « Se dit de l'estime, de la réputation qu'on s'est acquises dans le monde » (Furetière).

CONSTANT. Avéré, indubitable.

CONVENT. « Maison religieuse, monastère. Quelques-uns écrivent *couvent*, et c'est ainsi qu'il doit être prononcé » *(Dictionnaire de l'Académie)*. « On dit et on écrit présentement *couvent*, et non pas *convent* » (Richelet).

CORPS. Corsage.

CROISSANT. « Se dit figurément et poétiquement de l'empire du Turc qui a un croissant en ses armes, et qui le fait mettre sur tous les toits et lieux élevés, comme sont nos girouettes en Occident » (Furetière).

CUIRE. « Se met quelquefois absolument pour : cuire du pain. *Les boulangers ne cuisent point un tel jour. Tous les habitants de ce village sont obligés d'aller cuire au four banal* » (*Dictionnaire de l'Académie*).

CURIEUX. Scrupuleux, minutieux. — Passionné pour « les bonnes choses, les merveilles de l'art et de la nature » (Furetière).

DA. « Particule qui ne se met jamais qu'après une affirmation ou une négation. *Oui dà; si dà; nenni dà; vous le ferez dà.* Anciennement s'écrivait *dea.* Il est du style familier et bas » (*Dictionnaire de l'Académie*).

DEDANS (nom). Intérieur d'une maison.

DÉGOÛTER. Oter le goût, l'envie, rebuter.

DÉLIBÉRÉ. Décidé, résolu.

DÉLIÉ. Fin. « La gaze est une étoffe fort *déliée* » (Furetière).

DÉMÊLER. Découvrir.

DEMOISELLE. « Femme ou fille d'un gentilhomme... Se dit aujourd'hui de toutes les filles qui ne sont pas mariées, pourvu qu'elles ne soient pas de la lie du peuple ou nées d'artisans. *Ces deux belles demoiselles sont filles d'un marchand, d'un procureur* » (Furetière).

DÉPLAISIR. Profonde douleur.

DÉSERT. Retraite solitaire, lieu où les habitants sont rares.

DÉVOUER. Consacrer entièrement.

DISCRET. Judicieux, circonspect dans ses actions et dans ses paroles; *discrétion* exprime la même nuance.

DISGRÂCE. Infortune, malheur.

DRAGÉE (ÉCARTER LA). « On dit... qu'un homme *écarte la dragée* quand il parle de si près qu'une partie de sa salive tombe sur celui à qui il parle » (Furetière).

DRAGON. « Sorte de cavalier qui se bat à pied et à cheval et qui a pour armes l'épée, le fusil et la baïonnette. Les *dragons* ont l'étendard, des tambours, des musettes et des hautbois. Lorsqu'ils marchent à pied, leurs officiers portent la pertuisane, et les sergents la hallebarde » (Richelet).

DRESSER. « Figurément... signifie instruire et disposer à faire quelque chose. *Ce précepteur a bien dressé cet écolier* » (Furetière).

DRÔLE. Garçon éveillé; « bon compagnon, prêt à tout faire » (Furetière).

DRU. Vif, plein d'entrain. A l'origine, terme de fauconnerie : se disait des oiseaux qui sont prêts à s'envoler du nid.

ÉCHAFAUD. « Ouvrage de charpenterie élevé en forme d'amphithéâtre pour y placer des spectateurs, afin de voir commodément quelque grande cérémonie. *On a fait de grands échafauds pour le carrousel* » (Furetière).

ÉCOLE (DIRE DES NOUVELLES DE). « Découvrir le secret d'une cabale, d'une compagnie » (Furetière).

EMBRASSER. Étreindre avec les deux bras.

EMPÊCHÉ. Embarrassé, entravé.

ENCHANTER. « Charmer, ensorceler par des paroles, figures, opérations magiques » (*Dictionnaire de l'Académie*).

ENNUI. Tourment, désespoir.

ENSUITE DE. A la suite de; tour que Vaugelas exclut du «beau style ».

ENTENDRE. Comprendre; *bien entendu : bien conçu.*

ENTRÉE. « Solennelle réception et cérémonie qu'on fait dans les villes aux rois, princes, légats ou autres seigneurs, lorsqu'ils entrent pour la première fois dans les villes ou qu'ils viennent triomphants de quelque grande expédition » (Furetière).

ÉPLEURÉ. Autre forme de *éploré.*

ÉQUIPAGE. Tenue, costume.

ÉTABLISSEMENT. Mariage.

ÉTAT DE (FAIRE). Faire cas, estimer.

ÉTOFFÉ. Garni, orné.

ÉTUDE. « se dit fig. de l'application d'esprit, du soin particulier qu'on apporte pour parvenir à quelque chose que ce soit » *(Dictionnaire de l'Académie).*

EXPÉDIENT (adj.). « Signifie quelquefois utile. *Il est expédient pour la république de bannir ce séditieux* » (Furetière).

EXPLIQUER. Déclarer nettement.

EXQUIS. « Excellent, rare, précieux. *Il a un cabinet garni de tableaux exquis* » (Furetière); se dit aussi « des choses spirituelles et morales ».

FÂCHER. Affliger, attrister.

FÂCHEUX. « Qui donne de la peine et de la difficulté. *Les Alpes sont fâcheuses à traverser* » (Furetière).

FATAL. Imposé, marqué par le destin. Selon Vaugelas, ce mot, qu'on emploie surtout en parlant d'événements malheureux, « ne laisse pas de se prendre quelquefois en bonne part ».

FAUX-FUYANT. « Chemin écarté ou lieu secret par où on se dérobe » (Furetière).

FÉE (adj.). Se dit d'une « chose enchantée par quelque puissance supérieure. *Des armes fées qui ne pouvaient être percées* » (Furetière); mis pour *féée,* participe fém. de l'ancien verbe *féer* ou *faer* (ensorceler).

FEMELLE. « Il ne se dit des femmes qu'en plaisanterie » *(Dictionnaire de l'Académie)* »; burlesque, en ce sens, selon Richelet.

FÊTE (SE FAIRE DE). S'introduire dans une fête, s'inviter; au fig. « s'entremettre de quelque affaire et vouloir s'y rendre nécessaire sans y avoir été appelé » *(Dictionnaire de l'Académie).*

FIER. Confier.

FIGURE (FAIRE). Avoir de la fortune, du crédit; être en vue. Locution condamnée par le Père Bouhours; « ne se dit plus guère, ou se dit en riant », note Richelet.

FLEURER. Autre forme de *flairer.*

FORT. « L'endroit le plus épais et le plus touffu d'un bois. Et parce que les bêtes se retirent toujours dans l'endroit du bois le plus épais, on appelle le lieu de leur repaire, de leur retraite, leur fort » *(Dictionnaire de l'Académie).*

FRANCHEMENT. Librement.

FUREUR. Frénésie, délire.

GALANT. Distingué, élégant. Même nuance dans *galanterie* (divertissement raffiné; ouvrage littéraire léger et spirituel) et dans *galamment* (courtoisement, avec grâce).

GALOPIN. « On appelle ainsi dans les maisons royales de petits marmitons qui tournent les broches et servent à courir et galoper deçà et là pour les besoins de la cuisine » *(Dictionnaire de l'Académie)*.

GARDE-ROBE. « Petite chambre voisine de celle où l'on couche, qui sert à serrer les habits d'une personne... Dans les logis bourgeois, on appelle garde-robe toute petite chambre qui en accompagne une grande » (Furetière).

GARNITURE. « Assortiment complet de quelque chose que ce soit. *Une garniture de dentelles; une garniture de diamants* » *(Dictionnaire de l'Académie)*. Furetière note qu'on a « défendu les dentelles d'or et d'argent, les dentelles d'Angleterre, de Flandres ».

GAUPE. Femme malpropre, souillon.

GLORIEUX. Fier.

GODRONNER. Orner de godrons, plis « en rond qu'on fait sur des manchettes empesées et qu'on faisait autrefois sur les fraises » (Furetière).

GOTHIQUE. Archaïque, suranné.

GREC. Habile, savant. « On dit proverbialement qu'*un homme est grec dans une affaire, dans une science,* quand il en connaît tout le fond » (Furetière).

GRILLE. « Cloison de fer faite en petits carreaux qu'on met aux parloirs des religieuses » (Richelet).

GRIMOIRE. Se dit d'écrits, de propos, de pratiques inintelligibles pour le vulgaire. « Ce mot est bas » (Richelet).

GRISETTE. « Femme ou fille jeune vêtue de gris. On le dit par mépris de toutes celles qui sont de basse condition, de quelque étoffe qu'elles soient vêtues » (Furetière).

GRONDER. « Donner des témoignages muets qu'on a du mécontentement de quelque chose » (Furetière).

HABILLER. « Écorcher et accommoder de certains animaux bons à manger » *(Dictionnaire de l'Académie)*. S'employait au XVIᵉ siècle au sens général de : apprêter; on disait : habiller le manger; habiller un déjeuner.

HALENER. « Terme de vénerie : sentir le gibier. *Depuis que ce chien a halené la bête, il ne la quitte plus* » (Furetière).

HÉRITAGE. Domaine, fonds de terre (acquis ou non par succession).

HONNÊTE. Poli, courtois. *Honnêteté* exprime la même nuance.

HONNÊTE HOMME. Homme cultivé sans pédantisme, probe, de bonne compagnie, de bon goût, « qui sait vivre » (Bussy-Rabutin).

HONNÊTEMENT. Convenablement, de façon satisfaisante. *Honnête* « se dit souvent de ce qui est médiocre [*moyen*]. *Ce garçon est de naissance honnête* » (Furetière). — Poliment.

HORREUR. « Saisissement de crainte et de respect, qui prend à la vue de quelques lieux, de quelques objets. *(Dictionnaire de l'Académie)*.

HUMEUR. Substance fluide du corps influant sur le tempérament; caractère, au point de vue moral.

ICI. « Se joint avec les noms de personnes et de choses que l'on désigne... Mais on dit plus ordinairement *ci* » *(Dictionnaire de l'Académie)*.

IMBÉCILE. Faible, sans vigueur; *imbécillité* : faiblesse (du corps ou de l'esprit; sans aucun sens injurieux).

IMPERTINENCE. Maladresse, sottise. « Se dit des actions, des discours contraires à la raison, à la bienséance » *(Dictionnaire de l'Académie)* ; *impertinent* exprime la même nuance.

INCOMMODE. Gênant, difficile à supporter.

INCOMMODER. Appauvrir. « *Il s'est fort incommodé pour marier ses enfants, pour les pourvoir de charges* » (Furetière).

INDISCRÉTION. Défaut de celui qui est *indiscret*, qui manque de mesure et de discernement.

INDUSTRIE. Habileté, ingéniosité; cf. l'expression : *chevalier d'industrie*.

INQUIET. Qui ne reste pas en repos. Se dit de « celui qui a l'humeur brouillonne et remuante » (Furetière). Cf. *inquiétude*.

LAISSER DE FAIRE QUELQUE CHOSE (NE PAS). Le faire malgré ce qui s'y oppose. Cette locution, qui ne « s'emploie jamais qu'avec

la négative » *(Dictionnaire de l'Académie)* a, observe Littré, le sens de « néanmoins ».

LASSERON (LACERON). Forme vulgaire de *laiteron*. « C'est une plante qui est une espèce d'endive ou de chicorée. Elle croît le long des levées des fossés et des grands chemins »; elle est « haute d'une coudée, molle, frêle, rousse et pleine de lait... porte au bout une fleur jaune et presque semblable au séneçon qui après s'évanouit en l'air » (Furetière). « Herbe bonne pour les lapins; plante dont les lièvres sont friands » (Richelet).

LIT. Désigne, au sens restreint du mot, « le tour et les garnitures, les pentes, les rideaux du lit. Un lit de damas, de velours, de brocart, de broderie ou de petit point » (Furetière).

MAISON. Terme d'astrologie. Les *maisons* sont les douze divisions du ciel à chacune desquelles les « judiciaires [*astrologues*]... assignent des vertus particulières, sur quoi ils dressent et jugent leurs horoscopes... On dit poétiquement et ignoramment que le soleil a douze *maisons; on* entend les douze signes » (Furetière).

MALHONNÊTE. Qui ignore les règles de la politesse et de la bienséance.

MALICE. Méchanceté, inclination à mal faire. *Malin, maligne* expriment la même nuance.

MALPROPRETÉ. Défaut d'élégance; cf. propre.

MARMOT. Au sens propre, singe; au fig. petit être mal formé, figure disgracieuse.

MASSE. « En médecine, se dit de tout le sang du corps considéré et pris ensemble » (Furetière).

MAUSSADE. « Qui n'a point de grâce, qui est dégoûtant et désagréable. *Les pédants sont fort maussades en leurs vêtements; les harengères sont maussades en leurs paroles* » (Richelet).

MÉCHANT. « Mauvais, qui ne vaut rien dans son genre. *Méchant repas; méchant drap; méchant habit; méchante maison* » *(Dictionnaire de l'Académie).*

MÉDIOCRE. Moyen. Même nuance dans *médiocrement.*

MÉLANCOLIQUE. Qui est d'humeur sombre; neurasthénique.

MÉNAGER. « Qui fait bien valoir ce qu'on lui donne à manier » (Furetière).

MÉNAGERIE. « Lieu bâti auprès d'une maison de campagne pour y engraisser des bestiaux, des volailles » *(Dictionnaire de l'Académie).* Selon Furetière, ce mot « ne se dit qu'à l'égard des châteaux des princes et des grands seigneurs, qui en ont plutôt par curiosité et magnificence que pour le profit (comme la ménagerie de Versailles, de Vincennes, de Meudon) et ne se dit point des basses-cours des métairies » (Furetière).

MEUBLE. « Se dit en une signification plus étroite d'un lit et des chaises de même parure; ou même de leur simple garniture. *Cette femme travaille depuis quatre ans à un meuble en tapisserie, en broderie* » (Furetière).

MIE. « Vieux mot... Les enfants appellent encore leur gouvernante leur *mie* » (Furetière). De : *m'amie.*

MINISTRE. « Celui dont on se sert pour l'exécution de quelque chose » *(Dictionnaire de l'Académie).*

MONTÉE. Marche d'un escalier; escalier. « Pour le mot de *montée,* je le crois bas et populaire dans ce sens-là » (F. de Callières, *Du bon et du mauvais usage,* 1693).

MONUMENT. Tombeau. Avec ce sens, s'emploie « particulièrement en poésie » (Furetière) et « n'a guère d'usage dans le discours ordinaire » *(Dictionnaire de l'Académie).*

MORTIFIER. Rendre la viande plus tendre « en la battant avec un bâton, ou la mettant quelque temps à l'air, pour la laisser un peu faisander » (Richelet).

NAÏF. « Naturel, sans fard, sans artifice » *(Dictionnaire de l'Académie). Naïvement* et *naïveté* expriment la même nuance.

NAISSANCE. « Signifie quelquefois noblesse » *(Dictionnaire de l'Académie).*

NET. Propre.

OBJET. « Ce qui est opposé à notre vue ou qui frappe nos autres sens ou qui se représente à notre imagination... Se dit aussi poétiquement des belles personnes qui donnent de l'amour » (Furetière).

OFFICIER. Celui qui est pourvu d'une charge. « Les rois et les princes ont plusieurs officiers dans leur maison pour le service de leur personne. Les hauts officiers sont les grands maîtres de la maison, de la garde-robe, les premiers gentilshommes de la chambre, premiers maîtres d'hôtel. Les bas officiers sont les valets de la chambre, de la garde-robe, de la bouche... Il y a des officiers de l'écurie, de la vénerie, fauconnerie » (Furetière).

OFFUSQUER. Voiler, masquer.

ORDURE. « Terme général qui se dit... de toutes les petites choses malpropres qui s'attachent aux habits, aux tapisseries » (*Dictionnaire de l'Académie*).

ORME (ATTENDEZ-MOI SOUS L'). Se dit pour laisser entendre qu'il ne faut pas compter sur les promesses de quelqu'un.

PART (DE BONNE). De bonne source.

PENSER. Faillir, être sur le point de.

PERSONNAGE. Rôle que joue un acteur; de là : rôle qu'on joue dans le monde.

PIÈCE. Mauvais tour, farce.

PILLER. « Se dit des chiens qui se jettent sur les animaux ou sur les personnes »; au fig. « on dit qu'on a *extrêmement pillé une personne dans une conversation, dans une assemblée*, pour dire qu'on en a parlé en très mauvaise part, qu'on a déchiré sa réputation » (*Dictionnaire de l'Académie*)

PISTOLE. « Monnaie d'or étrangère battue en Espagne et en quelques endroits d'Italie. La *pistole* est maintenant de la valeur de onze livres, et du poids des louis » (Furetière). « Ordinairement, quand on dit *pistole*, sans ajouter *d'or*, on n'entend que la valeur de dix francs » (*Dictionnaire de l'Académie*).

PLAINDRE. Se lamenter sur, déplorer.

POLI. Distingué, raffiné. Même nuance dans *politesse, poliment*.

POPULAIRE. Vulgaire.

POSTE. « Chevaux ou autres voitures établies de distance en distance pour faire diligemment des courses, des voyages. *Chevaux de poste; chaise de poste* » (*Dictionnaire de l'Académie*).

POUDRE. Poussière.

POUDROYER. Ne figure pas dans les dictionnaires du XVIIe siècle. S'employait dans l'ancienne langue au sens que nous donnons à *saupoudrer*, « *Le soleil poudroie* : les poussières paraissent dans les rayons solaires » (Littré).

POUILLES. « Vilaines injures et reproches. *Les gueux, les harengères chantent pouilles aux honnêtes gens* » (Furetière). S'emploie au sing. par licence poétique.

POUSSER LES BEAUX SENTIMENTS. Se faire « fort le passionné auprès des dames » (*Dictionnaire de l'Académie*).

PRIER. Inviter, convier.

PRIVÉ. Familier.

PROCUREUR. « * Officier établi pour agir en justice au nom de ceux qui plaident en quelque juridiction » (*Dictionnaire de l'Académie*). Aujourd'hui : avoué.

PROPRE. Soigné, élégant. *Proprement* et *propreté* expriment la même nuance.

PRUDENCE. Sagesse (sans idée de circonspection).

RAISON. Compte, explication.

RANGER. Mettre en ordre (en parlant de propos qu'on tient, d'une lettre, d'un ouvrage littéraire).

RAYON. Coiffure féminine, haut dressée sur la tête, à la mode vers la fin du XVIIe siècle.

RECEVOIR. Admettre, autoriser.

RÉCOMPENSE (EN). En revanche, en contre partie.

RÉCOMPENSER. Dédommager.

RELEVER. Mettre en relief.

REMISE. Action de remettre à plus tard.

RENCONTRE. Occasion.

REPRÉSENTER. « Faire voir; faire connaître; montrer. *Il leur représenta qu'il était facile de venir à bout de leur entreprise* » (Richelet). Peut s'employer au sens de *se représenter* : repasser quelque chose dans son esprit.

RESSORT. Moyen secret.

RETIRER. « Donner refuge. *Il m'a retiré chez lui dans ma disgrâce* » (*Dictionnaire de l'Académie*).

RÊVER. « Penser, méditer profondément sur quelque chose » (*Dictionnaire de l'Académie*).

RUELLE. « Se dit des alcôves et des lieux parés où les dames reçoivent leurs visites » (Furetière).

SALLE. « La première partie d'un appartement dans un logis... Les salles sont d'ordinaire au bas étage, au rez-de-chaussée » (Furetière).

SAUT (D'UN PLEIN). Immédiatement.

SAUVER. Conserver; mettre en sûreté.

SÉPARER. Diviser en faisant la part de chacun.

SINGULIER. « Unique, particulier, qui n'a point son semblable, excellent » (*Dictionnaire de l'Académie*).

SOPHA. « Espèce de lit de repos à la manière des Turcs » (F. de Callières, *Des mots à la mode*, 1692); on s'en « sert depuis peu en France » (*Dictionnaire de l'Académie*).

SUCCÉDER. « Bien réussir. *Tout ce qu'il entreprend lui succède* » (*Dictionnaire de l'Académie*).

SUPERBE. Orgueilleux.

TANTÔT. Bientôt.

TEMPÉRAMENT. Accommodement, adoucissement.

TEMPLE. Tempe. Forme conseillée par Vaugelas, adoptée par Richelet et Furetière. « *Temple* ou *tempe* » (*Dictionnaire de l'Académie*).

TEMPS. Ciel. Cf. Mme d'Aulnoy, *L'Oiseau bleu* : « Oiseau bleu, *couleur du temps* — Vole à moi promptement ».

TIRER (SE). S'en aller.

TISSU. Participe passé de l'ancien verbe *tistre* (tisser).

TOILETTE. « Se dit des linges, des tapis de soie ou d'autre chose qu'on étend sur la table pour se déshabiller le soir et s'habiller le matin. L'on dit : une *toilette* de brocart, de satin, de velours, de point de France. Le carré où sont les fards, pommades, essences, mouches, la pelote où on met les épingles sont des parties de la *toilette* » (Furetière).

TOMBER DE SON HAUT. Tomber des nues.

TORTILLON. Petite servante... qui est coiffée en *tortillon* — coiffure des filles de basse condition, qui se contentent de tortiller seulement leurs cheveux autour de leur tête » (Furetière). On disait aussi : une *tortillonne*. « Ce mot est parisien, mais il est burlesque et bas » (Richelet).

TRAVERSE. Action d'aller d'une des extrémités d'un chemin à l'autre.

UNI. Simple, sans ornements.

VAILLANT. Ancien participe de *valoir* employé comme nom. « Le bien d'une personne, tout ce qu'elle possède... Se dit quelquefois de l'argent comptant qu'on a devant soi. Un joueur dit : *Voilà tout mon vaillant* » (Furetière).

VAIN. Qui s'estime trop.

VAPEUR. « On appelle *vapeur* dans le corps humain les fumées qui s'élèvent de l'estomac ou du bas-ventre vers le cerveau » *(Dictionnaire de l'Académie)*.

VERDOYER. Apparaître vert. Verbe qui tombait en désuétude à la fin du XVIIe siècle. Il est donné pour « vieux » par le *Dictionnaire de l'Académie* et La Bruyère (XIV, 73) constate que « *verd* ne fait plus *verdoyer*, ni *fête, fétoyer*, ni *larme, larmoyer* ».

VERTU. Au pluriel, se dit de toutes les qualités.

VIANDE. Souvent employé avec le sens qu'il a aujourd'hui, le mot peut avoir aussi le sens large (étymologique) de : aliments, nourriture. « On appelle *viande de Carême* le poisson, les salines [poissons séchés], les fruits secs, crus et confits et les légumes » (Furetière). « On dit longtemps chez le roi, les jours maigres, comme les jours gras, que *la viande était servie* » *(Dictionnaire de l'Académie)*.

VOLONTÉ. « Disposition bonne ou mauvaise envers quelque personne » *(Dictionnaire de l'Académie)*.

TABLE DES MATIÈRES

DOSSIER DE L'ŒUVRE

---

1. Le titre courant porte : Le maître Chat ou le Chat botté.

Achevé d'imprimer par Corlet Numéric,
Z.A. Charles Tellier, Condé-en-Normandie (Calvados),
en février 2021
N° d'impression : 170701 - dépôt légal : février 2021
Imprimé en France